OLIVIER BAL

Olivier Bal a 41 ans. Il a été journaliste pendant une quinzaine d'années, a animé des Masterclass à la Cité des sciences et de l'industrie de Paris, et se consacre aujourd'hui pleinement à l'écriture.

Après un diptyque salué par la critique – *Les Limbes* (Prix Méditerranée Polar 2018 du premier roman et Prix Découverte 2018 des Géants du Polar) et *Le Maître des Limbes* (Prix des Géants du Polar) –, il a publié chez XO Éditions *L'Affaire Clara Miller* en 2020. *La Forêt des disparus*, son nouveau roman, a paru chez le même éditeur.

OLIVIER BAL

Olivier Bal a 41 ans. Il a été journaliste pendant une quinzaine d'années, a animé des Masterclass à la Cité des Sciences et de l'industrie de Paris, et se consacre aujourd'hui pleinement à l'écriture.

Après un diptyque salué par la critique – Les Limbes (Prix Méditerranée Polar 2018 du premier roman et Prix Découverte 2018 des Océans du Polar) et Le Maître des Limbes (Prix des Océans du Polar) –, il a publié chez XO Éditions L'Affaire Clara Miller en 2020. La Forêt des disparus, son nouveau roman, a paru chez le même éditeur.

L'AFFAIRE CLARA MILLER

OLIVIER BAL

L'AFFAIRE
CLARA MILLER

XO
EDITIONS

MIXTE
Papier issu de
sources responsables
FSC® C003309

L'éditeur de cet ouvrage s'engage dans une démarche
de certification FSC® qui contribue à la préservation
des forêts pour les générations futures.

Pour en savoir plus :
www.editis.com/engagement-rse/

© XO Éditions, Paris, 2020
ISBN : 978-2-266-31521-0
Dépôt légal : mars 2021

À Caroline et Sophie,
mes sœurs.

Prologue

Paul
19 novembre 1995
Washington

Un bruit dans l'allée. Une silhouette apparaît sur ma gauche, au-dessus de la voiture. Un seul mot prononcé : « Green. »

Je tourne la tête. J'entends à peine l'étrange bruit étouffé de la première balle. Un « plop » sec. Je sursaute.

Alors, c'est comme ça que vous voulez m'avoir ? Vous ne vous emmerdez même pas à maquiller ma mort ? Ça prouve la valeur que j'ai à vos yeux. Une nouvelle douleur me traverse la poitrine, puis une dernière, plus bas, dans le ventre. Je dois avoir l'air con, là, avec ma bouche entrouverte à regarder le sang commencer à s'étaler sur ma chemise.

Je tombe de mon siège et m'écroule par terre, sur le bitume trempé.

C'est drôle. Se faire flinguer ici, dans notre bonne vieille capitale, à deux pas de la Cour suprême, du

Capitole, de la Maison Blanche… Pas certain qu'on m'érige une statue pour autant.

Une… Deux… Trois… Le compte est bon. Je regarde mon torse et les trous noirs circulaires dont s'échappe un liquide vermillon. Le sang, vorace, s'écoule sur ma chemise à carreaux.

C'est bizarre… Ma main est toujours accrochée à la portière intérieure de ma voiture. Ça doit me donner une posture improbable, à moitié affalé par terre avec le bras tendu en l'air. Même dans la mort, je serai donc ridicule.

Je relâche ma main et m'effondre au sol.

Je meurs…

Mon assassin, après avoir vérifié au bout de la ruelle que personne ne nous avait entendus, revient vers moi. Il s'arrête au-dessus de mon corps agonisant. Il me regarde d'un air détaché, limite un peu dégoûté, puis me crache sur le torse.

— Va rôtir en enfer, enculé.

Une balle.
Deux balles.
Trois balles.

L'homme, méthodiquement, retire le silencieux de son pistolet et range son arme dans son holster. Il prend son temps. Il aime ça. Enfin, il s'allume une cigarette et s'éloigne comme si de rien n'était.

Je remarque l'allumette qu'il a laissée choir au sol, qui se consume lentement, à quelques centimètres de ma tête. À petit feu… comme la vie qui m'abandonne.

J'ai de plus en plus de mal à respirer.

À l'autoradio, quelques notes de congas se laissent entendre, puis des cris, des accords de piano et cette voix, putain, cette voix… La basse rejoint enfin la farandole. Un couplet passe. Un refrain. Les chœurs. Le temps s'efface. Enfin, la guitare de Richards déchire la nuit.

Sympathy for the Devil…

J'esquisse un sourire. Évidemment… ça ne pouvait que se terminer comme ça. Toute bonne histoire doit toujours débuter, ou, dans mon cas, s'achever, par un morceau des Stones.

« *Please allow me to introduce myself…* »

I

LA PLUS GRANDE STAR
DU MONDE

« Nouveau film, nouvel album, tournée mondiale... Impossible d'échapper à la déferlante Mike Stilth. Sans surprise, et pour la 3e année consécutive, la star est en première position de notre classement des célébrités de 1995. »

Arthur Breslin,
« Les 100 célébrités de 1995 »,
The Wire Magazine,
septembre 1995.

1

Paul
15 septembre 1995
New York

L'interview devrait se terminer maintenant. Il faudrait que je remercie chaleureusement Stilth pour le temps qu'il m'a accordé, que je lui dise que ses réponses étaient passionnantes, que je range rapidement mes affaires et quitte d'un pas léger la chambre d'hôtel. Le climat est déjà tendu. Mes précédentes questions ont mis la star sur la brèche. Il serre les accoudoirs de son fauteuil. Il vaudrait mieux que je me retienne, sinon je vais encore me faire engueuler par Kelton.

— J'ai une dernière question, Mike.

— Oui, Phil ?

— Mon prénom, c'est Paul…

Je le sens exaspéré, mais il reste professionnel, un sourire d'opérette sur les lèvres. Stilth lance un regard appuyé derrière moi, là où se tient son attachée de presse, et me fixe.

— Est-ce que vous pourriez me parler de Clara Miller ? dis-je en lui tendant la photo que je viens de sortir de ma poche.

Il détaille le cadavre gonflé retrouvé sur le rivage du lac Wentworth. Une fraction de seconde, son visage se voile, puis, sans même me regarder, il se lève et me pointe du doigt.

— Foutez-moi ce connard dehors ! C'est quoi ces conneries ? Pourquoi ce taré me montre des photos de cadavre ? Tu m'expliques, Joan ?

Je n'ai pas le temps d'en entendre plus. Deux mastodontes m'ont déjà attrapé par les épaules et me poussent vers la sortie. Les portes battantes de la suite de l'hôtel s'ouvrent avec fracas sur notre passage. Nous traversons le long couloir du Ritz-Carlton, à la moquette épaisse et aux boiseries vernies. En rang, sur des chaises placées le long du couloir, les autres journalistes attendent gentiment leur « moment » avec Stilth. Neuf minutes d'interview top chrono, encadrées par une armée d'attachées de presse… Tandis que je passe devant mes confrères, porté par les deux gardes du corps, mes chaussures glissant sur la moquette, je sens leurs regards noirs sur moi, leur haine viscérale à mon encontre. Je sais à quoi ils pensent. Tous. « Il va nous gâcher l'interview… Il va nous pourrir notre star… Réussir à mettre en rogne Stilth, faut le faire… » Les deux vigiles me balancent dans la cage d'ascenseur et me jettent mon magnéto à la figure.

Je rentre d'un pas traînant vers mon hôtel, accablé par un mal de tête carabiné. Il pleut des cordes sur New

York cet après-midi. Durant le trajet, je m'efforce de réfléchir à ce que je vais bien pouvoir raconter à Kelton, mon rédacteur en chef, pour tenter de rattraper cette monumentale bourde. Je mets un certain temps à réaliser que les passants me regardent d'un air passablement dégoûté. J'ai un drôle de goût dans la bouche. Je passe la main sur ma joue. Du sang. Je tapote mon visage ici et là. Et merde. Les deux gorilles m'ont ouvert l'arcade sourcilière. De mieux en mieux. Je m'arrête devant un miroir en devanture d'un magasin de luxe de la Cinquième Avenue. J'ai vraiment une sale gueule.

Mon sourcil gauche est tuméfié, d'une couleur violacée. Mes rares cheveux filasse dégoulinent sous la pluie sur mon front dégarni. Déjà que la nature ne m'a pas gâté, mais là, c'est le musée des horreurs. Je ne suis pas ce qu'on peut appeler un beau mec. Je ne suis pas non plus foncièrement laid. J'ai un physique plutôt effacé, passe-partout. Le genre de tête et de corps qu'on ne retient pas, qui n'accrochent jamais l'œil. On m'oublie vite. Ça peut s'avérer être un avantage dans mon métier. Dans ma vie, c'est une autre affaire. J'esquisse un sourire. Ce n'est pas vraiment mieux. Je vais avoir quarante ans, une bedaine déjà bien marquée et suffisamment de remords et de regrets pour les quarante années à venir.

Je sors un mouchoir de ma poche et tente, tant bien que mal, de m'essuyer sous cette pisse de pluie. Sur la droite, je remarque une affiche collée sur la porte de la boutique. Comme par hasard… « Mike Stilth en concert exceptionnel à l'Apollo Theater les 15, 16 et 17 septembre 1995. » Il est beau, rien à dire. Les années glissent sur lui et le rendent de plus en plus séduisant. Il a un visage fin et anguleux, le nez aqui-lin, la barbe parfaitement taillée. Stilth dégage quelque chose de sombre et d'un peu triste aussi. Un magné-tisme d'obsidienne. Ses yeux de jais vous traversent de part en part. Il n'y a que dans ses cheveux bruns, parsemés de reflets gris et plaqués en arrière, qu'on peut saisir une trace de ses quarante-huit ans. Ce n'est pas pour rien qu'il a été élu cinq fois d'affilée « homme le plus sexy de la planète » par le magazine *People*. Ce n'est pas une star comme les autres. Non, c'est *la* star. Stilth est omniprésent : sur tous les bus du monde, dans tous les cinémas, dans toutes les chambres d'ados. Tout le monde le connaît. Tout le monde l'adore. Tout le monde, sauf moi…

Tout en pressant le mouchoir contre mon arcade, je passe successivement de ma tronche tuméfiée à la belle gueule de Stilth. Il est beau, brillant, célèbre et riche. Musicien, acteur… Tout lui réussit.

J'aimerais entrer dans la boutique, arracher cette affiche et voir la gueule de Stilth se déchirer, se décom-poser. Son visage se répandre au sol en un puzzle éclaté. Le briser pour tout ce que je ne suis pas. Mais je me remets à marcher, car je sais que ça ne chan-gerait rien. Pourtant, ça bouillonne. Ce n'est pas que de la jalousie. Il y a quelque chose d'autre, quelqu'un d'autre.

Elle…

Dois-je me fier à mon intuition ? Je repense à la photo. Un noir et blanc triste et froid. Un cliché sali trouvé dans un canard crasseux. Le cadavre d'une femme. La dernière image que je garderai à jamais d'elle.

Noyée dans un lac. Putain… Je t'ai fait cette promesse et j'irai au bout. Car j'ai la conviction que cette histoire de suicide ne tient pas la route. Tu n'aurais jamais fait ça… Je vais retrouver ton assassin et leur prouver à tous. Parce que je te le dois. Parce que c'est aussi de ma faute… Et dire que c'est une photo qui m'a mené jusqu'ici, aujourd'hui. Ce n'est que le début, je le sens.

Pense à autre chose, Paul. Quelque chose de beau. Son sourire…

2

Mike
15 septembre 1995
New York

Mes deux gardes du corps, Jeremy et Thomas, viennent d'embarquer ce connard de journaliste. Une seconde de plus et je lui sautais à la gueule. J'étais prêt à lui faire bouffer son magnéto. La porte de la suite se referme. Je halète, prêt à exploser. Une voix derrière moi :

— Mike...

Je me retourne. C'est Joan. Elle a l'air tendue. Trop de colère. Il faut que ça sorte, d'une manière ou d'une autre. Elle le sait. Elle y est préparée. Et, après tout, c'est aussi pour ça que je la paie. Pour encaisser.

— Putain, c'était quoi ça ?

— Je suis désolée, Mike...

— Merde, Joan. Tu te rends compte ? Vous ne l'aviez pas fouillé, ce bâtard ? S'il avait eu un couteau dans sa poche ou même un flingue ?

— C'était juste une photo. On ne pouvait pas savoir...

— La photo d'un cadavre ! Je viens de passer dix minutes avec un aliéné, putain. Je croyais que vous vérifiiez tous les profils des journalistes. Qu'ils étaient triés sur le volet. C'est votre boulot…

— On l'a fait, Mike. Comme d'habitude. Paul Green n'est pas un grand pro, mais il n'avait pas mauvaise réputation. Il bosse pour un tabloïd, le *Globe*.

— T'es payée pour savoir, Joan. Tu prends conscience de ce qui a failli arriver, là ? Tu viens de me mettre en danger, dis-je en soupirant, les yeux fermés.

Je marque un temps et je reprends :

— Donne-moi la boîte, Joan.

Joan fait un léger signe de main en direction de ses assistantes. Les trois femmes quittent la suite et nous laissent seuls.

— Tu es sûr ? Le concert est dans quelques heures…

— Fais ce que je te dis.

Elle sort la petite boîte en métal noir de son sac et me la tend.

Je m'écroule sur un énorme canapé beige, m'allume une cigarette. Je fais tourner la boîte dans ma main gauche. Dehors, il pleut des cordes sur Central Park. Je vois la cime des arbres qui danse sous les bourrasques. Et derrière, l'horizon barré par les immeubles gris. Dieu que j'aimerais être chez moi, à Lost Lakes. J'étouffe ici…

— Joan, tu annules toutes les interviews pour le reste de l'après-midi.

— Tu es certain ? Contractuellement, tu dois six journées de promo à Universal pour la sortie du nouveau *Raven*. Tu dois les faire, Mike. Et les premiers sondages du week-end viennent de tomber. Les entrées au box-office ne sont pas à la hauteur. Le film aurait besoin d'un bon coup de pouce.

— Je m'en fous. Tu te démerdes. Je ne répondrai plus à une seule question de ces enculés.

— OK, je vais voir ce que je peux faire. Et je vais m'occuper de Paul Green. Repose-toi maintenant, dit-elle en quittant la pièce.

Je ferme les yeux, bascule la tête en arrière. Je regarde les volutes de fumée se déployer autour de moi. Je ressens soudain une démangeaison. Quelque chose qui monte, qui s'intensifie…

Dans l'état où m'a mis ce connard, il faut que je prenne un truc, et vite. J'ouvre la boîte de métal noir et prends un des sachets que Caan m'a donnés avant mon départ de Lost Lakes. Je dépose un petit tas de poudre blanche sur la table basse devant moi, l'effile en une fine ligne horizontale. Mes mains tremblent un peu. À l'aide d'un tube en verre, j'inhale tout d'une traite. Une sensation de frais dans les narines, suivie d'un picotement. Puis vient la vague de chaleur, toujours. Mon corps commence enfin à se détendre et je m'allonge. Mes yeux accrochent les épais rideaux des fenêtres. Ils sont impeccablement tirés sur le côté et ramenés sur les patères. Tout est si parfaitement en ordre, dans cette chambre. Comme d'habitude, c'est un très bon choix de Joan. J'aime le sens aigu de la propreté ici. Rien ne dépasse, rien ne traîne. Ces coussins dorés, ces quelques livres que personne n'ouvrira jamais, rangés par taille, sur la table basse. Ce bouquet de roses blanches sur le bureau. La décoration est certes un peu vieillotte, mais j'ai l'impression qu'ici rien ne peut m'arriver.

Putain de journalistes… Qu'est-ce qu'ils croient ? Que c'est avec les quelques minutes que je leur accorde qu'ils vont découvrir quelque chose sur moi ?

J'écrase ma cigarette dans un cendrier et m'en rallume immédiatement une autre.

Mike Stilth, ses révélations… Stilth, sa vérité… Mike, intime…

Autant de titres accrocheurs, d'articles creux et de mots prononcés en vain. Lors de chaque tournée, j'en viens à me demander à quoi sert tout ce cirque. Je suis là depuis neuf heures du matin. J'ai passé quasiment huit heures à répondre aux sempiternelles mêmes questions : « Votre dernier album est très personnel, non ? » « Décrivez-nous votre personnage de Jack Carver dans *Raven*… » « Vous êtes assez secret, quand il s'agit de votre vie amoureuse… » « Parlez-nous un peu de vos enfants, Noah et Eva… » Toujours la même litanie… Les mêmes questions formulées par des bouches et des voix différentes. Les mêmes réponses formatées, que je rejoue à l'infini. Il y a toujours un moment où tout s'emmêle un peu dans ma tête, les journalistes s'enchaînent, leurs visages se superposent. Ils ne sont rien de plus qu'un amas de chair… Ils ne sont personne.

Il y a longtemps que je ne fais plus d'effort pour nuancer mon discours, personnaliser chaque interview. Pour quoi faire ? Mes paroles seront oubliées aussi vite qu'elles seront lues… C'est comme un rôle, répété à l'infini. Je ne cherche jamais mes mots, je les connais par cœur. Une exclamation à la fin de cette phrase, un petit sourire en coin, complice, ici. Un silence.

Un regard chargé de mystère pour emballer le tout. Et les neuf minutes sont déjà terminées.

Les journalistes sont contents. Ils doivent avoir l'impression de partager quelque chose avec moi, de toucher du bout du doigt ce que je suis. Mais ils se trompent.

Le connard de reporter qui vient de sortir a au moins un mérite. Il a réussi à me surprendre. Je ne suis pas près de l'oublier, celui-là. Depuis la fin de l'interview, une de ses questions ne cesse de me tourner dans la tête : « Quand on a tout, qu'on est, comme vous, la plus grande star au monde, qu'on est arrivé en haut du pouvoir, lorsqu'on est en haut des marches, que reste-t-il à franchir ? Qu'est-ce qui vous excite encore, Mike ? »

En haut des marches… S'il savait…

Et cette photo, ce cadavre ? Quel rapport avec moi ?

Laisse tomber, Mike. Ce type était un cinglé, un allumé. Rien de plus. Dans la boîte noire, je trouve un autre sachet contenant une poudre marron avec un petit mot à l'intérieur. Je le lis : « Un cocktail spécial pour toi, mon vieux. Si tu prends ça avant ton concert, tu ne quitteras jamais la scène. » Signé Caan.

Heureusement que mon meilleur ami est là pour me faire tenir debout. J'étale une partie de la poudre en un fin trait de quelques centimètres. Tout va bien se passer. Il ne faut pas s'inquiéter. Joan se charge de tout, comme toujours.

Oublie ce qui vient de se passer. Oublie comme tu sais si bien le faire, Mike.

Je sniffe le trait.

3

Joan
15 septembre 1995
New York

D'ici une petite heure, après une ligne ou deux, Mike devrait se porter comme un charme. En attendant, je rejoins Claire, mon assistante. Puis j'ajuste mon tailleur Yves Saint Laurent, je lève la tête et j'arbore mon plus beau sourire. Face à moi, les journalistes assis le long du couloir étirent le cou. Il faut leur donner une explication simple et concise, sinon cela risque de s'éterniser. Je regarde ma montre : 18 h 20. Il me faudra environ une dizaine de minutes pour régler le problème. Vingt de plus pour prévenir le cabinet d'avocats d'empêcher la sortie de l'article du *Globe*. Une demi-heure pour préparer le concert. Mike doit être sur scène à vingt heures.

Ça va être serré. Et cette photo... putain...

Garder son calme. Tu vas y arriver, Joan. Tu y arrives toujours.

Pour le moment, il me faut trouver une excuse pour justifier l'annulation des dernières interviews. Si je ne prends pas vite la parole, les journalistes vont devenir ingérables.

— Mesdames et messieurs… puis-je avoir votre attention ? Les interviews sont annulées pour ce soir. Mike est désolé mais il ne se sent pas bien. Il préfère se reposer en vue du concert à l'Apollo, ce soir. Il s'excuse sincèrement de ne pouvoir honorer ses engagements. Je reprendrai contact avec chacun d'entre vous afin d'organiser des entretiens téléphoniques dans les prochains jours. Merci de votre compréhension.

Sans attendre, je pénètre dans la chambre sur la gauche, celle réservée à mon équipe. Si j'étais restée une seconde de plus face aux journalistes, ils m'auraient assaillie de questions. À Claire de gérer cela.

« T'es payée pour savoir, Joan. » J'ai déconné ce soir, il a raison. À mon niveau, on ne peut pas se permettre la moindre erreur. Je travaille pour Mike depuis seize ans. Il m'a souvent engueulée. Il en a besoin. Mais là, c'était différent. J'aurais dû approfondir les recherches sur ce journaliste… mais il y a eu tellement de problèmes avant notre départ. Je n'aurais pas dû laisser traîner l'interview. J'ai bien senti, pourtant, que ça n'allait pas, que Mike perdait le contrôle. C'est comme si j'attendais que ça dérape. Peut-être qu'au fond de moi, ça me plaît de le voir s'énerver ? Peut-être que j'aime me rendre compte combien il est dépendant de moi, dans ces moments-là ? Combien il a besoin de moi, vraiment.

Je hèle l'une de mes assistantes, Chelsea, la petite nouvelle que vient d'embaucher Claire. Elle a des jambes fines et une taille de guêpe que je remarque d'emblée. Elle s'approche à petits pas, engoncée dans son tailleur trop serré.

— Trouve-moi le numéro de téléphone du rédacteur en chef du *Globe*, dis-je.

— Je m'en charge, madame Harlow.

— Ne m'appelle jamais madame… appelle-moi mademoiselle. Compris ?

— Très bien. Désolée, mademoiselle.

Je regarde la gamine se diriger vers le bureau de la suite en dodelinant son fessier de droite à gauche. J'ai quarante-deux ans… Je suis encore jeune, j'ai toute la vie devant moi ! Elle se prend pour qui, cette traînée, avec sa poitrine bien en évidence, son petit cul moulé, sa peau bien lisse ? Ce « madame » lancé comme une injure, comme un crachat…

Sans perdre de temps, je saisis mon téléphone portable et compose le numéro de notre cabinet d'avocats, Nash & Robinson.

Claire vient de rentrer dans la pièce. D'un mouvement de main, je lui fais signe d'approcher.

— Alors ?

— Globalement, ça va, répond-elle. Le journaliste de *GQ* tirait une tronche pas possible. Mike est censé faire leur prochaine couverture…

— Pour faire passer la pilule, tu les invites tous au concert ce soir en loge VIP.

Claire opine. Avant qu'elle rejoigne le reste de l'équipe, je la retiens :

27

— Chelsea, la nouvelle... je ne veux plus la voir. Elle est trop jeune, vulgaire. Une poufiasse. Tu m'as habituée à mieux. Tu me la vires et tu m'en trouves une autre, qui soit au niveau de nos attentes.

Une voix se fait enfin entendre dans mon combiné. Je m'isole dans la salle de bains de la suite. C'est l'avocat qui décroche.

— On a un problème, Kenneth.

— Grave ? s'enquiert-il. Qu'est-ce que Mike a encore fait ?

— C'est... une interview qui a dégénéré. Le journaliste a posé de mauvaises questions, il a foutu Mike en rogne. Nous souhaitons empêcher que l'interview paraisse.

— Je comprends. C'est pour quel support ?

— Le *Globe*.

— Je connais. Un torchon... Ils ont l'habitude de se taper du procès. Mais ils n'ont jamais eu affaire à nous. Vous avez enregistré l'interview ?

— Comme toujours.

— Bien, demandez au plus vite à l'une de vos assistantes de retranscrire le contenu de la bande et transmettez-moi ça par fax. Je vais voir s'il y a matière à préjudice. Vous voulez que je joigne le directeur du magazine pour lui mettre la pression ?

— Non, je m'en charge. Je vais lui faire suffisamment peur pour qu'il lâche le morceau.

— Je n'en doute pas, Joan. Tenez-moi au courant.

— Kenneth, il y a autre chose... Le journaliste, Paul Green, a sorti une photo à la fin de l'interview pour la montrer à Mike. On y voyait un cadavre de femme, au bord d'un lac.

Silence au bout de la ligne.

— Je vois…, reprend Kenneth. Vous avez pu identifier…

— Il a parlé de Clara Miller. Et j'ai reconnu l'endroit. C'est le lac aux Suicidées.

— C'est problématique… Souhaitez-vous que l'on s'occupe du problème, Joan ?

— Non, pas pour le moment. Faites suivre ce foutu journaliste. Je veux tout savoir sur lui.

— C'est noté.

En raccrochant, je remarque que cette connasse de Chelsea s'avance vers moi de son insupportable démarche chaloupée. Elle me tend un papier.

— Mademoiselle, voici le numéro du rédacteur en chef du *Globe*. Il s'appelle John Kelton.

Cet accent traînant des États du Sud… qui transpire la paresse.

Sans un regard pour elle, je saisis le papier et compose le numéro.

Une sonnerie, une autre. Enfin, une voix caverneuse :

— Kelton, à l'appareil.

— Monsieur Kelton, est-ce que vous tenez à votre magazine ?

4

Paul
15 septembre 1995
New York

Dans la salle de bains miteuse de l'hôtel où je loge, le néon clignote de longues secondes avant d'éclairer la pièce minuscule d'une lumière jaunâtre. Je regarde l'étendue des dégâts… Mon sourcil gauche a viré au bleu-noir et a triplé de volume. Une petite plaie d'environ un centimètre de hauteur en découpe l'extrémité. Déjà, une croûte de sang se forme. *A priori*, l'arcade n'est pas brisée. Heureusement, j'ai une trousse de premiers soins et du désinfectant. Et pour cause : dix ans au service du magazine *Globe* suffiraient à valider un doctorat en médecine. Une fois sur trois, les photos volées et les entretiens qui dérapent laissent des traces. Que ce soit lors d'une course de *muscle cars* au fin fond de l'Arkansas ou en plein milieu des nuits de débauche des clubs estudiantins de Yale… il faut s'attendre à donner de sa personne pour espérer ramener quelque chose de « croustillant ».

« Croustillant »... Ça, c'est un mot qu'aime particulièrement Kelton, mon rédacteur en chef. Avec quelques autres, « choc », « cul », « sensationnel », « sang », « incroyable », qui constituent le gros de son vocabulaire. Ce qui intéresse Kelton, ce n'est pas l'information elle-même ni sa véracité, non... Ce qu'il souhaite, lui, ce sont des révélations ! Faire frétiller le cœur des centaines de milliers de lecteurs du *Globe* qui, à la lecture de ce ramassis d'ordures, se disent que, finalement, leur vie misérable n'est pas si mal. Le magazine offre de belles œillères pour oublier sa médiocrité. Je ne l'aime pas. Pire, je l'exècre. Pourtant, j'y travaille...

Je finis de m'humecter le sourcil de désinfectant, arrache un bout de sparadrap et le colle le long de ma blessure. Maintenant, je ressemble à un bouledogue nain avec un pansement sur la tronche. De mieux en mieux...

Je m'efforce de détourner le regard du téléphone fixé sur le mur, à côté du lit. Une petite lumière verte clignote par intermittence pour me signaler que j'ai reçu des messages... Je m'attends à un flot ininterrompu d'insultes de Kelton.

Premier message. Aujourd'hui, à 18 h 30.

— *Green, ici Kelton. Qu'est-ce que tu fous ? T'es censé avoir fini ton interview, rappelle-moi vite. J'espère que t'as du gratiné...*

Gratiné... je note mentalement que mon rédacteur en chef vient d'étendre sensiblement le champ de son vocabulaire.

Aujourd'hui, à 18 h 52.

— *Green, putain… je viens d'avoir Joan Harlow au téléphone. Qu'est-ce que c'est que ce bordel ? Mais qu'est-ce que t'as foutu, bon Dieu de merde ? Tu nous as grillés, Green ! Tu comprends ça, grillés ! Non, mais quel connard…*

Aujourd'hui, à 18 h 58.

— *Mais tu vas répondre, oui ? Pour ton information, Harlow veut empêcher la parution du magazine. Ils ont les moyens de nous faire couler… T'es mort, ducon.*

Je ferme les yeux quelques instants. J'entends le grésillement de la climatisation, le martèlement de la pluie sur la petite fenêtre. Le calme avant la tempête.

Je compose le numéro de téléphone de la ligne directe de Kelton. À peine ai-je le temps de préparer ma défense qu'il décroche, aux abois.

— Green, espèce de baltringue. Qu'est-ce que t'as encore foutu ? J'en peux plus de tes plans foireux, de tes excuses minables. Ça fait combien de temps que tu bosses pour moi, guignol ?

— Dix ans…

— Ouais, dix ans. Eh ben, c'est dix ans de trop. T'as jamais été foutu de me dégoter un sujet intéressant. Et la première fois où ça t'arrive, tu fous tout en l'air. Tu ne te rends pas compte de ce que ça représentait, un tel article pour notre magazine ? C'était ta dernière chance, cette interview.

— Je peux vous expliquer…

— Je m'en fous de tes explications !

— Ça ne s'est pas très bien passé, certes. Mais avec ce qu'il y a dans l'interview, ils n'ont pas non plus matière à nous attaquer… Je suis sûr qu'ils ne vont rien faire contre nous, c'est du bluff.

— Du bluff… Et t'y connais quoi, en bluff, scribouillard de mes deux ? Green, t'as pas l'air de comprendre. Stilth n'a qu'à claquer des doigts et c'est rideau sur le magazine.

— Qu'est-ce qu'on fait, alors ?

— T'en as de bonnes… Eh bien, on publie cette putain d'interview ! On va se les faire, ces enfoirés.

J'en reste bouche bée. Le vieil ours me surprendra toujours…

Un bruit de frottement contre le combiné. Kelton doit l'avoir coincé dans les épais replis de son cou. Sa voix devient étonnamment douce :

— Maggie ? On en est où, pour la maquette ? Il y a une urgence. Faut boucler. Maintenant…

Maggie. Gentille et patiente Maggie. La secrétaire personnelle de Kelton depuis plus de trente ans. Je crois qu'ils ont fait toute leur carrière ensemble. Toute leur carrière et toute leur vie. Ils sont amants. Ça a dû se faire naturellement. Ils passaient tellement de temps tous les deux qu'ils ont fini par ne plus se quitter. Comme une vieille habitude. Personne n'est censé être au courant, mais bien sûr tout le monde le sait. Au fond, c'est drôle. C'est devenu un jeu pour eux. Kelton a beau être veuf depuis au moins trois ans, ils continuent à donner le change. C'est étonnant, d'ailleurs, de voir combien l'ogre Kelton change en compagnie de Maggie. Jamais un mot plus haut que l'autre. Jamais de jurons, comme s'il avait trop peur de l'abîmer ou de la briser. Il en deviendrait presque touchant, cet enfoiré. Les voir tous les deux dans le bureau de Kelton, c'est comme imaginer un vieux gorille et une fragile poupée en porcelaine qui essaieraient de s'aimer.

Kelton revient au bout du fil.

— À mon avis, Harlow ne pourra pas officialiser de procédures avant lundi matin. Le temps qu'on lance la machine, et le magazine sera en kiosque avant même qu'on ait reçu une injonction.

— Si vous le dites, boss.

— Au fait Green, t'as quelque chose de…

— Croustillant ?

— Pourquoi tu dis ça ? Tu te fous de moi en plus ?

— Laissez tomber. Oui, je pense qu'avec ce que j'ai on peut tirer quelque chose de pas mal.

— T'as une heure.

Je passe une trentaine de minutes à retranscrire l'interview au propre sur mon carnet. Je surligne en rouge les meilleurs passages – ceux qui, je le sais, vont ravir Kelton.

Paul Green : Revenons un peu sur votre jeunesse. Avez-vous toujours rêvé de devenir chanteur et acteur ? Ou est-ce venu progressivement ?

Mike Stilth : Pour être honnête, un peu les deux. Vous savez certainement que, depuis mon plus jeune âge, ma mère a tout fait pour que je sois comédien. Très tôt, j'ai dû prendre des cours de solfège, de chant, de piano… À l'époque, j'aurais préféré jouer avec les enfants de mon âge, mais ma mère me poussait à m'entraîner toujours plus. Je passais des heures avec elle, sur le piano, à travailler ma voix. Je suis peut-être un peu passé à côté de mon enfance, mais cela m'a permis de réussir et d'atteindre mes objectifs : vivre de ma passion, la musique.

Ce n'était pas plutôt la passion de votre mère ? Certains de vos biographes racontent qu'elle était très possessive et stricte avec vous, que son désir de faire de vous une star tournait à l'obsession ?

M. S. : Je ne vous permets pas de parler ainsi de ma mère. On a dit tellement de conneries dans ces biographies bidon… Non, ma mère m'a toujours soutenu. Elle ne m'a jamais forcé la main. Je n'accepterai pas que quiconque salisse sa mémoire.

Parlons d'autre chose… Quand on a tout, qu'on est, comme vous, la plus grande star au monde, qu'on est arrivé en haut du pouvoir, bref, lorsqu'on est en haut des marches, que reste-t-il à franchir ? Qu'est-ce qui vous excite encore, Mike ?

M. S. : Eh bien, je crois d'abord qu'on perd un peu pied… Il m'a fallu du temps, quelques années avant de vraiment trouver mon équilibre. Je ne vais pas vous le cacher, et vous le savez, j'ai connu une période assez tourmentée. J'ai fait pas mal de conneries. Les drogues, l'alcool… Mais tout ça, c'est derrière moi. C'est vrai que la célébrité change tout. Profondément. C'est comme si on vivait en périphérie. Dans une autre réalité. Tout ce que vous touchez a un goût différent. Et les gens que vous croisez sont la plupart du temps là pour vous plaire, vous séduire. On devient méfiant, on peut craquer. Heureusement, mes enfants sont là aujourd'hui pour m'aider à garder les pieds sur terre. Ils sont mon roc, ma vie.

Justement, au sujet de vos deux enfants Eva, huit ans, et Noah, dix ans... J'ai appris que leur mère biologique vous avait intenté un procès car vous refusiez de la laisser les voir.

M. S. : J'avais dit que je ne voulais pas parler de ça... Cette femme n'a aucun droit sur mes enfants. Ce n'était qu'un ventre. C'était dans le contrat qu'elle a signé. Point.

OK, parlons d'Eva et de Noah. On dit que vous les retenez captifs dans votre domaine de Lost Lakes, qu'ils n'ont jamais quitté. Vous n'avez pas peur d'en faire des gamins complètement désociabilisés ?

M. S. : Ça ne regarde personne d'autre que moi. Ce sont mes enfants. C'est à moi de les protéger.

Mais de quoi ?

M. S. : De la saleté des hommes... vous ne pouvez pas comprendre.

Essayez donc, je ferai un effort...

M. S. : Cette saleté, c'est la vôtre. Celle des gens comme vous. Vous êtes comme des sangsues, des putains de cafards qui nous tournent sans cesse autour, qui nous bouffent notre vie. Vous leur feriez du mal... Bref, laissez tomber.

Une fois l'article rédigé, je redescends à l'accueil pour envoyer mes quelques pages manuscrites par fax au *Globe*.

Évidemment, je n'ai pas mentionné la réaction de Stilth à la vue de la photo. Comment expliquer ça ? Par où commencer ? Même moi, j'ai du mal à savoir si je ne suis pas en train de dérailler. Car la vraie raison de ma présence à New York, l'unique justification de cette interview, c'est cette photo. Je voulais la montrer à Stilth pour jauger sa réaction. Je me disais que ça me suffirait à savoir s'il fallait que je continue à creuser. S'il fallait aller plus loin. Mais ce n'est pas aussi simple. Ce n'est jamais aussi simple… En découvrant la photo, le regard de Stilth a d'abord été traversé d'émotions contraires. Puis son expression a viré à l'horreur, au dégoût. Et ça m'a troublé. Comme si, en réalité, il ne savait pas du tout de quoi il s'agissait…

Il est vingt et une heures, j'ai le moral dans les chaussettes, ce terrible mal de crâne qui continue de me vriller la tête, et aucune envie de remonter dans ma chambre poisseuse. Bref, j'ai besoin d'un verre.

J'erre une dizaine de minutes avant de trouver un bar. C'est un pub irlandais, le McCoys. En ce début de soirée, il n'y a pas grand monde. Je m'installe à côté des rares clients qui végètent là, le regard perdu dans le vide. Le barman met quelques secondes à délaisser la télévision fixée au mur avant de prendre ma commande. Vêtu d'un tee-shirt blanc parsemé de taches, il laisse traîner derrière lui, par réflexe, un chiffon qu'il passe d'un geste las le long du comptoir. Il a des cheveux gras, ramenés derrière son oreille, et de sacrés cernes sous les yeux. Il suinte l'ennui par tous ses pores.

— Qu'est-ce que je vous sers ?
— Une pinte de Bud, s'il vous plaît.

Sans un mot, il s'éloigne, attrape un verre sale, le rince à peine et le remplit de liquide blond. Il revient vers moi et me claque la pinte sous le nez.

— Quatre dollars.

— Faut que je paie tout de suite ? Je compte en prendre d'autres.

Sans un mot, le serveur lève un doigt vers le panneau derrière lui : « Chaque consommation commandée est payée. »

Je fouille dans mes poches et en tire un billet de cinq dollars que je lui tends.

— Gardez la monnaie. Pour l'accueil… et l'ambiance.

Il ne relève pas. Déjà, il s'éloigne, de sa démarche d'escargot dépressif. Je bois une gorgée. La bière est tiède, sans bulles. Ça sent le fond de cuve…

Je laisse errer mon regard le long du vieux comptoir. Je détaille les rayures, striures, taches et autres impacts qui le parsèment. Chacun, à sa façon, est un récit de vie, un bout d'existence, un instant gravé à jamais dans le bois. Autant de microévénements qui pourraient raconter, si on savait les lire, l'histoire de ce lieu, son passé. Ses plus belles beuveries, ses plus tristes solitudes, ses habitués, ses oiseaux de passage… C'est étrange, depuis mon plus jeune âge, je me suis toujours intéressé à ces petits détails que personne ne voit mais qui pourtant racontent beaucoup. Je me souviens, gamin, je passais mon temps à regarder les mains des gens dans le bus bondé qui m'emmenait à l'école. J'en ai vu, des paluches. Des fines, des grosses, des manucurées, des rongées, des calleuses… Chaque fois, j'avais l'impression d'en savoir un peu plus sur la personne. J'ai toujours cherché à lire entre les lignes, à déceler des bouts de vérité dans tous ces petits riens, à saisir le monde dans ce qu'il a de plus discret et de plus ordinaire. Quand j'allais au musée avec ma classe, je ne m'intéressais jamais ni à l'époque, ni au style de tel ou tel tableau, ni à la finesse d'exécution de telle statue. Non, ce que je cherchais, c'était les traces de vie. Pouvoir se dire, en regardant ce miroir égyptien cabossé, qu'il y a deux mille ans de cela, une femme l'avait fracassé au sol parce qu'elle refusait de se voir vieillir. Trouver des preuves d'existence, voir ce que cache la forme. Chercher, fureter, observer… Rien d'étonnant, donc, à ce que je me tourne vers le journalisme. Je me rêvais grand reporter, toujours entre deux avions, entre deux femmes, vivant par-delà les créneaux horaires, bruissant au rythme du monde. Mais je n'y suis jamais vraiment arrivé. Je ne suis qu'un petit scribouillard travaillant pour l'un des pires canards du pays. Mes rêves, je les ai laissés derrière moi, sur le bord de la route, il y a longtemps…

Un souffle froid vient pénétrer la salle. Un claquement de porte, un rire étouffé, suivi d'autres gloussements. Des paroles trop fortes, et des voix guillerettes et fraîches. Je me retourne. Un groupe de jeunes garçons et filles d'une vingtaine d'années vient d'entrer dans le pub et se retient tant bien que mal d'éclater de rire devant la faune en sommeil éthylique du McCoys. Tous passablement éméchés, ils titubent jusqu'à une table calée dans un renfoncement et s'y écroulent. Ils commandent une tournée, font tinter les chopes de bière, portent des toasts à la vie, à l'amour, au futur.

Ils y croient encore… Ils ont raison. Insouciants, stupides et purs.

Je les observe. Les voir comme ça me replonge en arrière. J'ai eu vingt ans, moi aussi.

J'étais étudiant en journalisme à l'université de Saint-John, dans le Minnesota. Les frais scolaires représentaient plus de 32 000 dollars par an. C'était un sacré sacrifice pour mes parents. Il me fallait être au niveau. Je bûchais comme un malade, mais ça me plaisait. J'y croyais vraiment. Comme on y croit quand on a cet âge-là.

Parfois, quand je trouvais que j'avais bien bossé, je m'accordais un petit plaisir. J'allais boire un verre dans l'un des bars du campus. J'aimais bien le Brother Willie. D'abord parce que la bière y était bon marché, mais aussi parce qu'il y avait toujours de l'animation : des concerts, des diffusions des grands matchs de football américain, mais aussi des discussions-débats. Ouvert seulement le soir, le Brother Willie faisait sans cesse salle comble. Avec ses tabourets en bois blond, son comptoir peint en rouge, la mezzanine et la grande hauteur sous plafond, le lieu avait un côté basique, limite cantine, qui me plaisait. La décoration était spartiate. Une guirlande lumineuse suspendue à la balustrade métallique de l'étage, un panneau publicitaire Grain Belt, une enseigne représentant un vélo Fat Tire… Et pourtant, l'atmosphère y était chaleureuse et conviviale. Je m'installais au comptoir, je sortais un bouquin, du genre un peu prétentiard comme *L'Éthique des médias* de Conrad C. Fink, ou affichant clairement la couleur comme *Les Hommes du président* de Woodward et Bernstein… Bien entendu, je n'en lisais pas une ligne. Ce n'était qu'une coquille pour me donner une certaine contenance. Discrètement, je tendais l'oreille pour écouter les discussions des groupes autour de moi. Mais à part une tape sur l'épaule quand un camarade me reconnaissait en allant se chercher une bière et quelques mots échangés à la va-vite, je restais la plupart du temps seul. On ne s'intéressait pas vraiment à moi. J'étais tout ce qu'il y avait de plus commun, pas excentrique pour un sou. Pendant quelques semaines, j'avais tenté de fumer la pipe pour me donner un genre, mais ça m'avait filé la nausée, sans parler des regards amusés qu'on me jetait alors. Du coup, je restais là, à tourner les pages de mon livre, un peu replié sur moi-même. Trop timide, trop con, certainement. J'écoutais. Je vivais à travers eux, par procuration. Aujourd'hui, je le regrette. Je repense souvent à ces années, à cette jeunesse enfuie que je n'ai pas su ou voulu saisir. J'aurais aimé, moi aussi, comme ces jeunes qui me font face en ce moment, pouvoir me foutre du lendemain, me moquer des autres et de moi-même. Mais je n'avais pas les moyens de l'insouciance. Ou peut-être en avais-je peur, tout simplement. Je suis né vieux, raisonnable, trop sage. C'est seulement aujourd'hui, à plus de quarante ans, que je commence à partir en vrille. Je vis à l'envers, en réalité. Je ne garde de ces années qu'un goût d'amertume et des regrets plein la caboche. Je repense, en boucle, à toutes ces occasions manquées, qui auraient pu, si elles avaient été saisies, bouleverser ma vie.

Et parmi celles-là, une en particulier. Une image. Toujours et encore qui revient et me martèle le crâne, à la fois douce et venimeuse. Cette image d'une merveilleuse fille en train de dormir sur mon épaule dans un train de nuit reliant Minneapolis à Chicago, alors qu'on accompagnait l'équipe de football de l'université sur l'un de ses matchs en vue d'un reportage pour notre journal estudiantin, le *Record*. Un article que l'on écrirait ensuite à quatre mains. Le premier et le dernier...

Et puis une autre image me revient en mémoire. Bien plus tôt, cette fois. Ce premier échange. Cette fin d'après-midi d'automne au Brother Willie. Un groupe, sur la droite du comptoir. Et elle, au milieu. À attirer toute la lumière, tous les regards. Mes yeux qui se perdent à la détailler, qui oublient de faire semblant de lire. Ma tête qui me répète : « Merde, ça ne sert à rien, toutes ces conneries. Lâche tout, profite ! » Et ma tête qui bouillonne, et elle qui est belle. Je la regarde parce que je ne sais rien faire d'autre. Au moment où elle lève les yeux vers moi, elle soutient mon regard et me sourit. Pendant ces quelques secondes, il n'y a qu'elle et moi, là. Avant de retourner dans son monde à elle, et moi dans le mien.

Je crois que ma vie a changé ce soir d'automne où cette fille m'a regardé, où j'ai eu la sensation, pour la première fois, d'exister.

Un sourire qui m'a mené jusqu'à aujourd'hui, jusqu'à ce soir.

Je fais un signe au barman pour qu'il me serve une nouvelle bière, une dernière. Je regarde l'heure. Il est déjà vingt-trois heures. Mon attention se porte sur la télévision. C'est le journal de la nuit. En plateau, le présentateur parle du concert de Stilth qui vient de s'achever à l'Apollo. On se retrouve sur les lieux, où un reporter revient sur l'actualité du moment : « David Russo, pour Fox 5 WNYW. Le concert de la star est en train de se transformer en émeute ! La limousine de Stilth est actuellement immobilisée au milieu d'une véritable marée humaine… » Les États-Unis aiment Mike Stilth, la France aime Mike Stilth, le Cambodge aime Mike Stilth, le Tadjikistan aime Mike Stilth. Le monde entier aime Mike Stilth… Une idole à la fois sauvage et un peu lisse, ténébreuse et attachante, un peu rebelle mais pas trop, comme un whisky noyé dans de l'eau. Stilth, c'est du rock and roll sous vide. Propre, léché, rassurant. Et surtout, une véritable industrie. Une machinerie huilée. Pas un boulon qui déconne. Sauf le mien, peut-être.

Moi aussi, un temps, j'ai cru à ces conneries. Je me disais qu'il avait l'air sympa, ce Stilth. J'ai même écouté sa musique, lorsqu'il avait encore ce son brut et sec, limite blues, avant qu'il ne prenne son virage de rock acidulé taillé pour les stades. Mais depuis les dernières semaines et l'interview d'aujourd'hui, son masque de cire a commencé à se fendiller. Durant ses quelques secondes de doute, j'ai pu voir son vrai visage. Des traits tiraillés par la haine, l'amertume et la folie.

C'est décidé, malgré toutes les emmerdes qui me tomberont dessus, je vais la faire, mon enquête.

Je finis ma bière d'une traite, et m'engouffre dans la rue. Il pleut encore dehors. Les taxis jaunes roulent sur la chaussée détrempée. Plus loin, un clochard installe son carton sous la devanture d'une bijouterie. New York restera toujours New York.

La pluie bat le bitume, charriant toutes les immondices que laisse la Grosse Pomme derrière elle. La pluie emporte avec elle tous les secrets, les mensonges, les petites misères de ses habitants, mais elle me laisse, à moi, mes putains de souvenirs.

Elle est là, dès que je ferme les yeux.

Son corps recouvert de boue, ses vêtements déchirés. Sa bouche ouverte sur un gouffre noir.

Elle est là.

5

Mike
15 septembre 1995
New York

Le morceau se termine. Le concert s'achève. Les lumières s'éteignent. Le public reste en suspens. Il fait noir sur scène. Une attente. Comme si tout le monde retenait son souffle. Puis un énorme spot se rallume et m'auréole d'un halo blanc.

Le show s'est plutôt bien passé. L'Apollo a fait salle comble. 1 800 personnes… J'ai perdu l'habitude de jouer dans des salles aussi petites. Mais l'Apollo reste un sacré symbole. Ella Fitzgerald, Marvin Gaye, Stevie Wonder, Jimi Hendrix, James Brown, les Jackson Five… Ils ont tous fait leurs débuts ici, lors des fameuses *Amateur Nights*. Et l'Apollo a connu certains des plus grands concerts de ces quarante dernières années. Bref, il faut en être. De toute manière, qu'ils soient 1 800, 17 000 ou encore 60 000, ça ne change pas grand-chose pour moi. Je ne réfléchis jamais en termes d'individus, car là, ça m'empêcherait de monter sur scène, mais en termes de masse. Il n'y avait pas 1 800 personnes qui m'attendaient ce soir – chacun avec sa vie, ses joies et son désespoir. Non, il y avait le public, ce corps mouvant et épais, comme une vague de bras, de mains, de visages. Une vague qu'il a fallu dompter, diriger et séduire.

Je ressens toujours ça avant de monter sur scène. Malgré les années et les mêmes sets de morceaux rejoués à l'infini, il y a toujours quelque chose. Une énergie, une envie. Ce petit picotement dans le bas de la nuque. Comme une drogue. Les applaudissements, la liesse, ces bras qui se tendent, ça me bouleverse. Ils sont là pour moi. Tous.

Je suis à genoux, sur l'avant-scène, en sueur. Des centaines de bras essaient de m'atteindre. Tout autour pleuvent des bouquets de fleurs, des mots d'amour, des soutiens-gorge. Autant d'offrandes d'un peuple à son dieu. Je suis exténué, j'ai mal aux côtes. Ma jambe droite me tire. Mais je suis bien vivant. Je regarde ces mains, cette marée de mains tendues. Je me relève et m'approche, je laisse mes doigts les effleurer. Des mots fusent entre les cris, des hurlements. Des « Je t'aime » en pagaille, des « Merci », des « Tu es ma vie ». Je ferme les yeux quelques secondes. Ils commencent à m'accrocher, à me tirer vers eux. Déjà, les mailles de ma veste commencent à craquer. Ils m'entraînent vers le rebord de la scène. Je me laisse emporter quelques instants. La pression se fait plus lourde, les caresses plus fortes, les mains deviennent des tenailles. Je fais un signe de tête aux vigiles. En moins d'une seconde, j'ai retrouvé ma liberté. Comme d'habitude, par jeu, par défi, j'ai tenu jusqu'au point limite. Jusqu'au moment où, si je m'étais laissé faire, j'aurais été entraîné dans la fosse. Pour être déchiqueté et dévoré, d'amour et de passion. C'est le seul moment où je suis vraiment en contact avec le public, l'unique instant où je le laisse accéder jusqu'à moi.

Avant de quitter la scène, j'ai un dernier regard en arrière pour eux. Mes fans.

Il y en a de plusieurs sortes. Les premiers, je les appelle « les clones ». Ce sont ceux qui font tout pour me ressembler. Je ne m'y ferai jamais. Regarder dans la fosse, et repérer de-ci, de-là ces copies grotesques, ces masques déformants de ce que je suis. Une ribambelle de caricatures grimaçantes qui s'agite devant moi, bouge comme moi, s'habille comme moi. Ceux-là me font peur. Ils sont prêts à tout, même à se faire charcuter la gueule. Aux premières places, il y a aussi les adoratrices. Celles-là veulent me posséder. Elles rêvent de m'avoir auprès d'elles, enfermé sous verre pour m'ajouter à leur grande collection. En effet, elles ont tout de moi. Tous mes albums, tous mes films… Tous les articles sortis sur moi, parfois même dans toutes les langues. Elles appartiennent à des fans-clubs, s'échangent des infos, de bons tuyaux. Je suis plus qu'une passion pour elles, je suis leur vocation, leur religion. Leur vie. Les adoratrices, ce sont celles qui dorment devant mon hôtel dans des sacs de couchage, passent la nuit collées à la baie vitrée d'un bar en espérant m'apercevoir. Celles aussi qui ont emménagé à proximité de Lost Lakes pour se rapprocher de moi. Et après on s'étonne que je fasse attention à ma sécurité, là-bas. Je veux juste nous protéger, mes enfants et moi, rien de plus.

Derrière les clones et les adoratrices, il y a tous les autres – les fidèles. Une armée aveugle et silencieuse. Ceux qui me suivront partout, tout le temps. Ils ont aujourd'hui entre vingt-cinq et cinquante ans. Et j'ai toujours été là pour eux. Lors de leurs premiers baisers, leurs premières rébellions, leurs premières cuites, leurs premiers bras d'honneur au monde... Dans les heures sombres, c'est moi qui les ai aidés à sécher leurs larmes. Les fidèles sont certainement ceux que je préfère dans tout ce cirque. Me dire que j'ai accompagné la vie de ces gens, que je fais partie de leur histoire et qu'ils ne m'oublieront jamais... Ça me permet de tenir le coup, de m'accrocher malgré la fatigue, la lassitude. Pendant les concerts, les fidèles ont tendance à rester un peu en retrait, dans les gradins, loin de l'hystérie de la fosse. Eux, ils savent qu'ils n'ont plus rien à prouver, que la complicité qui nous unit n'a pas besoin de cris, mais qu'il leur faut simplement se laisser aller, fermer les yeux et fredonner avec moi la rengaine de nos vies mêlées.

Je rejoins Joan en coulisses. Elle me tend une serviette. Je m'éponge le visage. Je vais faire une accolade aux musiciens de mon groupe. Des nouveaux, des jeunes, avec qui je tourne depuis quelques mois. J'ai besoin de changer, sans cesse. Avoir du sang neuf... Je retire ma chemise, la jette au sol. Je tends la main. Instantanément, une assistante de Joan me tend un tee-shirt neuf. J'avance dans les couloirs de l'Apollo jusqu'à ma loge. Joan se place à mes côtés.

— Super concert, Mike. J'ai été en régie et la capture vidéo donnera de très belles images pour le DVD de la tournée.

— Bien. Au fait, et l'interview avec ce type, Green ? Hors de question qu'elle sorte.

— Ne t'inquiète pas, je n'ai pas attendu ton feu vert. Je m'en suis déjà occupée.

Je la fixe.

— Un souci, Joan ?

— Non, rien. Je trouve que le rédacteur en chef a lâché un peu vite. Mais ne t'en fais pas. La situation est sous contrôle. Notre avocat est aussi sur le coup.

Après avoir pris une douche et un petit remontant dans ma loge, j'ai demandé à Joan de nous conduire dans l'une des boîtes qui nous ont invités. Dans la ruelle située à l'arrière de l'Apollo, le passage a été condamné par mon service de sécurité avec de grandes grilles couvertes de bâches noires. Je remarque les trois berlines noires qui vont toutes partir dans des directions différentes. Joan m'en désigne une. Jeremy m'ouvre la portière. Je m'installe. Mon garde du corps s'assied ensuite à mes côtés, tandis que Thomas passe de l'autre côté. Joan, quant à elle, s'installe devant, et ses assistantes, dans la voiture derrière nous.

Le chauffeur a à peine mis le contact que, déjà, les deux autres voitures nous dépassent et roulent au pas. Je m'allume une cigarette et regarde par la fenêtre.

— Putain !

Jeremy tourne la tête vers moi, l'air surpris.

— Qu'est-ce qui se passe, monsieur ?

À son tour, Joan, à l'avant, raccroche son téléphone et se retourne.

— Qu'est-ce qu'il y a, Mike ?

— Tu te fous de moi ou quoi, qu'est-ce qu'il y a ? Mais regarde, putain, les vitres arrière !

— Je ne comprends pas, grince Joan. Je leur avais bien demandé des berlines noires avec toutes les vitres teintées.

— Elle est blindée au moins ?

— Oui, bien sûr. Je suis désolée, Mike, va falloir faire avec. On n'a plus le temps de commander une autre voiture. Ça va aller ?

Sans un mot, je soupire et écrase ma cigarette sur le dos du fauteuil en cuir devant moi. Joan se retourne et s'adresse au chauffeur.

— Si à la sortie de la ruelle un attroupement vous bloque la route, vous n'hésitez pas, vous foncez. Compris ?

— Entendu, mademoiselle.

Les fans sont massés devant la sortie. Des centaines d'yeux se tournent vers la voiture. Un cordon de vigiles tente de les retenir derrière des barrières, mais déjà les plus téméraires parviennent à sauter par-dessus et à passer entre les molosses. Rapidement, les agents sont submergés et les grilles s'effondrent sous le poids de la marée humaine. Les premiers fans se ruent sur la voiture. Collés contre les vitres, ils en font le tour, les yeux exorbités par l'excitation. Un jeune d'une vingtaine d'années se plaque contre la vitre arrière. Je le vois ouvrir grand les yeux. Thomas, par réflexe, tente de boucher la vue avec sa veste, mais c'est trop tard. Le jeune m'a vu.

— C'est lui, à l'arrière, là, c'est Mike ! hurle-t-il tout en me désignant d'une main tremblante.

La voiture est à l'arrêt.

Joan saisit l'épaule du chauffeur et lui intime d'un ton autoritaire :

— Vous démarrez, tout de suite !

— Oui, mademoiselle, répond-il d'un air paniqué.

Mais l'homme reste paralysé. Quelques secondes plus tard, une centaine de fans de tous âges, de tous sexes s'écrase contre la carrosserie. Des flashs crépitent de tous les côtés. Des visages s'amoncellent contre la vitre, les yeux exorbités.

Un groupe de filles, en larmes, contre la portière avant. Une femme de cinquante ans avec un mot plaqué contre la vitre arrière droite : « J'ai toujours été là, Mike. »

Bousculades, empoignades, haine et jalousie. Ils se poussent, jouent des coudes. Les visages se succèdent. Je ne réagis pas, je ne montre rien. Comme par automatisme, un sourire figé s'est posé sur mes lèvres.

— Allez, putain. Réveillez-vous ! s'écrie Joan.

— Je ne peux pas, mademoiselle. Il y a des gens. Je ne peux pas…

En effet, devant le capot, des dizaines de fans ont plaqué leurs mains sur l'engin, autant pour l'immobiliser que pour essayer de me voir de plus près. Dehors, c'est l'hystérie. La voiture est quasiment couverte par la foule.

Le véhicule remue de droite à gauche, sous la pression des corps toujours plus nombreux.

Joan, à bout, balance une gifle sur la joue du chauffeur.

— Allez !

Il cligne des yeux, ahuri, comme s'il reprenait ses esprits, puis relâche enfin le frein à main et commence à rouler.

Mais les corps sont trop nombreux. Une véritable avalanche. À chaque nouvelle percée, ils sont toujours plus derrière. La voiture ne peut avancer que de quelques centimètres par seconde. Patience. Garder le sourire, coûte que coûte.

Le long des vitres, les visages se succèdent, comme une série de diapositives, laissant des traces moites sur le verre. Deux blondes platine, vulgaires au possible, apparaissent sur la droite, se collent à la vitre. Les yeux embués de désir, elles me voient. Elles plaquent leurs lourdes poitrines siliconées contre le verre et soulèvent leurs tee-shirts trop serrés. La chair de leurs seins s'étale sur la glace de la berline. Déformé par la pression, on peut quand même lire ce qu'elles ont écrit autour de leurs tétons : « Nous sommes à toi. » Jeremy me lance un regard amusé. Mon sourire de joker disparaît, seconde après seconde. J'ai les doigts enfoncés dans le cuir du fauteuil. Et ce fracas incessant. Ce boum boum qui monte, qui gagne en intensité. Ils sentent que la voiture accélère, que je leur échappe. Leur fascination laisse place à la violence. Certains jeunes frappent déjà sur les portières.

La voiture commence à avancer plus vite. Nous arrivons au bout de la rue. La pression se fait moins dense. La foule se disperse. Une trentaine d'individus court après nous et continue à taper contre les vitres. Soudain, un choc à l'arrière. Je me retourne. Un homme d'une quarantaine d'années vient de sauter sur le capot et s'accroche péniblement à l'antenne, en équilibre

sur le coffre. Il hurle : « Mike, Mike, regarde-moi ! »
Le chauffeur ralentit et lance des regards effrayés dans
le rétroviseur.

— Tu accélères, ou je te jure que dans moins d'une
heure, tu n'as plus de boulot ! aboie Joan.

Le chauffeur repart, et la voiture rejoint le boulevard
Frederick-Douglass. L'homme est toujours accroché
au véhicule.

— Mike, putain…, supplie-t-il en cherchant mon
regard.

Puis un choc, un fracas. Je ne me retourne pas.
Le silence, enfin.

C'est terminé. Jusqu'à mon prochain retour à l'hôtel,
mon prochain concert… Jusqu'à ma prochaine apparition publique.

Il est temps que je rentre chez moi, que je retrouve
mes enfants.

Joan se tourne vers moi. Elle est rouge pivoine. Son
chignon est défait.

— Ça va, Mike ?

— J'en ai marre, Joan. J'en ai vraiment marre…

— Allez, courage. C'était ton dernier concert, ce
soir. La tournée est terminée. Tu seras bientôt chez toi.

— Ouais… Demande au chauffeur de remonter la
vitre intérieure.

Au bout de quelques secondes, une vitre teintée nous
isole de l'avant de la voiture. Je m'assure d'un rapide
coup d'œil qu'il n'y a aucune caméra dans l'habi-
tacle – sait-on jamais. Je sors la boîte noire de ma
veste, me saisis de l'un des magazines laissés dans la
poche de rangement de la voiture, et m'en sers comme
tablette pour préparer ma ligne. Je l'inhale d'un trait.

Par habitude, je m'essuie instantanément le nez et vérifie mes narines grâce à un petit miroir. Je me détends enfin et m'enfonce dans le cuir de la banquette, entre mes deux gardes du corps impassibles.

Flash.

Cris…

Ça me ramène à cette première fois où j'ai vu la lumière. Il y a longtemps.

Je devais avoir six ans. Ma mère avait décidé de m'emmener dans le centre de Louisville. C'était la première fois que nous sortions de mon quartier de Park Hill. On avait pris le bus. Maman m'avait préparé un panier-repas et, tandis qu'elle me donnait des sandwichs, elle me répétait ce à quoi je devrais bien faire attention. Moi, je m'en foutais pas mal. Je laissais mon regard se perdre sur le décor. West Broadway était bondée. On croisait de gros semi-remorques aux chromes rutilants. On passait sous d'énormes échangeurs en béton et métal. Les routes partaient dans tous les sens, comme autant de promesses de voyage. La plupart des usines, des entrepôts de stockage étaient encore en activité. Puis la zone industrielle a laissé place au vieux centre historique. Nous sommes passés devant la gare Union Station, qui ressemblait à une cathédrale ; devant le building L&N Railroad, tout de briques rouges, de colonnades, style beaux-arts ; et tant d'autres immeubles, aussi impressionnants les uns que les autres. Je me brisais le cou à essayer de tous les observer. Dans le quartier des théâtres, j'étais émerveillé par les dorures, les lumières, l'agitation… Le bus nous a déposés au croisement de West Broadway et de la 4ᵉ. On a marché quelques minutes dans une ruelle noire de monde, avant d'atteindre le Louisville Palace.

Je n'oublierai jamais son immense enseigne lumineuse, couverte de centaines d'ampoules éclatantes, ses grosses lettres bordées de néons jaunes et rouges, et cette devanture baroque digne d'un palais vénitien. On s'est postés contre une barrière et on a attendu là une bonne partie de l'après-midi, jusqu'à la tombée de la nuit. Heure après heure, la foule se massait à nos côtés. Des gens brandissaient des photos d'une très belle femme, d'autres déroulaient des banderoles, ou tentaient de protéger leurs bouquets de fleurs des mouvements de foule. Ça faisait plusieurs heures qu'on attendait comme ça. J'étais comprimé contre une barrière en métal. Je m'ennuyais ferme. Ma mère ne cessait de me répéter « Imprègne-toi », mais je ne savais pas ce que ça voulait dire. Au fond de moi, j'avais un peu peur. Tout ce monde, tous ces gens pressés les uns contre les autres. Vers vingt heures, des spots de lumière ont illuminé le tapis rouge qui remontait jusqu'aux portes battantes. Plein de types avec de gros appareils photo surmontés de flashs se sont agglutinés sur un côté de l'allée. Ça se poussait et ça s'insultait de tous les noms. Je ne comprenais pas ce qui se passait.

Une grosse limousine grise s'est garée le long du trottoir. Un homme, habillé en groom, est venu en ouvrir la portière arrière. Une superbe femme est descendue lentement de la voiture – d'abord un pied, puis l'autre. Ça a été comme un éclat. Un joyau qui nous aurait éclaboussé les yeux. Elle s'est redressée, son sac à la main. Elle portait une robe fourreau blanche sertie de strass. Il n'y avait plus un bruit. Plus rien.

Le silence de centaines de personnes émerveillées par tant de beauté.

Puis, bien sûr, ce fut la frénésie. Les cris. La femme en blanc, tout sourire, a commencé à avancer, faisant de petits saluts de la main droite. J'ai regardé maman. Ses yeux brillaient. Elle m'a serré les épaules, un peu trop fort, et m'a dit à l'oreille : « Regarde-la, Michael. Regarde-la bien. Un jour, tu brilleras comme elle. »

J'ai observé la foule qui nous faisait face, comme un miroir, de l'autre côté du tapis rouge. Certains pleuraient, d'autres éclataient de rire tandis que la femme s'approchait d'eux. Et il y avait ces mains, ces centaines de mains tendues vers elle. Elle en attrapait quelques-unes, elle n'avait pas peur. Ils ne pouvaient pas lui faire de mal. Ils l'aimaient.

Alors, moi aussi, je me suis mis à lui tendre les bras, comme tous les autres. Je me suis mis à crier. Il fallait qu'elle me voie, qu'elle me touche. Elle est passée à moins d'un mètre et m'a jeté un regard en coin, complice. Elle a su. J'en suis certain. Elle a su qu'un jour, moi aussi, je serais là, de l'autre côté. C'était une fée. Elle s'est arrêtée quelques instants devant le parterre de photographes. Les crépitements ont jailli… Flash, flash… C'était comme une symphonie de lumière qui l'enveloppait. Et elle qui se laissait caresser, qui se donnait, qui fermait lentement les yeux, en changeant de pose. Dieu qu'elle était belle. Comme un mirage, elle a disparu derrière les portes battantes et la lumière s'est éteinte. J'ai fondu en larmes. D'excitation, de tristesse, de joie, de jalousie. Après cette première visite au Louisville Palace, il y en eut d'autres, beaucoup d'autres. Des avant-premières, des galas de charité, des inaugurations de magasins de luxe… Toujours au premier rang, plaqués contre les grilles. Il fallait que j'observe, que j'apprenne. « L'important, c'est la lumière », répétait ma mère.

Mais tu avais tort, maman. Tout là-haut, au plus près des étoiles, il n'y a plus de lumière. Il n'y a que l'obscurité… qu'un gouffre de ténèbres qui nous aspire toujours plus loin…

Je m'allume une nouvelle cigarette tandis que la berline ralentit devant l'entrée de la boîte de nuit, le Limelight. C'est un des hauts lieux de la nuit new-yorkaise, bâti dans une ancienne église épiscopale. Je crois être déjà venu ici. Je ne m'en souviens plus trop. Je ne devais pas être frais.

Joan sort la première et s'avance vers l'entrée. Elle échange quelques mots avec le physionomiste, qui demande tout de suite à ses videurs de nous préparer le passage. Les yeux des noctambules sont rivés sur la berline. Dans la file, la rumeur court déjà : « Et si c'était Stilth ? »…

Jeremy est déjà prêt à me suivre, sur le côté du véhi-cule. Je sors de la berline. Le silence, les murmures, puis les cris. Comme toujours.

Un sourire à droite, à gauche, et je m'engouffre dans la boîte de nuit, encadré par mes deux gardes du corps. Nous montons quelques marches et traversons le porche. Joan, devant moi, parle avec un homme, élancé, les cheveux blonds lissés en arrière, portant un costume noir sur un tee-shirt blanc. Le gérant de la boîte, sans doute. Il se jette sur moi et m'attrape la main en me la serrant longuement. Je déteste ça.

— Salut, Mike. Bienvenue au Limelight. Tu es ici chez toi. Moi, c'est Pete. Mais on s'est déjà rencontrés, hein.

Il me fait un clin d'œil, comme pour marquer une certaine connivence. Je n'ai aucun souvenir de ce type.

À l'intérieur, le spectacle est complètement décadent. Ça me plaît. La nef a été transformée en une énorme piste de danse. Le style gothique de l'église est relevé par des spots bleu-violet qui éclairent les colonnes. Sous la voûte du plafond sont suspendues des cages en fer dans lesquelles des mecs et des filles dansent lascivement, torses nus. Au fond, en lieu et place de l'autel, une énorme estrade où le DJ balance un morceau aux beats assourdissants. C'est de la techno, ça vient de Detroit. Ça fait fureur, en ce moment. Aux États-Unis et partout ailleurs. C'est si loin de moi. Ce rythme syncopé, ces nappes de claviers qui se superposent et s'accélèrent. Si binaire, si froid. Les temps changent, moi non… Derrière le DJ, sous les énormes vitraux éclairés de l'extérieur, deux impressionnantes enceintes font vibrer le sol. Des centaines de clubbeurs dansent. Peaux luisantes de sueur, chair contre chair… Goths, gamins de Brooklyn, travelos, mannequins… Ils partagent tous la même frénésie, et certainement les mêmes cachets d'ecstasy. En hauteur, des passerelles en métal font tout le tour de l'église. Là aussi, on danse, on boit. À l'étage, un grand orgue en bois a été transformé en bar. Certains de ses tuyaux en acier ont été remplacés par des tubes en verre remplis d'alcool.

— Suis-moi, Mike, je t'emmène dans le carré VIP, reprend Pete. C'est l'ancienne sacristie de l'église. Car on est dans un lieu saint, mon vieux. J'espère que t'as pensé à te signer en entrant !

Il doit la faire à tout le monde, cette blague pourrie.

Mes gardes du corps et les vigiles de la boîte poussent les danseurs pour nous laisser passer. Nous croisons quelques drag-queens, des mecs bodybuildés, fumant une cigarette contre une colonne. Nous montons quelques marches. Pete se retourne :

— C'est génial que tu sois là, Mike. On a du beau monde au Limelight, ce soir. Y a Manny Ortega qui est là aussi. J'adore ce type ! Tu connais Manny ?

Non, et je m'en fous. Mais je me retiens de lui balancer ça. Pour le moment.

On arrive dans une salle voûtée. La musique y est moins forte. Un bar en bois dans l'angle. Au plafond, des chandeliers en verre. La pièce est baignée d'une lumière rose qui tire sur le violet. Pete nous invite à nous installer autour d'un canapé circulaire, et des serveurs s'empressent de nous apporter des magnums de champagne, de la vodka et du whisky. Je me sers un whisky sec. Pete s'assied à ma gauche et détaille ce qu'il y a sur la table.

— Si t'as besoin de quoi que ce soit, j'ai toutes les hosties qu'il te faut. Coke, ecstasy, kétamine… t'hésites pas, c'est la maison qui régale.

— Ça ira, j'ai ce qu'il me faut, dis-je en tapotant la poche de ma veste.

Je fais un geste à Joan.

— Dégage-moi ce connard. Je veux être tranquille.

Joan opine et s'éloigne aussitôt avec Pete, en moins de temps qu'il n'en faut pour le dire.

En face de nous, sur l'un des autres canapés, un groupe attire les regards. Trois, quatre mecs d'origine latine sont entourés de superbes naïades. Les filles dansent autour d'eux tandis qu'ils parlent et rient aux éclats, cigare aux lèvres. L'un d'eux, un jeune, portant un costume crème trop serré, semble me remarquer et me fait un grand signe de main. Je ne lui réponds pas et m'allume une cigarette. Joan revient s'asseoir à mes côtés.

— Chouette endroit, non ?

— Si tu le dis…

— Quelque chose ne va pas, Mike ?

— Je ne sais pas si c'était une bonne idée. Je ne me sens pas trop de sortir, en fait.

— C'est bon d'un peu te montrer, Mike. Pour ton image, pour tout.

Elle soulève son verre.

— Allez, trinquons. À la fin de cette tournée !

— Santé ! La prochaine fois, promets-moi qu'on essaiera de partir moins longtemps.

— Les tournées sont vraiment importantes, Mike. En plus des places de concert, les ventes de CD et de *goodies* nous assurent une sacrée marge. Et tu sais bien que le dernier album n'a pas fonctionné comme…

— Joan, stop.

— Quoi ?

— Arrête de penser au boulot.

Je bois une autre gorgée de mon whisky.

Des éclats de rire à la table en face. Une des filles vient de chuter du fauteuil où elle dansait.

— Les enfants me manquent, Joan.

— Je sais bien. Tu as pensé à les appeler ce soir ?

— Merde… Avec tout ce qui s'est passé, ça m'est sorti de la tête. Il est quelle heure, là ?

— 23 h 30.

— Noah a dû attendre mon coup de fil. Je le connais. Il ne dort pas. C'est sûr. Appelle, vite.

Pendant que Joan compose le numéro de Lost Lakes, je me sers un deuxième whisky.

Elle me tend le portable. Je le colle contre mon oreille. J'ai du mal à entendre avec le bruit de la boîte. Au bout de quelques instants, une voix stricte au bout du fil. C'est miss Berkley, la gouvernante. Elle va me chercher Noah. J'échange quelques mots avec mon fils. Il est un peu bizarre au téléphone, un peu froid… J'ai l'impression qu'il s'est un peu éloigné, ces derniers temps. Peut-être grandit-il, tout simplement. Il aura bientôt onze ans, après tout…

Après avoir raccroché, je remarque deux filles longilignes au bar. Des mannequins certainement, qui me dévisagent. Elles savent qui je suis. Elles n'attendent qu'une chose, que je les rejoigne. Elles se mettent à danser, tout en vérifiant que je les observe toujours. Elles en font des tonnes. C'est à la fois excitant et un peu pathétique.

Une serveuse s'avance vers nous, une bouteille à la main. Un Macallan 1939. Sacré whisky. Dans les 10 000 dollars la bouteille.

— Monsieur Stilth, ce whisky vous est offert par Manuel Ortega, qui est assis là-bas. Il voudrait partager un verre avec vous.

— Laissez la bouteille là. Remerciez-le de ma part.

Je me tourne vers Joan.

— C'est qui ce guignol, Joan ?

— Ortega, c'est le chanteur qui monte. Il vient de Miami. Il fait de la pop latino. Un énorme carton, ici, mais aussi en Amérique latine. Il va aller loin, ce gamin, c'est sûr. D'ailleurs, il me fait un peu penser à toi plus jeune. Il veut tout, tout de suite. Et ce qu'il ne peut pas avoir, il le prend.

Du coin de l'œil, je suis la serveuse qui, revenue à la table d'Ortega, lui raconte ma réaction.

Celui-ci tire sur son costume, replace sa mèche sur le côté et s'avance d'un pas décidé vers nous. Il roule des mécaniques, tape sur les épaules de deux, trois personnes. Sourire éclatant, charme ravageur… Bref, insupportable.

— Salut, Mike. Alors, la bouteille te plaît ?

— Ouais, merci.

Il me tend la main.

J'hésite un instant, puis la lui serre.

— Je suis Manuel Ortega. Mais tout le monde m'appelle Manny.

Le gamin s'assied en face de moi, sans gêne. Il croit que tout lui est dû.

— Je ne me suis pas trompé pour le whisky, Mike ? C'est ton alcool préféré, non ? Mec, je dois te dire, je suis fan, vraiment. Sans toi, sans tout ce que tu as fait, je ne serais pas là.

Mais il va la fermer, sa petite gueule…

— Ma mère écoutait tes albums en boucle quand j'étais môme. Elle m'a transmis la flamme… J'ai vu tous tes concerts, Mike. Gamin, je copiais même ta manière de bouger sur scène en me regardant dans la glace. Tu connais un peu ce que je fais ?

— Non. Désolé, Manny.

Je me fous de ce que tu fais. De la soupe pour ados que tu chies par la bouche.

— Ça ne te dirait pas qu'on réfléchisse à un duo ensemble, Mike ? Toi, tu chanterais en anglais, moi en espagnol. Ça serait un énorme carton. Tu vois le truc un peu ? Deux générations réunies.

— Non, je ne vois pas bien.

— Tu sais, ça cause un peu dans l'industrie. On est tous au courant de ta petite perte de vitesse. Ça me ferait plaisir de redonner un coup de *boost* à ta carrière, mec. C'est le moins que je te doive.

— Ferme ta gueule et casse-toi.

C'est sorti sans que je puisse me retenir.

— Excuse-moi. J'ai dû mal comprendre.

— Je t'ai demandé de te casser. Tu me fais chier, Ortega. Je me fous de toi, de ta petite gueule, de ta musique de merde. Je veux que tu dégages de ma table. Et ton whisky, regarde ce que j'en fais.

Je me saisis du Macallan, ouvre la bouteille et la déverse, lentement, sur la moquette rouge du sol.

Ortega reste bouche bée.

— Espèce de vieux con. T'es fini…

Il regarde à droite et à gauche, comme pour s'assurer que personne n'a été témoin de son humiliation, se relève et retourne à sa table.

— Mike, tu n'aurais pas dû…, murmure Joan.

— Qu'il aille se faire foutre. Il avait bien besoin de se faire remettre à sa place. Autre chose : tu vois ces deux filles, là-bas ? Tu leur donnes l'adresse de l'hôtel, le numéro de ma chambre. Tu leur dis que je les y attends.

Joan acquiesce.

Je m'approche de l'oreille de Thomas, assis à ma gauche.

— Je veux que Jeremy et toi vous suiviez ce petit con d'Ortega. Une fois arrivé à son hôtel, défoncez-lui la gueule. Et dites-lui bien que c'est de ma part.

— Entendu, boss.

Je bois une dernière gorgée de whisky et quitte le carré VIP de la boîte. Avant de sortir, je pointe du doigt Ortega qui me fixe avec des yeux noirs. T'es pas près de m'oublier, merdeux.

6

Noah
15 septembre 1995
Lost Lakes

Le téléphone sonne, en bas. Il est 23 h 30. Personne n'appelle à la maison à une heure pareille. Ça ne peut être que lui.

Je me retourne dans mon lit, remonte le duvet jusqu'à mes oreilles. Comme ça, peut-être que Berk pensera que je dors. Berk, c'est la gouvernante de la maison : miss Berkley, de son vrai nom. C'est une vieille peau qui travaille pour mon père depuis long-temps. Elle est tellement méchante qu'on a l'impression que ça l'assèche de l'intérieur : résultat, elle est toute maigre, elle a des cernes sous les yeux et des taches marron sur les mains et le front. Elle en a toujours après nous. Après moi, surtout. Elle passe son temps à me courser dans la maison, à essayer de m'attraper avec ses doigts maigres qui me font penser aux araignées du grenier.

De toute manière, même quand je me fais prendre, elle me gronde un grand coup, mais elle ne fait jamais rien. Elle a trop peur de mon père.

Quand papa est absent, elle me répète souvent : « Mais qu'est-ce qu'on va faire de toi ? » À l'inverse, quand il est à Lost Lakes, c'est grand sourire et petites courbettes. Aux petits soins avec moi. Ça m'énerve !

Le parquet du couloir grince. C'est elle. Elle vient me chercher. Elle entrouvre la porte et m'appelle. Je fais semblant de dormir. Elle s'approche de mon lit et m'appuie sur l'épaule.

— Noah, c'est ton père au téléphone. Dépêche-toi.

— Je dors…

— Dépêche-toi, j'ai dit.

Je me lève, attrape ma robe de chambre et suis Berk jusqu'au téléphone qui est au bout du couloir. Je prends le combiné, il y a beaucoup de bruit derrière.

— Bonsoir, mon ange. C'est moi. Quoi de neuf ? Tout va bien à la maison ?

— Oui, tout va bien. Tu nous manques, à Eva et moi.

— Tu as bien travaillé ? Tu me réciteras ce que tu as appris aujourd'hui ?

Papa dit toujours ça au téléphone. Mais une fois qu'il est là, il oublie. Il n'a pas le temps, pas l'envie.

Je lui dis qu'il aurait dû nous appeler plus tôt, qu'Eva a attendu son coup de fil, et qu'elle a un peu pleuré aussi. Papa s'inquiète toujours pour ma sœur.

Elle est gentille, Eva. Et très intelligente. Plus que moi, je pense. Tout le monde l'adore. C'est vrai qu'elle est jolie et drôle. Parfois, ça m'énerve un peu. Et puis, comme tout le monde ici, Eva change du tout au tout quand papa est là. Elle veut se faire remarquer. La dernière fois, elle lui a montré qu'elle avait appris une de ses chansons par cœur. Moi, j'aimerais bien aussi, mais je n'y arrive pas. J'ai l'impression qu'il y a des trucs dans ma tête qui n'impriment pas. Mais ce n'est pas grave, parce que Eva aime bien « prendre la lumière ». C'est ce que dit papa. Il dit qu'elle deviendra une grande star. C'est peut-être vrai. Moi, ça ne me dérange pas de rester en arrière. Je préfère qu'on me laisse tranquille.

— Il faut que je te laisse, mon fils. Je ne t'entends pas bien. Je t'aime fort.

— Moi aussi. Au revoir, papa.

Au moment où je raccroche, Grace sort de sa chambre, l'air endormie. Elle s'approche de moi et me caresse les cheveux. Grace, c'est l'une de nos nounous, avec Melinda et Susan. Elles sont plutôt gentilles et douces. Elles ne sont pas vieilles comme Berk, elles ont dans les trente ans. Quand je demande à Grace pourquoi elle n'a pas d'enfants, elle me dit que c'est un peu nous, ses enfants. Ça me fait plaisir. Mais Grace n'est pas ma mère. Je n'ai pas de maman. Papa nous l'a bien expliqué. Nos trois nounous, elles restent tout le temps ici, à Lost Lakes. Je ne sais pas comment elles font pour voir leurs familles. Melinda et Susan, je les connais depuis que je suis né. Grace, elle, est arrivée il y a quelques mois. C'est ma préférée. Même si, parfois, elle nous regarde avec un air bizarre, des yeux un peu tristes... Ce que j'aime avec elle, c'est qu'elle est normale avec nous. Il lui arrive de s'énerver et de nous lâcher des « putain », mais au moins elle ne fait pas semblant. Melinda et Susan, au contraire, elles nous parlent toujours avec un grand sourire, les mains jointes et les yeux plissés. Comme si elles portaient un masque. Je comprends bien pourquoi. On est les enfants de Mike Stilth… Au moins, avec Grace, ça vient du cœur. Elle est naturelle, et nous aussi. C'est un peu comme avec Spencer, le vieil homme qui s'occupe de la grande serre. Lui, c'est notre copain. On va souvent l'aider à jardiner. On reste comme ça, les mains dans la terre, on ne se parle pas beaucoup, mais c'est bien aussi.

Après le coup de fil de papa, Grace me demande si je suis content que mon père rentre bientôt. Même elle ne comprend pas. Je me dégage d'un mouvement de bras. Il faut que je respire. Je cours, sans me retourner. Qu'elles essaient de me rattraper, tiens. J'ai envie qu'on me laisse seul.

J'arrive à bout de souffle dans la grande galerie, plongée dans l'obscurité. Comme toujours, je fais attention de bien marcher sur les dalles blanches, pas les noires. C'est un jeu entre Eva et moi. Le sol ressemble à un grand échiquier, et on aime bien se répéter que si on marche sur une dalle noire, un grand malheur nous arrivera. Alors on fait attention, c'est normal.

Je regarde par les hautes fenêtres. Dehors, le parc est silencieux. Une grande lune l'éclaire d'une drôle de lumière blanche. Et les arbres, qui commencent à perdre leurs feuilles, bougent avec le vent. Ça fait un peu peur. J'accélère le pas et me retrouve dans le couloir rouge qui traverse le rez-de-chaussée de l'aile nord du manoir. Le parquet grince au rythme de mes pas, comme des petits cris étranges. Sur les murs, il y a d'immenses tapisseries et des photos de papa, retraçant toute sa carrière. Je n'aime pas trop passer par ici, j'ai l'impression qu'il m'observe. Je me dépêche. Je prends l'escalier en colimaçon. Je passe devant une porte, une deuxième, une troisième. C'est là. Sans faire de bruit, je sors ma clé secrète que je garde autour du cou. C'est un passe-partout que j'ai piqué il n'y a pas longtemps dans le bureau de Berk. Je tourne deux tours vers la droite. J'entre et referme derrière moi.

Voilà mon repaire. Ma base secrète. La bibliothèque.

Papa m'a dit une fois qu'il l'a fait venir d'un vieux château en France. C'est du « gothique ». J'aime bien venir ici. On ne m'y cherche jamais. Tout le monde a peur de cet endroit, avec ses grandes colonnes tout en bois, et ses escaliers en fer qui couinent quand on grimpe dessus. Ça sent la poussière, le papier usé et le cuir. Je m'y sens bien. Je me suis même construit une tente à l'étage, avec des draps et des couvertures que j'ai accrochés sous une échelle qui sert à aller chercher les livres en hauteur. J'ai aussi piqué quelques coussins dans les différents salons. Un à chaque fois, pour ne pas me faire attraper. Et puis, j'ai prévu des vivres. Des gâteaux et des sucreries que je prends la nuit dans le cellier avec mon passe-partout. Des fois, je reste longtemps ici. Je regarde les dessins des vieux livres, je sens leur odeur. Je lis des histoires. Jules Verne, H. G. Wells, Robert Louis Stevenson, Jack London… mes écrivains préférés.

Quand je tiens compagnie aux livres, je ne m'ennuie jamais. Un jour, Spencer m'a donné un exemplaire corné de *Tom Sawyer*, et m'a dit qu'« il n'y a rien de plus triste qu'un livre qu'on oublie. Un bouquin, à chaque fois qu'on le lit, on lui redonne un peu vie ».

Parfois, je joue avec le grand planisphère en bois. Je le fais tourner et je pose mon doigt au hasard quelque part. Venezuela, Yougoslavie, Kirghizistan… D'abord, j'essaie de m'imaginer la vie des gens là-bas, puis je vérifie sur une des encyclopédies.

Je le fais tourner, tourner…

Je pointe mon doigt. C'est le Mexique. Pas si loin de là où je vis, dans le New Hampshire. Pourtant, je n'irai jamais là-bas. Papa ne veut pas que je quitte Lost Lakes. Il paraît que dehors les gens sont fous et méchants, que c'est dangereux. Que le monde du dehors, c'est comme une grande maladie. Alors, Eva et moi, on reste ici. C'est vrai qu'on y est bien.

Mais au fond, je sais que papa a tort. Car la maladie, elle est déjà à Lost Lakes. Je l'ai compris l'autre fois quand je suis allé dans les appartements interdits de l'aile nord. Le domaine de Caan. J'ai vu ce qu'ils font là-bas. Lui, les autres, et papa aussi. Et j'ai eu tellement peur…

7

Eva
9 juin 2006
Los Angeles

Qu'ils aillent se faire foutre. Tous autant qu'ils sont.
Je ne réussis pas à tourner la clé dans la serrure.
Ça ne va pas fort… Finalement, je parviens à ouvrir la
porte de la villa. Derrière moi, j'entends le moteur de
ma Porsche qui continue à tourner, la portière ouverte.
Je m'en fous… Faut que je m'allonge. J'allume la
lumière et m'écroule dans mon grand canapé en cuir
blanc. Je cherche une cigarette dans mon sac à main.
Merde, je n'en ai plus. Un sachet tombe par terre.
Ça va peut-être me requinquer un peu. Je me redresse.
Putain, j'ai la tête qui tourne… J'étais où avant déjà ?
Ah oui, à la soirée de fin de tournage de cette série…
Je me prépare une ligne. Je sniffe… Je reviens un peu.

Ça va aller, Eva. Tu t'en sors toujours. T'as besoin
de personne.

Mon téléphone sonne. Merde, cinq messages. C'est
elle, encore, qui me fait chier avec ses histoires.

— Eva, c'est Joan. Qu'est-ce que t'as foutu cet après-midi ? Le réalisateur m'a appelée pour me dire que tu avais quitté le tournage en plein milieu d'une scène. C'est quoi ces conneries, Eva ? Tu veux vraiment te griller partout ? Ce film, c'est ta dernière chance... Plus personne ne veut bosser avec toi. Tu m'avais promis de faire des efforts...

Je jette mon téléphone à l'autre bout de la pièce. Il se fracasse sur le sol en marbre.

Faire des efforts. Donner le change. Sourire à ces enculés de paparazzis qui me traquent jour et nuit. Accepter de laisser ce blaireau de réalisateur me parler comme à une demeurée : « Eva, il faut que tu retiennes ton texte. On perd trop de temps sur chaque scène. » Je retiens ce que je veux. S'il était foutu d'écrire des dialogues potables, aussi. J'ai bien tenté de lui expliquer que personne ne parlait comme ça, et surtout pas une nana qui bosserait dans un *diner*. « Et qu'est-ce que tu en sais, Eva ? Tu t'es regardée un peu ? Tu n'as connu que le luxe toute ta vie. Tu n'as jamais bossé. Jamais galéré. Moi, j'écris sur ce que je connais... » Quel connard... Qu'est-ce que tu sais de ma vie ?

Allez vous faire foutre. Tous.

Je me gratte le bras. Il y a des traces de piqûre. Ça me démange. N'y pense pas, Eva. C'est du passé. Ça va mieux, maintenant.

J'ai envie de me baigner. Oui, c'est une bonne idée. Ça me fera du bien.

Je me déshabille. Je manque de me casser la gueule en retirant ma jupe. J'ouvre la baie vitrée. La piscine, éclairée, renvoie des milliers de reflets. Comme si j'allais plonger dans un océan de saphirs. M'enfoncer, tout au fond. Je descends les quelques marches. Elle est un peu fraîche, mais ça fait du bien.

Je plonge. L'eau glisse sur mon corps. Je fais quelques brasses, puis ressors. Il y a comme un bruit dans les buissons. Non, Eva. Ça suffit...

« Tu prends la lumière. » Je me rappelle ce que me disait mon père. Tu ne nous avais pas préparés, papa. À la sauvagerie du monde. À tous ces faux-semblants, tous ces masques. Tout ce rien. Tu avais peut-être raison, au fond. Peut-être qu'on n'aurait jamais dû sortir de Lost Lakes. Peut-être que si on était restés là-bas, Noah ne serait pas parti, et moi, je ne serais pas aussi brisée. Et toi, peut-être, serais-tu encore vivant...

Ton ombre est partout, papa. Dans tout ce que je fais. Tu me manques tellement. Noah aussi... mais ce n'est pas pareil.

Je plonge, retiens ma tête sous l'eau. Comme quand on était gamins et qu'on faisait des concours d'apnée dans la piscine de Lost Lakes. Je suis sûre que je peux gagner maintenant. Et si je ne remontais pas ? Et si je restais en bas ? Tu m'attends quelque part, papa ? Tu seras là ? Ou tu enverras ton ange gardien, celui qui m'a toujours protégée ?

Je vais recommencer. Je le sais. J'ouvre la bouche, je crie. Mais sous l'eau, personne n'entend jamais rien. Je sens que je m'étouffe. L'eau entre dans mes poumons. En finir, maintenant...

Je ferme les yeux. Je retourne là-bas. Je saute à cloche-pied sur le damier de la grande galerie. Noah, tu es là, devant moi. Tu rigoles en me regardant. Je perds l'équilibre et ma main touche une dalle noire. Ça veut dire que tout est de ma faute, frérot ? Que je nous ai porté malheur ? Et si papa était mort à cause de nous ?

Marre de tout ça. Des mêmes douleurs, des cicatrices qui ne se refermeront jamais. J'ouvre la bouche, je crie plus fort.

Stop. Tout s'arrête. Fin du morceau. La pellicule tourne dans le vide. Fin.

On me tire soudain par les bras, on me sort de l'eau. J'ouvre les yeux, mais je vois flou. J'ai l'impression de ne plus respirer. Suis-je morte ? Quelqu'un est au-dessus de moi et m'appuie fort sur le torse, mais je ne ressens rien. Après un long moment, je recrache de l'eau. Je parviens à prendre une grande inspiration. L'inconnu me place sur le côté et me tapote dans le dos. Il voit que je grelotte. Il s'éloigne un instant avant de recouvrir mon corps d'une large serviette.

J'entends une voix d'homme.

— Je suis là pour te protéger, Eva. Il faut que tu vives, sinon tout cela n'aura servi à rien. Il faut que tu vives pour te venger.

La silhouette s'éloigne. Je reste là, immobile, sur le carrelage tiède de la piscine.

Me venger…

8

Clara
24 mai 1993
Killington, Vermont

— Tu m'en remets un autre, s'il te plaît, Brody ?

Le barman du McGrath, visage émacié, cheveux frisés grisonnants et une large moustache tombante sur ses joues, attrape mon verre et y verse une rasade de whisky.

— T'as une petite mine, Clara. Tout roule ?

— On fait aller.

Brody jette un œil au pied de mon tabouret, le long du comptoir.

— Tu pars en voyage ? dit-il en regardant ma valise.

— On peut dire ça…

Le bonhomme sent qu'il ne faut pas insister. Que ce n'est pas un bon soir pour moi. Il me connaît bien maintenant.

Ce soir, j'ai rendez-vous pour enfin devenir une invitée permanente de Lost Lakes. Caan doit venir me chercher d'ici quelques minutes pour aller vivre là-bas, avec eux. J'ai une boule au ventre. La peur mêlée à une certaine forme d'excitation. Je crois que je suis un peu en manque aussi. Je demande à Brody de garder un œil sur ma valise. J'attrape mon sac à main et me rends dans les toilettes. Rapidement, je me fais une ligne, sur le lavabo jauni. Je croise mon reflet dans le miroir. Je replace une mèche de cheveux, m'essuie le nez. Putain, Clara, qu'est-ce que tu fous ?

Mes mains tremblent. Je les maintiens serrées quelques secondes.

J'inspecte de nouveau mon sac à main… Ils ne le trouveront pas. C'est impossible. Tu as acheté un sac avec un double fond exprès. Et c'est un des appareils photo les plus compacts qui existent. Respire. Il n'y a aucun risque.

Et si tu foutais le camp ? Et si tu te barrais avant que Caan n'arrive ? Non, j'ai déjà été trop loin. Et, là-bas, il y a encore les autres filles. Linda, la première… Avec tout ce qu'elle se met dans les veines, la gamine ne tiendra pas longtemps…

Il faut que j'accumule un maximum de preuves sur ce qu'il se passe là-bas et que je balance tout pour que ça cesse.

Mais bon sang, pourquoi est-ce que j'ai aussi peur ? Si seulement il y avait quelqu'un qui pouvait m'aider ? Si seulement…

Un nom me vient en tête. Comme une évidence. Green… Paul Green.

Ça fait des années que je ne l'ai pas vu… Ça n'a aucun sens. Mais je ne perds pas grand-chose à essayer. Je sors des toilettes et me dirige vers le vieux téléphone crasseux, au bout du comptoir. J'appelle les renseignements, demande à l'opératrice s'il existe un Paul Green domicilié à Washington. Aux dernières nouvelles, c'est là qu'il vivait. Une attente. Elle me transmet un numéro que je m'efforce de retenir.

Il est 21 h 55. Ils seront là dans moins de cinq minutes…

Je compose le numéro… J'espère que c'est le bon. Une voix sur un répondeur. Je la reconnais ! C'est la sienne, aucun doute, mais elle semble voilée, un peu usée.

— Salut, Paul, c'est Clara Miller. Je ne sais pas si tu te souviens de moi, on était ensemble à Saint-John. J'ai entendu dire que tu es journaliste. Pour le *Globe*, n'est-ce pas ? Tu t'en sors bien, c'est chouette… J'aurais dû te donner des nouvelles, je suis désolée. Écoute, je suis sur un gros coup. C'est du lourd, Paul. Je me suis infiltrée dans l'entourage de Mike Stilth. Il se passe des trucs pas nets. Je vais tout balancer… Ma rédaction veut enterrer l'affaire. Je n'ai personne à qui parler. Personne en qui j'ai confiance. Je ne sais pas pourquoi je t'appelle, toi. C'est vrai, ça fait si longtemps… J'ai besoin que tu m'aides, Paul. Je n'y arriverai pas toute seule. Ça va trop loin. Je ne sais plus où j'en suis, merde… Bon, il faut que je te laisse. Je te rappellerai plus tard.

Pendant quelques secondes, j'observe le McGrath. La soirée est calme, comme souvent en semaine. Deux, trois types jouent au billard dans l'arrière-salle. Il y a quelques habitués qui sirotent une Guinness au comptoir. Ce lieu m'est devenu si familier. Les suspensions en carreaux de verre coloré au-dessus du bar, le comptoir taillé dans le tronc d'un énorme pin blanc. Le mur recouvert d'un bric à brac hétéroclite : ici une vieille paire de skis, quelques photos des habitués, là une collection d'insignes de police de tous les États du pays ; plus loin, une tête de cerf empaillée couverte de guirlandes, affublée d'une paire de lunettes de soleil, d'une cravate aux couleurs de la Saint-Patrick… Une foultitude d'objets, accumulation anarchique de formes, de couleurs, qui composent autant de strates superposées depuis les années 1970 et racontent, chacun à leur manière, l'histoire du bar et de ses propriétaires, Brody et Nora.

Le McGrath est devenu, pendant des semaines, des mois, une seconde maison pour moi. J'y ai passé plus de temps que dans mon appartement miteux du centre-ville. Soir après soir, j'ai affiné mon personnage. Je suis devenue Clara Baker, hôtesse d'accueil au Castle Hill Resort. Une femme qui a fui, pour des raisons obscures, sa vie d'avant, à Chicago… Ici, dans ce coin montagneux, on ne pose, de toute façon, pas trop de questions. Chacun vit avec ses secrets. Pour eux, je suis juste une jolie fille taciturne qui se défonce un peu trop… Ça fait quasiment un an que je traîne dans la région. Tout le monde me connaît. Personne ne pourrait imaginer une seule seconde que je suis journaliste au *New York Times*. Mais le suis-je seulement encore ? Cela fait des mois que je n'ai pas foutu les pieds à la rédaction. Le budget alloué pour mon reportage a, depuis longtemps, été dilapidé. Dans mes loyers, dans la défonce aussi… Mon chef me refuse toute nouvelle avance, tandis que mes anciens collègues, eux, ne répondent plus à mes coups de fil. Ils pensent que j'ai déraillé, que je poursuis des chimères.

Ou peut-être, simplement, ont-ils peur de Stilth, comme tout le monde…

Le McGrath, la valse de ses habitués, les mêmes discussions répétées chaque jour, sur ces touristes qui se croient tout permis, cette saison qui n'est pas aussi bonne que les précédentes, ce dernier verre, juste un, tout cela est devenu mon quotidien… Pourquoi ce pub, dans cette ville ? Parce que j'avais appris qu'il faisait partie, avec quelques autres bars des États voisins du New Hampshire, de la zone de chasse de Caan Robertson. Alors je suis restée là, à attendre, à espérer que Caan et les rabatteurs de Lost Lakes finissent enfin par se pointer et me remarquent. Il aura fallu du temps. Plus de deux mois. Car le confident de Stilth est méfiant. Lui et ses hommes prennent leurs précautions. Ils veulent être sûrs. Comme des prédateurs, ils vous tournent autour, vous observent, avant de vous aborder, de vous payer un verre. C'est seulement au moment où ils sont certains de votre identité, quand ils se sont bien rencardés sur vous, qu'ils vous parlent de Mike et de Lost Lakes. À ce stade, ils vous proposent rapidement de venir participer à une soirée avec eux. C'est de cette manière que ça s'est passé, en tout cas, pour moi…

Je me souviens de la première fois où, dans un gros 4 x 4, ils m'ont emmenée là-bas, au beau milieu de la nuit. Durant tout le trajet, avec les autres filles qu'ils avaient embarquées, ils nous ont fait boire, nous ont offert des acides, un peu de cocaïne. Il fallait qu'on soit « dans l'ambiance ». Puis les contrôles de sécurité, à l'entrée privée de Caan. Et l'arrivée au manoir, spectacle surréaliste. Cette sensation de ne pas vraiment être là, avant de rencontrer la plus grande star au monde, alors qu'on monte les escaliers extérieurs le long de l'aile nord. Les portes s'ouvrent. Un déferlement de musique, de rires. Des spots qui aveuglent. Du monde, partout. Des corps qui se mêlent. Une fille nue, une gamine, Linda, qui traverse le couloir et m'embrasse sur la joue en riant. Une impression curieuse – l'urgence de vivre, peut-être, comme si le monde pouvait crever demain et qu'il fallait, à tout prix, en profiter… Deux, trois gars, dans un coin, qui jouent de la musique. Puis, là-bas, trônant comme un roi, sur un gros fauteuil en cuir, une bouteille de bière à la main, Mike. Une fille assise devant lui, qui le dévore du regard et qui lui parle sans qu'il écoute. Et lui qui lève les yeux vers moi. Je m'étais préparée à tout ça. À cette rencontre. Je m'étais promis de ne pas me faire avoir, de ne pas me laisser berner. Que je ne serais pas comme toutes ces gamines un peu désespérées, celles que l'on croise dans les bars de la région. Ces filles qui vous répètent, avec une étrange lueur dans les yeux, qu'elles seraient prêtes à tout pour passer quelques heures avec lui, ici à Lost Lakes. Pourtant, quand nos regards se sont croisés, mon assurance s'est envolée. Il s'est passé quelque chose. J'ai eu, instantanément, besoin, envie d'être avec lui. Au fond, peut-être que cette enquête n'était qu'une excuse pour pouvoir le rencontrer. Je ne suis qu'une midinette de plus… prête à me brûler les ailes pour m'approcher de lui. Comme toutes les autres.

Les portes du bar s'ouvrent.

Caan et Wedge, son bras droit, y pénètrent. Quelques têtes se lèvent vers eux, puis les regards se détournent.

On sait qu'il ne vaut mieux pas chercher ces deux-là. Caan me fait un signe de main. Je m'approche de lui. Comme toujours, la brûlure qui barre sa joue me frappe.

Il commande un verre.

— Alors, Clara, c'est le grand soir ? demande-t-il.

Je fais oui de la tête.

En un éclair, Caan me détaille de haut en bas. J'ai l'impression qu'il voit à travers moi, qu'il me lit. J'ai un coup de chaud. Je détourne le regard et bois une gorgée de mon whisky tiède pour me donner une contenance.

Je lui demande quelques minutes et retourne, à la hâte, dans les toilettes. Putain…

Et si tu te fais attraper, Clara ? Et si Caan et les types de la sécurité décident de fouiller dans tes affaires ? Et si c'était un piège, s'ils avaient découvert ta véritable identité ?

Pas le choix.

Je m'enferme dans l'une des trois cabines de W-C. J'ai du mal à respirer. Mon sac m'échappe des mains et son contenu se vide sur le sol.

Alors que je suis accroupie pour en ramasser le contenu, j'entends une porte qui s'ouvre dans un grincement. Et sa voix, évidemment.

— Ça va, ma belle ?

J'aperçois ses chaussures. Il sait que je suis là. La poignée s'enfonce, puis se relève. Je ramène, en faisant le moins de bruit possible, le contenu de mon sac vers moi. Caan frappe deux coups secs contre le bois vermoulu de la porte.

— Tu es là-dedans, Clara ?

D'un simple coup de pied, il pourrait faire sauter le verrou. Pas une seconde à perdre.

— Euh, oui… j'en ai pour une minute.

Je ramène les objets que j'ai fait tomber au sol vers moi, le plus silencieusement possible. Mes mains sont moites. Je retire alors le double fond du sac, en extrais le petit appareil photo. Où puis-je le dissimuler ? Dans la poubelle ? J'entends Caan qui, à l'extérieur, s'allume une cigarette.

— Mike va s'impatienter, chérie…

La poubelle… ou… non, plutôt ici, dans le renfoncement, derrière la cuvette des toilettes. Je m'y abaisse. Le sol est humide, l'odeur d'urine, acide, me donne envie de vomir. Allez, tu y es presque. Je me contorsionne et y dépose l'appareil. Puis je range mes affaires, me recoiffe et tire la chasse.

Dos au miroir, appuyé sur l'évier, Caan me fixe.

— Qu'est-ce que tu fabriquais là-dedans ? demande-t-il d'un ton sec.

Je sors le sachet de coke que j'avais dans la poche et lui montre.

— Je me repoudrais le nez.

— Ne joue pas à la conne avec moi, Clara.

Il me bouscule, passe la tête dans les W-C, envoie valdinguer la poubelle. Elle roule au sol en répandant des tampons et des morceaux de papier.

Il se retourne et attrape d'un geste brusque la lanière de mon sac à main. Je la retiens un instant, puis croise son regard noir, et lâche prise. Sans vergogne, il fouille dans mes affaires et me le rend.

— Vide tes poches, Clara.

Je m'exécute. Le sachet de coke, un rouge à lèvres, mon paquet de cigarettes entamé, quelques tickets de caisse froissés…

— Lève les bras.

— À quoi tu joues ?

— Clara, je t'ai jamais sentie. Si c'était pas Mike qui avait insisté, jamais t'aurais été invitée à devenir permanente à Lost Lakes. Alors fais ce que je te dis, compris ?

Je ne lui réponds pas, je ne veux pas prendre le risque de l'énerver. Toutes mes pensées sont tournées vers mon appareil photo, planqué derrière les toilettes. À moins d'un mètre de nous.

J'obtempère et lève les bras.

Caan commence à me palper le corps. Ses mains sont lourdes. Je réprime un frisson quand il s'attarde sur ma poitrine. Il s'agenouille devant moi. Il fait remonter ses mains, lentement, le long de mon jean, un sourire mauvais au bord des lèvres. Il monte encore, jusqu'à s'approcher de mon entrejambe. Je me retiens de lui décocher un coup de genou dans la gueule. Il finit par se relever en s'époussetant le pantalon.

— C'est bon. Tu m'excuses… On se doit de prendre toutes les précautions.

Nous rejoignons Wedge au bar. J'attrape ma valise, salue de la main Brody qui me renvoie mon geste en me lâchant un sourire un peu triste. Il a compris. Il sait où je vais…

Il sait aussi que les filles qui partent, en général, ne reviennent jamais.

II

LES MYSTÈRES
DE LOST LAKES

« Lost Lakes est l'un des lieux
les mieux protégés des États-
Unis. Des dizaines de caméras,
des maîtres-chiens en patrouille,
des miradors… Son accès est
encore plus sécurisé que celui
du Pentagone. C'est à se demander
si Mike Stilth n'aurait pas des
choses à cacher. »

Maureen Cho,
« Le mystère Mike Stilth »,
The Observer, juin 1993.

9

Mike
16 septembre 1995
Lost Lakes

On arrive, enfin. Chaque fois que nous approchons de la forêt nationale de White Mountain, au cœur de laquelle j'ai bâti Lost Lakes, je profite du spectacle. Le moment que je préfère, c'est lorsque le convoi, encadré par deux motos de police, quitte l'Interstate 93, juste après Lincoln, et rejoint la Kancamagus Highway. Nous passons devant la station de ski Loon Mountain, déserte à cette période de l'année. On s'enfonce dans la forêt. La voiture franchit le pont qui enjambe la Swift River. Le torrent est calme. Dans quelques semaines, il déversera des trombes d'eau glacée, charriera des branches, des troncs arrachés à la berge… Un flot sauvage, incontrôlable. On ne croise quasiment plus de voitures sur notre route. La forêt s'étend désormais à perte de vue, comme un océan végétal. Les érables rouges et les bouleaux commencent déjà à se teinter de roux. Partout, des taches orangées aux nuances infinies se dessinent entre les pins. Au loin, les silhouettes majestueuses des monts Hancock et Carrigain découpent l'horizon de leurs douces arêtes. J'entrouvre la fenêtre. Dehors, c'est le silence. Le silence, enfin. Le relief se fait plus marqué, la route plus sinueuse. De-ci, de-là, on perçoit entre les troncs d'arbres le miroitement d'une rivière, l'éclat d'un étang.

L'arrivée à Lost Lakes est un moment que je chéris, toujours. Joan tente sans relâche de me convaincre de rentrer en hélicoptère, mais il n'y a rien à faire. J'ai besoin de ce trajet… Il m'offre une transition avec mon autre vie, ma vraie vie.

Si j'ai choisi d'élire domicile dans la forêt nationale de White Mountain, c'est parce que j'y ai découvert l'extraordinaire propriété de Lost Lakes. J'avais mandaté les meilleurs agents immobiliers du pays. Les instructions étaient claires. Je voulais trouver un endroit très isolé, avec des centaines d'hectares de terrain, tout en étant au plus près de la nature. Et un matin, j'ai reçu les photos de Lost Lakes. Je m'en souviens comme si c'était hier. J'en suis tout de suite tombé amoureux, j'ai su que ça serait ici que je poserais mes valises.

La propriété et le manoir de Lost Lakes ont été bâtis à la fin du XIXe siècle par un riche exploitant de bois d'origine irlandaise. J'ai négocié avec l'État fédéral pour acheter encore sept cents hectares de terrain, en plus des trois cents de la propriété. Ça a été laborieux, puisque nous sommes dans une réserve naturelle, mais les dollars ont toujours le dernier mot. J'ai créé la fondation Stilth Nature Preservation. Chaque année, je lâche quelques millions pour entretenir les sentiers, protéger la biodiversité du coin. Je suis devenu, malgré moi, un écologiste respecté… En réalité, ce que je m'offre ici, c'est la chose la plus précieuse à mes yeux : la tranquillité. Et je suis bien tombé – le New Hampshire étant un des États américains avec le moins d'habitants au mètre carré…

Je vis ici depuis maintenant dix ans. Les premiers temps, j'ai réussi à protéger mon anonymat. Ce fut complexe, mais personne, pas même les médias ni mes fans, ne savait alors que j'habitais ici. Lorsque j'étais en déplacement, il me fallait changer plusieurs fois de voiture, faire une partie du trajet à l'arrière d'une camionnette inconfortable, m'arrêter en pleine forêt et marcher une dizaine de minutes avant d'emprunter un autre véhicule. Bref, nous tentions de brouiller les pistes. Mais nous n'y sommes parvenus qu'un temps. En mars 1989, on s'est fait avoir… Un de mes chauffeurs a tout balancé à la chaîne de télévision E! Entertainment contre un gros chèque. L'après-midi même, un premier hélicoptère – il y en aurait bien d'autres ensuite – survolait le manoir en rase-mottes. Les chaînes du monde entier diffusaient en exclusivité les premières images de la résidence secrète de Mike Stilth. Dès lors, Lost Lakes est devenu l'attraction touristique du coin. Un lieu de passage obligé. Les touristes viennent se prendre en photo devant le haut portail en aluminium. Mes fans ont emménagé dans les villages voisins. Et, bien entendu, il y a les « chacals ». Cette dizaine de paparazzis, qui vivent ici en permanence et restent planqués, été comme hiver, dans les collines environnantes. À l'affût, prêts à dégainer leurs putains de téléobjectifs… J'ai réussi, au prix de longues tractations menées par notre cabinet d'avocats, à obtenir une interdiction de survol de la zone.

Avant que l'arrêté ne passe, les tour-opérateurs organisaient des survols de Lost Lakes plusieurs fois par jour. Il y avait aussi des ULM, des avions, des parapentes… Les cieux de Lost Lakes connaissaient plus de trafic que l'aéroport JFK. Certes, il reste encore ces bus qui font le tour de la propriété comme s'ils visitaient un putain de zoo. Lorsque le vent souffle dans la mauvaise direction, on peut entendre leurs satanés haut-parleurs déverser inlassablement les mêmes couplets. Ça fait bien marrer mes enfants. Moi, moins… « Lost Lakes, le domaine de Mike Stilth, compte plus de 1 000 hectares de terrain. Plusieurs bâtiments, dont une aile entière construite à partir des restes d'un manoir français, 26 chambres, 19 salles de bains, quatre terrains de tennis, deux piscines, des cascades artificielles, un circuit automobile et, bien entendu, un véritable parc d'attractions… »

À un moment, j'ai failli céder à la pression de Joan et vendre la propriété. Pour retrouver un certain anonymat, il aurait fallu que je parte à l'étranger, en Europe peut-être… Mais au fond, je savais que ce grand manège finirait par recommencer. Tôt ou tard, où que je me terre : dans un mas au fin fond de la Provence, dans un château en Écosse, ou sur une île perdue dans les Cyclades, les vautours finiraient par retrouver notre trace. Je n'en pouvais plus de recommencer de zéro, de tenter sans relâche d'avoir une vie normale… Et je savais combien ça serait dur pour les enfants. Ils aiment tellement Lost Lakes. J'ai donc préféré rester ici et faire face. On a tout tenté pour restreindre davantage l'accès de la zone aux civils. Mais l'État ne nous a pas vraiment prêté main-forte. Lost Lakes est devenu un tel centre d'intérêt pour eux – leur putain de Disneyland. Ils ont simplement accepté que mes équipes de sécurité puissent patrouiller autour du domaine, dans l'immense forêt qui l'entoure, et procéder à des interpellations si besoin. Encore heureux ! Il y a tellement de malades qui rôdent dans le coin...

Jusqu'à aujourd'hui, personne n'est encore parvenu à pénétrer dans le domaine. Nous avons dû bâtir trois murs d'enceinte. Une barrière en bois de cinq mètres de hauteur fait tout le tour du domaine, suivi de deux grilles de métal, dont une électrifiée. Entre ces dernières, une coursive dans laquelle des vigiles patrouillent avec leurs chiens à longueur de journée. J'ai également dû édifier quatre tours de guet à des endroits stratégiques. Plus de soixante caméras sont planquées dans les arbres, et la surveillance vidéo est dirigée par trois opérateurs depuis un centre de contrôle placé dans un bâtiment à l'entrée du domaine. Au total, ce sont plus de vingt personnes – gardes, techniciens, maîtres-chiens – qui assurent notre protection à Lost Lakes. C'est le prix à payer. Car de l'autre côté de ces murailles, les autres sont prêts à tout... Qui n'en a jamais fait l'expérience ne peut pas savoir.

En juillet 1983, après un concert à Londres, un fan est parvenu jusqu'à ma chambre d'hôtel en escaladant à mains nues huit étages de la façade du Hyde Park Hotel. À mains nues, putain... Ce soir-là, il faisait une chaleur à crever. Après avoir fumé une dernière cigarette sur le balcon, j'avais laissé la grande baie vitrée de la suite ouverte... J'étais dans la salle de bains quand je l'ai repéré. Le type, Neal Barton, un gamin de dix-neuf ans, a surgi à travers les voilages, retiré son tee-shirt en me fixant de son regard fou. Puis, il a commencé à se taillader le torse avec un cutter. Barton répétait, en plein délire : « Mon sang pour toi, Mike, mon sang… » J'ai hurlé. La sécurité est intervenue à temps. Et si Barton avait décidé d'utiliser son cutter contre moi ? Cette question me hante… Depuis, je reste vigilant.

Certes, ça me coûte une fortune. Mais ma sécurité et celle des enfants n'ont pas de prix. À Lost Lakes, on peut avoir l'impression de vivre dans une prison, avec ces patrouilles de mecs en noir et leurs bergers allemands, la bave aux lèvres ; ces Jeep qui sillonnent les sentiers des forêts environnantes en pleine nuit avec leurs gros projecteurs ; et ces noms de code ridicules donnés par Colin, mon chef de la sécurité, pour carto-graphier le domaine. Le périmètre 2 comprend les murs d'enceinte, le périmètre 1 désigne les forêts et le parc, et le périmètre 0 correspond aux zones d'habitation – le manoir essentiellement. Pour la faire courte, le périmètre 0, c'est moi…

Je sors mon paquet de cigarettes et m'en allume une.

Au milieu d'un sentier, j'aperçois une camionnette jaunie. Certainement l'un de ces putains de paparaz-zis installés ici, en veille. Il doit se lécher les babines à l'idée que je sois de retour. Et peut-être espère-t-il enfin obtenir son cliché, *le* cliché : une photo de Noah et Eva. Personne n'a encore jamais réussi à saisir une seule image d'eux. Je veux les protéger. Coûte que coûte. Et comme dit Joan, il faut aussi entretenir le mystère, le rêve. Ça fait vendre…

Nous arrivons devant l'imposant portail de l'entrée. Quelques voitures sont stationnées là. Les motards de la police actionnent leur sirène pour qu'on nous laisse passer. Les badauds, surpris, se poussent, commencent à peine à réaliser… Il faut toujours un certain temps, avant que la sécurité n'active l'ouverture du portail. On vérifie les plaques d'immatriculation, on contrôle les alentours. Le chauffeur doit taper un code que l'on change chaque jour sur un petit clavier numérique. Souvent, cette attente me met hors de moi. Mais je suis de bonne humeur. Retrouver les enfants, la maison, la fin de la tournée. Et les soirées avec Caan…

Je demande au chauffeur de s'arrêter quelques instants, et à Thomas, placé à ma gauche, d'ouvrir légèrement la vitre. Sans un mot, il s'exécute. Une dizaine de visages s'approchent de l'interstice.

« Mike ! Mike ! On t'aime ! » Prêter une oreille, puis répondre : « Moi aussi, je vous aime. » Saisir les bouts de papier que l'on me tend, les calepins, les signer en vitesse et les repasser par l'ouverture. Serrer les quelques mains qui réussissent à passer par l'embrasure. Leur offrir un dernier sourire, sincère, et quelques mots sur un ton amical : « Maintenant, il faut que j'y aille. Je suis vraiment crevé. À très bientôt. » Là, Thomas referme la vitre. Ça y est, je viens d'offrir un souvenir impérissable à ces quidams. Le bonheur dans leur regard, la stupeur, mais aussi la joie et les larmes… Ils conserveront ce souvenir, et participeront, à leur toute petite échelle, à forger ma légende.

Le portail en aluminium achève de glisser sur son rail. Deux vigiles se placent de chaque côté de l'engin pour encourager les curieux à faire demi-tour.

La limousine démarre, dépasse le premier poste de sécurité et accélère doucement le long de la côte bordée de hauts conifères qui mène au « Centre », un passage obligé avant de pénétrer véritablement dans Lost Lakes.

On se gare devant la large bâtisse en bois que j'ai fait construire il y a six ans, dans le style le plus discret possible, pour qu'on ne la repère pas de l'extérieur. Je sors de la voiture, m'étire lentement et aspire une grande bouffée d'air frais. Je commence enfin à me détendre. Le chauffeur sort mes valises du coffre et les place sur un chariot pour les emmener à l'intérieur du bâtiment.

Dans le Centre, Thomas et Jeremy m'ont précédé et se sont déjà installés dans les cabines 2 et 3. Je salue rapidement le professeur Charles Hingen, responsable du lieu, puis pénètre dans ma cabine personnelle, un espace exigu en bois clair, ressemblant vaguement à un sauna avec un banc, quelques portemanteaux et une porte d'accès menant au sas. Je retire mes vêtements que je jette dans une poubelle. Ils seront détruits. Ils sont « salis ». Je dépose mes effets personnels dans un container en plastique. Ils me seront remis après le traitement. J'ouvre la lourde porte métallique du sas et me retrouve à l'intérieur de la cabine de douche en acier. À peine ai-je refermé la porte qu'une dizaine de jets brûlants se déclenchent simultanément de divers endroits des parois, m'aspergeant d'un liquide chargé de savon antiseptique et d'un puissant agent antibactérien. Après deux minutes, les jets s'arrêtent et je marche vers une salle de bains clinique, m'y rince longuement le corps sous une douche fraîche, avant de revêtir des vêtements neufs : un tee-shirt et un pull noirs, un jean gris, une paire de baskets. J'arrache les emballages plastique, garants d'une hygiène irréprochable, et enfile mes habits.

Je me sens propre, pur.

Alors que je m'apprête à quitter le bâtiment, on m'interpelle. C'est Hingen.

Charles Hingen est un éminent scientifique, spécialiste en biologie moléculaire, certainement l'un des esprits les plus brillants de notre époque. Notre arrangement est simple. J'ai financé ses recherches, en échange de quoi il a supervisé la création de mon Centre et son bon fonctionnement. Voilà cinq ans qu'il travaille pour moi. De fil en aiguille, il est devenu mon médecin personnel.

— Nous avons reçu les résultats de vos derniers examens sanguins, Mike. Ils sont globalement assez satisfaisants en ce qui concerne les risques infectieux. Par contre, au regard des... substances que vous ingérez quotidiennement...

Les substances, c'est comme ça qu'Hingen appelle la drogue que j'ai l'habitude de prendre.

— N'en reparlons pas, s'il vous plaît, Charles.

Hingen a longtemps tenté de me placer en cure de désintoxication, ici même, à Lost Lakes. Il me promettait de faire disparaître mes problèmes d'addiction en quelques mois. Mais ce qu'il ne comprend pas, c'est que ça fait partie de moi. Ça ne m'empêche pas de garder le contrôle. Je l'ai toujours gardé. J'ai menacé de lui couper les vivres s'il continuait d'insister.

— Bien... N'oubliez pas, à l'occasion, de me faire parvenir un échantillon des nouvelles substances que Caan s'est procurées, que je les fasse analyser.

Assurons-nous au moins qu'elles soient de bonne qualité.

— J'y penserai.

Devant le Centre, Thomas et Jeremy m'attendent à bord d'une voiturette électrique. J'ai commandé une dizaine de ces engins après les avoir découverts dans un magazine de luxe. Il s'agit de prototypes qui n'ont été encore vendus à personne d'autre. « La voiture du futur », prédisait l'article. Ces scarabées à roues, comme les appelle Noah, ressemblent à des voiturettes de golf et constituent notre mode de locomotion principal, à l'exception des Jeep et quads des agents de sécurité.

La voiture roule lentement et sans bruit le long de la route qui mène au manoir. Mes jardiniers ont pour habitude de passer la tondeuse tous les jours. J'ai toujours rêvé d'une pelouse immaculée, d'un vert éclatant. Ce n'est pas à Park Hill, mon quartier natal, que j'aurais pu avoir ça. Là-bas, c'était plutôt parpaings, bitume, grisaille et terrains vagues. Aujourd'hui, j'ai les moyens de me la payer, cette foutue pelouse. Je pourrais même en recouvrir le monde, avec l'argent que j'ai.

L'engin serpente entre les collines et longe le grand étang, une des trois étendues d'eau artificielles que j'ai fait creuser ici. Derrière le feuillage des vieux saules recourbés, on aperçoit les baies vitrées de mon studio d'enregistrement. À l'intérieur, il y a une pièce à l'acoustique parfaite et quelques petits studios individuels, le tout bordé d'immenses baies vitrées donnant sur l'étang. Il faudra que je convoque mes musiciens ces prochains jours. Durant la tournée, j'ai eu quelques idées de morceaux. Mais plus tard, le boulot...

La voiture s'approche du manoir. Je demande à Thomas de me déposer là. Je veux finir le trajet à pied. L'occasion de faire une rapide inspection des installations.

Les serres climatisées sont ouvertes, et quelques tracteurs vont et viennent à un rythme régulier. Il est temps de protéger les plantes les plus fragiles et de sortir celles qui résisteront au froid. C'est moi qui ai eu l'idée d'un jardin évolutif, qui se transformerait au gré des saisons. Ainsi, plusieurs fois par an, mes jardiniers remodèlent le parc en un tout autre paysage. L'été, j'aime sortir des serres les énormes palmiers, les bougainvilliers, les arbres du voyageur et les bananiers afin d'accentuer l'aspect exotique ; l'hiver, je les remplace par des sapins, des bosquets de houx, le tout habillé par des centaines de guirlandes lumineuses. Je veux que cet endroit soit pour les enfants, comme pour moi-même, un spectacle permanent, un lieu d'émerveillement et de magie.

Sans oublier le parc d'attractions. Avec ses manèges vides et ses stands déserts, il semble si triste, ce matin... Il faudra que je pense à l'agrandir. Et aussi que j'invite des gamins à venir jouer avec Noah et Eva. Ça doit faire au moins deux mois qu'ils n'ont pas vu d'autres mômes. Même si j'évite le plus possible les contacts avec le monde extérieur, il faut quand même que les petits aient une vie sociale.

À l'entrée du manoir, les deux tours du bâtiment central se dressent, encadrant la lourde porte en chêne. Sur la droite, l'aile originelle, là où j'ai établi mes quartiers. Sur la gauche, la nouvelle aile que j'ai fait bâtir en rapatriant les pierres, poutres et boiseries d'un château français du Périgord. Les deux architectures sont en parfaite harmonie – seul un spécialiste pourrait noter qu'il s'agit là de deux constructions différentes. L'aile nord est notre repaire, à Caan et à moi. Comme d'habitude, tous les volets de l'étage sont fermés. Je grimpe les quelques marches en marbre gris menant à la porte d'entrée. L'ensemble du personnel est là pour m'accueillir. Une personne alignée de chaque côté du vestibule. Je les salue individuellement, chaleureusement. Je joue au marquis et j'adore ça… Les quatre femmes de ménage, les trois domestiques, les deux cuisiniers et, bien entendu, notre intendante, miss Berkley, tirée à quatre épingles dans son tailleur noir.

Puis je me dirige vers l'aile sud du manoir. Je traverse la grande galerie et pousse la porte couverte d'un miroir qui mène au petit salon. Elle s'entrouvre dans un grincement. À peine suis-je entré que, déjà, Eva me saute au cou.

— Papa !

Je la serre fort dans mes bras.

— Salut, ma princesse. Comment savais-tu que j'arrivais ?

— J'ai vu passer les voitures par la fenêtre, alors je me suis cachée derrière la porte.

— Et Mme Stanton était d'accord ?

Je lève les yeux vers la professeure des enfants, qui vient me saluer.

— Exceptionnellement, je lui ai donné l'autorisation de vous faire cette surprise, répond-elle avec un sourire forcé.

— Très bien, merci. Je suis très heureux de retrouver les enfants. Où est mon fils ?

Noah, qui est resté assis à table, les yeux perdus dans un gros livre, finit par s'approcher, lui aussi, d'un air un peu renfrogné. Je me penche vers lui, tandis qu'Eva s'accroche à mon dos. Je lui passe la main dans les cheveux et l'embrasse tendrement. Il me rend un baiser timide.

— Ça va, fiston ?

— Ça va, p'pa. Excuse-moi, je travaillais…

Il doit m'en vouloir d'être parti si longtemps. D'ici quelques jours, ça lui passera.

Quant à Eva, elle veut à tout prix attirer mon attention et nous tourne autour en tirant sur mes vêtements.

— Mon papa est revenu ! Grace et moi t'avons préparé un gâteau avec des pommes, des oranges, du sirop de fraise, du chocolat et des bonbons. C'est ma recette.

Je fais un clin d'œil à Noah et réponds :

— Merci, ma puce. Ça a l'air très… appétissant. On va se régaler !

Noah esquisse un sourire.

— Alors, papa, c'était comment New York ? poursuit Eva. Il y avait des grands immeubles ? Plus grands que le manoir ?

— Oui, plus grands. Trop grands, en fait.

— Tu nous emmèneras un jour, dis ?

Noah intervient.

— Non, Eva. Tu sais bien qu'on n'a pas le droit d'aller dehors. On doit rester à Lost Lakes.

— Peut-être qu'un jour je vous y emmènerai, quand vous serez plus âgés. Pour l'instant, Noah a raison, vous devez rester ici. Vous êtes en sécurité. Allez, je vous laisse travailler. On se voit tout à l'heure.

En quittant le petit salon, je regarde en arrière. Noah a mûri. Si seulement il avait pu rester un enfant, encore un peu… Il y a quelque chose de changé en lui. Certes, mon fils n'a jamais été aussi extraverti qu'Eva. Il a toujours été un peu en retrait, dans son monde. Mais il y a encore peu, nous étions très proches. J'ai l'impression que quelque chose s'est brisé, qu'il s'éloigne. Il faut que j'aie une discussion avec lui.

Je reviens vers le hall d'entrée et monte les grands escaliers en bois jusqu'au premier étage. Direction l'aile nord. Arrivé devant la porte blindée de mon étage privé, le seul endroit du manoir qui soit absolument interdit aux enfants, j'en sors la clé et ouvre la porte. C'est un autre Mike qui vit ici. Dans notre domaine, à Caan et à moi, nous sommes complètement libres… Nous jouissons, nuit après nuit. Nos fêtes sont floues, folles, dégénérées. Mais au moins nous sommes vivants. Ici, toutes les cloisons ont été insonorisées et c'est le seul espace du domaine où aucune caméra n'a été installée. Tout peut arriver entre ces murs… et c'est ce qui me plaît. On cède à toutes nos envies. On est imprévisibles, incontrôlables. On joue parfois avec le feu… Ce lieu est une bulle, une parenthèse.

C'est là qu'habite Caan. L'aile nord est son repaire, sa tanière. Je lui ai fait aménager un appartement de 150 m² à l'étage, avec un accès privé, à l'arrière du bâtiment. Caan ne partage pas vraiment la vie du manoir.

Il reste à part, vit à son rythme. C'est un oiseau de nuit, une âme perdue. Mais il est mon ami, mon frère.

Les enfants ne le connaissent pas. Et c'est préférable. Il pourrait leur faire peur. Une fois par semaine, je lui envoie simplement une femme de ménage. Elle est grassement payée, trois fois plus que ses pairs, et a signé une pelletée d'accords de confidentialité. Pas question qu'elle raconte à quiconque ce qu'elle voit dans l'aile nord…

J'entends raisonner des basses lourdes qui font légèrement vibrer les murs. Ils ont dû laisser la musique allumée dans la salle de cinéma. Un capharnaüm sans nom règne dans tout l'étage. Une odeur d'alcool et de sexe. Face à moi, une banderole déchirée, sur laquelle on peut lire : « Bienvenue, Mike ! » Là, des cadavres de bouteilles par terre, mêlées à de la cire de bougie. Deux filles, dont les visages me semblent inconnus, dorment enlacées sur des matelas posés à même le sol du salon. Leurs corps nus sont un peu trop maigres. À leurs pieds, des cuillères noircies, des sachets remplis d'une poudre marron – certainement de l'héroïne –, des briquets… Tandis que j'avance vers l'appartement de Caan, je balaie les environs du regard. Le carrelage de la salle de bains est jonché de serviettes, de larges flaques d'eau. Tout autour du jacuzzi, des coupes de champagne remplies de mégots, des bouteilles flottant à la surface de l'eau. La salle de projection fait tourner des images stroboscopiques sur un morceau de métal. Je passe en régie, éteins l'écran puis coupe le son. Un type, probablement Wedge, dort sur l'estrade, une bouteille à la main, le pantalon baissé, son sexe pendant sur le côté. Dans un des fauteuils près de l'entrée, une fille somnole. Elle a les seins nus, de la peinture sur le corps et un filet de bave aux lèvres. J'attrape une couverture et la lui dépose sur les épaules. En sortant de la salle, j'aperçois un autre mec, baignant dans son vomi. Je l'enjambe, une odeur acide me saisit le nez, je retiens un haut-le-cœur. Les murs du long couloir menant aux chambres sont couverts de peinture. Des traces de mains, de pieds, des traits de couleur, des dessins approximatifs, des fleurs, des planètes, un démon avec un sexe énorme... Ça, c'est du Caan. Les pots et les bombes de peinture sont encore là. Comme tous les trois mois, je vais devoir refaire la peinture. Je remarque des empreintes vertes qui filent, hésitantes, sur le parquet massif... Quelqu'un a dû marcher, volontairement ou non, dans l'un de ces pots. Je saisis un paquet de cigarettes abandonné sur une desserte du couloir et m'en grille une. Je suis les traces de pas... Elles mènent, évidemment, à sa chambre. Je frappe à la porte, pas de réponse. J'essaie d'ouvrir, c'est fermé. Je frappe plus fort. Un grognement, suivi de pas lourds de l'autre côté.

Une voix cassée :

— Quoi ?

— Caan, c'est moi. Ouvre...

Les yeux injectés de sang, Caan apparaît torse nu, une main en train de gratter son ventre protubérant au-dessus de son jean. Je lui tends la main, il me la serre sans vigueur. Il se retourne, boite péniblement jusqu'à une table en verre, et allume une cigarette. Il se frotte les yeux, s'assied difficilement sur un large fauteuil club, en prenant soin de replier sa jambe gauche avec ses mains.

— Ça a été, New York ?

— Mmm… Dis-moi, vous vous êtes bien donnés hier soir…

— Et ouais, Mickey. Je pensais que tu rentrais plus tôt, du coup on t'avait réservé une petite surprise. Mais bon, tu t'es pas pointé. Alors au bout d'un moment, on a arrêté de t'attendre…

Caan est le seul à m'appeler Mickey. Il sait que ça m'insupporte.

— J'ai remarqué. Au fait, t'as vu tes pieds ?

— Merde…, dit-il en découvrant son jean et son pied droit, couverts de peinture verte.

— Tu t'es remis à peindre, c'est bien.

Je lâche un petit rire moqueur. Caan me toise quelques secondes, puis éclate de rire à son tour, de son rire gras et puissant, si communicatif.

Un mouvement dans le lit. Une forme ondule de gauche à droite… Entre les plissures des draps froissés, j'aperçois un bras fin ainsi qu'une chevelure brune.

— C'est qui ?

— Je sais plus. Une petite qu'on a ramenée hier. Elle vient du Vermont. On l'a chopée au Blackback. Elle s'appelle Lara. Ou Leah. Je l'avais amenée pour toi, mais bon… Tu verras, c'est tout à fait ton style.

— Tant que j'y pense, Hingen me demande que tu lui envoies des échantillons des trucs que t'as récupérés dernièrement.

— Il me fait chier, ton toubib, Mickey. Je sais ce que j'achète. Et c'est toujours de la bonne.

— Je sais, vieux sorcier.

Caan se redresse en prenant appui sur les accoudoirs de son fauteuil et se dirige vers le bar au fond de sa chambre.

— Tu veux boire quelque chose ? Un petit ambré pour fêter ton retour ?

Je fais oui de la tête, et il remplit aussitôt deux verres de whisky. Je bois une gorgée timide et regarde Caan s'enfiler le verre cul sec comme un mauvais médicament. Il s'essuie la bouche de son bras nu.

Comme chaque fois que je passe plusieurs semaines sans le voir, il me faut un peu de temps avant que mon regard s'habitue à ses cicatrices.

Dans la semi-obscurité de sa chambre, je peux distinguer la partie droite de son visage, complètement calcinée, ainsi que son bras et son épaule marqués à jamais. J'ai bien essayé de lui faire rencontrer des chirurgiens esthétiques, en vain. « Pour que tu n'oublies pas ce que tu me dois », aime-t-il me répéter dans ses heures noires. Quand, durant des journées entières, il reste enfermé dans son appartement, les rideaux tirés. Dans ces moments-là, il faut le laisser seul. On ne dérange pas une bête enragée. Parfois il me dit que, malgré les années, ses cicatrices lui tirent encore le visage, qu'il oublie ce qui lui est arrivé avant de tomber sur son reflet dans un miroir. Il les a quasiment tous fait retirer de l'aile droite, mais il en reste toujours un ou deux dans les salles de bains. Il arrive que le personnel du manoir les retrouve brisés au petit matin.

— T'as quelque chose pour m'aider à dormir, Caan ?

Caan fouille quelques instants dans son bureau, un meuble style Empire, avec de nombreux tiroirs. Chacun contient des substances spécifiques. Seul lui s'y retrouve. Il sort finalement un sachet. Je l'attrape au vol.

— Tu prends deux comprimés et tu dormiras comme un bébé. Deux, pas plus.

— Merci. On se voit ce soir ?

— À votre disposition, maître...

— Arrête tes conneries. Allez, à ce soir !

Alors que je m'apprête à sortir de la chambre de Caan, une voix s'élève du lit. La jeune femme relève lentement la tête et s'appuie sur ses coudes.

Putain... Clara... Qu'est-ce qu'elle ressemble à Clara...

Elle a des cheveux noirs, coupés assez court, avec des mèches qui tombent sur le visage. De grands yeux marron soulignés par un mascara qui a coulé, un grain de beauté sur la pommette.

Quelle ressemblance.

Lara, Leah... Clara...

Je lance un regard noir à Caan. Il a un sourire en coin.

La fille m'a repéré. Par réflexe, elle tire le drap pour cacher sa poitrine nue. Je ne lui laisse pas le temps de me saluer et quitte la chambre aussitôt en claquant la porte.

Quel salopard, quel putain de dégénéré. Il adore ça... Ce n'est pas la première fois que ça arrive.

Il l'a fait exprès... Je m'appuie contre la porte de la chambre en reprenant ma respiration. Envie de vomir. Un goût de bile et de whisky dans la bouche. Oublier. Penser à autre chose. Non, c'est là, tout au fond. Ancré. Tapi.

Clara est morte ici même. On l'a trouvée un matin, sans vie sur la scène de la salle de cinéma. Son corps nu, gris... J'étais effondré... Caan et Joan, venue en urgence sur place, m'ont empêché d'approcher le cadavre. C'était une overdose. Héroïne. Clara était si différente des autres. Avec elle, il se passait quelque chose. Mais putain, quelle saloperie... Depuis, Caan s'amuse à trouver des filles qui lui ressemblent. Et puis il y a eu d'autres accidents aussi, d'autres overdoses. Plusieurs fois. J'ignore combien. C'est si flou. Tout s'emmêle dans ma tête. Les médicaments, les saloperies que je prends, certainement. Mais je me rappelle Clara, le timbre de sa voix, l'arrondi de ses seins, ses taches de rousseur, sa mèche derrière l'oreille... Je ne réussis pas à voir clairement un seul visage, c'est comme un patchwork. C'est pour cette raison que Joan insiste pour que Hingen contrôle nos drogues. À chaque nouveau décès, je sais qu'elle se charge de faire « disparaître » les corps. Elle ne veut surtout pas appeler la police pour ce genre de problèmes. « On ne pourrait pas imaginer plus mauvaise pub », a-t-elle l'habitude de dire.

Qu'advient-il des cadavres ? Je ne cherche pas à en savoir plus. Je ne veux pas.

Mais il y a cette putain d'image. Celle que m'a montrée ce journaliste. Le corps gonflé au bord d'un lac. C'était elle ? C'est comme ça qu'ils l'ont laissée ? Et les autres ?

Pense à autre chose, Mike... Joan te l'a assez répété, non ? Ces filles étaient des toxicomanes. Sur la corde raide. Si ce n'avait pas été ici, ç'aurait été ailleurs. Je n'y suis pour rien. Non, je n'y suis pour rien.

Alors pourquoi est-ce que je continue à y penser ? Les femmes ne cessent de mourir quand elles viennent à Lost Lakes. Comme une putain de malédiction.

10

Paul
17 septembre 1995
Lac Wentworth

Avant de passer à mon hôtel à Lincoln, je décide de me rendre à l'adresse que mon vieux pote Phil, en planque à Lost Lakes, m'a refilée juste avant mon départ. D'après lui, on aurait trouvé un nouveau cadavre sur les rives du lac Wentworth, surnommé par les locaux le « lac aux Suicidées ». Depuis quelques minutes, la route serpente entre les pins. Sur la gauche, le lac Wentworth. Le coin est plutôt joli. Des cottages cossus en bois, peints en bleu et blanc, avec de grandes terrasses donnant sur le lac et des drapeaux détrempés pendant au-dessus du perron. La plupart des maisons sont fermées. Il doit s'agir de résidences secondaires. J'imagine bien l'intérieur… Une cheminée en briques, des poutres blanches. Des canapés beiges avec des coussins confortables aux motifs fleuris, quelques magazines de décoration posés sur une caisse chinée par la propriétaire. Une immense terrasse ombragée avec des fauteuils Adirondack. Une devanture de carte postale, un intérieur de papier glacé, une vie de sourires blanchis… Aux beaux jours, ça doit sentir bon la bourgeoisie autosatisfaite et l'entre-soi. On doit participer à des parties de pêche avec ses amis sénateurs, à des dégustations de vin avec son voisin chirurgien. Et contribuer, bien entendu, à la préservation du patrimoine régional en lâchant ponctuellement quelques dollars à une association de protection de l'environnement. J'ose imaginer combien le surnom du lac et sa réputation doivent déplaire à ses habitants… Plus c'est propre, plus le sang, le malheur font tache. J'entrouvre la fenêtre de ma vieille Ford Country Squire. Il faut que je force sur la manivelle grippée pour que la vitre descende dans un crissement. Dehors, ça sent la terre mouillée, l'humidité et le pin. En roulant encore quelques kilomètres, je croise une série de maisonnettes rouge et gris. Au milieu, un plus grand bâtiment, à l'architecture typique de la Nouvelle-Angleterre surplombé par une girouette en forme d'aigle. Je ralentis. Un panneau indique que l'on se trouve à Springhawk Rental Cottages. Il y a une aire de jeux pour les enfants avec de faux tipis indiens, des toboggans. J'aurais adoré venir ici, gamin, explorer les rivages, emprunter un canoé pour naviguer jusqu'aux îles les plus proches. En cette matinée de fin d'été, l'endroit laisse une impression un peu triste, avec ses tables retournées, ses volets fermés et ses bâches sur les kayaks.

J'arrive à destination. En sortant du véhicule, mes pieds s'enfoncent dans la boue. Il a plu toute la nuit. J'en sais quelque chose, j'ai conduit huit heures sans interruption sous un putain de crachin depuis Washington. Après mon rendez-vous avec Kelton, je n'ai pas traîné, je suis repassé chez moi, ai préparé quelques affaires, ai tout enfourné dans le coffre de ma voiture et pris la route.

L'excitation m'a permis de tenir. Et ce petit sentiment de victoire aussi… Comme une première bataille de gagnée. Contre Kelton, bien sûr, qui a accepté de me laisser poursuivre mon enquête sur Stilth. Je lui ai juste promis du gratiné, ça a eu l'air de lui plaire. Mais ce qui me met le plus en joie, c'est que le magazine va paraître, et que l'équipe de Stilth va enrager. Ce n'est que le début, Mike.

Je slalome péniblement entre les flaques d'eau. La terre laisse place à un sable détrempé. J'arrive aux abords d'une longue plage recouverte d'épines de pins, ourlée d'une écume jaunâtre. Trois voitures de police sont garées en épi, et, au milieu, une ambulance. Sur le côté, je remarque une camionnette d'un média local : la chaîne de télévision New Hampshire PBS. Sur une trentaine de mètres, la police a installé un périmètre de sécurité en tirant un ruban jaune : « Scène de crime/ Ne pas traverser ». On se croirait dans un film… Les flics doivent adorer ça.

Au bord de l'eau, quelques silhouettes s'affairent derrière une bâche. Le corps doit être là-bas.

Maintenant, il me faut des informations. Impossible de me présenter sous ma véritable identité aux reporters de New Hampshire PBS. Pas de solidarité entre les journalistes. C'est toujours chacun pour sa peau. On défend ses sources, ses infos, bec et ongles. En quelques minutes, je retourne à ma voiture, fouille dans le coffre et finis par trouver ce que je cherchais : l'annuaire des médias américains. J'apprends que WKNE, une radio locale, appartient au même groupe que New Hampshire PBS.

Près de la camionnette de la chaîne de télévision, je m'avance vers un homme vêtu d'une veste bleue PBS, en train de sortir du matériel.

— Salut, collègue. Paul Green, je travaille pour WKNE. On est de la même maison...

Il me tend une main molle.

— Tim Griffin, PBS. Vous bossez pour WKNE ? On s'est jamais vus.

— Je suis pigiste, je commence à peine...

— Normalement, vous êtes basés sur Keene, non ? C'est à plus de deux heures d'ici... Tout ça pour une pauvre suicidée ?

— On aime bien l'exotisme. Vous savez ce qui s'est passé ?

— Nope. Moi, je suis juste cameraman. Faut demander à ma collègue, Erin Feldau. Elle est en train de se pomponner pour le live.

Il y a une pointe de sarcasme dans sa voix. À l'avant de la camionnette, une femme d'une quarantaine d'années, fausse blonde au brushing impeccable, aux pommettes rehaussées, se badigeonne de mascara. Elle porte une robe verte, relevée d'un énorme collier de jade. Je tape à la portière de l'engin. La journaliste me lance un regard dédaigneux et, lentement, fait descendre la vitre jusqu'à mi-parcours.

— Oui ? Qu'est-ce que vous voulez ? lance-t-elle.

Lorsqu'elle parle, sa bouche se tord, sa lèvre s'étire vers son menton, comme si tout la dégoûtait.

— Bonjour, Erin. Paul Green, de la radio WKNE. On bosse pour le même groupe. Je peux vous embêter quelques instants ?

— Je suis en direct dans cinq minutes, j'ai pas vraiment le temps, là.

— Bon, je dirai à mon boss que les équipes de New Hampshire PBS n'ont pas voulu nous filer de coup de main. Je suis certain que la direction du groupe appréciera.

— Faites vite, alors, soupire-t-elle. Je ne peux pas prendre de retard. Surtout qu'ensuite, on doit filer à un concours de beauté à Wolfeboro.

— Vous avez eu des informations sur le cadavre ? On sait qui est la victime ? Son âge ?

— Une femme, et ce n'est pas la première qu'on trouve ici. C'est devenu une habitude. Toutes les filles un peu dérangées viennent en finir ici maintenant.

— Le lac aux Suicidées, oui…

— C'est pathétique. Du coup, l'immobilier est en pleine crise dans le coin. Il y a quelques années, c'était l'un des endroits les plus huppés de la région. J'ai moi-même un cottage plus loin. Énormément d'amis ont dû déménager. Quel gâchis.

— Je comprends. Mais c'est le cinquième corps qu'on retrouve depuis 1990, non ? Vous avez un peu remonté la piste des autres filles, leur histoire ?

— Non, monsieur le grand journaliste. Nous, on fait du direct, pas de l'investigation.

Quelle conne. Je me retiens…

— Et votre point de vue sur cette épidémie de suicides ?

111

— Qu'est-ce que j'en sais ? L'endroit a dû devenir à la mode… Les gamines doivent se refiler le tuyau entre elles.

— Justement, ça ne colle pas. Ces suicides n'ont presque pas été relayés par les médias nationaux, pourtant il semblerait que la plupart des victimes viennent d'autres régions. Comment ces filles ont-elles appris l'existence du lac aux Suicidées, si personne n'en parle ?

— Je ne sais pas, Columbo. Vous commencez à me fatiguer avec vos questions. Allez en parler au shérif…

Je n'en tirerai rien de plus. Je la remercie et je tourne les talons.

Près du cordon de sécurité, un jeune flic d'une trentaine d'années prend des notes sur un carnet. Le type a des yeux marron clair, des cheveux taillés en brosse, une carrure massive. Je remarque des petites pattes-d'oie sur le rebord de ses yeux et de gros cernes gris. Il est un peu voûté, dégageant une impression de fatigue, d'usure, malgré son jeune âge. Pourtant, ce n'est pas à Carroll County qu'il doit en baver. Il ne m'a pas encore vu. Sur sa veste kaki, je repère une broche dorée à son nom : James Mills, et une étoile de shérif adjoint du comté.

— Bonjour, shérif. Paul Green, du *Globe*. Je peux vous poser quelques questions ?

Il lève son visage fatigué vers moi, fixe ma carte. Je crois remarquer un éclat de surprise dans ses yeux qui, rapidement, s'affadit.

— Écoutez, je suis très occupé, et je ne suis pas vraiment habilité à vous parler.

— Vous êtes shérif adjoint, non ?

— Vous, vous ne connaissez pas mon boss, George Brown. Justement le voilà, je vous laisse avec lui, j'ai du travail.

Alors qu'il s'éloigne, le jeune flic me lâche un drôle de regard, comme s'il avait un peu honte. Un homme épais le croise et s'avance dans ma direction. Il a la respiration lourde, sifflante. Ses cheveux blancs dégarnis sont plaqués sur le côté en une raie hasardeuse. Il doit avoir une bonne soixantaine d'années. Le bonhomme a un large nez arrondi, une épaisse moustache, de gros sourcils noirs. Un air débonnaire qui ne trompe personne.

Je me présente et lui tends la main. Il ne me la serre pas.

J'insiste et tente de lui barrer le passage.

— Monsieur Green, je n'ai pas de temps à perdre. On vient de trouver un cadavre.

— Justement, c'est à ce sujet. Vous avez identifié le corps ?

— Pas encore. Elle a passé une longue période dans l'eau. On n'en tirera pas grand-chose. Et ce n'est pas bien grave…

— Que voulez-vous dire ?

— Une gamine de plus qui est venue en finir ici, voilà tout. C'est un suicide, il nous suffit de l'identifier et de prévenir sa famille. Il n'y a pas à creuser. Mes équipes ont mieux à faire. Et ça n'intéresse personne.

— Ça m'intéresse, moi. Si vous êtes pressé, pourriez-vous m'accorder un court entretien, peut-être plus tard dans la journée ?

— Je ne sais pas, on verra. Passez au commissariat, et j'essaierai de vous trouver quelques minutes.

L'homme soulève le ruban de sécurité et s'avance vers Erin Feldau. Il lui fait un baisemain un peu théâtral, puis se place à ses côtés, se recoiffe et, tout sourire, se tient prêt pour l'interview.

Le mec s'est clairement foutu de ma gueule…

Plus tard, je me rends au bureau du shérif de Carroll County, un bâtiment quasi neuf en briques rouges et béton. Les heures passent.

J'ai beau insister auprès du pauvre officier à l'accueil pour savoir quand Brown me recevra, je sens bien qu'on me balade. Mais je ne lâcherai pas, je n'abandonne jamais. Tandis que je somnole sur un canapé en Skaï élimé, ma tête part lentement en arrière…

Je revois ce train. Ce putain de train pour Chicago, avec elle à mes côtés. Si seulement j'avais osé lui prendre la main alors qu'elle dormait sur mon épaule. Est-ce que ça aurait changé quelque chose ? Au moins j'en aurais eu le cœur net. Une claque dans la gueule m'aurait peut-être permis de passer à autre chose. Alors que là, l'image reste ancrée dans mon esprit. Et cette main, sa main, à moins d'un centimètre de la mienne. Et cette vie, notre vie, peut-être, qui m'a échappé parce que je n'ai pas osé. Tout est à cause de toi, Clara. Tout ce que je suis…

Depuis ce soir au Brother Willie, où je l'ai découverte attablée au bar avec ses amis, j'ai remonté sa piste. Il fallait que je sois auprès d'elle, même dans l'ombre. Elle n'a jamais su, je ne lui ai jamais dit que si je suis entré au *Record*, le journal des étudiants de Saint-John, c'est uniquement parce qu'elle faisait partie de la rédaction. Moi, j'avais toujours détesté ce canard, où des étudiants prétentiards écrivaient des articles pompeux et suffisants. Mais j'étais prêt à tout pour l'impressionner. Alors, je me suis mis à écrire, frénétiquement, tout un tas d'articles à la con. Et si j'ai donné le meilleur de moi, c'était dans l'espoir qu'elle vienne me voir un jour en me disant : « Paul, il était vraiment chouette ton papier sur le recrutement de Steve Setzler chez les 49ers. » Mais ce n'est jamais arrivé. Ce n'était pas trop son genre.

Au gré des mois, on est devenus proches… Amis, peut-être. Clara était en journalisme, elle aussi, mais de deux ans ma cadette. Nous ne partagions pas les mêmes cours. Je tentais de lui donner des tuyaux sur certaines matières. Je me souviens l'avoir fait réviser sur un banc dans le campus une ou deux fois. Malgré ces moments partagés, je n'ai jamais été pour elle qu'une silhouette familière placée là, en périphérie. Paul, le petit bon-homme rondouillard et rigolo. Paul, le gentil Paul.

Pourtant, elle ne m'a pas oublié. Malgré les années. Malgré le silence. Il y a deux ans et demi, c'est vers moi qu'elle s'est tournée quand elle a eu besoin d'aide.

Ce message sur mon répondeur. Peut-être ses dernières paroles.

« Salut, Paul, c'est Clara Miller. Je ne sais pas si tu te souviens de moi… »

Quand j'ai découvert ce message, de retour à mon appartement après un long reportage, des semaines après qu'elle me l'avait laissé, je n'ai pas voulu aller plus loin. Sur le coup, ça m'a rendu fou de rage. Je me suis dit : pour qui se prend-elle, à sortir de nulle part, à me demander de l'aide, comme si j'étais encore son larbin ? Comme si je n'avais jamais été que ça. Je ne voulais plus me sentir utilisé. Mais, je crois, au fond, que ce qui me faisait le plus peur, c'était de prendre le risque de la revoir et de sombrer à nouveau. Alors, j'ai tout fait pour l'oublier. Les semaines, les mois ont passé. Un soir, j'ai appris son décès. Et depuis, je suis hanté par la culpabilité. Si seulement j'avais tenté de la retrouver à ce moment-là, peut-être aurais-je pu changer quelque chose ? Elle m'a appelé à l'aide, et je n'ai pas été là. Bordel, ça me dévore.

Ma vie n'est qu'une succession d'actes manqués.

Je suis dans le train. Je regarde par la fenêtre. Un décor nocturne, indistinct, défile. Je la sens sur mon épaule. Mais quelque chose de glacé coule sur mon pull. Je me retourne lentement. Ce n'est plus Clara qui est là à mes côtés mais son cadavre gris et froid dont s'écoule une eau verdâtre. Ça sent la vase et le limon. Puis, soudain, son visage gonflé, défiguré, se soulève et se met à me taper sur l'épaule. Je vois ses cheveux filasse, détrempés, qui glissent sur mes vêtements...

— Monsieur ?

J'ouvre les yeux en sursaut. L'agent cesse de me tapoter l'épaule.

— Il faut partir maintenant. On ferme le poste.

— Mais je devais voir le shérif.

— Il est trop occupé, il faudra revenir un autre jour.

Je range mes affaires et m'avance vers la sortie. Putain, je suis épuisé. Mais je vais attendre, et je le verrai, ce vieil enfoiré.

Je m'installe dans ma voiture. À l'arrière, il reste une canette de Coca tiède. J'allume mon vieil autoradio. Je cherche à tâtons dans ma boîte à gants et en sors une cassette au hasard parmi les dizaines qui s'y accumulent. Je l'enclenche. Dans un grésillement, les premières notes d'« Heavy Load » se laissent entendre. Free, album *Fire and Water*, sorti en 1970 chez Island Records. La voix de Paul Rodgers.

« *Oh I'm carrying a heavy load*
Can't go no further down this long road
It's a heavy load… »

Un putain de fardeau… Tu l'as dit, Paul.

Peu à peu, les lumières du bâtiment s'éteignent et les employés sortent les uns après les autres. Vers vingt heures, Brown passe la porte automatique, un long imperméable marron par-dessus son uniforme. Je n'hésite pas, sors de ma voiture et me plante devant lui.

— Je sais que vous êtes très occupé, shérif. J'imagine que l'enquête ne vous laisse aucune seconde de répit. Du coup, je vous ai attendu.

— Il est tard. Je vous verrai un autre jour.

— Non. On se parle maintenant. Je n'en ai pas pour longtemps.

— Et pourquoi j'accepterais ?

— Vous ne me connaissez pas, shérif Brown. Pas encore. Mais sachez que je suis une putain de sangsue. Je ne vous lâcherai pas.

— Je vois ça. C'est quoi votre nom, déjà ?

— Green, Paul Green, du *Globe*…

— Vous avez cinq minutes, Green. Ma femme m'attend pour dîner.

Je sors mon carnet.

— Vous êtes parvenu à identifier le corps ?

117

— Non. Ça va être difficile. Le légiste a simplement confirmé qu'il s'agissait d'une jeune femme, âgée d'une vingtaine d'années. Morte par noyade. Elle aurait passé plusieurs semaines dans l'eau. Les poissons avaient commencé à la dévorer. Je vous passe les détails.

— Il n'y avait pas d'autres marques sur son corps ? Des traces de coups, de lutte ?

— Non. Pourquoi dites-vous ça ?

— Je fais mon boulot.

— Le légiste a simplement remarqué des marques au niveau des avant-bras. Peut-être des traces de seringues. C'était certainement encore une de ces toxicos.

— Au sujet du lac aux Suicidées, c'est le cinquième corps, en l'espace de cinq ans. C'est bien ça ? Avez-vous remarqué des similitudes dans le profil de ces femmes, leurs vies, leurs origines ?

— Rien de probant. C'était souvent des gamines, un peu paumées, avec des problèmes d'addiction. La nouvelle semble le confirmer. Bref, le profil type de candidates au suicide.

— Oui, enfin, parmi elles on a retrouvé aussi une dénommée Clara Miller, qui était quand même journaliste au *New York Times*… Pas exactement le profil dont vous me parlez.

— Je me souviens de Miller, oui. On a trouvé des traces de narcotiques pendant l'autopsie. Votre consœur n'était pas si exemplaire que ça.

— Justement, j'ai échangé avec elle avant sa mort. Elle travaillait sur un sujet en rapport avec Mike Stilth. Vous avez déjà eu affaire à son entourage ? Son nom est déjà sorti au cours de l'enquête sur le lac aux Suicidées ?

Instantanément, son visage se ferme, comme un masque.

— Stilth ? Non, jamais. Vous savez, lui et ses proches vivent complètement reclus dans le domaine de Lost Lakes. On n'entend jamais parler d'eux.

— Il y a autre chose, shérif. Comment expliquez-vous que toutes ces femmes, sans exception, ne venaient pas de la région mais des États voisins, comme le Maine et le Vermont ? Pourquoi diable viendraient-elles ici pour se foutre en l'air ?

— Je ne sais pas. Le lac est assez connu. C'est joli. Peut-être qu'elles avaient honte de faire ça dans leur région. Qu'est-ce que j'en sais, moi ?

— C'est bien ça, le problème…

— Pardon ? Tu commences à me chauffer, Green. On s'arrête là. Je veux plus t'entendre. Plus te voir traîner dans mes pattes.

— Et pourquoi je vous obéirais ?

— Parce qu'il faut que tu comprennes quelque chose, Green. Carroll County, c'est chez moi ! Ça fait vingt ans que je suis le shérif ici. On me respecte. J'ai tout fait pour que mon comté reste propre, pas sali par la défonce, les gangs, comme par chez vous. N'essaie même pas de fourrer ton nez dans mes affaires.

— Je fais juste mon boulot, shérif.

— Va le faire ailleurs et fous-nous la paix, fouille-merde.

Tandis qu'il s'éloigne, je ne peux m'empêcher de sourire. Aucun doute, ce Brown cache quelque chose.

Denise Moore, trente-deux ans, retrouvée le 8 août 1990.

Amber Thompson, vingt-quatre ans, retrouvée le 17 janvier 1992.

Linda Pilch, vingt-sept ans, retrouvée le 23 août 1993.

Clara Miller, trente-huit ans, retrouvée le 6 décembre 1994.

Et cette inconnue, retrouvée aujourd'hui, le 17 septembre 1995.

Le rythme s'accélère…

Il y a une bête dans ces bois. Cachée derrière ces jolis cottages, ces belles façades. Une bête qui a de plus en plus faim… Et je crois savoir où elle se terre.

11

Joan
18 septembre 1995
New York

J'attrape cette saleté de torchon et en arrache les pages… Bande de connards…

Je les jette sur la moquette blanche de mon bureau. Le visage de Mike, morcelé, me fait face. Son œil m'accuse. J'enfonce mon talon dans la feuille et la déchire. Je me saisis enfin des restes du magazine et les balance dans la poubelle la plus proche.

Mais pour qui se prennent-ils, ces imbéciles ?

L'interview du *Globe* vient de paraître, malgré nos menaces. J'appelle Claire, mon assistante.

— Il ne faut surtout pas que Mike apprenne que le magazine est sorti. Appelle miss Berkley de ma part, à Lost Lakes, et demande-lui si le coursier a déjà livré les journaux pour la revue de presse de Mike. Si ce n'est pas le cas, dis à l'intendante de récupérer le numéro du *Globe* et de le mettre de côté. Et surtout, répète-lui bien qu'il ne faut pas que Mike tombe dessus.

— OK. Je m'en occupe de suite.

Kelton a donc pris le risque de sortir le magazine. Il doit vraiment espérer en vendre un bon paquet. Je commence à comprendre pourquoi ce salopard est tant redouté par les attachés de presse. Il est prêt à tout… mais il ne sait pas sur qui il est tombé. Pas encore.

Une douleur cinglante vient me vriller le crâne. Une migraine, il ne manquait plus que ça… Je ferme les yeux et me masse lentement les tempes.

La fatigue et le stress provoquent souvent chez moi des migraines terribles. Mais rien à faire. Aucun traitement, aucune cure possible. Les médecins que j'ai consultés m'ont seulement conseillé, en cas de crise, de me reposer. Du repos… comme si j'en avais le temps, et l'envie. Ma vie est ici, entre ces cloisons de verre, au 14e étage du 345 Park Avenue, à la Harlow Agency.

En acceptant de travailler pour Mike en 1979, je n'ai eu d'autre choix que de me plier à son exigence : lui accorder une exclusivité totale. La Harlow Agency n'existe depuis que par et pour Mike Stilth. À l'époque, j'ai hésité à tirer un trait sur les autres artistes dont je m'occupais. Mais je ne l'ai jamais regretté. J'ai participé à l'ascension de Mike, j'ai façonné l'icône qu'il est aujourd'hui. Année après année, de simple attachée de presse, je suis devenue son agent, son assistante personnelle, sa comptable, sa confidente, et son « homme » de main. Aujourd'hui, je suis à la tête d'un véritable empire. Et Mike me laisse, le plus souvent, carte blanche. Tout ce qui a trait à Stilth transite par mes bureaux. Les contrats sont traités par Katie et Leonie ; l'organisation des tournées par Emily, Hannah et Ted ; la gestion de banque d'images par Taylor et Kayla ; les produits dérivés et les droits d'exploitation périphériques par Abby et Justin. Bien entendu, je valide tout. De la moindre demande d'interview au contrat avec Hollywood. Depuis le temps, je devrais apprendre à déléguer, mais je ne peux avoir confiance en personne. Ils sont si approximatifs, si faillibles. Moi, non. J'ai tissé, dans ces bureaux de verre, une implacable toile d'araignée dont je suis l'épicentre. La reine mère.

Lorsque j'ai loué ces bureaux, il y a quatre ans maintenant, j'ai immédiatement entrepris de grands travaux. Je voulais de la lumière et de la transparence, surtout. J'ai fait appel au cabinet d'architecture Slader. Sous mes consignes, ils ont créé un espace pur, cristallin, tout en respectant l'esthétique moderniste du building. Un dallage blanc brillant dans les couloirs, de grandes baies vitrées entre chaque bureau, et, au plafond, une membrane blanche réflective afin de renvoyer la lumière naturelle. Quelques touches de bois ici et là, comme le large comptoir d'accueil ou le mobilier dessiné par Bernt Petersen. Mon bureau est à l'angle droit de l'étage. De là, je veille sur mes équipes. Ils le savent, je garde toujours un œil sur eux. Je suis dure, extrêmement exigeante, mais je leur offre un tremplin extraordinaire. Toutes celles et tous ceux que j'ai formés travaillent désormais pour les plus grosses agences du pays. Pour autant, je sais bien comment ils me surnomment quand j'ai le dos tourné : la Mante. Peu m'importe… Ce respect, je ne l'ai pas volé. Je me suis battue toute ma vie pour en arriver là. Je le mérite.

Ce qu'ils ne savent pas, ce que je ne leur montre pas, c'est combien je suis fière d'eux. De ce que nous avons construit, ensemble. J'aime regarder cette fourmilière qui s'agite. Voir mes assistantes, combiné contre l'oreille, prendre des notes, et gérer l'urgence permanente, ou capter une réunion houleuse entre le juridique et les produits dérivés. Et me dire que ce microcosme existe grâce à moi. En ces instants, me reviennent toujours, comme un mantra, ces quelques chiffres : 17 employés, 500 m^2, soit un étage complet dans l'un des plus prestigieux immeubles de Manhattan, 200 coups de fil par jour, des bénéfices en 1994 s'élevant à 18 millions de dollars… Et enfin, me dire que 80 % de mes employés sont des femmes. Une belle revanche. J'aurais tellement voulu que mon père visite mes bureaux au moins une fois, par une belle matinée telle que celle-ci. Que les portes de l'ascenseur s'ouvrent et qu'il soit impressionné. Qu'il n'ose pas poser ses grosses chaussures crottées sur le dallage ivoire. Quel choc il aurait eu. Il ne s'en serait pas remis. Il aurait peut-être même pu en crever de jalousie, ce connard…

Mais cette sensation de plénitude ne dure jamais longtemps, je reviens vite à la réalité. Le téléphone qui sonne, une conversation que j'entends d'une oreille, un dossier qui me revient en tête… Le stress et la tension retrouvent rapidement leur place aux premières loges. Sans oublier les migraines incessantes.

Tout en gardant une main sur le front, je me rends à la fontaine à eau dans le couloir, attrape un gobelet en plastique et me sers un verre d'eau fraîche. Je reviens à mon bureau d'un pas traînant. Je sens, sur mon passage, les corps de mes employés qui se raidissent. Ils savent bien que, lorsque je me tiens le crâne comme ça, c'est mauvais signe. Ça signifie que je suis à fleur de peau, que je peux partir au quart de tour, et qu'il ne faut surtout pas venir m'emmerder.

Je m'installe derrière mon bureau et avale trois comprimés d'aspirine. Quelques secondes plus tard, l'une de mes assistantes, Haley, tape à la porte.

— Mademoiselle, nous venons d'avoir le tirage du *Globe*. 250 000 exemplaires sont sortis de chez l'imprimeur.

Ils ont vu grand. Ce salopard de Kelton a misé gros.

— Ils en ont gardé combien en stock ?

— Je… je ne sais pas.

— Renseigne-toi vite.

La jeune femme quitte mon bureau de sa petite démarche de souris apeurée. Je n'ai pas le temps de souffler que la sonnerie du téléphone retentit.

— Harlow, à l'appareil.

— Joan, bonjour, c'est Kenneth…

Je reconnais instantanément la voix chaude de Robinson, notre avocat, l'un des hommes les plus influents de la côte Est. C'est un éternel célibataire, toujours courtisé, jamais casé. On ne compte plus ses conquêtes parmi le gotha new-yorkais. Il y a quelques années de cela, le don Juan de l'Upper East Side a vainement tenté de me faire la cour. J'aurais pu craquer. Robinson est bel homme, élégant, brillant, sûr de lui… mais ça ne s'est pas fait. Après deux, trois invitations à dîner que j'ai refusées, il a laissé tomber. J'étais trop occupée alors. Je le suis toujours. Mon métier est un véritable sacerdoce. Je n'ai pas le temps pour des histoires. Et de toute manière, aujourd'hui, il ne me voit plus vraiment. Les années ont passé. Et son appétit pour les jeunettes, lui, n'a pas évolué. Au contraire…

— Bonjour, Kenneth. Avez-vous été briefé par Claire ?

— Oui, il y a une demi-heure. Le *Globe* a décidé de sortir l'interview malgré nos menaces, à ce que je vois. Bon, j'ai pris le temps de relire le papier. Et pour être honnête, Joan, il n'y a rien de véritablement irrespectueux ou diffamatoire. Je ne pense pas qu'on puisse lancer une procédure. On perdrait notre temps.

— Qu'est-ce que vous préconisez, alors, Kenneth ?

— Les assigner pour avoir fait paraître une interview sans notre autorisation. On peut prétexter qu'il s'agissait d'une discussion en off, vos assistantes pourraient témoigner en ce sens. Et ce Kelton vous a dit qu'il ne sortirait pas le magazine, n'est-ce pas ? Il a donc délibérément menti. Mais on ne va pas chercher loin avec de telles accusations. Au mieux, un droit de réponse dans leur prochaine parution.

— Ce n'est pas suffisant…

Haley réapparaît à l'entrée de mon bureau. D'un signe, je lui demande de me déposer le Post-it qu'elle tient entre les mains et de refermer la porte derrière elle.

Je regarde les chiffres que j'ai sous les yeux.

— Kenneth… Je viens d'apprendre que Kelton a également fait imprimer 130 000 exemplaires qu'il garderait en stock pour des réassorts… On peut intervenir ?

— Non. Pas légalement, en tout cas.

— Que proposez-vous ?

— Écoutez, il vaut mieux que nous en parlions de vive voix.

— Ma ligne est sécurisée, Kenneth.

— On ne sait jamais. De toute manière, je dois vous parler d'un autre problème. Une urgence…

— Très bien, je vous attends. J'annule mon déjeuner avec l'équipe commerciale de la maison de disques.

Une cinquantaine de minutes plus tard, Robinson sort de l'ascenseur, impeccable dans un costume gris anthracite, ses cheveux grisonnants ramenés en arrière, et le teint légèrement hâlé. L'avocat décoche un grand sourire à mes jeunes assistantes, dépose son trench-coat sur un fauteuil dans le couloir, puis entre dans mon bureau en refermant la porte.

— Contente de vous voir, Kenneth.

— Également, Joan. Vous êtes en beauté, comme d'habitude. Parlons d'abord de notre urgence, voulez-vous ?

— Le *Globe*, oui. Je veux qu'ils paient le prix fort.

— Très bien, mais c'est aussi prendre le risque de nous exposer, Joan.

— Et donc ?

— Il y a peut-être un moyen de faire disparaître les stocks du *Globe*… D'après mes informations, l'entrepôt du *Globe* est plutôt vétuste, et ne répond pas aux normes de sécurité récentes. Un incendie pourrait rapidement se déclencher et brûler l'intégralité du stock…

— Un malencontreux accident…

— Exactement.

— Vous enverrez des hommes de confiance ?

— Les meilleurs, Joan. Ils ne laisseront aucune trace. Si les pompiers remontent à la source de l'incendie, ils ne découvriront qu'un mégot de cigarette qui a embrasé un rouleau de papier.

— Et Green, le journaliste, vous le faites suivre ?

— Oui, il est sous notre surveillance. Mais il n'a pas l'air de lâcher le morceau. Kelton lui a donné carte blanche pour continuer son enquête sur Mike. Il est d'ailleurs à Lost Lakes, en ce moment même.

— Merde…

— Ce qui me mène à notre autre problème. Le lac aux Suicidées… La police de Carroll County a découvert hier un nouveau corps.

— C'est elle ?

— Elle n'a pas encore été identifiée. Mais oui, certainement.

— Cela fait quoi, deux mois ?

— Oui, à quelques jours près. Le corps doit être dans un état de décomposition avancée. Les légistes ne trouveront pas grand-chose.

— Vous avez effacé toutes les traces ?

— Bien sûr, Joan. Mais Green était aussi sur place, hier.

— Continuez à le surveiller, ne lâchez rien. Et s'il gratte trop, passez-le à tabac. Ça lui fera passer l'envie de trop s'intéresser à Stilth.

— C'est noté. Mais il nous faut rester prudents, discrets. Nous ne voulons pas que cette affaire puisse entacher l'image de marque de Mike. Ce Green est loin d'être stupide. On ne s'attaque pas à un journaliste comme ça. Surtout en ce moment…

— Je sais bien.

— Il faut que je voie un dernier point… pécuniaire, avec vous. Nos petites opérations vont avoir un coût, Joan.

— Combien ?

— Entre l'intervention dans le stock et la filature de Green… Disons 150 000 dollars pour la première et 20 000 pour la seconde. Il me faudrait également du liquide pour graisser la patte de George Brown, le shérif de Carroll County. Comme d'habitude, il va nous demander dans les 30 000 dollars.

Je prends mentalement note des sommes et ne cherche pas à négocier. On ne marchande pas ce genre de services.

— C'est d'accord, Kenneth. J'aurai la somme en liquide d'ici une semaine.

— Très bien, j'enverrai ma secrétaire chercher la mallette. Sur ce, je vais vous laisser. Vous devez être très occupée. De mon côté, je plaide à quatorze heures…

— Merci encore de votre efficacité. C'est un plaisir de travailler avec vous.

— Chaque problème, quel qu'il soit, a toujours une solution. Je suis là pour ça. La situation est sous contrôle.

— Je l'espère.

— Il faudrait qu'on prenne le temps de déjeuner ensemble un de ces jours, Joan…

— Oui, bien entendu, dis-je, sans y croire.

Je fais pivoter mon fauteuil vers la baie vitrée. En cette belle journée, la lumière zénithale s'est frayé un chemin entre les hauts immeubles environnants, repoussant les ombres plus loin, dans les recoins des ruelles aveugles. Park Avenue a vu le flot des cols-cravates remplacé par celui, plus chaotique, des touristes. Les piétineurs, comme je les appelle, font du lèche-vitrine, et vagabondent, plan à la main. Les vendeurs de bretzels, de hot-dogs et de jus de fruits se sont déjà installés au coin de la 52ᵉ. De l'autre côté de la rue, sur les marches de la place du Seagram Building, les habitués prennent leurs quartiers. Calvin, le vieux danseur aux chaussures reluisantes et à la queue-de-pie rapiécée, fait déjà claquer ses talons au son de *Good Morning* de Gene Kelly. Rodrigue, le poète maudit, tend un gobelet usé à chaque passant tout en déclamant ses vers, sur un slam frénétique. Et puis, il y a Willis, assis devant la fontaine avec ses trois chiens déguisés. Les costumes du jour : cow-boys et Indiens.

Autant d'individus pour qui Park Avenue est la plus belle scène du monde. Autant de petites légendes sur la grande avenue.

Les bruits de pas, les discussions, les klaxons, les chantiers permanents… Tout crée un brouhaha incessant, un bourdonnement lancinant qu'on ne peut pas ne pas entendre. La voix de New York. Son souffle.

J'aime cette ville, je l'ai toujours aimée.

Depuis que je l'ai découverte, un matin comme celui-là, en octobre 1970, alors que je sortais de la station de bus Greyhound de Grand Central. Je me souviens avoir poussé les lourdes portes à doubles battants en cuivre, et, comme tout le monde qui découvre la ville la première fois, avoir levé les yeux. Plus haut, plus haut encore. À chercher le ciel entre les lignes fuyantes des gratte-ciel. Moi, la gamine de dix-sept ans qui débarquait de mon Minnesota natal, je suis restée là, de longues minutes, immobile, tandis qu'on me bousculait. Puis, lentement, j'ai attrapé ma valise, et j'ai suivi le flot. Je ne me suis jamais arrêtée depuis. Je me suis laissée couler en elle et je me suis sentie libre, chez moi. Comme si j'avais passé les premières années de mon existence dans un brouillard, un flou. Ici, tout m'est apparu clair, éclatant. J'attendais cet endroit. Ma jeunesse à Watkins n'était qu'une parenthèse. Ces champs qui n'en finissent pas, ces routes qui ne vont nulle part, ce plat à l'infini qui n'offre aucun relief, aucune anfractuosité derrière laquelle se cacher pour hurler un grand coup. Ces couleurs passées, comme si cette pluie qui ne s'arrêtait jamais avait fini par tout rouiller ici. Les maisons, les poteaux électriques, les épis de maïs, les routes, les gens, les âmes… Une ligne d'horizon morne. Ici, à New York, c'est l'inverse. Tout est fou, vertical, bruyant, désordonné et vivant.

Watkins… Je n'y retournerai jamais. Je m'en suis fait la promesse, ce matin-là, au milieu d'une foule d'inconnus pressés. Tu l'avais compris, maman, quand tu m'as encouragée à partir, en épongeant mes blessures. Ces quelques mots susurrés à mon oreille : « Ne reviens pas. Jamais. » J'ai pris le bus et je suis arrivée ici. New York m'a adoptée, m'a serrée fort… et mes cicatrices, lentement, se sont résorbées.

Aujourd'hui, je garde tout le temps les yeux fermés – sur mon passé, mon présent, sur tout… Je ne sais pas comment j'en suis arrivée là. C'est peut-être pour ça que j'ai si mal à la tête.

Ça veut sortir. Ça tape à l'intérieur… Bambam… Bambam…

12

Noah
27 septembre 1995
Lost Lakes

Rien ne m'échappe, à moi, je vois tout. Je suis comme Robin des bois, planqué dans la forêt de Sherwood, prêt à bondir sur les hommes du shérif de Nottingham. Du haut de mon arbre, j'observe, je guette, je veille. Et pas n'importe quel arbre. C'est le plus vieux chêne du parc. J'ai demandé à Spencer d'ajouter une échelle en bois et une plateforme en haut. Il m'a bricolé un truc super. Si la bibliothèque est mon repaire, ici, c'est un peu ma base secrète. On y trouve des vivres, mon lance-pierre et mes jumelles. C'est papa qui me les a offertes quand je lui ai montré ma cabane pour la première fois. Parfois, j'essaie de regarder en dehors de Lost Lakes, à travers les feuillages. J'essaie de voir ce qu'il y a de si terrible, de si horrible pour que papa en ait aussi peur. Mais je ne distingue que les reflets des voitures qui passent très loin sur une route, à des kilomètres de là. Ça, et la forêt, partout. Elle me fait un peu peur cette forêt, d'ailleurs. Quelquefois, j'ai l'impression qu'elle s'étend, chaque nuit. Qu'elle grignote un peu du terrain sur le domaine. Peut-être qu'un jour elle aura fini par tout engouffrer dans sa grosse bouche verte…

Je fais le point avec mes jumelles. Ça y est… Je vois parfaitement l'entrée de Lost Lakes avec le portail gris. Un bus marron attend devant. Les vigiles entrent, certainement pour le fouiller, puis redescendent. C'est la procédure habituelle.

Le portail s'ouvre et le bus pénètre dans le domaine. Maintenant, il faut qu'ils passent tous par le Centre pour se faire nettoyer. Après, quand ils seront propres, on va leur donner des vêtements tout neufs et ils vont venir courir partout, crier et mettre le bazar. Je sais, je devrais être content. Mais, en fait, je crois que ça ne me fait pas vraiment plaisir que ces enfants viennent aujourd'hui.

Parce que le problème, c'est qu'il y a toujours un moment où ils doivent partir. Souvent, c'est juste quand on commence à vraiment s'amuser, que j'ai trouvé deux, trois bons copains avec qui je m'entends bien. Je leur demande leurs prénoms, leurs noms de famille pour essayer de convaincre papa de les faire revenir. Mais il refuse. C'est trop risqué, selon lui. Il faut de nouveaux enfants à chaque fois, qui ne nous connaissent pas et qui viennent de différents coins. Et il faut tout recommencer. À ce rythme-là, je n'aurai jamais de meilleur ami, moi. Pas de Petit Jean ni de Huckleberry Finn à qui je pourrais tout raconter. Il n'y a qu'Eva.

Soudain, une voix m'appelle. Elle s'élève du bas de la butte.

En quelques secondes, je descends de mon chêne en me laissant glisser le long d'une corde.

Je cours dans le parc, dévale la colline à toute allure. Je ferme les yeux et écarte les bras. Si je voulais, je pourrais m'envoler… Là-haut, tout là-haut dans les gros nuages blancs…

Grace m'attend, les mains sur les hanches. Elle a l'air un peu énervée. Si elle était vraiment furax, elle croiserait les bras et se tiendrait toute raide.

— Ah, te voilà, toi. On te cherchait partout…

Elle me passe la main dans les cheveux. J'aime bien quand elle fait ça.

— Allez, on y va, Noah. Les enfants vont arriver. Ton père attend déjà près du parc d'attractions.

Je donne un coup de pied dans une pomme de pin.

— Qu'est-ce qu'il y a ? T'es pas content ?

— Bof…

— Tu te plains toujours d'être trop seul. Aujourd'hui, tu vas te faire plein de nouveaux copains !

— Et je ne les reverrai plus jamais. Non, j'ai décidé que je n'aurai plus de copains.

— Tu dis ça à chaque fois, et tu t'amuses comme un fou. Arrête un peu ton cirque.

— Grace, c'est vraiment si moche que ça dehors, pour que papa ne veuille pas qu'on sorte ?

— Vous avez beaucoup de chance d'habiter à Lost Lakes, voilà ce que je peux te dire.

Quand on aborde le sujet, elle botte toujours en touche.

— Allez, haut les cœurs. Une super journée t'attend.

On continue de marcher dans le parc sans rien dire. Grace fixe le sol, pensive. Ça lui arrive souvent, quand on discute. Moi, ça ne me gêne pas le silence. Au contraire. J'entends souvent Mme Stanton dire à mon père que je suis trop renfermé... Il répond que ce n'est pas grave, qu'il était comme ça aussi.

On rejoint une voiture qui nous attend au bord du sentier qui fait le tour du parc. C'est Melvin, le chauffeur. Il ne cause pas beaucoup non plus. Ça tombe bien.

À l'entrée du parc d'attractions, il y a déjà papa, Melinda, Susan et Eva. Ils sont tous autour de ma sœur. Elle porte son costume de fée Clochette. Une grande robe verte avec plein de paillettes et des ailes jaunes. Elle court en faisant de grands cercles. Elle est excitée comme une puce, ma sœurette. Elle est jolie, c'est sûr. Elle a de longs cheveux blonds frisés, tellement dorés qu'on dirait qu'ils reflètent le soleil.

Papa s'approche de nous, l'air un peu contrarié. Il a ce pli entre les yeux.

— Noah, où étais-tu ? Ça fait dix minutes qu'on t'attend ! Tu as failli rater l'arrivée des enfants.

— Je me baladais...

— Bon, tu es content ? Vous allez bien vous amuser, toi et ta sœur. Et j'ai prévu une surprise. Cet après-midi, j'ai fait venir un magicien pour qu'il vous fasse des tours.

— Cool, merci p'pa.

— Je vais rester avec vous au début et puis après il faudra que j'aille travailler, j'ai une session d'interviews par téléphone cet après-midi. De toute manière, vous serez mieux entre vous, non ?

— Oui.

Papa ne reste jamais bien longtemps avec nous. Une heure par-ci, une heure par-là. Je sais qu'il a peur des maladies. Peut-être qu'il croit qu'on est contagieux.

Il me prend par l'épaule et m'entraîne avec lui. On passe le grand portail plein de ballons peints sur une grille en métal.

On retrouve Eva auprès du vendeur de bonbons, qui est en train de lui donner une énorme barbe à papa. Elle croque dedans et ça lui fait une drôle de barbe rose autour de la bouche. Ça fait marrer tout le monde, et moi aussi.

Des bruits de voiture. Je me retourne. Toute une colonne de voitures scarabées arrive. Elles s'arrêtent devant le portail. Soudain, plein d'enfants, vingt au moins, en descendent et courent dans tous les sens en agitant les bras. Il y en a de tous les âges. Les plus vieux doivent avoir treize ou quatorze ans. Ils sont tous habillés de la même façon avec un jean et un pull bleu clair. Ils ont dû laisser leurs vrais vêtements au Centre. Autour d'eux, il y a quelques adultes, des vigiles, qui les poussent vers les grilles du parc. Il ne faut pas qu'ils aillent partout, ils n'ont pas le droit.

Les vigiles et les nounous amènent les enfants autour de papa, qui a pris Eva dans ses bras.

C'est toujours le même manège. Papa leur souhaite la bienvenue. Il dit qu'il espère qu'ils vont bien s'amuser et qu'ils seront gentils avec nous. Il présente Eva aux autres enfants. Je les entends s'écrier : « Bonjour, Eva ! » Ma sœur sourit avec ses dents pleines de sucre et fait des signes de la main.

Papa me demande d'approcher. Je sens qu'il n'aime pas trop que je reste en arrière, je le vois dans son regard.

J'arrive près du groupe d'enfants. J'entends des chuchotements.

Je baisse la tête et regarde par terre. Papa repose Eva à côté de moi et me passe la main derrière le crâne.

— Et voilà mon grand fils, Noah. Il est un peu timide, mais c'est un champion d'autos tamponneuses, vous verrez.

Les enfants rigolent. Je souris un peu.

Papa attrape Eva et la place sur ses épaules. J'aimais bien quand il me faisait ça, petit. J'avais l'impression d'être sur les épaules d'un géant. On fait le tour des attractions avec lui. La grande roue, le train fantôme, la chenille folle, les toboggans…

Ce parc, il est à moi. Papa me l'a offert pour mes cinq ans. J'aime cet endroit. Mais au bout d'un moment, c'est lassant de refaire toujours les mêmes attractions. Papa m'a promis qu'il allait faire construire un nouveau manège. C'est bien, ça changera un peu.

Après papa, c'est Eva qui prend la parole. Elle dit son texte : « Maintenant, vous pouvez vous amuser et faire ce que vous voulez. Et vous pouvez manger plein de sucreries ! Bienvenue à Lost Lakes, le paradis des enfants ! » Elle a mis du temps à l'apprendre et à le répéter devant le miroir, ce texte…

Les enfants ont l'air si contents, ils doivent vivre un rêve.

Papa fait descendre Eva de ses épaules et s'accroupit à mes côtés.

— Alors, mon Noah, quel jeu veux-tu faire avec moi ? Ça te dit une petite partie de tir à la carabine ?

— Oui, d'accord.

On se rend près du stand. Papa salue la personne qui s'en charge. Il me tend une carabine et en attrape une autre. Chacun de notre côté, on charge des plombs et on tire sur les ballons roses et bleus dans leur boîte.

Paf. Paf. Avec mes dix plombs, j'ai réussi à en éclater cinq. Papa, seulement quatre. Je sais qu'il me laisse gagner, mais ça me fait plaisir quand même.

Il reste encore avec nous quelques minutes, échange des mots gentils avec les autres enfants. Puis, enfin, il consulte sa montre et nous dit au revoir.

Je le regarde s'éloigner. Quelques-uns le suivent pour lui demander un autographe. Il les signe en souriant. Il a l'air heureux, lui aussi. Enfin, il monte dans l'un des scarabées et disparaît.

Eva et moi, on se retrouve au milieu du parc avec tous les autres enfants. Eva me dit : « À tout à l'heure, frérot. » Et je lui réponds : « À tout à l'heure, sœurette. »

Elle part vers un groupe de fillettes. Je sais bien ce qu'elle va faire. Accompagnée d'une de nos nounous, elle va les emmener voir sa ville de poupées. Ses deux cents figurines venues du monde entier, réunies dans une grande salle avec de jolis décors : une école, des restaurants, une route, un chemin de fer… Et puis après, il y aura les animaux de la ferme et peut-être la piscine… À chaque fois, elle ne restera que quelques minutes. Ce qu'elle veut, c'est en mettre plein la vue aux autres. Et elle y arrivera. Toutes les petites filles suivront Eva avec des étoiles dans les yeux tout l'après-midi.

On me tape sur l'épaule. C'est un grand garçon, tout maigre avec des taches de rousseur sur tout le visage. Derrière lui, il y a trois autres garçons.

— Salut, alors c'est toi, Noah ? Moi, c'est Glen.

— Salut.

— Tu veux venir jouer avec nous ? Eux, c'est mes copains. On s'est rencontrés dans le bus en venant chez toi. On s'est bien marrés, hein, les gars ?

Ils répondent tous « ah, ouais ! » à l'unisson.

C'est vrai qu'on s'amuse bien avec eux ! En plus de Glen, il y a Bruce, Dean, et le petit qui ne dit rien et n'arrête pas de bouffer des sucres d'orge, c'est Lenny. Ils sont vraiment drôles. Chacun vient d'une ville différente. Ils ont plein d'histoires à raconter…

Glen, c'est mon préféré. J'aimerais bien être comme lui. C'est un grand, il a treize ans et il est devenu le chef de la bande. Mais ça s'est fait naturellement. Et puis, on sent qu'il aime bien ça. Il l'a dit, d'ailleurs : « Dans mon quartier, on me respecte. »

Glen vient de Portland. Il paraît que c'est l'une des plus grosses villes de la région, une des plus belles aussi. Il paraît même que, là-bas, il y a la mer. Moi, j'ai jamais vu la mer. Je nage bien, ça, c'est sûr, je suis un sacré plongeur dans la piscine. Mais la mer, non, je connais pas. Ça doit être comme un lac multiplié par mille. Ou dix mille.

Il est cinq heures de l'après-midi. On fait une grande balade avec tous les enfants et les nounous dans Lost Lakes. On leur montre tout : les plus beaux arbres, le manoir… Eva, elle, est devant avec ses copines, elle fait son intéressante. Nous, les grands, on reste à l'arrière. Pour me donner un air, j'ai pris une tige d'herbe que je mordille comme les cow-boys dans les westerns. Je continue de poser des questions à Glen. Il faut bien que j'en profite, car le soleil est en train de tomber derrière les collines. Il va bientôt faire nuit, alors il partira, lui et tous les autres.

— Tu as déjà voyagé ?

— Une fois, en Floride. Cap Canaveral, c'était génial. Et puis j'ai été au Canada.

— Ouais, mais je veux dire, tu n'as jamais été en Australie, en France, au Japon ?

— Non, j'ai pas l'argent, moi !

— Pourquoi, ça coûte cher d'aller là-bas ?

— Il est marrant, lui ! Un peu que c'est cher ! On ne pourra jamais se payer des voyages comme ça… Pas vrai, les gars ?

Les autres hochent la tête.

— Alors que toi, tu pourrais faire le tour du monde avec toute la thune qu'a ton père…

— Ouais, même que ton père, il pourrait se les acheter, tous ces pays s'il voulait, ajoute Bruce.

Je sens bien qu'ils se moquent un peu de moi, mais ce n'est pas grave. Je change de sujet.

— C'est quoi ton film préféré, Glen ?

— *Terminator 2.*

— Connais pas. C'est quoi ?

— Attends, je rêve là ! Tu connais pas *Terminator 2* ?

— Bah non, c'est avec qui ?

— Schwarzenegger.

— Ça ne me dit rien, vraiment…

Ils me regardent tous avec de grands yeux. Je reprends :

140

— Mon film préféré, c'est *La Prisonnière du désert*, avec John Wayne. J'adore les westerns : *Le train sifflera trois fois*, *Rio Bravo*… Ça, c'est du cinéma, comme dit mon père !

— Ça a l'air bien ringard, surtout…

— Mais tu connais John Wayne, quand même ?

— Non, et je m'en fous.

Glen s'écarte de moi et se met à parler aux autres de trucs que je ne comprends pas : le T-1000, Connor, la poursuite à moto, les effets spéciaux de dingue, la scène de l'hélicoptère, le T-800 à la fin… Je vois tous les copains qui disent oui de la tête. Ici, on n'a pas la télévision. C'est papa qui choisit les films et dessins animés qu'on regarde. On a de la chance, c'est sûr, parce qu'on a une salle de projection avec un immense écran. Papa aime bien s'asseoir entre nous deux et regarder les films qu'il adorait à notre âge. Ça me fait bien plaisir, ces moments. C'est comme ça que j'ai découvert *Vingt Mille Lieues sous les mers*… Souvent, on regarde aussi des films en noir et blanc. Ce sont les préférés de papa.

Glen continue de parler avec les autres. Je lui tape sur l'épaule :

— Et toi, avec tes copains d'école, vous jouez à quoi ?

Il se retourne et me regarde avec un air bizarre :

— Je sais pas, on fait du vélo. Des fois, on va dans un bois faire des chasses à l'homme ou dans le terrain vague pour aller exploser des bouteilles avec nos pistolets à plomb…

— Moi, je m'amuse pas autant…

— Quoi, tu te moques de moi, t'as vu ta vie ?

Bruce ajoute :

— Si je pouvais avoir un parc d'attractions avec des piscines et tout le reste, je crois que je serais...

— Sauf que t'auras jamais ça, blaireau ! l'interrompt Glen. Y a que lui qui peut se payer tout ça, parce que c'est le fils de Stilth...

— Vous savez, les gars, les attractions, on s'en lasse, au bout d'un moment, dis-je pour calmer la situation.

Bruce fait non de la tête et continue :

— Eh ben, moi, si j'avais tout ça, je...

— C'est bon, ta gueule, lâche Glen avec une grosse voix, tout en marchant de plus en plus vite.

Je le rattrape :

— Il y a quelque chose qui ne va pas, Glen ?

— Rien, laisse tomber.

— On est des copains, tu peux me dire...

Glen s'immobilise et serre les poings.

— Des copains ? Mais t'es complètement stupide ou quoi ? On n'est pas tes copains, espèce d'idiot. Ni moi ni tous les autres. Tout le monde s'en fout de toi. T'es qu'un gosse de riche. Moi, je voudrais même pas d'un copain comme toi. T'es trop niais. Tu crois quoi ? Que si je t'ai causé, c'est parce que j'en avais envie ? C'est mon père qui m'a forcé. Tu sais combien mes parents ont été payés pour que je vienne jouer avec toi ? Mille dollars ! J'avais pas le droit de t'en parler, mais t'es tellement con que je ne peux pas me retenir.

Je ferme les yeux très fort pour retenir mes larmes.

— Et pour tous les autres gamins, c'est pareil, poursuit Glen. On fait tous semblant... Et de toute manière, ta belle maison, ta belle piscine, ton beau parc, tout ça, c'est du vent. En réalité, t'es dans une prison ici...

Je lui saute dessus, je le fais tomber au sol sur le gazon et je frappe. Je frappe. Je ne vois plus rien, j'ai trop de larmes. Je sais qu'il tape aussi, mais je ne sens rien. Au bout d'un moment, des bras me tirent en arrière. C'est Grace et un vigile. Je me dégage et je m'enfuis en courant.

Derrière moi, j'entends la voix de Grace qui m'appelle.

Je cours vers les bois. Je passe au-dessus de la passerelle rouge qui traverse le petit étang. J'arrive devant le local de jardinage et en pousse la porte. Spencer est assis devant son établi. Il fume une cigarette en bricolant un arroseur automatique. En voyant mes larmes, il écrase son mégot et me serre dans ses bras.

D'abord, on ne dit rien. Il me frotte le dos, gentiment. Puis je lui explique ce qui s'est passé. Glen, sa méchanceté, la bagarre…

— Il m'a dit que je vivais dans une prison.

Spencer ne répond rien. Il continue à me regarder en souriant. Mais je vois bien que, derrière son sourire, il y a de la peine aussi.

— Écoute, Noah. Si ton père ne veut pas que tu sortes d'ici, c'est pour ton bien. Tu ne te rends pas compte de la chance que tu as de vivre ici, d'avoir tout ça pour toi…

— Je m'en fous de tout ça, je préférerais être comme les autres.

— Tu dis ça, mais tu ne connais pas la vie de beaucoup d'autres gamins dehors. Fais-moi confiance, il y a bien plus malheureux que toi.

— Peut-être, mais j'en ai vraiment marre…

Je sens les larmes qui montent de nouveau.

— Je sais que ce n'est pas facile, mais il faut que tu saches que tu as des gens qui t'aiment ici : ton père, ta sœur, Grace, moi et tous les autres. C'est important. Et puis, il faut que tu t'accroches. Dis-toi qu'un jour tu pourras aller où tu veux, librement, sans attache. Et je vais te dire quelque chose, petit. Ce jour-là, tu regretteras peut-être ta vie d'aujourd'hui. Dehors, il n'y a pas que des belles choses.

— Je m'en fous. Moi, je verrai que ce qu'il y a de beau.

— Je te le souhaite, petit. Vraiment...

Là, il me reprend dans les bras et me serre plus fort.

Je sais que Spencer n'a plus d'enfant. Je crois que son fils est mort il y a longtemps. Et que sa femme est partie car leur peine les avait trop éloignés. L'amour que Spencer me donne, c'est un peu celui qu'il avait gardé en réserve pour son fils. Mais ce n'est pas grave. Ça me fait du bien.

J'entends des voix à l'extérieur, des bruits de moteur. On me cherche.

— Il faut que tu y ailles maintenant. Ton père va s'inquiéter. Ça va passer, ne t'en fais pas. Et tu sais où me trouver, n'est-ce pas ?

— Oui, merci, Spencer.

Je sors du local et sèche mes larmes avec la manche de mon pull. Je marche jusqu'à la clairière et vois déjà des vigiles qui se ruent sur moi, talkie-walkie collé à l'oreille.

En moins de deux minutes, des quads se garent à l'entrée du sous-bois. Mon père descend d'une Jeep, affolé, et Colin, le chef de la sécurité, est à ses côtés. Il y a aussi Eva à l'arrière du véhicule, mais elle ne bouge pas. Elle doit faire la tête. Elle n'aime pas trop quand elle n'a plus toute l'attention.

Papa se met à genoux devant moi.

— J'ai appris que tu as frappé un de ces gamins… Pourquoi ?

J'ai envie de tout lui raconter, mais je sais qu'il ne comprendrait pas.

— Tu peux me dire la vérité, fiston. Je ne te jugerai pas. Ce garçon, il a été méchant avec toi ? S'il s'est moqué de toi ou quoi que ce soit, je te jure que…

— Laisse tomber, papa. Ça va mieux…

Ça ne sert à rien de punir Glen. Il n'y est pour rien, au fond. Il n'a fait que me dire la vérité. Et c'est ça qui me fait si mal.

— Je suis désolé, papa. Ça n'arrivera plus.

Je me laisse prendre dans ses bras. Ça fait longtemps qu'il ne m'a pas serré comme ça. Au bout d'un moment, il s'écarte et sèche mes larmes avec son pouce.

Papa m'emmène avec lui, place son bras autour de mes épaules. À un moment, il échange quelques mots avec Colin et montre la forêt du doigt. Je m'installe à côté d'Eva. Tandis que la voiture démarre, elle me regarde du coin de l'œil.

Pour papa, ça y est, le problème est clos. Mais il ne me comprend pas vraiment. Il croit que tout est beau pour nous, que tout est parfait. Pour lui, on est ses petits anges. Sauf que les anges, ça n'existe pas. La Jeep avance dans les sentiers. Le vent frais du soir me fouette le visage. J'ai encore envie de pleurer, mais il faut que je tienne. Je tourne la tête vers Eva. Elle me sourit avec sa dent qui manque au milieu, puis, sans un mot, elle me prend la main. On ne se dit rien pendant tout le reste du trajet. Ce n'est pas la peine.

Une chose est sûre. Ma sœur a beau être une peste, elle sera toujours là pour moi. Et moi, je serai toujours là pour te protéger, sœurette. Croix de bois, croix de fer. Si je mens, je vais en enfer.

13

Eva
21 juin 2006
Los Angeles

— Coupez ! C'était la dernière prise de la journée.
Merci à tous ! Eva, je peux te parler un instant ?

J'enlève mon tablier de serveuse et le donne à une
assistante. Déjà, tout le monde s'active pour préparer
la scène que nous tournerons demain. Les techniciens
déplacent les projecteurs, les cameramen commencent à
discuter des prochains plans. Les régisseurs démontent
un pan du décor du restaurant. J'aime cette agitation
permanente sur un plateau, tous ces métiers qui se
croisent. Ce bruit, ce fracas, et soudain ce silence qui
s'impose et le temps qui s'arrête, comme suspendu,
lorsque l'on crie « Action ! ».

Je quitte le décor du *diner* et m'approche de Neil,
le réalisateur du film.

— Je voulais te dire, Eva… Je regrette les tensions
qu'il y a eu entre nous deux durant le tournage. C'est
un peu con, tout ça. Je sais que ça a été dur pour toi,

147

que tu as fait des efforts. Tu vas être vraiment super dans mon film.

— C'est un beau rôle, merci de m'avoir fait confiance.

Connard… depuis qu'il sait que j'ai failli y passer il y a deux semaines, il est tout mielleux avec moi. Mais il s'en fout. Ce qu'il veut, c'est finir son putain de film. Et de préférence, avec une actrice vivante. Je ne suis qu'un pion.

— Je me disais qu'on pourrait aller dîner un de ces soirs. Je connais un resto sympa, tranquille, sur Venice.

Parce que tu crois, après tout ça, que je vais te sucer la bite, enfoiré ?

— Pourquoi pas, Neil.

— Tu vois, Eva. Un tournage, c'est toujours un moment très intense où tout est complètement exacerbé : la joie, la tristesse… Du coup, ça dérape un peu parfois. Je pense que ça serait bien, une fois le film fini, qu'on se revoie au calme. Qu'on reparte sur de nouvelles bases.

— Ça me ferait plaisir aussi.

Il a dû se faire briefer par le studio. Il faut que nos relations s'arrangent pour ne pas mettre en danger la sortie du film juste avant le festival de Sundance en janvier prochain. Tout est déjà prêt, millimétré, calculé. Jusqu'aux slogans qui accompagneront la promo : « *The Girl at the Jukebox*, la révélation Eva Stilth » ; « Le film indépendant qui a bouleversé Sundance ».

Au fond, j'ai apprécié jouer le personnage de Jodie. J'ai puisé dans ma propre expérience, mon ressenti, ma vie. C'est peut-être pour ça que ça ne va pas fort en ce moment.

Mais Neil Deakin reste un sale type. Le cliché du jeune réalisateur suffisant qui croit avoir tout vu en n'ayant tourné qu'un film de genre en Angleterre qui a connu son petit succès. Mais ce mec ne sait rien : il n'a pas de vision, rien à raconter ni à défendre. En quelques semaines, il s'est fait bouffer par le studio, par ses producteurs, par le système. Mais toujours avec le sourire. Il ne l'a même pas vu venir. Il ne s'en rend peut-être même pas compte, que son film lui a complètement échappé. Il trouve ça bien et même normal que trois scénaristes « expérimentés » l'aient aidé à revoir son scénario, normal aussi que son producteur l'assiste durant le montage, vérifiant le moindre cadrage, le moindre dialogue. Bien sûr, Neil... Tu fermes les yeux, comme nous tous. Tu n'es pas là depuis longtemps mais tu as vite rejoint la farandole. Tu as enfilé ton masque et tu jongles comme tous les autres connards. Bienvenue à la parade. Bienvenue à Hollywood... On fait tous semblant. Tous.

Je passe au démaquillage. C'est fou quand on y pense. On vend tellement du vent à tous ces millions de crétins qu'on est même obligé de me retirer mon maquillage « naturel » pour le rôle de Jodie. Les producteurs voulaient un film indépendant, ils me voulaient sans fard... mais ils me maquillent quand même. Il faut que je reste jolie, enviable. Le fantasme Eva Stilth ne peut pas, non plus, apparaître avec ses boutons rouges sur le front, ses cernes noirs. Ils veulent du réel, mais passé à la truelle de la machine à rêves.

Récemment, Joan m'a forcée à faire assurer mes seins et mes jambes, en cas d'accident. Nous avons pris une police d'assurance d'un million de dollars. Par contre, si je me colle une balle dans le cerveau, tout le monde s'en fout. On continuera à me faire tourner, en me suspendant à des fils, comme une marionnette avec le crâne éclaté. *The show must go on…*

Je rejoins ma loge dans une caravane à l'extérieur du studio 11. Il est dix-huit heures. À part un bref rendez-vous avec Joan, qui doit me parler d'une proposition de film, je n'ai rien prévu ce soir. Mais il y aura toujours un coup de fil à passer, quelqu'un à appeler, pour m'inviter quelque part : Cynthia, Kaylee, Rich ou Damian… Tant que je ne reste pas seule à la maison.

Depuis qu'elle m'a retrouvée quasi inconsciente au bord de la piscine il y a deux semaines, Joan insiste pour qu'il y ait toujours quelqu'un avec moi. Où que je sois, un des anciens gardes du corps de mon père, Jeremy, me colle aux basques. On lui a même aménagé une chambre dans ma villa.

Je m'allume une cigarette. J'entends taper à la porte de la loge. C'est Joan. Elle a ramené ses cheveux blonds en un chignon parfait. Elle porte un tailleur bleu foncé sur un petit haut en soie couleur crème. La classe. Le temps ne semble pas avoir de prise sur Joan. Elle doit avoir au moins cinquante ans, et pourtant, hormis ces quelques rides au coin des yeux, elle garde cette beauté froide, cette distance mystérieuse que je lui ai toujours connue. Elle commence par me demander des nouvelles de Neil, du film.

— Je ne vais pas te déranger longtemps, Eva. J'imagine que tu as déjà des choses de prévues ce soir ? J'espère juste que tu ne feras pas de conneries…

En réalité, je sais bien que ça ne lui déplaît pas que je défraie la chronique, que je fasse la une des tabloïds. Ici seins à l'air au bord d'une piscine, là au volant en état d'ivresse. Là encore, prise en train de renifler de la coke dans une boîte. Ça fait parler de moi. Le soufre et le stupre... tout le monde adore ça. On m'enfonce la tête sous l'eau en faisant semblant de me tenir par la main.

— Tu as pu lire le scénario que je t'ai envoyé ?

— Oui, je l'ai lu... Tu exagères ! C'est une putain de *call-girl*, Joan ! Elle passe son temps à allumer les mecs, à se défoncer ou à chialer en se traînant aux pieds de son homme.

— Mais ça va être un très gros tournage ! Cette fresque sur l'implantation de la mafia dans le Las Vegas des années 1950, ça pourrait être le nouveau *Casino*. Et le réalisateur est une valeur montante.

— Tu m'avais déjà dit ça pour Neil...

— Bon, OK. Mais tu es d'accord que c'est vraiment un beau rôle de femme, non ? Moi, j'essaie de te construire une carrière. De faire de toi une actrice respectée. Mais tu m'aides pas du tout, Eva. Vraiment pas.

— Ça va, je vais le faire ton film.

— Excellente nouvelle. Tu as tout l'été pour apprendre ce rôle. Le tournage est prévu en octobre. On parle de Viggo Mortensen pour te donner la réplique. T'imagines un peu ? Ce mec est un génie...

— Ouais.

— Tiens, j'y pense. Je suis passée chez toi. J'ai été chercher ton courrier, vu que tu n'ouvres jamais ta boîte aux lettres. J'ai payé tes différentes factures et tes contraventions, comme d'habitude. Et il y a une surprise aussi. Tu as reçu une lettre de ton frère.

Elle me tend une enveloppe froissée. Je la pose sur la table à côté de moi.

— Tu ne la lis pas ?

— Plus tard.

— Bien… Je vais te laisser alors.

Joan se lève et ajuste son tailleur. Elle passe un doigt sur sa langue et lisse son chignon. Avant de partir, elle ajoute :

— Eva, tu sais que je suis là pour toi, ma chérie. Si tu as le moindre souci, je suis là.

— Je sais, Joan. Ça va, merci. Ne t'en fais pas.

Depuis la mort de mon père, il y a onze ans, Joan est devenue une sorte de mère de substitution. Elle n'a jamais eu les gestes d'affection ni les petites attentions de papa, mais elle tient énormément à Noah et moi. Elle a tout fait, durant toutes ces années, pour que l'on s'en sorte et que l'on ne dilapide pas notre patrimoine. Si elle n'avait pas été là, je ne sais pas où j'en serais aujourd'hui. Pourtant, il y a toujours une distance entre nous, comme si elle ne voulait pas qu'on devienne trop proches. Je reste malgré tout sa cliente. Joan Harlow Agency gère l'énorme patrimoine des droits musicaux de Mike Stilth, mais aussi ma carrière. Quant à mon frère, c'est plus compliqué. Malgré ses efforts, Joan n'a jamais réussi à convaincre Noah de se lancer. Pendant quelques mois, il se voyait réalisateur, puis chanteur, puis il voulait ouvrir un restaurant. Une vraie girouette, pire que moi. Mais à chaque fois, dès que les choses commençaient à se concrétiser, il faisait une rechute… Ensuite, c'était toujours la même rengaine : ses délires, trop de défonce, ses histoires de vampires, sans oublier les psys et les médicaments… Et moi qui devais rester là, à le regarder, jour après jour, devenir un légume. Il y a six mois, il a remonté la pente et décidé de faire un tour du monde. Depuis, je n'ai que rarement des nouvelles. Quelques lettres par-ci, par-là, toujours très courtes.

J'éteins ma cigarette dans le cendrier et ouvre son dernier courrier :

Ma sœurette,

Tout va bien pour moi. Je suis actuellement au Paraguay, un pays assez pauvre mais où les gens sont très accueillants. Depuis quelques semaines, je travaille dans un orphelinat. Je fais de belles rencontres. Je me sens utile. Je vais bien.

Je t'aime fort. Je rentre bientôt.

Noah

Je trouve son écriture hésitante, comme s'il avait appuyé trop fort sur la feuille.

Il va bien. C'est tout ce qui compte. Il a toujours rêvé de jouer aux grands explorateurs, de visiter des contrées lointaines, de partir à l'aventure. À dire vrai, j'aurais peut-être dû partir avec lui… Je me le dis souvent. Me réinventer ailleurs. Pourtant, je reste ici, à laisser les spots me chauffer la peau, à regarder tout au fond de l'œil noir et mort de la caméra. À tenter, tant bien que mal, de marcher dans le sillage de papa.

Je range la lettre dans la poche arrière de mon jean.

Il fait encore une chaleur à crever en cette fin d'après-midi. Je quitte la caravane et marche entre les Stages 11 et 12 des studios Warner pour rejoindre ma voiture. Un assistant m'interpelle.

— Eva ? Excusez-moi. Un homme m'a donné ça pour vous. Il m'a dit que c'était important.

— Et il ressemblait à quoi ?

— Franchement, je ne sais pas trop. Un type normal.

J'ouvre le message plié en quatre :

Eva,

Joan te ment. Elle t'a toujours menti. Noah n'est pas à l'autre bout du monde. Et il ne va pas bien.

Si tu veux le trouver, rends-toi à la Path Clinic à Malibu. Ils le retiennent là-bas. Et ils ne le laisseront pas sortir facilement. Il a besoin de toi.

14

Paul
27 septembre 1995
Lost Lakes

— Putain, c'est lui ! T'entends, Paul, c'est lui, je te dis ! Oh, putain, oh, putain !

Je règle la molette de mes jumelles. L'image se fait plus nette. Là. C'est bon. Dans un minuscule carré découpé par le feuillage roux des arbres, à la lisière d'une clairière, un enfant sort d'un bosquet. Il a les épaules basses et semble essuyer ses larmes. Il a des cheveux châtain, coupés au-dessus des oreilles, un jean et un pull marron. Il doit avoir onze ou douze ans.

Pas de particularité. Un gosse comme tant d'autres. Est-ce vraiment lui ? Noah Stilth, le fils de la plus grande star internationale ? Lui et sa sœur sont certainement les enfants les plus protégés au monde, et pourtant.

J'ai encore du mal à y croire. J'entends les claquements en rafale du déclencheur de l'appareil photo de Phil à côté de moi, entrecoupés de ses « putain, putain » à répétition.

Alors que le gamin avance à découvert, des gardes du corps s'approchent de lui. En quelques secondes, Noah est complètement encerclé par les molosses, talkie-walkie à la main. On entend des bruits de moteur. Puis d'autres personnes les rejoignent. Je crois reconnaître Mike Stilth qui s'avance vers le gosse et s'abaisse à ses côtés. Et, finalement, le prend dans ses bras.

C'est bien lui, il n'y a aucun doute.

Les vigiles sont aux aguets. Déjà, l'enfant n'est quasiment plus visible. Mais trop tard, les gars. On l'a eu dans les mirettes. J'abaisse mes jumelles et regarde Phil. Il a le front en sueur et continue à faire crépiter son téléobjectif comme une mitraillette. Il doit en être à sa troisième pellicule en moins de deux minutes. Avec des gestes précis, afin de ne pas en perdre une miette, il recharge une dernière fois son boîtier et place la pellicule dans l'une des poches de sa veste.

Tandis qu'il shoote à tout-va, il me parle.

— T'as vu ça, Paul ? Ces photos-là, mon grand, c'est du costaud, un scoop d'enfer… Elles vont faire le tour du monde. Punaise, tu te rends compte, la chance qu'on a de s'être placés pile-poil dans l'axe ? Les autres vont être fous. Tu me portes chance, Green. T'es ma patte de lapin ! Tu vois ce gros balèze, là, le rouquin ? C'est Colin Bullworth, le chef de la sécurité de ce putain de bunker. Alors lui, je te le dis recta, c'est le genre de mec à pas croiser avec un appareil photo sous le bras. On ne dirait pas, mais il dérouille sévère, l'enculé. Il m'a pété le nez la dernière fois.

Je détaille Bullworth qui parle avec ses hommes en faisant des mouvements dans notre direction. Le bonhomme n'a, en effet, pas l'air commode. Son cou est aussi large que ma cuisse et il a de grosses veines saillantes sur le front. Un taureau…

— Putain, c'est trop con que Polly ne soit pas là, reprend Phil. Polly peut lire sur les lèvres des gens, et elle comprend tout. Hallucinant, je te dis. Avec elle, on aurait eu l'image et le son…

Phil hurle à moitié ses paroles. D'un autre côté, je comprends son excitation. Je ne suis là que depuis quelques jours, et, déjà, j'ai l'impression d'avoir moi aussi été un peu touché par l'étrange virus de ces paparazzis qui vivent ici, passant leur temps, planqués dans les arbres, à épier les allées et venues dans Lost Lakes… Phil est devenu obsédé par l'idée de prendre *la* photo, celle qui révélera au monde les secrets de Stilth. Pour lui et les autres, c'est comme une chasse au trésor. De vrais chacals… Pas étonnant qu'on les surnomme ainsi dans la région. Ils ont tous le même regard un peu fou, les yeux cernés, le teint blafard et les lèvres gercées par le froid. Si je restais là, moi aussi, peut-être deviendrais-je comme ça ? Il est vrai que c'est excitant. Et il y a ce petit goût d'interdit quand on doit se planquer en entendant arriver les patrouilles de police. Mais il y a aussi un terrible ennui. Une monotonie épuisante à passer ses journées à attendre, à espérer quelque chose en lorgnant entre la cime des arbres. Une couverture chauffante sur les genoux, trois Thermos de café pour la journée, un énorme sac rempli de matériel de pointe et téléobjectifs à se trimballer durant ses moindres déplacements. Il y a des

157

moments où on perd vraiment la boule, à fixer sans fin ces arbres avec ses jumelles. On se dit que c'est ridicule, qu'on perd notre temps, qu'on aurait mieux à faire, que c'est de la folie. Puis un mouvement, quelque chose, une tache grise qui passe là-bas dans le domaine et la traque, la folie reprennent. Quand j'écoute Phil, je me dis que la vie de chacal, c'est un peu comme la toxicomanie. Il se répète qu'il décrochera bientôt, après une dernière dose, une dernière planque. Au fond, je comprends pourquoi des mecs comme lui sont là depuis si longtemps. C'est à la fois fascinant et pathétique de jouer ainsi les voyeurs. Pour les chacals, Stilth et sa cour sont devenus des figures quasi mythiques, à la fois intouchables et proches. Ils en parlent comme des membres de leur famille, qu'ils exècrent autant qu'ils adulent : « Mike est rentré ce matin », « Mike adore se promener dans le parc en début de soirée », « Mike doit se reposer », « Mike ne sortira pas aujourd'hui »… Mike, Mike, Mike. Il est là, partout, derrière ces arbres, ces troncs, dans la forêt. Comme une présence obsédante, un spectre.

Et moi aussi, sans m'en rendre compte, je me suis laissé prendre au jeu. Mais il faut dire que j'ai un sacré mentor, le roi des chacals, le maître des charognards, Phil Humpsley…

Dans le domaine, Stilth et son fils échangent quelques mots. On n'y voit pas grand-chose avec la valse des vigiles autour d'eux. Stilth semble essuyer des larmes sur la joue de son fils. Il sourit de manière un peu forcée, puis regarde dans notre direction. Pendant une fraction de seconde, par réflexe, je m'abaisse, de peur qu'il nous voie, même si je sais bien que c'est impossible.

Je me tourne vers Phil :

— Ils font quoi, là ?

— On s'en branle de ce qu'ils font. Les gens n'achètent pas les magazines pour comprendre, juste pour voir. On leur racontera l'histoire qu'on veut.

Le pire, c'est qu'il a raison.

Au bout d'un moment, Stilth et Noah montent à l'arrière d'une Jeep et disparaissent. La scène n'a duré que quelques minutes.

Les hommes de la sécurité remontent aussitôt sur leurs quads, les maîtres-chiens reprennent leur tour de ronde, et la clairière retrouve son calme. Quelque chose me tracasse. Je vois du coin de l'œil que Phil s'agite. Il a déjà retiré son appareil photo, replié son pied et placé ses quatre pellicules dans la poche de son manteau. Il sort un talkie-walkie et se met sur les fréquences de ses camarades pour voir si eux aussi ont eu la chance d'avoir la même photo…

Je continue à regarder dans la clairière, vers le petit bosquet, sur le côté. Rien. Le calme plat. Plus âme qui vive. Pourtant, je me demande ce que fichait le petit Noah ici. Le gamin a disparu dans ce sous-bois pendant une dizaine de minutes, avant de réapparaître… Pourquoi ? Aurait-il une cachette là-bas ? Je m'apprête à abaisser mes jumelles quand un mouvement attire mon attention. Un homme de grande taille est face à nous. Je laisse pendre mes jumelles et me saisit de celles de Phil, plus performantes. Je le vois mieux, désormais. C'est un homme d'une soixantaine d'années, maigre et courbé, noir de peau, des cheveux blancs plaqués en arrière, une barbichette blanche qui affine encore plus son visage émacié. Il mâchouille une cigarette roulée éteinte sur le bord des lèvres. Il porte une salopette d'un bleu délavé sur une chemise à carreaux beige et marron. Le type pousse une brouette en métal. Après quelques pas, il s'arrête un instant, le visage triste. Puis il se remet en route, la démarche lente et voûtée, le long d'un sentier en terre. J'attrape le bras de Phil, toujours penché sur son talkie-walkie.

— Phil ! Phil !

Il repousse mon bras d'un geste sec et me répond avec sa voix aiguë et son débit de mitraillette :

— Quoi, qu'est-ce que tu veux ? Putain, tu vois pas que je suis occupé ?

— C'est qui, lui ? Le mec, avec sa brouette.

— Laisse tomber, c'est un vieux jardinier, conclut-il après avoir pris mes jumelles. Il travaille à Lost Lakes depuis une éternité. Il fait partie des meubles. Sans intérêt.

— Comment il s'appelle ?

— Spencer. Spencer Bunkle, je crois. Mais je te préviens, j'ai déjà essayé…

— Essayé quoi ?

— De faire parler le vieillard, sur ce qu'il voit là-bas. On cherche tout le temps, moi et les autres, à avoir des yeux là-bas. À payer des employés pour qu'ils nous balancent des infos. Mais rien à faire, personne n'ouvre jamais son clapet. À croire qu'ils sont muets, ces cons…

Je sors mon carnet et y note le nom de Spencer Bunkle suivi d'une flèche vers le nom de Noah.

— Vraiment ? Peut-être que tu n'as jamais su lui poser les bonnes questions…

— T'en as de bonnes, Green, avec tes airs supérieurs à la con. Je te rappelle que tu bosses au *Globe* et pas au *Washington Post*, vieux. Alors, ne me la fais pas.

Il a raison. Je ne vaux pas mieux que lui, mais on a toujours adoré se taquiner. Ce vieux Phil, déjà, quand on était jeunes, c'était pas une lumière. Et avec les années, sa connerie ne s'est pas vraiment arrangée. Phil est grand, maigre, avec des bras pendants et un cou deux fois plus long que la moyenne. Je ne peux m'empêcher, quand je le regarde, de fixer les allées et retours de sa pomme d'Adam saillante. Il porte une large moustache blonde et une coupe nuque longue qui, à ses yeux, doit mettre en valeur sa virilité. S'y ajoute, de jour comme de nuit, une paire de lunettes d'aviateur à la monture plaquée or, qui ne cesse de glisser sur son nez aquilin ; une montre tape-à-l'œil qui ne marche plus depuis longtemps et l'indispensable gilet kaki de photographe rempli de poches qui ne servent à rien. Il y a quelques années, Phil s'est convaincu de devenir photographe pour « attraper de la petite ». Il s'est donc mis à prendre des photos, partout, tout le temps. C'est comme ça que nous avons sympathisé, d'ailleurs. Je me souviens de notre rencontre. C'était un soir d'avril, en 1974. Je revenais d'une soirée où, encore une fois, j'avais espéré y trouver celle qui obsédait mes nuits. Mais j'avais fait chou blanc. Clara ne sortait pas tant que ça ou, en tout cas, n'était pas invitée aux mêmes soirées que moi. En marchant dans le square plongé dans l'obscurité qui bordait le campus, je suis rentré dans un grand dadais qui prenait des photos, la tête en l'air, le viseur de son appareil photo scotché sur l'œil. Phil, dans toute sa splendeur… Il a eu l'air surpris, mal à l'aise et a prétexté prendre les étoiles en photo. Sauf que ce soir-là, le ciel était couvert. En levant les yeux, j'ai rapidement vu que l'on donnait sur les chambres des étudiantes. Ses étoiles, il les préférait plutôt à grosse poitrine. J'ai juste lâché un sourire, mais je n'ai rien relevé. Pour quoi faire ? Moi aussi, j'avais passé des heures à essayer de guetter une apparition de Clara à sa fenêtre en petite tenue. Phil et moi, on est des invisibles. Parce qu'on a toujours été un peu trop moches, un peu trop discrets, un peu trop lisses ; on fait toujours, à un moment, des trucs bizarres… peut-être, inconsciemment, pour se faire remarquer, ou se prouver que l'on est bien vivants… Et pour montrer aux autres, les beaux, les drôles, les intelligents, qu'on est là, qu'on existe, nous aussi. Bref, on agite vainement les bras mais tout le monde s'en fout. Alors, on pousse le bouchon jusqu'à ce que quelqu'un remarque.

Phil a toujours été voyeur. C'est comme une sorte de vocation chez lui. Un sacerdoce. Il adorait espionner. Il avait ça dans le sang. Peut-être avait-il besoin d'observer, d'épier la vie des autres pour se donner l'illusion de mieux vivre la sienne.

Ce soir-là, on a partagé nos solitudes quelques instants. Je lui ai payé une bière, on a parlé journalisme, photo et nichons, forcément. Il m'a montré quelques clichés de ses « étoiles », mais je n'y ai, malheureusement, pas trouvé celle que je cherchais. Plus tard, je lui ai proposé de faire des photos pour notre magazine d'étudiants, le *Record*. On a sillonné, ensemble, la région pour couvrir des sujets qui n'intéressaient personne… On est restés copains depuis, sans jamais vraiment devenir amis. Phil Humpsley n'a pas d'amis. Moi non plus, d'ailleurs. On ne s'est pourtant jamais perdus de vue. On s'appelle rarement. Il peut se passer des mois, voire des années, sans qu'on se donne de nouvelles. Mais il y a quelque chose de fort entre nous. Je comprends ce type. Je vois clair en lui, derrière ce qu'il veut bien montrer. Phil n'est pas que ce mec un peu salace et lourd. Il est bien plus que ça. Un gars qui a une vraie sensibilité. On le sent au détour de certaines de ses photos. Une tendresse dans son regard, un attachement aux petites choses, comme moi, aux gestes, aux jeux de regards. Phil ne s'en rend pas compte, mais il a du talent. Comme un Weegee, qui immortalisait les nuits new-yorkaises dans les années 1920 et qui, derrière les photos de faits divers, montrait autre chose : un monde qui change, qui se cherche… Dommage que Phil gâche son talent ici, à Lost Lakes. Le pire, c'est qu'il doit certainement penser la même chose de moi. Peut-être que l'on continue à se fréquenter pour se rassurer mutuellement sur notre médiocrité.

Depuis deux ans maintenant, Phil est un « résident » de Lost Lakes. Il y a toujours cinq à six chacals qui traînent dans les environs du domaine. Ils sont soit envoyés par des magazines pour aller à la pêche à la photo volée, soit des indépendants qui attendent le cliché en or pour le vendre au plus offrant. Phil fait partie de la seconde catégorie. En général, les paparazzis ne tiennent pas plus de quelques semaines ou quelques mois, refroidis par la rudesse de l'hiver, mais aussi par les descentes récurrentes du chef de la sécurité de Lost Lakes et de ses sbires. Des visites de courtoisie où ces derniers cassent tout ce qu'ils trouvent : appareils photo, objectifs, jumelles, radios… et, accessoirement, les gueules de leurs propriétaires. Phil s'est d'ailleurs fait péter le nez par Bullworth il y a quelques semaines et arbore encore un épais pansement sur le tarin. Mais ici, personne ne porte plainte. C'est la règle du jeu. Ils espionnent, ils en assument les conséquences. De toute manière, personne ne bougerait le petit doigt pour aider ces parasites. Le plus souvent, les membres du service de sécurité de Stilth sont d'anciens flics. Alors, forcément, leurs confrères ferment les yeux. Mais il faut dire que les chacals emmerdent tout le monde à Lost Lakes, y compris les gardes forestiers, qui en ont assez des tas de déchets et d'immondices que les paparazzis laissent derrière eux. Tout le monde fait son possible pour déloger ces sangsues, mais eux s'accrochent, et vivent dans une paranoïa permanente. Phil, qui crèche dans une caravane miteuse, change d'emplacement chaque nuit. Quand il recherche une planque en forêt, il marche avec un manteau trop long, qui traîne au sol, afin d'effacer ses traces de pas. Il lui arrive même de disposer dans les arbres des mannequins armés d'appareils photo bon marché afin de leurrer les hommes de Bullworth, et de pouvoir opérer, plus loin, en toute tranquillité. Oui, Phil est un peu barré. Mais qui ne le deviendrait pas en vivant ici ?

— Jackie Boy ? C'est Phil ! Tu ne me croiras jamais, putain de putain, claironne-t-il dans son talkie-walkie.

De l'autre côté de la ligne, une voix grésillante.

— Me dis pas que…

— Si, mon vieux !

— Merde. J'étais mal placé. J'ai pas réussi à avoir un axe clair. J'ai rien d'exploitable.

— Eh ben moi, j'ai le gros lot, Jackie ! Je l'ai eu le môme, en pleine poire. Bim ! Je lui ai éclaté quatre pellicules à la gueule, au mioche. Je le vois même avec Mike. J'ai tout. Tout, je te dis ! Je te jure, Jackie Boy, je vends ces photos et *ciao* la compagnie, direction les Bahamas. Je refoutrai plus jamais les pieds dans ce trou maudit.

Les Bahamas... Phil m'a déjà répété sa litanie une bonne quinzaine de fois depuis mon arrivée, mais je sais très bien que, en réalité, il ne quittera jamais Lost Lakes. Il est happé, possédé.

— C'est ça, mon vieux. Remballe tes ardeurs. Je viens d'avoir Sam et Bedford, ils ont tous les deux des putains de clichés aussi. Et ils étaient bien mieux placés que toi. Va falloir attendre pour les Bahamas, l'ami !

— Ta gueule, connard. Je te dis que mes photos, elles valent de l'or.

— Bien sûr..., ironise Jack. En tout cas, tu devrais te bouger les fesses, vieux. La cavalerie est en train de débarquer. Ils arrivent déjà sur le secteur 3. Ils seront sur toi dans quelques minutes.

Phil ne répond même pas et agrafe son talkie-walkie à sa ceinture.

— On remballe, Green. Aide-moi. La sécurité de Lost Lakes arrive. S'ils nous trouvent, on va se prendre une sacrée dérouillée.

J'entends le vrombissement des moteurs, des cris, des invectives.

Ils arrivent.

Phil place le pied de son appareil en bandoulière et se met à détaler, recourbé sur lui-même entre les pins. Je le suis péniblement. Au bout de quelques minutes, je suis déjà à bout de souffle. J'ai un terrible point de côté, la respiration sifflante. Phil, lui, détale toujours comme un lapin. Il me distance. Il est déjà à plus de dix mètres de moi. Et ce con ne regarde pas du tout en arrière. Je l'appelle. Il finit par se retourner.

— Bouge ton gros bide, Green !

— Je te jure, j'en peux plus…

— Va falloir qu'on se planque et qu'on laisse passer ces enculés. Suis-moi.

Au bas d'une colline, il s'avance jusqu'à une sorte de petite corniche et se cale en dessous. L'érosion de la terre a creusé un renfoncement. Il retire ses sacs et s'y adosse. Je fais de même. Phil connaît la forêt comme sa poche. Je réalise seulement, alors que je reprends péniblement ma respiration, que je tremble comme une feuille.

— Ils ne devraient pas nous trouver. Espérons qu'ils n'aient pas pris leurs foutus clébards.

Sur ces mots, comme un coup du sort, on entend des aboiements.

Phil me regarde avec un drôle de sourire.

— Merde…

Les bruits d'engins s'approchent. Ils sont tout près, désormais. Aucun doute.

Phil me dit un seul mot en montrant le haut de la colline.

— Quads.

Je me plaque contre la terre mouillée. J'ai le visage contre la glaise marron. Je voudrais fermer les yeux.

Le vrombissement des moteurs cesse. J'entends une voix claire.

— Ici Bullworth. Rapport de situation.

— Ici équipe 2, chef. On vient d'en choper un et de lui prendre ses pellicules.

— Équipe 3 au rapport. Toujours rien de notre côté.

— Équipe 4. On se rend là où l'un de ces salauds, Will Bedford, a l'habitude de se planquer.

— Très bien ! Nous, on reste sur la piste d'Humpsley. Il vient toujours dans le coin.

Je regarde Phil. Il me fait un clin d'œil et un sourire. Pour lui, ça doit être une fierté d'être traqué par le boss de la sécurité. Pour moi, ça me fout juste encore plus les jetons.

J'entends des bruits de pas qui s'approchent. Des craquements sur les feuilles. Le tintement d'un trousseau de clés. Le type ne doit être qu'à quelques mètres. Je sens une odeur d'eau de Cologne bon marché. Une ombre s'étire au-dessus de nous dans la lumière déclinante. J'ai le cœur qui bat à cent à l'heure. Je respire comme une baudruche. Ma poitrine va exploser. Phil me place la main sur la bouche. Je tente de me contrôler. Je ferme les yeux. Respire. Doucement, par le nez.

Des aboiements. La voix au-dessus de nous.

— Gus, ramène les chiens par là.

Putain, on est foutus. Je m'imagine déjà en train de me faire bouffer la tronche par ces clébards. J'ai les pieds qui commencent à glisser dans la terre, sur les feuilles jaunies, j'ai du mal à retenir mes jambes contre mon buste.

Un crépitement. Une odeur de cigarette. Des reniflements. Des bêtes qu'on tient en laisse, qui halètent, qui ont faim. Et si on se rendait ? Peut-être que ça arrangerait nos affaires ? Je tente de me soulever mais Phil me retient et fait non de la tête.

Soudain, alors que l'ombre s'étire encore un peu au-dessus de nous, un son de talkie-walkie :

— Chef, on a besoin de vous. On a l'un de ces blaireaux, certainement Sam Owens, qui tente de se faire la malle avec sa moto-cross. Il va traverser votre secteur.

— OK, on est dessus. Jim, ramène les chiens à la Jeep.

Les bruits de pas s'éloignent. Phil retire sa main de ma bouche. J'aspire une énorme bouffée d'air. J'étais à deux doigts de craquer...

Après quelques longues minutes, Phil se lève.

— Il faut y aller, on doit retourner à la caravane.

— Et si on restait ici ?

— Non. Il faut que je sois le premier à vendre ces putains de photos. Dépêche-toi, Green ! En plus, il va bientôt faire nuit.

On marche discrètement jusqu'à la voiture de Phil. Mon pantalon est trempé, mon manteau couvert de feuilles. Phil retire la bâche de camouflage sur son véhicule, une Lincoln Continental antédiluvienne à la peinture caramel écaillée, aux chromes de la calandre rouillés. Cette caisse, c'est sa fierté. Bien qu'elle soit impossible à manœuvrer, pour lui, c'est le comble de la classe. Pour moi, on dirait plutôt un gros corbillard marron.

Je m'installe côté passager, en essayant tant bien que mal de caser mes pieds entre les canettes de bière vides, les sachets de chips, les magazines et autres saloperies qui jonchent le sol de la voiture. Autant de vestiges de longues nuits de planque et de solitude. Je retire un paquet de cigarettes vide qui s'est logé dans le bas de mon dos et le jette à l'arrière. Je n'ose d'ailleurs même pas me retourner de peur de découvrir un autre capharnaüm. Des strates de vêtements enchevêtrés, de la nourriture en décomposition, des paquets de pellicule photo, des cartes du coin. Une vraie poubelle roulante.

Phil garde les mains serrées sur le volant, le regard dans le vide. Il accuse le coup. Lui qui pensait être le seul à avoir obtenu les photos de Noah.

— Tu sais, Phil, je suis sûr que c'est toi qui as les meilleures photos.

— Ta gueule, Green. J'ai pas besoin de ta pitié. Je sais que j'ai des super photos. Je vais me faire un bon gros paquet de thune. Point.

Je sais pertinemment que Phil n'a pas vendu une seule photo depuis plus d'un an et qu'il vivote avec les droits qu'il perçoit de ses anciens clichés, et des quelques piges qu'il accepte de faire, de temps en temps, pour des journaux locaux. Dans le monde de la photo, il est complètement hors-jeu, comme les autres chacals. Phil, mon pauvre vieux… Ça fait bien longtemps que tu t'es fait dépasser par ton rêve. Aujourd'hui, tu n'as plus aucune chance de le rattraper. Ce n'est déjà plus qu'un tout petit point lumineux, loin, là-bas, et toi, pourtant tu cours toujours. Je t'admire pour ça. De mon côté, ça fait longtemps que j'ai abandonné la course et que je me suis écroulé sur le bas-côté. Phil, à ta manière, au moins, tu te bats encore. Et ce n'est pas rien.

Je lui lâche tant bien que mal un sourire et lui tapote l'épaule. Il met le contact. Ce mec ne se laissera jamais abattre.

— Je te dis, je vais me faire un paquet avec ces photos. Après, on me respectera. On ne dira plus : « Eh, regardez, v'là ce guignol d'Humpsley ! », on dira : « Eh, mais ça serait pas Phil Humpsley, le roi du scoop ? »

J'opine.

Phil allume une cigarette et démarre dans un crissement de pneus sa vieille guimbarde branlante. Il enclenche la radio et la règle sur une station de country. Pour se convaincre, il se répète à mi-voix : « Un bon paquet de thunes. »

Il tire une longue latte sur sa cigarette puis la jette par la vitre entrouverte.

— Tiens, Paul, sers-moi un café… et tu sais quoi, j'ai réfléchi. En fait, je ne vais pas partir aux Bahamas, c'est de la connerie. Non, je vais m'acheter une caravane du tonnerre. J'ai vu un super modèle à Thornton, l'autre jour.

— Ça veut dire que tu vas rester là, alors ?

— Bien sûr que je vais rester là, Green. Où veux-tu que j'aille ?

Tandis que je vide le contenu du Thermos tiède, Phil fait une embardée soudaine. Je renverse tout sur mon pull. Je me tourne, énervé, vers Phil, mais il ne me regarde pas. Son immense cou est tendu vers le rétroviseur. Je regarde derrière nous et aperçois, à travers le tas d'immondices accumulé sur les sièges, deux séries de phares qui s'approchent.

— Ils nous ont retrouvés, ces cons, dit-il.

Deux énormes quads. Je regarde le compteur de la Continental de Phil, il affiche un faiblard 60 km/h. La même terreur me reprend, comme une onde glaciale qui me traverserait la colonne vertébrale.

— Mais accélère, putain !

— Je ne peux pas, je suis au taquet.

Les quads sont désormais à moins de trente mètres derrière nous. Chaque seconde, ils s'approchent un peu plus. Je reconnais Bullworth, courbé en avant, les dents serrées. Le bonhomme a l'air sérieusement remonté.

— Attrape le volant, Green.

Phil n'attend même pas que je prenne le relais. D'un bond, il se contorsionne et farfouille à l'arrière du véhicule.

Dans la pénombre, les troncs d'arbres défilent sur le bas-côté. Entre la vitesse et la piste gorgée de boue, j'ai du mal à garder le contrôle de l'engin.

— Mais qu'est-ce que tu fous, merde ?

— T'occupes, garde les yeux sur la route.

À la faveur d'une petite côte sur le sentier et d'un nouvel à-plat, deux énormes 4 x 4 noirs, garés en travers du chemin, apparaissent à environ cinq cents mètres.

— Phil, il y a des voitures au milieu de la route.

— Ne ralentis pas, il me faut encore quelques secondes.

Je jette un œil dans le rétro, les deux quads nous collent aux basques. Les voitures ne sont plus qu'à deux cents mètres. Je vérifie que ma ceinture est bien attachée. À la vitesse où on roule, c'est le carambolage assuré. En même temps, si les quads nous rattrapent, je ne donne pas non plus cher de nos peaux.

Phil se redresse et, dans une torsion improbable, farfouille quelques instants entre ses jambes, puis reprend le volant, le sourire aux lèvres. Il freine de toutes ses forces et la Lincoln s'arrête à moins d'un mètre des voitures de la sécurité de Stilth.

Je n'ai même pas le temps de souffler que quelqu'un ouvre la portière et me saisis par le col. Devant moi se dressent deux masses en combinaison noire. Ils m'attrapent par les bras, me soulèvent aussi facilement qu'une plume et me plaquent violemment contre le capot bouillant de la voiture. Quelques secondes plus tard, c'est au tour de Phil. Il me fait un petit clin d'œil. Moi, je suis terrorisé. Au bout de quelques instants, Bullworth se penche vers nous et saisit l'oreille de Phil. Il la lui tord avec force.

— Tiens, mais ça ne serait pas ce cher Humpsley, que voilà ? Quelle bonne surprise… Je te cherchais justement.

Phil laisse échapper un juron et reprend, d'une voix maîtrisée :

— Salut, Colin. Tout roule ?

— Salut, saloperie. Alors, comment va ton nez depuis la dernière fois ?

Bullworth délaisse l'oreille de Phil pour lui appuyer le crâne contre la carrosserie. Son nez, écrasé contre le métal, se met immédiatement à saigner.

— Il va bien. Très bien même. Et d'ailleurs, il t'emmerde. Un peu comme moi, en fait…

Colin passe son doigt ganté sur le front de Phil et en essuie une goutte de sueur, puis il presse à nouveau son visage. Le nez du paparazzi se tord sous la pression. Phil laisse échapper un hoquet de douleur.

— Les gars, vous ne trouvez pas qu'il est encore un peu de travers son naseau à ce bon vieux Phil ? Ça serait un peu mieux sur la gauche, non ?

Les deux autres vigiles, qui nous tiennent plaqués contre la voiture, hochent la tête en se marrant.

Le chef de la sécurité se tourne alors vers moi.

— Et lui, c'est qui ?

J'ai beau être terrorisé, je réponds d'instinct, sans même réfléchir. On ne se refait pas.

— Moi, je suis sa mère…

Bullworth lâche un sourire forcé.

— C'est bien, on bosse en famille. Et je vois que vous avez le même sens de l'humour. Toi, je vais t'apprendre deux, trois trucs pour que tu me connaisses mieux.

Phil tente en vain de prendre ma défense.

— Laisse tomber, Bullworth. C'est un vieux pote à moi. Il n'a rien à voir là-dedans. Je te jure.

— Il n'a rien à foutre ici. C'est qui ? Une nouvelle recrue ? Vous n'en avez pas marre, sérieusement ? Vous ne voulez pas leur foutre la paix aux Stilth… Regarde-toi un peu, Humpsley. Tu restes planqué toute la journée dans la forêt, t'es devenu un vrai clochard. Toi et tes potes, vous ne ressemblez plus à rien. Vous puez. Putain, vous me dégoûtez. Fouillez-les.

Je sens des mains qui fouillent dans mes poches. Ils en sortent mes affaires et les jettent dans la boue. Nous ne sommes rien pour eux. Et je réalise en cet instant que ces types adorent ça. Jouer aux cow-boys, se sentir tout-puissants.

— Tiens, qu'est-ce que c'est que ça ? Une carte de presse ?

173

Merde…

— Paul Green, du *Globe*. Tu te fous vraiment tout le temps de la gueule du monde, Humpsley ? Eh bien, on va faire les présentations. Retournez-le, les gars.

D'un geste sec, je me retrouve dos contre la carrosserie.

— Alors, voilà, moi c'est Colin.

Le salopard m'assène un monstrueux coup de poing dans l'estomac.

— Colin Bullworth.

Un nouveau coup.

— Je suis le responsable de la sécurité de Lost Lakes.

Il me martèle encore. Puis, il fait craquer ses poings dans ses gants.

— Et on n'aime pas trop que des connards traînent dans le coin. Compris ?

Il lève le poing juste au-dessus de ma gueule.

Je tourne la tête, j'aimerais pouvoir l'enfoncer dans la carrosserie.

— Compris, ouais.

J'ai le bide en feu. J'ai l'impression qu'on m'a éclaté les tripes.

Bullworth me délaisse pour revenir sur Phil. C'est horrible, mais au fond de moi, ça me soulage. D'un geste, il indique à ses hommes de le retourner aussi. Ils s'exécutent sans ménagement.

— Alors Phil, tu n'as rien pour moi ?

— Non. Petite journée.

— Petite journée, hein ? Attends, deux secondes, on va enlever d'abord cette vilaine chose que tu as sur le nez.

D'un geste lent, quasiment doux, Bullworth retire le pansement.

— Bien, c'est mieux. Où sont tes pellicules, Humpsley ? Certains d'entre vous ont vu quelque chose. On le sait. Le gamin a été à découvert pendant quelques minutes.

— Je n'ai rien pour toi, tête de pine…

Bullworth décoche un formidable crochet à Phil. Sa tête part sur le côté et vient frapper la carlingue. Une giclée de sang traverse l'air.

— Mince alors, Phil. Je crois que je t'ai encore pété le nez.

Bullworth soulève son bras en arrière, prêt à frapper à nouveau.

— OK, OK, attends. Les pellicules, je te les file. Sous le siège passager, il y a un renfoncement. Elles sont là. Il y en a quatre.

— Lâchez-les.

Je me soulève péniblement, me tenant sur les coudes. Phil s'essuie le nez et ramasse ses lunettes tombées au sol.

Après avoir passé la Continental de Phil au peigne fin, le vigile tend un lot de pellicules à Bullworth. Le chef de la sécurité les déroule et les froisse. Il en conserve une intacte et nous la montre.

— Je garde celle-là pour la développer plus tard et vérifier ce qu'il y a dessus. T'as intérêt à pas te foutre de ma gueule.

— Jamais j'oserais, Bullworth.

— C'est bon. On décolle, les gars.

Alors qu'il s'éloigne, Bullworth revient sur ses pas et s'approche de moi. Sans prévenir, il m'assène un nouveau coup de poing sec et puissant dans les tripes. Je me courbe de douleur et m'écrase au sol.

— J'espère que t'as compris le message, Green. Devenir un chacal n'est pas particulièrement un très bon plan de carrière. Les débouchés sont… limités. Vu ?

— Oui, c'est bon.

Les vigiles remontent sur leurs véhicules respectifs. Je me soulève péniblement. Bullworth arrête son quad mugissant à nos côtés.

— Quant à toi, Phil, j'espère que tu t'es pas foutu de moi. Sinon, je passerai te faire une nouvelle visite dans ta caravane dégueulasse.

Après un geste à l'attention de ses sbires, Bullworth et son équipe démarrent dans un nuage de fumée. Je me redresse péniblement en m'appuyant sur la roue de la Continental. Je crache. J'ai envie de vomir. Au bout de quelques instants, la forêt est redevenue calme et silencieuse.

C'est alors que Phil se met à hurler de joie et à faire des petits pas de danse improbables.

— Je les ai baisés, ces cons. Un vrai pro !

— Quoi, qu'est-ce que tu racontes ?

Il se tourne vers moi, le visage hilare.

— Toi non plus, t'as rien compris, pas vrai ?

Je m'essuie la bouche et lève les mains en l'air, en signe d'incompréhension. Phil s'appuie contre le capot, soulève sa chaussure gauche, tripote la semelle. Dans un petit clic, elle pivote et laisse apparaître une cachette creusée dans l'épais caoutchouc du talon. Il en sort deux pellicules. Il fait de même avec la droite.

— Putain, j'ai été digne d'un agent secret.

— Mais les pellicules que tu leur as filées, c'était quoi alors ?

— Des leurres. Des images que j'ai shootées hier, plus ou moins dans le même coin. J'avais tout prévu. Je suis vraiment trop bon.

— Ouais, enfin… T'aurais pu leur donner leurs putains de pellicules avant qu'ils nous tabassent la gueule !

— Non, il fallait que ça soit crédible. Ils me connaissent. Jamais je ne les leur aurais données sans une bonne rouste.

— Et s'ils reviennent ? S'ils se rendent compte de ta supercherie ?

— Ces types sont des buses. Pour eux, le travail est fait et bien fait. Ce qui compte, c'est que Phil Humpsley soit toujours dans la course, mon pote. À coup sûr, Sam et Bedford se sont fait choper leurs pellicules. On va les baiser, putain !

Phil, tout guilleret, m'invite à le rejoindre dans la voiture. Je m'effondre sur le siège, les bras serrés contre mon ventre, toujours aussi douloureux. Phil démarre et met un morceau de bluegrass à fond. Il tape des mains sur le volant.

— Content de voir que tu reprends du poil de la bête, mon vieux. Et maintenant, on fait quoi ?

— Maintenant ? On appelle ton boss et on lui propose mes photos en exclusivité. Il a intérêt à lâcher un sacré paquet parce que je la veux, ma putain de nouvelle caravane, Green !

15

Clara
17 juillet 1993
Lost Lakes

Des cris… Quelqu'un qui frôle mon corps… La lumière qui s'allume…

J'ouvre les yeux. J'ai le regard embrumé. Je suis allongée sur un lit. À mes pieds, une seringue vide. Je suis seule dans la pièce.

Où sont les autres ? Où est Mike ? Dans le couloir, je vois passer Terry, une des filles, en larmes… Que se passe-t-il ? J'entends une voix autoritaire qui répète : « La fête est finie. Tout le monde dehors. »

Il y a quelque chose d'inhabituel. La musique… Les enceintes, réparties dans chacune des salles, ne crachent plus aucun son…

J'ai des fourmis dans le bras droit. Il pendait dans le vide, au bord du matelas. J'ai dû m'endormir, quand je suis partie après mon injection. Je suis en sueur. Le drap est trempé.

Je me sens vaseuse. Quelle heure est-il ? Quel jour sommes-nous ? Est-ce qu'il fait encore jour ? Impossible de savoir avec tous ces volets fermés en permanence.

Un matin, je ne sais plus trop quand, alors que je regardais à travers les persiennes, j'ai vu un jeune garçon à une fenêtre, dans l'autre aile. Noah, le fils de Mike, certainement… Il avait l'air un peu triste. J'ai essayé de lui faire un signe de la main, mais il ne m'a pas vue.

Depuis combien de temps suis-je à Lost Lakes ? Quinze jours ? Plus ?

Je me soulève péniblement. Attrape une cigarette dans un paquet abandonné là. Je l'allume. Je m'avance jusqu'au couloir, vois approcher l'un des gardes du corps de Mike, Thomas. Il inspecte les pièces et force les invités de la soirée à quitter le manoir.

Rappelle-toi, Clara. Rappelle-toi pourquoi tu es là…

J'éteins ma cigarette par terre, à même le plancher. Instinctivement, je me cache derrière une commode afin qu'il ne me voie pas. Thomas jette un œil dans la chambre. Je retiens ma respiration. Il fait un rapide tour d'horizon, attrape la cigarette encore fumante au sol, fais quelques pas vers la commode. Il va me trouver.

Des cris provenant d'une autre salle. Thomas s'éclipse.

Je suis seule. Je jette un œil sur ma gauche, au bout du couloir. Comme je le pensais, j'aperçois les convives agglutinés devant la porte menant à la sortie. Certains sont encore à poil, portant leurs vêtements sous le bras. Deux types aident une des filles à se tenir debout. Il doit y avoir une urgence. Quelque chose de grave… un incendie ?

De toute manière, ils ne peuvent pas me mettre dehors. Je vis ici. Mike ne tolérerait pas ça. Où est-il d'ailleurs ? Je crois me souvenir qu'il était avec moi, juste avant mon shoot. Et puis la seringue qu'on retire de la veine et, quasi instantanément, la vague… Les paupières qui se font lourdes. Cette sensation d'être attirée, happée en arrière, de s'enfoncer dans un nuage doux et confortable. Le bien-être, l'oubli, la sérénité. Le vide, enfin… Plus de questions, plus de doute, plus rien. Mais c'est si court, trop court.

Thomas est à l'extrémité gauche du couloir, de dos. Il pousse les autres vers la sortie puis tente de redresser un gars qui s'est écroulé par terre, complètement stone. J'en profite. J'ai du mal à garder l'équilibre. Mes jambes sont lourdes. Je m'appuie aux murs pour avancer. Du bruit… comme un martèlement. Il y a une silhouette à cinq, six mètres, en face de moi, à l'autre bout du couloir. Un homme torse nu. Cette corpulence, cette musculature. Ces cicatrices le long du côté droit de son corps. Ce physique d'ogre. Caan… Il est en train de frapper une cloison de ses poings. Il reprend sa respiration, ses cheveux blond filasse dégoulinant sur son visage en sueur. Je lui pose une main sur l'épaule.

Il se retourne dans un sursaut. Il a les yeux injectés de sang. Un regard fou, halluciné. Et des larmes qui coulent sur sa joue brûlée.

— Qu'est-ce qu'il se passe, Caan ?

— Laisse-moi. Dégage, Clara…

— Où est Mike ?

Il y a de l'agitation provenant de la pièce sur la gauche. C'est une des chambres. Au moment où je m'apprête à y entrer, Caan me retient.

— Pas moi, putain, c'est pas moi, marmonne-t-il. J'ai pas voulu… j'ai pas…

Il s'éloigne. Je vois les traces rouges de ses poings sur le mur. Du sang…

Je m'avance, en faisant le moins de bruit possible dans la chambre. Un homme en costume dépose, délicatement, un corps nu de femme sur un drap à même le sol. Il porte des gants noirs. Dans la pièce, il y a des bougies qui finissent de se consumer, des cadavres de bouteilles…

Je reconnais ce type. C'est Jeremy, l'autre garde du corps de Mike.

J'ai un pressentiment. C'est elle…

Je m'avance vers Jeremy, le repousse sur le côté. Il bascule en arrière, surpris.

C'est Linda.

Elle a les yeux écarquillés. Deux billes cristallines fixant le plafond. Sa bouche est grande ouverte et donne sur un abîme noir, un trou béant… comme si on l'avait aspirée de l'intérieur.

Sa peau est livide. Elle est si maigre. Autour de son cou, il y a des marques rouges. Jeremy, qui s'est redressé, me tire violemment en arrière. Il passe le drap sur le corps de la gamine.

— Vous n'avez rien à faire ici, Clara.

Je ne lui réponds pas.

J'avais promis de t'aider, Linda. Je voulais te faire sortir de là. Je sentais bien que ça n'allait pas. Mais tu as oublié, Clara. Tu n'as rien fait… Tu as plongé, toi aussi. Comme toutes les autres.

Jeremy fait de grands gestes pour que je recule. Il fulmine. Je vois sa jugulaire pulser. Il me crie dessus. Mais je ne l'entends pas. Je reste paralysée.

Les traces sur le cou de Linda. Comme si on l'avait serrée. Serrée fort… étranglée. Je plaque mes mains sur ma bouche, pour retenir un cri qui ne veut pas naître. Des mains m'attrapent par les épaules. On me force à me retourner. C'est Mike. Il me regarde, puis me prend dans ses bras.

J'entends à peine le son de sa voix.

— C'était un accident, Clara. Une overdose. Nous n'y sommes pour rien.

Je revois les mains de Caan, tachées de sang. La rage qu'il y avait dans son regard. Je repense aux paroles échangées avec Linda. C'était il y a un moment déjà. Entre deux défonces. Entre deux absences. Nous regardions un vieux film d'horreur dans la salle de projection avec d'autres personnes. Je somnolais à ses côtés. Nous partagions une couverture. À un moment, elle m'a dit :

— Il y a déjà eu des mortes ici, à Lost Lakes. Des filles, toujours. Tu le sais, ça, Clara ?

— Non…

Linda déraillait souvent. Elle était fréquemment perdue dans ses délires. Jamais vraiment dans la réalité. Le plus souvent, je l'écoutais d'une oreille.

— Moi, je sais ce qu'il se passe. Ils disent que c'est à cause de la drogue. Mais je n'en suis pas certaine. Caan me fait peur des fois…

— Tu n'as pas à t'inquiéter. Je serai là pour toi.

— Je crois que nous sommes prises au piège, Clara. Comme dans ce conte, Barbe Bleue… Nous sommes prisonnières, maudites. Ils ne nous laisseront jamais sortir…

Alors que Mike me serre fort dans ses bras, les paroles de Linda me reviennent comme un lointain écho. « Ils ne nous laisseront jamais sortir… »

III

À S'EN BRÛLER LES AILES

« Drogues, provocations incessantes... jusqu'où ira Eva Stilth ?
Alors qu'elle enchaîne les
caprices et crises d'ego sur ses
tournages, la rédaction s'interroge : que cherche-t-elle ?
Manœuvre publicitaire ou vraie
détresse ? Nos révélations. »

Jamila Bay,
« Eva Stilth, talent consumé »,
Gossip Magazine, mai 2006.

16

Joan
1er octobre 1995
New York

Ça va s'arranger, Joan. Tu vas tout arranger, comme toujours.

Je regarde se consumer les pages des magazines dans le brasero sur ma terrasse. Il fait froid mais je m'en moque. Je bois une gorgée de vin. Mon verre est quasiment vide.

Dans le brasier, le visage flou de Noah, en larmes, se déforme et disparaît, dévoré par les flammes en un millier de particules rougeâtres. Cette image est partout. Dans tous les tabloïds du monde, sur toutes les chaînes de télévision. Elle s'est répandue à une vitesse folle. Je pensais que l'on pourrait limiter la casse. Mais ça a été si vite. Noah Stilth n'est plus un mystère pour personne. Pauvre môme. S'il savait qu'en ce moment même tout le monde parle de lui, dans toutes les cafétérias d'entreprises, dans tous les dîners de famille… qu'il est devenu un véritable objet d'études, comme en témoignent ces experts invités sur les plateaux, des comportementalistes à la noix analysant ses postures, des psychologues bidon tentant de comprendre sa psyché. Certains magazines n'hésitent pas à l'humilier. Le *Daily Mirror* a titré ce matin, avec le visage de Noah en gros plan : « Tout ça pour ça ! » Quant au *Sun*, il a préféré un « Pleure, bébé, pleure ! ». Quelle bande de monstres. Et tout cela est de ma faute. J'aurais dû l'empêcher. Mais merde, j'ai fait mon possible. Je n'ai pas dormi ces deux dernières nuits, pendue au téléphone avec mes avocats, enchaînant les réunions de crise avec mes équipes. Malgré tous mes efforts, les photos sont partout… Et Mike ne répond plus à mes appels depuis la parution de l'article. Je sais qu'il est déçu. Il peut l'être.

Toute cette affaire, toute cette folie, provient d'une unique source… ces enculés du *Globe*. Ce sont eux qui ont signé l'exclusivité des clichés pour ensuite en revendre les droits au monde entier. Ce connard de Green et son dégénéré de patron continuent de nous pourrir la vie.

Certes, les hommes de Robinson sont parvenus à détruire le dépôt du *Globe*. Certes, les 130 000 exemplaires du *Globe* avec l'interview de Mike sont partis en fumée, mais tout cela s'est retourné contre nous. On ne pensait pas qu'ils pourraient se refaire aussi vite. Les clichés de Noah ont dû leur rapporter une fortune. Aujourd'hui, le *Globe* a déjà loué de nouveaux dépôts, cette fois ultrasécurisés. Maîtres-chiens, caméras de sécurité… Ils sont intouchables.

Ça allait bien finir par sortir. C'est ce que j'essaie de me répéter. On ne pouvait pas protéger indéfiniment l'anonymat de Noah et de sa sœur. La pression était trop forte. Mais quand même… Je finis mon verre. Le vin est trop froid, presque glacé, mais je m'en fous. J'asperge le brasero d'un peu d'alcool pour raviver les flammes.

Pauvre Noah… cette histoire risque de le poursuivre longtemps. Toute sa vie peut-être.

« Tu n'es qu'une incapable, Joan. »

Je regarde dans le vide en dessous. Une nuit sans lune règne sur New York. L'obscurité a dévoré les immeubles, les rues, les gens. Quelques lumières sont encore allumées dans des appartements des tours voisines. Quelle heure est-il ? Je ne sais pas… Deux heures du matin peut-être. Il faut que je dorme, mais je n'y parviens pas.

« Une incapable. »

C'est ce que je suis.

Il ne veut pas sortir de ma tête. J'ai beau tout faire pour l'oublier, pour m'éloigner, il est là. Une partie de moi aura toujours huit ans. Les yeux pleins de peur et d'amour, de respect et de haine, pour lui. À vouloir croire, malgré les coups, malgré les insultes, qu'il finira bien par changer.

Watkins, Minnesota. Des souvenirs, des images, une vie, une ville qui ne veulent pas s'effacer… Quand j'avais dix ans, l'âge de Noah aujourd'hui, une tornade avait foncé droit sur la ville et notre ferme. On avait dû se cacher dans la cave. La maison avait tremblé, on aurait dit qu'elle allait être arrachée, emportée dans le maelström. Ça faisait un bruit terrible, comme un cri monstrueux, guttural. Maman me serrait fort contre elle. Mais je n'avais pas peur. Mes mains cachées dans les poches de mon manteau, je croisais les doigts. Je priais… À vrai dire, je ne rêvais que d'une chose. Que tout soit rasé, que la tempête emporte tout, efface tout. J'aurais souhaité qu'il ne reste plus rien. Plus rien de cette ville, de cette vie, de ces gens… Peut-être qu'alors papa aurait abandonné ses champs qui le rendaient fou. On serait partis ailleurs et on aurait recommencé de zéro. Dans la tourmente, j'avais passé des heures comme ça, à espérer. Mais lorsque les bourrasques ont cessé et qu'on a enfin mis le nez dehors, on a seulement découvert de la vaisselle éclatée, quelques fenêtres brisées… On a fait le tour des installations, du silo à grains, des deux entrepôts. Mon père n'arrêtait pas de cracher par terre comme pour maudire, encore, cette terre. Une partie des récoltes était foutue, mais tout le reste était là.

La vie avait repris, mais papa était devenu encore plus dur. Comme si cette tornade avait emporté le peu de gentillesse qu'il lui restait. Quand je rentrais de l'école, le soir, le bus me déposait au croisement de la Highway 55 et de la County Road 34. Il fallait que je marche quelques minutes le long de la route avant de rejoindre la ferme. Je laissais traîner mes Converse usées sur le bitume, la semelle raclant le sol. Je marchais le plus lentement que je pouvais, même quand il faisait très froid, afin de retarder le plus possible mon retour à la maison. Mais pas trop non plus, de peur de l'énerver…

À cette période de l'année, mon père, mon grand-père et mon oncle passaient le plus clair de leurs journées dans le silo à maïs pour broyer les céréales et en faire de la farine pour les animaux. On revendait ensuite nos stocks à la coopérative du coin. Tous les trois avaient attrapé depuis bien longtemps la maladie qu'on surnommait « le poumon du fermier ». À trop ingérer des poussières de céréales, ils avaient de terribles quintes de toux et une respiration sifflante le soir, quand ils étaient trop fatigués. Mon grand-père, quant à lui, crachait du sang. Je ne sais pas si c'était lié, ou si c'était dû à la dureté de leur vie, mais tous les trois avaient la peau qui virait au gris. Moi aussi, j'avais peur de devenir grise ; alors, dès que ma mère avait le dos tourné, j'allais lui piquer du fard à joues. Quand mon père s'en est rendu compte, ça ne lui a pas plu. « Tu veux jouer aux putes, maintenant, Joan ? »

Les vies grises. Les âmes grises.

La poussière du silo pénétrait partout. On avait beau calfeutrer la maison, on en retrouvait sur le rebord des fenêtres, sur les meubles, et même jusque dans nos lits. C'était une fine pellicule jaune qui recouvrait tout. Ma mère passait sa vie à nettoyer, même si ça ne servait à rien. C'était impossible de la faire disparaître… Mon père lui répétait que la maison était dégueulasse, qu'elle devait virer cette foutue poussière. La nuit, quand je ne dormais pas, je l'entendais qui éructait, de sa toux sèche. Au bout d'un moment, ça ne le réveillait plus. Moi, si. Ça me faisait de la peine de le voir souffrir comme ça, et, en même temps, j'aurais voulu qu'il en crève, de sa maudite toux.

« On courbe l'échine et on trime. C'est comme ça chez nous. Depuis toujours », répétait-il.

Les ongles incrustés de terre noire, les mains calleuses, mon père s'asseyait à table et mangeait en silence. Parfois, il se plaignait que la coopérative nous rendait la vie impossible, que les grands groupes industriels, comme Ralston Purina ou Archer Daniels Midland, dévoraient tous les terrains du coin, les uns après les autres. Mais que nous, ils ne nous auraient jamais. On resterait indépendants. C'étaient nos terres avant tout. Nos putains de terres. Puis, il s'installait devant le poste de télévision. Et le lendemain, le manège recommençait.

Et puis il y avait les autres soirs, où je sentais, en rentrant à la maison, que quelque chose n'allait pas. Ma mère était repliée sur elle-même, en train de préparer à manger. Je baissais les yeux, je me faisais toute petite. Je restais le plus souvent cloîtrée dans ma chambre, à l'étage. Les yeux rivés sur la porte, en espérant qu'il ne monte pas. Quand l'heure du dîner arrivait, il surveillait mes moindres faits et gestes, il attendait l'étincelle. Il suffisait que je fasse tomber une fourchette en débarrassant, ou simplement qu'il croise mon regard pour que ça parte. C'était toujours de ma faute. « Une bonne à rien. Une putain de bonne à rien. Moi, j'aurais simplement voulu un fils. Un fils qui m'aide. Qui reprenne l'exploitation. Qu'on n'ait pas fait tout ça pour rien... Mais je n'ai qu'une petite traînée. »

Sous mon lit, j'avais une boîte en métal dans laquelle j'avais entreposé des photos, des articles... Ça avait commencé vers mes neuf ans, quand papa avait regardé un reportage à la télévision sur la vie à New York. Même s'il la qualifiait de « ville de pédés et de toxicos », entre deux quintes de toux, j'étais restée fascinée par cet ailleurs, cette promesse d'une vie différente.

Je suis tombée amoureuse de cette ville, ce soir-là, en regardant les images granuleuses de l'Empire State Building, de Times Square… Peu à peu, j'ai rassemblé tous les articles que je trouvais sur la Big Apple. Je déchirais même des photos que je trouvais dans les livres de la bibliothèque de l'école. Tout ça avait un parfum d'interdit. C'était un peu mon échappatoire.

Je me rappelle aussi, plus tard, cette soirée où il avait mis la main sur ma précieuse boîte. Des flammes et du coffret qui noircit sous la chaleur. De ces photos qui se consument et disparaissent, de mon rêve qui s'échappe. Et de sa voix sifflante : « Tu n'es qu'une catin pour être attirée par cette capitale du vice. Une chienne. Mais qu'est-ce qui ne tourne pas rond chez toi ? » Et les gifles qui fusent, sa grosse main grise qui s'écrase contre ma joue, encore et encore. Son nez qui se met à saigner quand il s'énerve trop. Et le regard, là-bas, de ma mère plaquée contre l'évier, immobile, paralysée. Ma mère qui serre fort son torchon entre ses mains, mais qui ne fait rien, ne dit rien.

Avec maman, on ne parlait pas de tout ça. De papa. Elle me passait de la pommade sur les joues, me donnait un mouchoir pour essuyer mes larmes. On effaçait tout… Quand je criais ou que je pleurais, mon oncle et mes grands-parents fermaient les volets de leurs maisons, ou montaient le son de la télévision. C'était ainsi, ils détournaient les yeux. Et je l'avais certainement bien mérité, au fond.

J'étais trop petite, trop fragile, trop aimante pour réagir. Je voulais croire que, malgré le sang et la douleur, il finirait par m'aimer. Par me voir.

J'étais trop stupide pour lui dire non, pour lui dire d'arrêter. Pour en parler à quelqu'un d'autre. Ma maîtresse à l'école. Le curé de la paroisse. Il n'y avait que le silence.

Mais maintenant, tout a changé. Maintenant, je rends les coups. Je ne baisse plus la garde.

Je réprime un frisson. Je jette les derniers magazines dans la fournaise et retourne à l'intérieur pour ouvrir une nouvelle bouteille de vin. Avant d'essayer de dormir, je saisis mon téléphone et compose le numéro de Kenneth Robinson. Il est tard, mais je m'en moque. Dehors, les dernières flammes consument péniblement le tas de magazines.

Ça sonne. Une voix endormie.

— Oui ?

— Kenneth. C'est Joan. Je vous réveille ?

— Oui, mais ce n'est pas grave. Donnez-moi une seconde.

J'entends des bruissements de draps. Puis une voix féminine étouffée.

— J'ai réfléchi, Kenneth. Nous avons été trop gentils avec ce Green. Trop cons. Il faut passer aux choses sérieuses. Je veux qu'on le tabasse. Qu'il comprenne.

— Comme je vous l'ai déjà dit, c'est risqué. C'est un journaliste. Et il pourrait prendre ça comme un aveu. Ça pourrait lui donner encore plus envie de fouiller dans l'affaire du lac aux Suicidées. Ce mec ne lâche pas le morceau.

— Je m'en fous. Il faut que quelqu'un paie.

— Très bien. Je préviens mes hommes. Ils feront le nécessaire.

— Merci, Kenneth. Et dites-leur de prendre une photo. Je veux voir sa petite gueule défoncée.

— C'est noté.

— Merci, je vous laisse.

— Essayez de vous reposer, Joan. Les prochains jours vont être difficiles.

Je raccroche.

Je bois une nouvelle gorgée.

Green, tu vas payer… C'est comme ça que ça marche. Que ça a toujours marché. Rendre les coups. Plus vite. Plus fort.

17

Paul
3 octobre 1995
Greensboro

Greensboro, Vermont. Pas exactement le genre d'endroit que je choisirais pour passer mes vacances…

Un tapis de nuages noirs plombe le ciel, prêt à nous écraser de sa déprime.

Greensboro, c'est le bled paumé par excellence. 770 habitants, quelques baraques et fermes éparpillées ici et là… Des granges peintes en rouge, comme pour essayer d'attirer l'attention, de convaincre le touriste de passage qu'il y a bien des gens qui vivent ici. En roulant, je suis passé devant des dizaines de panneaux en bois « terrain à vendre ». Comme si ça pouvait intéresser quelqu'un…

Je me gare devant l'adresse obtenue par Phil : 1144 Main Street. Le terrain est en friche. Sur la gauche, quelques carcasses de voitures rouillées, des amoncellements de palettes et même un vieux bus scolaire jaune à l'arrière de la parcelle, un peu en retrait.

Sur la droite, une trentaine de troncs d'arbres, couverts de mousse, sont entreposés à côté d'un établi en bois qui menace de s'effondrer. Par terre, des restes de bûches se mêlent à des détritus. La maison elle-même n'est pas bien reluisante. On dirait qu'elle a été, au gré des années, maladroitement réparée. C'est une sorte de patchwork de bois et de tôles. Une partie de la façade est blanche, l'autre est d'un gris-vert délavé. À l'avant, une véranda aux vitres brisées sert désormais de débarras.

Étonnamment, devant ce taudis est garée une magnifique Range Rover rutilante, qui doit valoir au bas mot dans les 40 000 dollars…

Je n'arrête pas de renifler. Et ça me tire encore dans les côtes, là où Bullworth m'a frappé. J'ai dû attraper ce sale rhume lors de nos planques sans fin autour de Lost Lakes avec Phil. Je repense à mon vieux compère. Il n'a pas encore dû dessoûler de l'énorme chèque qu'il a reçu du *Globe*. Les photos de Noah sont partout… Je me sens coupable d'avoir ainsi exposé ce pauvre gamin. Mais Kelton m'a promis une jolie prime pour ce formidable scoop. On ne se refait pas.

Je sors mon carnet et y annote la date du jour et le nom des personnes que je m'apprête à rencontrer. Marsha et Todd Graves, les parents de Debbie Graves, la gamine de vingt-deux ans retrouvée morte il y a quelques jours dans le lac aux Suicidées. Elle a été formellement identifiée par les équipes du shérif hier, grâce à ses empreintes digitales. D'après mes infos, elle avait été fichée après avoir été interpellée pour possession de stupéfiants. Ça faisait des mois que Debbie avait disparu. Pourtant, ses parents n'ont jamais déclaré sa disparition… Ça serait une proche, une amie à elle, qui aurait contacté les autorités.

Je sors de la voiture. Un vent glacial me traverse. Je serre mon manteau contre moi et m'avance jusqu'au perron. Je tape à la porte branlante. Autour de moi, les restes d'un parterre de fleurs desséchées forment un tas de broussailles rêches. Parmi les branchages, on distingue de petites statuettes d'angelots grisâtres, brisées ou renversées. Les Graves ont dû, il y a long-temps, croire qu'ils seraient heureux ici et tout faire pour rendre cette maison accueillante et chaleureuse. Mais le temps a passé, les anges immaculés se sont ternis. Au sol, un paillasson élimé sur lequel on peut à peine distinguer un « bienvenue ».

J'attends, pas de réponse. Sur le côté, un rideau bouge. J'insiste et frappe plus fort. La porte s'ouvre sur le visage d'une quinquagénaire, avec de gros cernes sous les yeux, et des bigoudis dans les cheveux. Elle serre sa robe de chambre bleue élimée contre sa poi-trine.

— Qu'est-ce que vous me voulez ?

— Madame Graves ?

— Oui, c'est moi. C'est encore les Témoins de Jéhovah ?

— Non, pas du tout… Je me présente, je m'ap-pelle Paul Green. Je suis journaliste pour le *Globe*. J'aimerais beaucoup vous parler de votre fille, Debbie, si vous le permettez.

J'entends une voix qui susurre derrière la porte… « Dis-lui qu'on n'a rien à dire. »

— On n'a rien à vous dire. On ne veut pas vous parler. On fait notre deuil, vous comprenez.

Là, elle prend une mine triste un peu forcée.

— C'est bien dommage… Pour l'instant, je suis le seul à avoir obtenu votre adresse, mais il me suffirait de passer un ou deux coups de fil pour prévenir mes collègues. En quelques heures, votre terrain serait envahi de camions de télé. C'est ce que vous voulez ?

Bien entendu, tout le monde se moque des victimes du lac aux Suicidées. Mais ça, les Graves ne le savent pas.

Marsha Graves lance un regard inquiet vers la personne dissimulée derrière la porte.

— C'est non…

— Par contre, si vous me laissez entrer, je m'arrange pour que personne ne connaisse votre adresse. Je vous demande seulement quelques minutes. Je ne vous dérangerai pas longtemps.

Encore une fois, la femme regarde vers l'intérieur, en attente de consignes.

— Très bien. Mais pas longtemps, alors. On a des choses à faire.

La porte à la peinture écaillée s'entrouvre dans un grincement. Je découvre un homme corpulent affalé sur un canapé devant un énorme poste de télévision dernier cri. Il en coupe le son et m'invite à m'asseoir sur le fauteuil en Skaï en face de lui. Tandis que je prends place et sors mon calepin, Marsha Graves rejoint son mari. Elle semble frêle et maigrichonne dans sa robe de chambre trop ample. Lui, au contraire, est un ours. Il porte une longue barbe grise et a une impressionnante cicatrice sur la main droite. Le couple me jauge en silence. Soudain, Todd Graves remarque quelque chose sur la table couverte de magazines et de courriers. Il s'empresse de les rassembler et de les empiler.

J'ai à peine le temps de lire l'en-tête d'un dossier :
« Vermont Real Estate, offre d'achat », et repérer des
images d'un joli cottage…

Je me lance.

— Tout d'abord, je voudrais vous faire part de mes
sincères condoléances. Debbie était très jeune. Vingt-
deux ans, c'est terrible. Je suis vraiment désolé.

— Oui…

— Est-ce que vous pourriez me parler un peu
d'elle ?

Le paternel prend la parole.

— Debbie a toujours été une gamine difficile, un
peu dérangée. On a eu deux fils, Luke et Keith, qui
s'en sont très bien sortis, eux. Mais pour Debbie, ça a
toujours été différent.

— Oui, elle était dans son monde, renchérit la mère.
Elle avait du mal à suivre les cours à l'école, à se
faire des amis. On ne l'a jamais vraiment comprise,
la gamine. Elle avait des problèmes, disons, psycho-
logiques… Et puis, après, en grandissant, elle a commencé à faire des crises, et à traîner avec les mauvaises
personnes. Des gamins paumés du coin. Il y a un an,
elle a décidé de quitter la maison pour aller vivre à
Hanover. On la voyait moins…

— Et vous n'avez pas essayé de la retenir ?

— Non. Elle avait son tempérament, vous savez.
Elle ne nous écoutait pas.

Ses parents parlent d'elle avec une étrange froideur.
Comme s'ils avaient préféré l'effacer de leur vie plutôt
que de l'aider à surmonter ses problèmes. Pour eux,
Debbie était morte depuis bien longtemps. En les écoutant, j'ai de la peine pour cette pauvre môme.

— Vous étiez au courant que votre fille avait des problèmes d'addiction ?

Marsha Graves s'apprête à répondre, mais son mari la coupe.

— Oui, on savait. Ces derniers temps, elle nous appelait souvent pour qu'on lui envoie de l'argent. Mais on ne lui donnait rien. On ne répondait plus à la fin...

— Et vous avez déjà essayé d'aller la récupérer à Hanover ?

— Non. Pour quoi faire ? Quand elle était ici, elle ne nous causait que des soucis. Elle s'engueulait toujours avec nous, nous rendait responsables de tout. Elle nous volait, même. On a fait ce qu'on a pu avec elle, vraiment. Heureusement qu'on a nos deux fistons...

— Oui, j'ai compris.

Persuadé que je ne tirerai plus rien du père, je m'adresse à Marsha Graves :

— Et vous, madame, ça ne vous surprend pas qu'elle ait décidé de se suicider dans le New Hampshire, un coin qu'elle ne connaissait pas du tout ?

— Debbie était une fille angoissée. Elle a toujours eu des problèmes. Elle avait été diagnostiquée bipolaire. Peut-être que ça devait se terminer comme ça. Je ne sais pas... Peut-être qu'ils avaient raison.

Pour la première fois, je sens une pointe d'émotion et de sincérité dans la voix de Marsha Graves.

— « Ils »... De qui parlez-vous ?

Malheureusement, le mari reprend le dessus.

— De personne. Les voisins, nos amis... Ils nous ont tous dit qu'on a fait tout notre possible pour aider la gamine, et c'est bien vrai.

— Bien. Est-ce que je peux vous demander ce que vous faites dans la vie ?

— Moi, je suis au chômage, répond le père Graves. J'ai une pension d'invalidité. Je me suis ouvert la main il y a cinq ans en travaillant dans une scierie. Depuis, c'est dur de retrouver du boulot.

— Quant à moi, je travaille à la brasserie Hill Farmstead. Je m'occupe de l'empaquetage des cartons.

Les deux sont en situation précaire. Ils ne doivent pas gagner plus de 30 000 dollars par an. Comment ont-ils eu les moyens de se payer un nouveau poste de télévision et la voiture flambant neuve ? Et *quid* du projet d'achat immobilier ? Je garde ça pour plus tard.

— Puis-je jeter un œil à la chambre de Debbie, s'il vous plaît ?

— Oh, elle n'avait pas de chambre. Elle s'était aménagé son coin dans le vieux bus, à l'arrière du terrain.

Mise à l'écart… peut-être malgré elle.

— Je peux aller voir ?

Marsha Graves jette un regard interrogateur à son mari.

— Sûr. On n'a rien à cacher, répond-il.

Todd Graves m'invite à le suivre, et son épouse ferme la marche. Il a une respiration forte et lourde. Il ne doit pas quitter souvent son canapé. Un vrai mollusque. Le bonhomme pousse la porte battante de la cuisine qui donne sur l'arrière du jardin. Je sors, descends quelques marches et m'avance vers le bus jaune surélevé sur des parpaings. Tandis que je progresse parmi les détritus, je me retourne. Le couple Graves est resté sur le perron, comme s'ils avaient peur d'entrer dans le domaine de leur gamine, comme s'ils n'assumaient pas.

J'essaie d'ouvrir la porte coulissante rouillée du bus. Elle résiste un peu, puis cède. À ce moment-là, j'ai l'impression de surprendre un mouvement dans un buisson sur le côté, mais je n'y prête pas attention. J'entre dans le bus. Il y fait froid et humide. Tous les sièges ont été arrachés, hormis le fauteuil du conducteur. Le pare-brise avant a été recouvert de centaines de stickers en tout genre. Des cartons et des vieux tapis ont été accrochés sur la plupart des parois vitrées, sans doute pour avoir plus d'intimité. Un petit salon a été aménagé avec des palettes et des matelas. C'est un sacré capharnaüm, là-dedans. Par terre, des dizaines de magazines de musique, des cadavres de bouteilles, des cendriers remplis à ras bord, des tas de fringues sales. J'avance jusqu'au fond du bus. Là se trouvent un lit et une télé. Sur les côtés, quelques étagères en bois, un Frigidaire. Je note que, un peu partout, des parois du bus jusqu'au plafond, il y a des traces de Scotch arraché, comme si on avait récemment retiré des posters. Certes, il reste bien des affiches de groupes comme les Guns n'Roses, Metallica ou Pearl Jam. Mais quelque chose manque, c'est évident…

Sur un portant, quelques robes prennent la poussière. Mon attention s'attarde alors sur le seul endroit parfaitement ordonné du bus : un meuble dans lequel se trouvent une chaîne hi-fi et des dizaines de CD. Debbie devait tenir à sa collection. Et ce nom qui me saute au visage, qui revient comme un mantra et occupe quasiment une rangée entière de disques : Mike Stilth. Là, sous mes yeux, gît toute sa discographie – une trentaine de CD, allant de l'intégrale des albums de la star à des versions pirates de ses albums live en passant par d'obscures sessions d'enregistrement. Debbie était une fan. Je prends encore quelques notes puis quitte le bus. Je regarde une dernière fois en arrière et ne peux m'empêcher de penser à cette gamine qui s'est construit tout un monde dans ce vieux bus délabré, comme une tour d'ivoire où elle aurait trouvé refuge. Parce qu'elle ne rentrait pas dans la norme, parce qu'elle leur faisait peur, ses proches ont fait d'elle une paria. Ça me fait de la peine de me dire que la vie de Debbie s'est terminée ainsi dans le froid et la nuit… et qu'il ne restera presque rien d'elle.

Tandis que je retourne auprès des Graves, je fais semblant de relire quelques notes dans mon carnet :

— Votre fille était-elle fan de Mike Stilth ?

— Euh… Non, je ne crois pas, dit le père, mal à l'aise.

— Pourquoi avez-vous retiré des posters dans le bus ? C'étaient des affiches de Stilth, n'est-ce pas ? On vous a demandé de le faire ?

— Mais qu'est-ce que vous racontez ? J'ai juste fait un peu de ménage.

— Vraiment ? On ne dirait pas.

— On n'a rien à se reprocher, nous. Notre fille était une putain de toxico doublée d'une dépressive. On a vraiment essayé de l'aider, on a tout fait, bordel ! Et vous, vous arrivez ici, avec vos grands airs, et vous croyez que vous allez nous donner des leçons, qu'on va tolérer ça ?

— Je ne donne de leçons à personne, monsieur Graves. J'ai juste une dernière question. On vous a offert beaucoup d'argent pour que vous ne fassiez pas de vagues et que vous la fermiez ?

— De quoi ? Comment ?

— Entre la voiture, la télé, le projet immobilier… Arrêtez de me prendre pour un con. Combien ? 50 000, 100 000 ? Combien valait la vie de votre fille ? Moins ? Plus ?

La mère Graves réprime un sanglot et disparaît dans la maison. Le père me fusille du regard.

— Qu'est-ce que vous savez de ma fille ? Vous ne savez rien d'elle. Rien.

— Je sais que c'est une pauvre gamine qu'on a retrouvée morte au bord d'un lac. Une gamine seule. Et je suis certain que ce n'est pas un suicide.

— Allez vous faire foutre. Laissez les morts en paix et quittez mon terrain avant que je vous colle une raclée.

J'obtempère et retourne aussitôt à ma voiture. J'enclenche la radiocassette. Dans un bruit d'enroulement, la cassette change de face. Un grésillement, un son de radio, des craquements, puis quelques accords de guitare folk. Ils tombent bien, tiens… Il ne manquait plus qu'eux pour me coller un énorme bourdon.

« Wish You Were Here », des Pink Floyd. L'intro à la guitare sèche, d'une pureté exemplaire. Sans oublier la voix angélique de Gilmour…

« So, so you think you can tell
Heaven from Hell
Blues skies from pain ? »

Les Graves m'observent à coup sûr, cachés derrière leurs rideaux, voilés derrière leurs mensonges. Je ne t'oublierai pas, moi, Debbie. Ni toi ni les autres. Tandis que Gilmour entame son solo de guitare, je ferme les yeux et le fredonne de tête, à la note près.

J'entends taper à la vitre. Je sursaute. Une jeune fille est planquée derrière la portière de mon break. Elle me regarde avec un drôle d'air, me fait signe de lui ouvrir. Coiffée d'un bonnet gris dont s'échappent des mèches rousses, elle prend place et me demande de démarrer.

Au bout d'un kilomètre, elle m'indique un sentier sur le côté où me garer. Elle s'allume une cigarette, puis finalement se met à parler.

— Vous pouvez arrêter votre musique de ringard ?

J'obéis.

Elle me regarde.

— Vous êtes flic ?

— Non, je suis journaliste.

— C'est mieux. Les flics sont des pourris.

— Les journalistes, c'est pas tellement mieux, dis-je en souriant.

— Moi, c'est Lauren. Je suis une vieille copine de Debbie. J'habite à côté. Je vous ai vu vous garer devant la maison de ses parents. J'étais cachée dans les buissons quand vous avez visité son bus. Vous voulez quoi ?

— Comprendre. Découvrir la vérité sur sa mort.

— Vraiment ?

— Je vais te dire pourquoi je suis là, Lauren. Une amie à moi, une très bonne amie, est morte dans les mêmes conditions que Debbie, au lac aux Suicidées. Et je crois qu'on ne nous dit pas tout.

— C'est ce que je pense aussi. J'ai essayé d'en parler avec ses parents, mais ils ne veulent rien entendre. C'est moi qui ai dû prévenir les flics de sa disparition.

— Et que penses-tu de ses parents ?

— Des connards. Ils n'ont jamais essayé de l'aider. Debbie était malade. Elle aurait eu besoin d'être accompagnée, de voir des médecins, des psys… Mais ses parents, surtout son père, ne voulaient rien entendre. « Il n'y a pas de taré chez les Graves », qu'il disait.

— Est-ce que Debbie était fan de Mike Stilth, le chanteur ?

— Fan ? Un peu, ouais ! Elle l'adorait. Comme pas mal de filles du coin, surtout depuis qu'on sait qu'il habite pas loin. Elle connaissait toute sa vie, toutes ses chansons. Elle était un peu soûlante, des fois. Mais je crois que sa musique lui faisait du bien.

— Tu as gardé contact avec elle après son départ ?

— Oui. Elle m'appelait de temps en temps de Hanover. Souvent pour me demander du pognon, je ne vais pas vous mentir. Mais je n'ai pas grand-chose. Je suis caissière chez Willis True Value, le magasin de bricolage. Je ne pouvais pas vraiment l'aider.

— Tu n'as rien à te reprocher, Lauren. Dis-moi, tu as des infos sur sa vie dernièrement ?

— Vous savez, Debbie alternait entre des moments où tout allait bien, où elle voulait bouffer le monde, et d'autres où elle s'enfonçait tout en bas. Et la défonce n'arrangeait pas ses problèmes… C'était dur de savoir vraiment comment elle allait. Je sais juste qu'elle se droguait beaucoup. Elle vivait dans un squat avec d'autres types. Ils traînaient, faisaient la manche.

Je crois même que ça lui arrivait de faire un peu la michetonneuse.

— Tu veux dire quoi ?

— De se prostituer un peu pour avoir de l'argent…

— Tu penses qu'elle aurait pu se suicider ?

— Je ne sais pas. Elle avait beau être malade, je ne crois pas, non. Elle n'a jamais fait de tentatives. Au fond, c'était quelqu'un de fort, Debbie. Et dernièrement, elle était aussi un peu excitée.

— Ah oui, et pourquoi ?

— Elle me disait avoir rencontré un type, un dénommé Caan, je crois. Il disait être un proche de Mike Stilth qui s'occupait de lui organiser des soirées. Elle m'avait promis que si elle parvenait à être invitée à Lost Lakes, elle me ferait venir aussi. Mais je pense qu'elle délirait un peu…

— Caan, c'est ça ? Et tu te rappelles autre chose ?

— Non, désolée…

— Très bien. Merci, Lauren.

— Pour ce que ça vaut, vous avez l'air d'être un chic type. J'espère que ce que je vous ai dit vous aidera un peu.

— Ça m'aide beaucoup, merci.

Lauren sort de la voiture. Avant qu'elle referme la portière, je lui demande :

— Lauren, tu essaieras de penser à ta copine, parfois ?

— Oui, bien sûr. Pourquoi ?

— Parce que c'est important…

— OK. Je le ferai.

Je démarre la voiture et recule jusqu'à la route principale, pendant que la gamine rentre chez elle à pied, le bonnet sur la tête et les mains dans les poches.

Une bonne copine… Tu avais au moins ça, Debbie.

Il est 19 h 30 quand j'arrive à mon motel, le Rodeway Inn. Hormis ma voiture, il n'y a ce soir que trois ou quatre autres véhicules sur le parking. L'hôtel doit certainement afficher complet au cœur de l'hiver, quand les stations de ski du coin sont ouvertes. Mais là, c'est le calme plat. J'entre dans ma chambre, dépose ma sacoche, cherche l'interrupteur du bout des doigts, l'active. Pas de lumière… J'avance dans la pénombre à la recherche d'une lampe. Un craquement derrière moi… Je me retourne dans un sursaut, aperçois une silhouette noire fondre sur moi. Puis un éclat de douleur me vrille le crâne et je plonge dans les ténèbres.

Lorsque je reprends connaissance – quelques minutes ou quelques heures plus tard –, j'ai un goût bizarre dans la bouche. J'ai du mal à respirer. Je crois qu'on m'a enfoncé une serviette dans la gueule. La lumière est revenue dans la chambre. Je reconnais l'orange saumon des peintures, les meubles en Formica, le frigo en acier qui tremblote, et la vieille cafetière. J'essaie de bouger, mais je suis attaché fermement à ma chaise. J'ai un mal de crâne de tous les diables. Je suis sonné. Mes vêtements ont été fouillés, et mon magnétophone a été cassé. Ça sent un peu le brûlé. Un léger voile de fumée s'échappe de la poubelle en inox. Deux silhouettes se placent au-dessus de moi. Les deux types, des malabars, sont engoncés dans des costumes gris. Tous deux portent une cagoule et des gants en cuir. Celui de gauche est plutôt grand et maigre, tandis que celui de droite, court sur pattes, semble moulé sur un format cubique. Ça ne sent pas la visite de courtoisie.

J'essaie de crier, mais l'un des deux gars braque un flingue sur ma tempe en me faisant « chut » avec sa main libre.

Puis il me retire le bâillon que j'ai sur la bouche.

Je respire, enfin.

— Bonjour, messieurs. Je peux faire quelque chose pour vous ?

Le cagoulé de gauche se penche vers moi tandis que l'autre ne me quitte pas des yeux. Sa voix est horriblement calme, d'une froideur extrême. Un requin…

— On nous avait prévenus que t'étais un marrant.

— Je fais ce que je peux.

— Tu n'as pas intérêt à bouger ou à crier. Compris ? dit le bonhomme, avec un léger accent, italien peut-être.

— Compris. Sympa, les cagoules… Quand j'étais môme, ma mère me forçait à en porter une mais je trouvais qu'on puait du bec avec. Vous en pensez quoi ?

— On pense que tu ferais mieux de fermer ta gueule.

— En même temps, vu vos tronches, c'est pas vous qu'allez me faire la conversation, j'imagine.

— Tu veux qu'on te fasse la conversation ? Très bien.

Le type de droite range son arme et m'assène un coup au visage qui envoie ma tête en arrière.

Je prends sur moi et serre la mâchoire. J'en ai vu d'autres.

— Que me vaut votre visite, messieurs ?

Le cagoulé de gauche, le grand, ne me répond pas et m'envoie à son tour deux énormes baffes dans la gueule.

— Je vois que ces messieurs ont de petits problèmes d'expression…

— Ferme ta gueule, maintenant. C'est bon, t'as bien fait ton malin. On va être rapides et clairs. Tu arrêtes de tourner autour de Stilth, sinon t'auras plus jamais l'occasion d'exercer ton métier de fouille-merde.

— C'est noté. Je vous remercie de votre visite.

— Parce que tu crois qu'on en a fini avec toi, vermine ? On commence à peine…

Le molosse de droite balance alors ma chaise en arrière. Je tombe sur le côté. Leurs grosses godasses noires bien cirées ne sont plus qu'à quelques centimètres de mon visage. Là, comme un ballet bien rodé, ils sortent de leurs poches de veste des surchaussures bleues, comme celles qu'on trouve dans les hôpitaux, et les enfilent.

Je ferme les yeux. Ils se mettent de concert à me balancer des coups de pied. J'en reçois dans le torse, le cou, le visage… La douleur se répand, irradie. Puis, au bout d'un moment, mon corps se transforme en guimauve. Je laisse échapper des râles, autant de victoires pour mes deux tortionnaires. Le temps s'efface. Il n'y a plus que les coups qui pleuvent, sans arrêt. Ma chaise qui recule, la moquette marron et beige aux motifs de feuilles qui se teinte de rouge. Le goût métallique du sang dans ma bouche. Je ne vois plus très bien de l'œil gauche. Et eux, qui frappent, qui frappent encore au-dessus. Ils font ça avec une étrange synchronisation, voire une certaine lassitude, en tapant chacun leur tour, comme une vieille rengaine.

Les deux encagoulés achèvent enfin leur besogne et redressent ma chaise. Je dégouline. J'ai si mal, putain.

Je ne fais plus le malin, je ne peux même pas articuler un mot. Ces malades vont me tuer.

— Ça, c'était pour les photos de Noah que tu as aidé à diffuser.

L'un m'attrape par le menton.

— Je voudrais m'assurer que tu ne vas pas encore nous poser de problèmes, Green, dit-il.

J'ai l'impression d'avoir la bouche remplie de coton. J'articule péniblement :

— Non…

— J'entends pas bien.

Ma grande gueule a foutu le camp avec ma fierté. Tout ce qu'il me reste, c'est l'instinct de survie.

— J'arrête tout. Vous n'entendrez plus parler de moi, pitié…

— T'es droitier ou gaucher ?

La question me surprend. Je lève des yeux interrogateurs vers le type.

— Je suis droitier.

Le plus balaise saisit fermement ma main droite, attrape mon pouce, et d'un coup sec, le brise.

Je hurle à m'en arracher la gorge. Que quelqu'un m'entende, bon Dieu… Une nouvelle déchirure. Cette fois, c'est l'index. Et encore une dernière, encore plus forte. Le majeur lâche. Je crois que je me suis pissé dessus de douleur. J'ai l'impression qu'on m'arrache une partie de moi.

Le grand reprend la parole.

— Ça devrait te faire passer l'envie d'écrire des conneries pendant quelque temps.

Je ne réponds même plus. Je garde les yeux baissés. J'espère simplement qu'ils en ont fini.

L'un des deux attrape quelque chose sur le lit et le place devant lui. Je ferme les yeux, croyant d'abord qu'il s'agit d'un flingue.

— Un petit sourire, connard ! s'exclame-t-il, d'une voix nasillarde.

Un flash m'aveugle, puis un autre. Sans que j'y comprenne rien, on me libère les pieds et les mains. Je m'effondre au sol, incapable de me tenir assis. Pendant ce temps, les cagoulés vident mon sac dans une poubelle enflammée. Heureusement, mon carnet est planqué dans le coffre de ma voiture. Une dernière fois, ils inspectent la chambre, s'assurant qu'ils n'ont rien oublié, puis enfin reviennent vers moi. Ils passent un chiffon sur les meubles, le réfrigérateur, la télévision, la poignée de la porte d'entrée…

— T'as bien compris le message, Green ? Si tu vas voir les flics ou si tu reprends ton enquête, on revient. Autant te dire qu'il n'y aura pas de troisième visite. J'espère pour ta petite gueule qu'on ne se reverra jamais.

Ils époussettent leurs costumes, réajustent leur veste, leur cravate, retirent leurs surchaussures qu'ils placent dans un sac-poubelle noir qu'ils emportent avec eux, puis, enfin, quittent la chambre.

Je sombre, écrasé par la douleur.

Je me réveille au milieu de la nuit. Dans la chambre, ça sent toujours le brûlé. Il y a aussi une odeur bestiale. Celle du sang. De mon sang. Mon visage est boursouflé. Ce n'est plus qu'une succession de bosses et de plaies. Je tente de respirer longuement au travers de mes lèvres tuméfiées. J'ai surtout mal au crâne et aux côtes. Je me soulève péniblement. Je me traîne jusqu'à la salle de bains en m'appuyant sur les meubles. La lumière m'aveugle. J'observe mon reflet dans le miroir, et je suis dégoûté. Ma peau est rougeâtre, violacée par endroits. Mes cheveux sont poissés de sang.

De retour près du lit, je m'approche du téléphone et compose le numéro de Phil. La sonnerie retentit. Une fois, deux fois. Décroche, putain. Je tousse et crache un caillot de sang…

— Phil ? C'est Paul.

J'ai du mal à articuler.

— Mon Paul ! Alors ? On t'attend à la caravane ! On fait une fête de tous les diables…

— J'ai besoin de toi… Je viens de me faire tabasser.

— Merde. T'es où là ?

— À mon motel.

— J'arrive… Je vire tout le monde et je débarque.

Je raccroche et m'écroule sur mon matelas. Dormir un peu, oublier quelques secondes la douleur.

Quand je rouvre les yeux, Phil est à mes côtés. Il a pris une serviette mouillée qu'il me passe délicatement sur le front et les joues.

— Je suis là, vieux, je suis là pour toi…

Il m'aide à me redresser.

— Qui t'a fait ça ? Bullworth et ses hommes ?

— Non, je ne crois pas. Plutôt des putains de tueurs à gages. Ils avaient l'air tellement habitués à tout ça, c'en était effrayant. Aucun doute sur le fait qu'ils étaient envoyés par Stilth. Par contre, ils vont certainement te rendre visite. Il vaudrait mieux que tu te fasses oublier quelque temps.

— On verra ça, Green. Je les attends de pied ferme, ces enculés. Pour le moment, il faut que tu voies un médecin. T'as vraiment une sale gueule. Je ne sais même plus où sont tes yeux.

J'esquisse un sourire, tant bien que mal.

— J'ai quelque chose à faire avant. Quelque chose d'important.

Je lui ai donné l'adresse, que je connais par cœur. Phil m'a regardé avec un drôle d'air puis a hoché la tête. Il a compris. Nous avons marché, bras dessus, bras dessous, jusqu'à sa voiture. Une demi-heure plus tard, nous sommes arrivés aux abords du lac.

Phil se gare le long du rivage.

— Tu veux que je t'accompagne, Green ?

— Non. Je préfère y aller seul.

— Tu vas tenir debout au moins ?

— J'espère…

Je sors péniblement de la voiture et claudique jusqu'au rivage. Un croissant de lune éclaire de sa lumière blanchâtre les eaux calmes du lac Wentworth. C'est ici. J'ai passé tant d'heures à scruter les photos de la police, que m'avait fournies Phil. Une crique entre deux parois rocheuses. Sur le côté, une maison cossue. Un endroit qui, dès le printemps, doit résonner de rires d'enfants et d'éclaboussures, sentir bon la crème solaire, les vacances et la joie de vivre. Mais pas aujourd'hui. Pas cette nuit.

Ici. Ici même.

Je m'effondre au sol et attrape une poignée de sable détrempé. C'est ici qu'on l'a trouvée.

C'est ici que le lac Wentworth a recraché le corps de Clara Miller. Son cadavre décoloré par l'eau, recouvert de plaies. Ses cheveux, trempés à jamais. Son visage, défiguré. Son ventre, anormalement gonflé.

Selon les rapports de police, le corps aurait passé plusieurs semaines dans l'eau. Les légistes ont trouvé des lésions sur ses talons, l'arrière de son crâne, ses coudes et ses fesses. D'après eux, elles sont dues aux frottements de la dépouille contre le fond du lac, charriée par les courants. D'avant en arrière. Pendant des jours et des jours…

Il y avait aussi, bien entendu, des traces nettes de piqûres. Ses anciens collègues au *New York Times* m'ont dit que Clara avait des problèmes d'addiction. Mais ça n'excuse pas tout. Ce n'est pas la drogue qui l'a entraînée vers la mort… Je le sens.

Les légistes n'ont pas pu clairement statuer sur la cause du décès. Ils ont donc naturellement conclu à une noyade par asphyxie. Leur travail a été rendu complexe, voire quasi impossible, par le temps passé par le corps dans l'eau… Et ça arrangeait tout le monde. Une affaire vite classée, vite oubliée.

Mais moi, je n'oublie pas. Ton message, ton appel à l'aide. Je n'ai pas été là pour toi au moment où il le fallait. Je ferai tout pour me racheter. Je laisse échapper les grains de sable entre mes mains. Que reste-t-il de toi ici, Clara ?

Je me relève péniblement et retourne à la voiture de Phil.

Pour la première fois peut-être en vingt ans, Phil ne me chambre pas. Il fume une cigarette en silence, les yeux perdus dans les eaux noires du lac.

— Tu l'aimais vraiment, cette nana, hein ?

— Oui, je crois que je n'ai jamais aimé qu'elle.

— C'est vrai que c'était une sacrée fille. Chienne de vie… Je suis désolé, Paul. Franchement. Mais on va retrouver les salopards qui lui ont fait ça, je te le promets.

— Je sais que je peux compter sur toi, Phil.

— Bien sûr. Mais avant, on t'emmène à l'hôpital parce que tu pues vraiment, genre vieux poisson pourri. Tu t'es pissé dessus ou quoi ?

Phil reste Phil. Et ça me va comme ça.

— Je ne sais pas, peut-être…

Il démarre sa vieille Lincoln Continental. Les phares éclairent quelques instants encore le rivage.

À bientôt, Clara…

Ils peuvent me menacer, me fracasser la gueule, encore et encore. Rien ne m'arrêtera. Ce qu'ils ne savent pas, tous ceux qui essaient de m'empêcher de découvrir la vérité, c'est que je n'ai rien à perdre. J'ai déjà tout perdu, ici, au fond du lac Wentworth. Je t'ai perdue, toi. Et j'irai au bout…

18

Eva
4 juillet 2006
Los Angeles

Il n'y a rien. Rien d'autre que la nuit… Les *beats*. Le son assourdissant. Les basses qui fracassent tout. Les lumières qui aveuglent. Je ferme les yeux. Ça tangue.

Une voix derrière moi.

« Danse. Danse, ma belle. Laisse-toi aller. Oublie… C'est ça… »

On dirait sa voix… C'est toi, papa ? Je me retourne… Non, c'est ce sale type qui me colle depuis tout à l'heure. Il me parle dans l'oreille en se frottant contre moi.

Je le repousse en lui faisant un doigt d'honneur. Tu te prends pour qui, connard ?

Le mec me traite de « petite traînée ». Je ne lui réponds pas. Il n'existe pas.

Merde, j'ai du mal à tenir debout. J'ai chaud. J'ai soif. Je m'éloigne de la piste de danse et rejoins notre table dans le carré VIP.

Ils sont tous là. Ma bande…

Rosie Sterling, fille d'un des producteurs phares de la chaîne ABC. Comédienne, comme moi ; maudite, elle aussi, à sa manière, par son héritage. Condamnée à ne jouer que dans les séries produites par son cher paternel.

Corey Brady, ancien enfant star. Il m'a parlé d'un rôle qu'il devrait décrocher sur un gros projet. Cette fois, c'est la bonne… Ce pauvre Corey croit encore qu'il va finir par rebondir. Elles sont loin les années où il était l'idole des mômes sur Disney Channel, où il faisait craquer les ados dans ses comédies collégiennes. En attendant, il continue à brûler les derniers dollars de ses anciens contrats… Et il a raison, au fond.

Jade Alfonso, héritière de l'empire de cosmétiques Cyotan, créé par son grand-père et géré par sa mère. Jade se fout complètement de ses futures responsabilités. On la serine pour qu'elle participe aux réunions, qu'elle visite les succursales, qu'elle s'investisse un peu. Mais Jade s'en moque. Elle vit, comme nous tous, la nuit. Cyotan est géré par un comité de direction, des costards-cravates qui prennent les décisions pour elle. Ce qui intéresse Jade, c'est de trouver la meilleure soirée. Savoir où il faudra être ce soir. Quel club choisir ? Le Deux, le Hyde Lounge, le Teddy's, le Guy's Bar, l'Area… Où terminer la nuit ? Chez cet acteur à la con qui fête ses quarante ans dans sa villa à Bel Air ? Ou plutôt opter pour le Sunset Marquis dans la suite de ce rappeur dont tout le monde parle ? Voilà ce qui nous importe. Voilà ce qui compte.

Le monde, le vrai, on le laisse aux autres. Leurs tracas, leur quotidien. Nous, on rêve nos vies. On les explose. On se brûle à petit feu et on aime ça.

« Nous sommes les nouveaux dieux »... Qui m'a dit ça ? Quand ? Je ne sais plus...

Les tabloïds nous appellent « la génération perdue ». Et on les emmerde.

Je me ressers une vodka Red Bull. Trop de vodka, Eva... Non, il n'y en a jamais assez. Je m'écroule sur l'un des sofas.

Nous sommes mardi, je crois. Le jour parfait pour planer au-dessus du monde. En semaine, on est entre nous, on risque moins de tomber sur ces blaireaux du week-end qui claquent tout leur salaire pour pouvoir, pendant quelques heures, respirer le même air que nous et se rappeler « cette soirée où on avait dansé juste à côté d'Eva Stilth »... Je regarde rapidement le carré VIP du Deux. Pas trop de déchets ce soir. Hormis les crevards de la table d'à côté, en costumes cintrés Armani, les cheveux gominés. Comme me l'a dit Sylvain, le gérant français du Deux, ce sont des traders qui bossent dans des fonds de pension. Ils se font des millions de dollars et lâchent au bas mot 10 000 dollars par table, quand ils sont de sortie. Les requins sont entourés de *call-girls*. Ils reluquent tout ce qui bouge. Et ils me regardent, moi.

Je bois une gorgée. Tout près de moi, Chris, un journaliste de *Variety*, discute avec Rosie. Je tends l'oreille.

— Rosie, ça me ferait plaisir de t'aider...

— T'es sûr qu'il n'y a aucun risque, Chris ?

— Non, ce sont de vrais médecins. Des types de confiance. Ils me feront une série d'ordonnances. Je n'aurai ensuite qu'à aller chercher les médocs dans différentes pharmacies. Je fais déjà ça pour d'autres, ne t'en fais pas. Je peux t'avoir ce que tu veux. Vicodin,

Xanax, Adderall, Ativan, Oxycontin… Ce que tu veux, ma chérie.

Chris est un drôle de type. Jeune journaliste débarqué de sa campagne, Des Moines dans l'Iowa, il y a moins d'un an, il a rapidement décroché un job chez *Variety* pour couvrir les nuits folles de Los Angeles. Et on peut dire qu'il s'est pris au jeu. En quelques mois, il est devenu notre dealer de prédilection, à nous et à d'autres personnalités. Avec ses manières de grande folle, ses petits surnoms mielleux et ses cheveux peroxydés, Chris en fait toujours trop. Mais dans le groupe, on aime bien ça. Étonnamment, il a beau être journaliste, on peut lui faire confiance. Pourquoi prend-il autant de risques ? Pourquoi est-il prêt à tout ? Simplement pour s'approcher de nous… pour se sentir comme nous. Quand les flashs crépitent, quand les physionomistes lui font des courbettes pour qu'il entre dans leur club, il doit se dire qu'il y est arrivé, que lui aussi est devenu une star… Et il s'y brûlera les ailes, comme tous les autres avant lui. Tout ça finira bien par lui péter à la gueule. Il se fera virer de son magazine, à force d'exploser les budgets de notes de frais, de ne jamais se pointer au boulot avant quatorze heures. Il tentera encore de s'accrocher un an ou deux. Puis il disparaîtra, emporté par la moissonneuse d'Hollywood. Dans quelques années, on se rappellera à peine son prénom. C'est la loi. On prend, on bouffe, on jette. Je lui tape sur l'épaule.

— Chris, tu me lâches un peu de cocaïne, j'ai besoin d'un petit coup de boost.

— Tu ne veux pas des amphét plutôt, ma beauté ?

— Non. Donne-moi de quoi me faire une ou deux traces…

Il fouille dans sa poche et me tend un pochon de cocaïne.

— T'as vu, Josh est là ce soir. Il est au bar avec Kaylee.

Josh, c'est mon ex. Un basketteur des Lakers. Il m'a quittée pour une poufiasse qui a cartonné en téléréalité. Là, je sais bien que Chris me teste. Il est passé en mode boulot. Il ne faut jamais oublier que ce type reste un serpent. Il espère une réaction, une petite phrase assassine qu'il pourra dégueuler dans sa chronique du lendemain. Ou mieux encore, me chauffer suffisamment pour que je décide de me lever et d'aller corriger cette connasse. Bien entendu, Chris sera aux premières loges.

J'esquisse un sourire pour qu'il comprenne que je saisis bien son petit jeu.

— Je m'en fous, Chris, si tu savais…

Et je tire sur le sachet de cocaïne pour qu'il me le donne.

Il me sourit à son tour, avec son air de faux jeton.

Je me méfie. Je sais garder le contrôle. Car ils sont tous là, à attendre, à guetter le moindre faux pas. Il suffit que je titube en sortant de ma limousine, que je leur fasse un doigt d'honneur, ou que je vomisse devant l'entrée de ma villa. Les flashs explosent et dès le lendemain tous les tabloïds du pays, les *Star* et les *US Weekly*, affichent la même photo et une légende à la con : « Eva Stilth, sans limites », « Eva Stilth, toujours plus bas »… C'est le début de la propagation. Ensuite, tout le monde s'en empare. Entre midi et deux, mes chers compatriotes travailleurs, derrière leur bureau bien ordonné, devant une photo de leurs deux mômes et de leur chien, iront se connecter aux sites *people* pour voir cette fameuse image… Puis, à la pause-café, ils en débattront : « Pauvre gamine », « Je ne lui donne pas jusqu'à la fin de l'année », « Elle était si jolie, petite ». Des paroles dégueulasses, bien jalouses. Comme des crachats… Et tout cela en seulement quelques heures. Aujourd'hui, Joan n'essaie même plus de bloquer les parutions des paparazzis. Avec Internet, ça s'ébruite trop vite.

Ces salopards nous poursuivent depuis tant d'années. Le déclencheur ? Les premières photos de Noah, en 1995. D'ailleurs, ce sont ces photos qui ont commencé à nous détruire, de l'intérieur, tous… Papa, Noah et moi. Ça a été l'étincelle. C'est à partir de cette période-là que Noah s'est enfermé dans sa bulle, qu'il s'est mis à partir dans ses délires… Les psys, les dizaines de psys qu'il a vus, trouvaient toujours une explication : il lui fallait sortir de l'enfance, puis de l'adolescence, faire le deuil, accepter le regard des autres… et qu'il prenne ses cachets, surtout. Moi, j'avais appris à reconnaître les signes. Je savais bien que quand Noah partait trop loin, il y avait comme un déclic, ce moment où il se mettait à me reparler de ses histoires de vampires… Il y croyait dur comme fer : pour lui, c'était réel, il répétait à tout-va qu'il en avait vu, plus jeune, à Lost Lakes. Et puis, il faisait aussi d'autres choses bizarres, très souvent. Noah n'a jamais été vraiment apprécié de ma bande. Il était toléré, tout au mieux. C'était moi qui faisais le lien, et j'en faisais toujours trop. Il me fallait être la meilleure copine, la boute-en-train, la séductrice, pour qu'ils l'acceptent, lui. Résultat, Noah se plaçait en retrait. Mes amis me parlent d'ailleurs très rarement de lui, depuis son départ, comme s'il ne leur manquait pas. Parce qu'il est différent... Il n'est pas assez lisse, pas assez propre, comme eux tous. Il montre trop ses failles. Et on ne fait pas ça ici, à Los Angeles. On sourit, on ne tombe pas le masque. Il ne faut pas faire couler le maquillage. Même les échecs doivent être des réussites. La gagne, toujours la gagne. Jusqu'à l'agonie...

Noah n'est jamais rentré dans le moule. Il était en décalage. On ne savait jamais à quoi s'attendre avec lui. Et moi, j'ai toujours aimé ça. C'est ce qui le rend unique.

Je me souviens d'une de ses crises avant qu'il ne parte faire son tour du monde. Il n'allait pas fort à ce moment-là, et tournait à plus de trente cachetons par jour. Un soir, il était tard, on sortait du Hyde, et là, alors que les paparazzis nous mitraillaient avec leurs flashs, Noah s'est immobilisé et n'a plus bougé. Il les fixait, sans rien faire. Au début, le groupe s'est bien marré. On était tous dans un sale état. Mais ça a duré longtemps. Tous les autres sont finalement partis. Moi, j'ai attendu dans la voiture, je crois que je me suis endormie, puis au bout d'un long moment, je suis retournée le voir. Il était toujours là, immobile.

— Noah, tu fais quoi là ? lui ai-je demandé.

— J'attends.

— Et tu vas rester longtemps comme ça ?

— On verra.

— Mais tu attends quoi, au juste ? Je suis crevée, moi.

— Je ne sais pas. Je me dis que peut-être, si je reste là, ces charognards finiront bien par se lasser. S'ils voient que je ne fais rien… que je ne suis rien…

J'avais tenté de le tirer par la manche mais il s'était dégagé d'un mouvement sec.

— Allez, viens, on rentre.

— Non, toi vas-y. Moi, je reste.

Et il est resté.

Je crois qu'il a passé quatre heures comme ça, immobile sur Sunset Boulevard, alors que la lumière du matin commençait à poindre derrière les immeubles. Son visage était un masque qui fixait un point invisible.

En rentrant dans ma voiture, avant de démarrer, j'ai regardé les paparazzis, et c'est vrai qu'ils avaient l'air troublés, ces cons. Ils le regardaient, intrigués, leur appareil en bandoulière, sur le qui-vive, prêts à dégainer, attendant, espérant quelque chose.

Bien entendu, ils ont quand même réussi à vendre un sujet : « Noah Stilth débloque ». Pourtant, je crois que mon frère n'a jamais été aussi clairvoyant que cette nuit-là. J'y ai souvent repensé et, avec le recul, j'ai même regretté de ne pas l'avoir rejoint. J'aurais dû rester avec lui, et jouer à la statue de cire. Jouer, comme avant…

Noah…

Ne pense pas à lui, Eva. Amuse-toi, putain… C'est la fête.

Je passe à côté du patio du Deux. À l'extérieur, la clientèle sirote son verre tranquillement installée sur les larges canapés en cuir, autour de la grande fontaine style européen. On s'invente une classe qu'on

225

n'aura jamais. Quelques regards se tournent vers moi… Je dépose mon verre vide sur le comptoir du bar et m'éloigne, laissant un flot de murmures derrière moi.

Au moins ici, au Deux, je me sens en sécurité.

Grâce à Sylvain, le gérant, jamais une photo ne traverse les rideaux de velours violet du club. C'est aussi pour cela que c'est notre adresse favorite. Tout le monde est fouillé à l'entrée et les fêtards sont triés sur le volet.

Je titube jusqu'aux toilettes. J'en pousse les portes battantes. La pièce est couverte de carreaux de ciment noirs et habillée par un immense miroir au cadre doré. Je sors le pochon que j'ouvre sur la surface en inox encadrant le côté gauche du lavabo. Ici, une femme de ménage est payée pour que cet espace soit toujours nickel, désinfecté et immaculé. Car nous sommes nombreux à y faire nos petits préparatifs. On l'appelle la piste noire. Parfois, lors des grosses soirées, on y fait même la queue. On ne cherche pas à se cacher. Non, pas la peine. Je sniffe mon trait et relève la tête. À côté de moi, une blondasse plantureuse vient de sortir d'un des W-C et me regarde d'un air dédaigneux. Elle sait qui je suis, évidemment, et me trouve certainement pathétique. J'observe mon reflet. Mon mascara a coulé, mes cheveux sont décoiffés, mes traits tirés. On dirait que je suis floue. Je passe une main sur le miroir. Rien à faire, plus je fixe mon image, plus j'ai l'impression qu'elle s'efface. Tu n'es qu'une ombre – celle de ton père. Tu n'es qu'un nom, celui qu'il t'a donné…

Reprends-toi, Eva. Ne pense pas à ce genre de trucs. Pas ce soir…

La *call-girl* a quitté les toilettes. Je suis toute seule. À l'extérieur, la musique est tonitruante.

La coke ne monte pas assez vite. Je sens une vague de mélancolie qui m'étreint. Les larmes montent. Non, pas maintenant…

J'ai besoin qu'on me voie, qu'on me regarde.

Comme lui. Mais ai-je vraiment du talent ? Est-ce que quelqu'un en a quelque chose à faire, après tout ? Papa, lui, a tout réussi. Chacun de ses albums, la plupart de ses morceaux étaient des succès instantanés. Ses films ont écrasé le box-office à leur sortie, et ils comptent, encore aujourd'hui, de nombreux fans. Chaque année se tient à Anaheim une convention *Raven* qui revient sur la série de films. Des dizaines de milliers de fans s'y rassemblent, déguisés en Jack Carver, pour commémorer leur passion commune. Qu'ont-ils trouvé en lui ? Que leur a-t-il inspiré ? Pourquoi a-t-il autant marqué leur vie ? Pourquoi était-il si grand ?

Moi, je ne fais que m'accrocher à sa poussière d'étoiles. Je plisse les yeux et tente de rester dans son sillage. Un putain d'imposteur.

Arrête, Eva… Arrête !

Je crois que j'ai crié. Je vois la porte des chiottes qui s'entrouvre. C'est une des serveuses du Deux. Elle me regarde, mi-intriguée, mi-inquiète, avant de faire demi-tour. Je me refais un deuxième trait. J'en ai besoin pour me recadrer. Il ne faut pas que je commence à disjoncter, à trop cogiter. Ça ne mène jamais nulle part…

J'essuie la poudre qui s'est accrochée à ma narine. Il faudra que je pense à prendre du Bromazépam avant de me coucher. Dans l'état où je suis, la descente va

227

être difficile. Je risque d'encore passer des heures à tourner dans mon lit, en proie à des crises d'angoisse.

N'y pense pas. Pas maintenant. La fête n'est pas finie, Eva. Il est à peine quatre heures du matin. Je me rafraîchis avec de l'eau fraîche.

Et j'y retourne. Dans le ventre de la bête. Ça remonte vite et fort. J'arrive à notre table VIP. Ils sont tous affalés, à moitié endormis… Je m'en vais les réveiller un peu. J'envoie valdinguer les bouteilles et le seau à champagne et me mets à danser sur la table. Vous voulez du spectacle ? Nous sommes les rois de la nuit. On va vous le prouver. Comme répondant à un appel, mes amis se lèvent à leur tour, finissent leur verre cul sec, hurlent et se mettent à danser. Corey monte avec moi sur la table et se serre contre moi. Peut-être le laisserai-je rentrer avec moi ce soir. Peut-être que j'en ai besoin. Ne pas être seule dans cette putain de baraque vide. Sentir son sexe en moi, sa chaleur… On verra. Pour l'instant, danser, exister, oublier. Les traders nous regardent avec envie. Ils aimeraient être comme nous, tout lâcher. Être libres, vivants. Mais leurs putains de costards les étouffent trop. Ils ne pourront jamais y faire pousser des ailes. Je remue la tête, mes cheveux me fouettent le visage. Les mains de Corey sur mes hanches.

Tout s'efface.

Puis un fracas, on s'écroule au sol. La table vient de se renverser. Les potes se marrent. Je tente de me redresser mais je n'y arrive pas. Je suis partie trop loin, là. Une main se tend vers moi. C'est toi, Noah ?

Tout est flou. Tout se mélange.

J'ai huit ans. Mon frère vient de s'enfuir après une journée avec d'autres gamins dans Lost Lakes. Il est si triste. Je ne sais pas trouver les mots, comment lui dire... Alors je lui prends la main et il comprend.

Plus tard, la même année. Je pleure, sous la pluie, je lui frappe le torse. En lui hurlant que c'est de ma faute, que c'est de notre faute. Qu'on aurait dû sauver papa. Il me dit qu'on n'y est pour rien. Qu'on s'en sortira, qu'il sera toujours là pour moi.

Noah...

Je demande à ce qu'on me ramène chez moi. Jeremy, mon garde du corps, attend dans la voiture à l'extérieur. En quelques minutes, il me fait sortir par l'arrière de l'établissement.

En rentrant, je prends trois cachets de Bromazépam et passe au peigne fin tous les tiroirs de la villa. Je les vide avec fracas, et je m'en fous. Il faut que je le retrouve. Le voilà, dans ma table de nuit. Le mot avec l'adresse où se trouverait Noah. La Path Clinic... Mais pourquoi est-ce que j'ai attendu si longtemps ? J'ai voulu fermer les yeux, encore un peu. Bouffée par mon égoïsme...

Tant que je n'allais pas là-bas, je pouvais continuer à croire que Noah était à l'autre bout du monde, qu'il avait réussi à aller de l'avant, à construire quelque chose. Ça voulait dire qu'il y avait une chance. Qu'on n'était pas maudits. Mais je ne peux plus détourner les yeux. Il a besoin de moi.

C'est décidé. J'arrive Noah. Je viens te chercher.

19

Mike
7 octobre 1995
Lost Lakes

Il faut que ça sorte… D'une manière ou d'une autre. Que la rage soit évacuée. Ça a toujours été comme ça.

Ce qu'ils m'ont fait… cette manière d'exposer ainsi mon enfant, mon Noah, aux yeux de tous. À leur putride vindicte.

Je n'ai pas réussi à le protéger. Combien de jours, de semaines avant qu'Eva, elle aussi, finisse par faire la une des tabloïds ? C'était irrémédiable. Mais je ne peux m'empêcher d'en vouloir tellement à Bullworth et à Joan. Leur rôle, c'était de nous isoler du monde, de tout cloisonner. Ils ont échoué.

Et cet enculé de journaliste, Paul Green. C'est lui qui est à l'origine de tout ça. Mais il finira par payer. Ils paieront, tous.

Et cette rage qui monte…
Je rouvre les yeux. Merde. J'étais parti…

La salle n'est éclairée que par quelques bougies posées ici et là, à même le sol. Des cris, des rires… Et ces basses qui martèlent le crâne et font vibrer les murs, ces guitares saturées qui déchirent tout. Je ne sais même plus quelle heure il est. Je regarde ma montre. Six heures du matin. Depuis combien de temps sommes-nous là ?

Au-dessus de moi, une des filles, Jenna, danse à moitié nue. Les yeux mi-clos, elle se déhanche langoureusement, un verre de whisky à la main. Je vois le liquide ambré qui oscille et qui déborde un peu plus à chacun de ses mouvements. Des gouttelettes tombent et coulent sur sa peau nue, glissent le long de ses seins… Dans d'autres circonstances, ç'aurait pu m'exciter, mais pas maintenant. Elle voit que je la regarde, me sourit, dépose son verre sur la table basse derrière nous et se met à se caresser. Ses gestes sont exagérés, sa bouche entrouverte, sa langue passe de manière trop marquée sur ses lèvres. Tout est vulgaire, surfait. Ses poses lascives ont quelque chose de froid. Je me redresse et la repousse. Elle chute à mes côtés, lance un juron puis se soulève péniblement, avant de s'éclipser. Je me frotte les tempes.

Six heures du matin… Il est peut-être temps pour moi de rentrer. Il y a des formes qui bougent sur le canapé rouge de l'autre côté du salon. Caan, en caleçon, achève de préparer un fixe à une petite blonde maigrichonne, Kate, torse nu à ses côtés. Il resserre l'élastique sur son bras, lui injecte sa dose. La gamine laisse partir sa tête en arrière. Caan l'observe quelques instants. Il est parfaitement immobile. Une cigarette se consume dans sa main. D'un geste sec, il l'écrase dans un cendrier et se rue sur la gamine, tel un prédateur fondant sur sa proie. Il l'embrasse férocement sur le ventre, les seins, lui lèche le corps, lui mord les tétons. Il lui dégrafe le jean, le retire, tandis que Kate se laisse faire comme une poupée de chiffon. Caan se place enfin sur elle, retire son caleçon et se met à baiser ce corps inerte à grands coups de bassin, sous mes yeux. Je pourrais lui dire d'arrêter, lui dire qu'il abuse, que la môme est à peine consciente, mais je n'en fais rien… Je sais comment il réagirait. Je sais de quoi il est capable. Je le laisse se repaître de sa proie.

Putain, ça tourne dans tous les sens. Et cette colère, cette tension qui ne veut pas passer. J'ai mal dans les cervicales, ça tire.

Calme-toi, Mike. Écoute ton corps… Prends une profonde inspiration, et détends-toi… Elle est où ? Pourquoi tu penses à elle, Mike ? Inspire, expire… Pourquoi maintenant ? Concentre-toi sur les aléas de ton souffle… Bon Dieu, tu ferais mieux d'aller te coucher… Inspire, expire… Mais c'est qu'une gamine… Je pourrais au moins la sortir d'ici et la ramener jusqu'à l'entrée du manoir… M'assurer, au moins, que rien ne lui arrive. Qu'un de ces porcs n'est pas en train de se la faire… Respire, Mike, respire… Tu es sûr que c'est ce que tu veux, vraiment ?

Et merde… Je m'allume une cigarette. C'est décidé, je vais retrouver Leah, cette gamine que j'avais vue l'autre jour dans le pieu de Caan et qui est revenue ce soir, sur son invitation. Elle est trop jeune pour être ici, de toute manière. Ça va trop loin. Et si Caan lui tombe dessus… On ne sait jamais.

Je bois une ou deux gorgées d'un verre de whisky tiède laissé sur la table, finis ma cigarette. Le temps s'étire avant que je ne trouve l'énergie de me soulever. Je m'approche de Caan. Il vient de finir son affaire et remet son jean, tout en replaçant ses cheveux gras en arrière. Il a les yeux injectés de sang, un regard fou. Il s'allume une cigarette. À la lueur des bougies, son visage à moitié cramé est encore plus terrifiant. Il me fait un grand sourire.

— Alors, l'ami, sacrée soirée, hein !

— Tu peux le dire. Dis-moi, tu sais où est la gamine, là, Leah ?

— Tout à l'heure, elle était avec Wedge et un autre type. Pourquoi ? Tu la veux ?

— Non… c'est pas ça. C'est qu'une gamine, merde.

— Ça ne t'a jamais dérangé.

— Commence pas.

Il tire une latte sur sa cigarette et jette un œil à la fille alanguie à côté de lui. Il la détaille sans aucune émotion, avec un œil éteint.

— Elle était trop partie, celle-là. J'ai eu l'impression de farcir de la viande morte.

Il se frotte les yeux.

— Cette dope, c'est un enfer…

Caan nous a fait essayer à tous un nouveau cocktail ce soir, mélange de cocaïne et de kétamine. La montée est d'une violence sans précédent. Et encore, je crois que je suis celui qui tient le mieux le coup.

Caan reprend :

— J'ai l'impression que ça bout en moi. Que tous mes muscles sont tendus. Je pourrais marcher au plafond.

Je vois en effet sa mâchoire serrée, les muscles de son cou, de ses bras, tendus. Le ballet de bougies autour de lui renvoie sur son corps des reflets étranges où ses tatouages semblent s'animer. Ou peut-être est-ce la dope qui me monte au cerveau… Il me regarde avec ses yeux écarquillés, tandis que la fumée de sa cigarette s'enroule en volutes autour de son visage défoncé. Un démon, un putain de démon…

— Tu les entends, Mickey ?

— De quoi tu parles ?

— De leurs voix, je les entends dans ma tête, tout le temps. Elles attendent. Elles m'attendent…

Il se frappe le crâne du poing. Il est loin. Pas la peine de tenter de discuter.

— Fais pas trop le con non plus, Caan.

Alors que je m'apprête à m'éloigner, Caan me retient par le bras. Cette fois, il y a dans sa voix quelque chose de différent.

— Mike, si tu la retrouves, la gamine, tu ne déconnes pas trop, hein… compris ?

— Qu'est-ce que tu racontes ? Tu te fous de moi, ou quoi ? C'est toi qui me dis ça ?

Il se laisse tomber au fond de son canapé.

— Laisse tomber. J'ai rien dit. Va jouer aux gentils chevaliers servants, si ça peut te rassurer.

— Ta gueule, Caan.

Je titube difficilement jusqu'au couloir. On dirait qu'il se déforme, qu'il ondule de droite à gauche. Je m'appuie sur les murs. La musique est de plus en plus forte. Je bute contre quelque chose. À mes pieds, un gars est en train de vomir ses tripes. Je lui soulève la tête. C'est Andy, mon batteur. Je lui demande si ça va, il ne me répond pas. J'essaie de l'aider à se relever et à s'asseoir contre le mur. J'évite la flaque de vomi et continue à avancer. Sacré cocktail, ça tu peux le dire, Caan. C'est une hécatombe. On est tous dans un sale état. Je peux m'estimer heureux qu'il n'y ait pas encore eu d'accident.

Je me traîne jusqu'à la salle de bains, m'approche du lavabo et passe ma tête sous le robinet. La sensation de l'eau glacée sur mes cheveux, mon visage, me fait du bien. Je relève la tête, me saisis d'une serviette humide et m'essuie le visage en me regardant dans le miroir. Quelqu'un, une des filles certainement, a dessiné à l'aide d'un rouge à lèvres deux énormes cornes sur le miroir. Je me déplace de sorte qu'elles se positionnent parfaitement sur mon crâne. Ça me fait sourire, malgré moi. J'entends du bruit derrière moi. Wedge, un des potes de Caan, apparaît dans l'embrasure de la porte. Il se colle contre moi, l'air halluciné, et m'attrape par les épaules. Il est totalement nu, et ne porte qu'une seule santiag, à son pied droit. Sa voix tremble et son regard papillonne.

— Mike, où sont mes bottes, mon pantalon ?

— Je ne sais pas, vieux… Et toi, tu as vu Leah ? La gamine, la brune, cheveux courts avec des mèches sur le visage.

— Dans la salle de projection, je crois, avec Tanner. Et tu sais quoi, Mike ? Tout à l'heure, j'ai vu un elfe… Un putain d'elfe avec son costume rouge…

— Tu débloques, Wedge. Va t'allonger.

— Au fait, tu as vu mes bottes ?

Le type ne m'écoute déjà plus. Il s'accroupit, et commence à fermer ses mains sur du vide au-dessus du carrelage, tout en marmonnant : « Elles sont là, elles sont là... »

Je le laisse délirer. Dès demain, je demanderai à Caan de ne plus jamais nous filer cette saloperie. Trop puissante.

De retour dans le couloir, j'ai l'impression de voir un mouvement. Une silhouette qui s'engouffre dans une chambre sur la droite.

Des petites taches lumineuses dansent sous mes paupières dès que je ferme les yeux. Les portes de la chambre sont grandes ouvertes. Tous les meubles ont été renversés. Au sol, des bouteilles éclatées, des billets répandus aux quatre coins de la pièce. C'est nous qui avons fait ça ? Mais quand ? Ça sent le brûlé. Je découvre un début de foyer à même le parquet, composé de lattes de lit carbonisées, de liasses de dollars froissés... Une image me revient. Caan, hystérique, hilare, qui hurle : « On va se faire un bon feu, un bon feu de boy-scout ! » J'entends un grattement dans un coin d'ombre de la grande pièce. Je m'avance. Steve est accroupi. Mais que trafique-t-il ? Je m'approche et tourne autour de lui. Il a un couteau entre les mains et s'amuse à graver des spirales sur les lattes du parquet. Il a les mains en sang. D'un geste rapide, j'attrape le surin et le jette au loin.

Steve me regarde, apeuré.

— Mike. Je ne t'avais pas vu...

— Steve, ça ne va pas ? T'aurais pu blesser quelqu'un ! Et où t'as trouvé ce couteau, merde !

— Désolé, Mike... Je ne sais pas ce qui m'a pris. Je vois des trucs. Y a des gamins qui me tournent autour.

— Ta gueule, fous le camp d'ici.

Ça va trop loin. Beaucoup trop loin.

Tu dis ça à chaque fois, Mike.

Un nouveau mouvement dans le couloir. Une silhouette se glisse dans la salle de projection. Je cours et en pousse les deux portes battantes rouges.

L'immense écran de projection diffuse mes vieux clips. Mais la musique lourde qui arrose tout l'étage n'a rien à voir avec ce que je fais. C'est un morceau de rock industriel. Peut-être du Nine Inch Nails...

La voilà. Sur l'estrade. Leah est nue, allongée à même le sol, sur une couverture. Il y a un homme à ses côtés, qui la caresse. Autour d'eux, des cadavres de bouteilles. C'est Tanner. Il ne va pas tarder à lui sauter dessus. On dirait un putain de sacrifice. Je m'aide des fauteuils rouges pour avancer jusqu'à la scène. Des images déformées de moi apparaissent sur l'écran géant. Je monte les quelques marches, donne un coup de pied à Tanner pour le sortir de sa transe. Il entrouvre les yeux.

— Dégage, Tanner.

— Hey, on se calme, l'ami...

— Retire tes sales pattes de cette gamine et dégage, je te dis.

Je viens de crier ces paroles. Tanner s'exécute et quitte, d'un pas hésitant, la salle de cinéma.

Leah ouvre des yeux charbonneux. Je m'assieds à ses côtés. Elle me sourit.

Qu'est-ce qu'elle lui ressemble... Je prends un pan de la couverture et recouvre son corps nu.

— Il ne t'a pas fait mal ?

— Non... ça va..., répond-elle en me fixant avec intensité.

— Je vais te raccompagner. Il faut que tu partes d'ici.

— Pourquoi ?

— Il pourrait t'arriver quelque chose. Ce n'est pas un endroit pour toi.

— Qu'est-ce que t'en sais, Mike ? Si je te disais que moi, j'aime ça...

Elle repousse la couverture d'un geste ample. Ses seins, son ventre qui se soulève lentement et laisse apparaître ses côtes, son pubis brun...

Non, Mike... Elle se met à me caresser le torse. Même sa voix a les mêmes intonations. Sa main attrape la mienne et la pose sur son sein gauche. Sa peau est douce et chaude.

— Tu ne sais pas ce que tu es en train de faire, Leah. Tu le regretteras, demain. Allons-y. Où sont tes affaires ?

Elle me pose un doigt sur les lèvres.

— Chut, Mike. Chut... À moi de parler, maintenant. Si je suis là, c'est pour toi. Toutes ces soirées avec Caan, tout ce que j'ai accepté qu'il me fasse, c'était pour être enfin avec toi. Je t'ai attendu, Mike. Si long-temps, toute ma vie...

Elle me caresse la joue et continue à parler. Sa voix est comme un venin qui serpenterait en moi. Tout se trouble.

— Mike, prépare-moi un fixe.

— Pourquoi tu fais ça, Leah ? T'es qu'une gamine…

Sa voix devient momentanément plus dure, plus sèche.

— Je fais ça parce que ça me plaît et que j'ai le droit de décider de ma putain de vie…

Son regard est déterminé. Je vais lui injecter sa seringue, car si je refuse, elle le fera elle-même et pourrait se flinguer le bras. Et une fois qu'elle sera dans les vapes, je l'emmènerai loin d'ici.

Je regarde autour du corps alangui de Leah. Partout sont étalés de gros coussins rouges et des bouteilles de champagne à moitié vides. Je repère finalement un plateau en argent sur lequel est déposée une seringue. Tanner avait déjà dû la préparer avant que je n'arrive. Je saisis le bras de Leah, retire ma ceinture, la passe autour de son biceps, puis serre fort. Le pli intérieur de son coude est déjà constellé de traces de piqûres et certaines veines virent au gris. Cette pauvre fille est déjà allée bien trop loin. Je pourrais peut-être demander au Dr Hingen de l'aider, de la placer en cure.

Je la pique. Une goutte de sang perle sur le bras. Je l'essuie avec un coton.

Elle commence à partir.

— Toi aussi…, dit-elle, dans un filet de voix.

— Non.

J'ai l'impression d'entendre un bruit de pas. Je tourne la tête, mais le projecteur m'aveugle.

— Allez, rejoins-moi…

Elle me passe la main sur le visage, les lèvres. Je ferme les yeux. Je me laisse bercer par les mouvements, comme des vagues, de ses doigts sur ma joue.

— Allez, fais-toi un fixe. Ensemble…

— D'accord.

Je m'injecte le restant de la dose. C'est de l'héroïne. J'évite d'en prendre, normalement. Je sais ce que ça me coûte ensuite pour décrocher. Mais je n'ai pas la force de résister, je ne l'ai jamais eue.

La montée est instantanée. Comme une vague d'électricité qui me parcourt le corps. Comme si, soudain, tout autour de moi devenait flou et cotonneux. Tout sauf elle. J'ai l'impression de la voir pour la première fois. Clara.

J'ai chaud. Je m'écroule au sol sur le dos. Je sens qu'elle passe la main dans mon jean et se met à me caresser le sexe. Je la laisse faire. Je la vois qui se redresse à côté de moi. Elle me frotte de plus en plus fort.

Je n'ai plus la force de lutter. Au fond, j'en ai envie depuis la première fois où je l'ai vue.

— Tu veux que je vienne sur toi ?
— Oui…

Je reste allongé. Elle me retire le pantalon, me grimpe dessus, et mon sexe s'enfonce en elle. Elle se déhanche par à-coups. Ma tête part sur le côté, je vois la salle de cinéma. Il y a bien une forme, là, qui nous observe. Qui ? Elle me saisit le visage et le retourne vers elle. Sa tête part en arrière. Je lui saisis les seins. Ses soupirs deviennent des murmures. Elle est cambrée sur moi.

Elle aime ça. Comme Clara. Ma tête me fait mal. Le rouge de la salle me saute à la gueule.

Je me redresse et la fais pivoter pour la plaquer, à son tour, au sol. Je suis désormais au-dessus d'elle.

Elle susurre.

— Vas-y. Je suis à toi…

Mais ses lèvres ne bougent pas. Le rouge me cogne. Je ferme les yeux, d'avant en arrière.

Elle m'enserre le dos avec ses mains, je sens ses ongles qui s'enfoncent dans ma chair. J'approche les miennes de son cou, je vois ses veines saillantes. Putain, elle lui ressemble tellement. Je lui tourne le visage sur le côté, pour ne plus la voir. Parce que ça fait du bien autant que ça me fait mal. Justement, j'accélère le rythme. Je ne veux plus y aller doucement. Plus maintenant.

— Arrête… Arrête, Mike…

Tout devient flou.

— C'est ça que tu veux ?

— Arrête. Tu me fais mal…

— Tu m'appartiens… Je prends ce que je veux.

J'ai l'impression qu'on me projette en arrière. On m'a repoussé. C'est quelqu'un d'autre qui est sur Leah. Ce n'est pas moi. Je ne sais plus. Je regarde mieux. C'est Caan. Je reconnais ses tatouages.

Un cri… Chut… Tais-toi.

Caan lui enserre le cou. J'aimerais faire quelque chose, mais je ne réussis pas à bouger. Je suis comme paralysé. Je ferme les yeux. Des larmes coulent sur mes joues.

Il y a un bruit de plus en plus fort, comme un talon qui frapperait sur le parquet. Et ses grognements à lui, qui recouvrent tout… J'ai mal sur les côtés du dos, là où elle m'a griffé.

Soulève-toi, Mike… bouge… tu peux arrêter ça. Le corps de Caan se déforme. Ses muscles se bandent sous l'effort. Il serre, toujours plus. C'est un monstre…

Il va la prendre. C'est trop tard. Je n'ai rien pu faire. Trop tard...

Ce sont des discussions, à mi-voix, qui me réveillent. J'ouvre les yeux. Je suis allongé sur l'un des fauteuils de la salle de projection. J'émerge péniblement. Il n'y a plus de musique. Mais un silence, lourd. Une odeur de tabac froid flotte dans l'air. J'ai un terrible mal de crâne, les muscles endoloris. Je regarde ma montre : 11 h 30. Il y a du mouvement sur l'estrade, je reconnais Thomas et Jeremy. Ce dernier est au téléphone. Mes deux gardes du corps encadrent quelque chose. Puis, en me voyant bouger, ils me regardent. Jeremy passe la main sur le combiné et parle moins fort, comme s'il ne voulait pas que j'entende la discussion. Et il y a une autre forme, plus loin, dans l'angle du fond de l'estrade, contre l'écran éteint. Elle est recourbée sur elle-même. Je tire la couverture sur les épaules et me soulève péniblement. Où est-elle ? Que lui a-t-il fait ?

Thomas descend en trombe et me retient.

— Non, Mike, restez là.

— Qu'est-ce qui se passe ?

Thomas a l'air mal à l'aise. Jeremy nous rejoint. Quand il s'éloigne de la scène, il laisse apparaître un corps nu inerte, les bras en croix, une jambe repliée sur elle-même dans une étrange posture. C'est Leah.

— Laissez-moi y aller, putain...

— Non, vous ne pouvez pas. Elle est morte, monsieur. C'est un accident.

Des flashs qui me reviennent. Mon regard dérive vers la silhouette placée à l'autre bout de l'estrade.

C'est Caan, torse nu, en jean. On dirait qu'il pleure. Je repousse mes gardes du corps et avance vers lui.

Je lui hurle dessus.

— C'est toi ? C'est toi, Caan, qui as fait ça ?

Il me regarde avec des yeux terrifiés, puis se place les mains sur les oreilles et ferme les yeux.

— C'est toi qui l'as tuée ?

Il remue la tête, comme s'il voulait se convaincre du contraire.

Mon corps ne me porte plus. Je m'effondre au sol. C'est lui. C'est Caan. Il a tué cette gamine.

Je voulais te protéger, Leah. Je sentais que ça allait arriver.

Je suis si désolé… Qu'avons-nous fait ?

20

Joan
7 octobre 1995
New York

La porte est bien fermée. J'en suis certaine. Je tiens la clé serrée dans ma main. Une petite clé en fer rouillée. Pourtant, j'ai peur. Je me recroqueville. J'entends les pas qui résonnent dans l'escalier. Ses pas lourds et las. Il arrive. Il frappe à la porte. Encore et encore, il martèle l'entrée de ma chambre de ses coups. La porte en tremble.

« Joan, t'es qu'une sale petite garce ! » grince-t-il.

Je sais bien qu'il ne s'agit que d'un cauchemar, qu'il suffirait que je me réveille. Je n'ai plus huit ans, mais je reste paralysée. Là, sur le parquet froid, les jambes serrées contre mon torse, je devrais me lever et lui faire face, enfin…

Bam ! Bam !

Les coups pleuvent, mais je crois entendre la voix de Mike.

« J'ai besoin de toi... Il n'y a qu'à toi que je peux demander ça. C'est important qu'on fasse ça, ensemble. »

La porte cède. Les gonds se déchaussent. Son ombre se dessine au-dessus de moi, son ombre qui absorbe tout. Et l'odeur de céréales broyées et de poussière...

Réveille-toi, Joan.

Je sursaute.

Quelle heure est-il ? 6 h 40... Je reprends, tant bien que mal, mes esprits. Il me faut un moment avant de réaliser que le téléphone sonne dans le salon. Je me rue dessus. On m'appelle rarement à cette heure-ci. Il a dû arriver quelque chose.

Je décroche et referme ma robe de chambre de ma main libre. Dehors, une matinée grise se profile sur New York.

— C'est Jeremy à l'appareil, mademoiselle Harlow. On a un problème à Lost Lakes.

— Que se passe-t-il ?

— Ça a recommencé, mademoiselle. Une autre fille.

— Attendez... Vous m'appelez d'une ligne sécurisée, Jeremy ?

— Oui, mademoiselle.

— Bien, je vous écoute.

— C'était il y a quelques minutes, reprend Jeremy. On vient de la trouver. Quant à monsieur, il s'est endormi dans la salle de projection.

— Et Caan ?

— Il est là, aussi. On a pu lui parler. Ça a été très dur de le calmer. Mais ça a l'air d'aller mieux.

— Bien. Ne touchez à rien. Comment s'appelait cette jeune fille ?

— Dans mon registre, j'ai une dénommée Leah Johnson, originaire du Vermont.

— Vous avez bien vérifié son *background* personnel ?

— Oui, mais rien à signaler. Comme toutes les autres, elle s'était éloignée de sa famille. Elle n'avait plus beaucoup de contacts avec ses parents et ses frères et sœurs. Elle était juste venue à une ou deux autres soirées avant celle-là, et ses bras sont complètement nécrosés. Héroïnomane, sans doute.

— Très bien. Ça arrange nos affaires. Y avait-il des témoins ?

— Non. Personne d'autre dans la salle de cinéma. À part Mike, Caan et la fille.

— Bon, on s'en sort bien cette fois-ci. Je préviens Robinson pour qu'il envoie une de ses équipes. Ils se chargeront de tout.

— C'est noté, on les attend. Et que dit-on à monsieur ?

— Démerdez-vous pour qu'il en sache le moins possible. Dites-lui que c'est un accident.

— Ça ne ressemble pas à un accident, mademoiselle. Il va s'en rendre compte.

— Eh bien, expliquez-lui que c'est encore Caan qui a pété un câble…

— C'est noté, mademoiselle.

— Je parlerai à Mike dès mon arrivée à Lost Lakes. Je tenterai de le calmer.

— Si je peux me permettre, mademoiselle, que vont-ils faire du corps ?

Il y a une pointe de tristesse dans la voix du molosse. Il ne manquerait plus qu'il se mette à avoir des états d'âme.

— Jeremy, bordel ! Vous me fatiguez, là ! Ça ne vous regarde pas. Elle rejoindra les autres. En attendant, occupez-vous de Mike.

— Bien, mademoiselle.

Il va falloir que j'appelle Kenneth maintenant, pour qu'il prenne les choses en main et qu'il envoie ses hommes nettoyer la scène de crime et faire disparaître le corps. Puis je prendrai un hélicoptère en urgence jusqu'à Lost Lakes. Si tout se passe bien, je devrais être au domaine en milieu d'après-midi. Je pourrai mieux gérer l'incident de là-bas.

L'incident…

Tu te rends compte de ce que tu es en train de faire, Joan ? Tu es complice d'un meurtre… Encore un… C'est horrible, de réagir comme tu le fais. Comme si ça devenait habituel. Comme s'il ne s'agissait plus que d'une série de formalités. Protéger Mike, faire disparaître le corps, s'assurer que la famille ne cherche jamais à en savoir plus.

Et dire que je pensais que la fuite des images de Noah était la pire chose qui puisse nous arriver. À croire que nous avons été projetés dans une spirale sans fin. On s'enfonce, on touche presque le fond… Mike nous tire tous vers le bas.

Et si je démissionnais ? Et si je résiliais mon contrat ? Avec mon expérience, les stars accourraient pour que je m'occupe d'elles. Mais Mike ne me laisserait pas m'en sortir comme ça. Il ferait tout pour me griller.

Et si je changeais de vie ? J'ai assez d'argent de côté pour monter une autre activité. Tenter autre chose. Dans la mode, par exemple. Ou pourquoi pas monter une chaîne de magasins ? J'ai plus d'un million trois cent mille dollars qui dorment sur un compte. C'est la promesse d'une autre vie qui m'attend.

Arrête ton char, Joan. Tu sais très bien que tu n'abandonneras pas. Tu gardes toujours la tête haute. Une battante. La meilleure.

Après tout, c'est le prix à payer. Tant que Mike est en sécurité… Et jusqu'où accepteras-tu d'aller, Joan ? Tu penses sérieusement que ça va s'arrêter ? C'est de pire en pire. Et toi, plus que quiconque, tu cautionnes ça ? Malgré ce que tu as vécu, malgré ce que t'a fait ton père ? Pourquoi ? Parce que c'est ma vie, merde. Parce que Mike Stilth, c'est ma putain de vie. Et il y a les enfants…

21

Noah
7 octobre 1995
Lost Lakes

Les vampires… Je les ai vus…

Il est neuf heures du matin. Je suis encore allongé dans mon lit, je n'arrive pas à me lever. Et je ne parviens pas, non plus, à fermer les yeux. Car, sinon, les images reviennent.

Je dois rester là, et attendre que ça passe. Ça finira bien par passer, non, cette peur qui me serre le ventre ? Je dirai à Berk que je suis malade, que c'est pour ça que je tremble.

Je savais que je n'aurais pas dû y aller, que cet endroit m'était interdit. Mais je m'y suis rendu pour papa. J'ai fait la même erreur deux fois. Quel imbécile, Noah…

Je repense encore à ce que j'ai vu cette nuit. J'ai l'impression que ces images ne quitteront plus jamais ma tête. Que je suis condamné à les revivre, encore et encore. C'est gravé dans ma mémoire.

Ce sont des sons lourds qui m'ont réveillé, comme des vibrations. Papa m'avait dit une fois qu'il s'agissait des basses, quand j'avais assisté à l'une de ses sessions d'enregistrement en studio. Sentir les basses aussi fortes, ça voulait dire que mon père et ses amis devaient encore faire la fête dans l'aile nord, je le savais. Même si les architectes ont tout fait insonoriser, il y a toujours du son qui passe. J'ai regardé l'heure. Il était cinq heures du matin.

J'ai d'abord attendu, les yeux grands ouverts, en regardant le plafond. J'ai essayé de me rendormir, je me suis raconté des histoires, j'ai tenté de compter les moutons… Mais rien à faire, je pensais à papa, et je me disais qu'il était peut-être en danger.

J'ai regardé par la fenêtre de ma chambre. Celle qui donne sur l'aile nord. Il faisait encore nuit. Toutes les lumières du manoir étaient éteintes. Dehors, tout était silencieux. Mais je distinguais à travers les épais volets fermés en face comme des rayons de lumière, des spots de couleur : du bleu, du vert, du jaune, du rouge…

Papa était là-bas, je le sentais.

J'étais déjà allé dans leur repaire, une fois, il y a quelques mois. Et ce que j'y avais vu m'avait terrifié. Je n'étais pas vraiment entré dans les appartements. J'étais resté caché derrière la porte et je les avais observés, lui et les autres. Sa meute. Et l'homme brûlé. Celui qu'il appelle Caan, le plus fou de tous. Papa, lui aussi, n'avait pas l'air normal. C'est comme s'il était devenu quelqu'un d'autre. Il riait trop fort, criait, frappait contre les murs. Et ses yeux…

S'il recommençait ce soir, je devais l'aider. C'était mon rôle, après tout, non ? En faisant mes recherches, j'étais tombé sur un livre dans la bibliothèque, écrit par Bram Stoker, qui s'appelle *Dracula*. Ça parle des vampires, des créatures de la nuit. J'en ai lu une bonne partie. Ça m'a terrifié… Certains passages étaient écrits comme un journal, ça semblait très réel.

Papa et ses amis étaient à peu près comme ça. Leurs yeux, leur teint blafard, et ce qu'ils faisaient aux femmes… Sauf qu'eux n'utilisaient pas leurs canines pointues pour sucer le sang de leurs victimes. Non, ils avaient des seringues qu'ils plantaient dans les bras des filles. Et je crois que c'est comme ça qu'ils se transmettaient leur virus…

« La puissance du vampire tient en ce que personne ne croit en son existence », a écrit Bram Stoker. Sauf que moi, j'y crois…

Je m'étais pourtant promis de ne plus y retourner. Mais je suis aussi curieux qu'une teigne, comme me le dit souvent Berk. J'ai donc enfilé ma robe de chambre rouge, mes chaussons, puis j'ai récupéré mon trousseau de clés que je cache sous une latte un peu abîmée du parquet, et ma lampe torche. J'ai traversé les couloirs silencieux du manoir sur la pointe des pieds.

Au bout de quelques minutes, je suis arrivé à l'étage, là où papa organise ses fêtes avec le démon, Caan. À l'angle du couloir, je me suis plaqué contre le mur et ai jeté un œil. Thomas et Jeremy, les deux gardes du corps de papa, étaient assis sur de gros fauteuils en cuir, placés de chaque côté de la porte. Jeremy était endormi, la bouche entrouverte. Thomas, lui, fumait une cigarette en lisant un journal. Entre eux, il y avait une petite table avec des restes de nourriture et un jeu de cartes étalé. Derrière la porte blindée, on entendait la musique qui tapait fort. Impossible de passer par là. Il fallait trouver un autre chemin. Et moi, je connais tous les secrets de la maison. À ce moment-là, je me sentais comme un aventurier, un explorateur. J'avais une mission.

J'ai traversé le couloir à pas de velours pour en ouvrir la première porte sur la droite. J'étais caché derrière un immense buffet en bois noir. Tout en cherchant la bonne clé, j'ai entendu du bruit – un grincement de fauteuil, un froissement de papier. J'ai levé la tête au-dessus du gros meuble, juste assez pour voir que Thomas s'était levé, avait allumé sa lampe torche et se dirigeait vers moi. Il avait certainement entendu quelque chose.

Enfin muni de la bonne clé, je me suis faufilé derrière la porte et l'ai refermée, le plus discrètement possible.

« Il y a quelqu'un ? » s'écria Thomas.

Je retenais ma respiration. Je m'attendais à ce qu'il ouvre la porte, à ce qu'il me découvre. Finalement, il retourna à son poste de guet. J'aurais dû avoir peur, mais non, au contraire, je crois que ça me plaisait de jouer aux agents secrets… J'étais James Bond dans *Opération Tonnerre*…

Je venais d'entrer dans le couloir d'entretien. C'est par là que passent les femmes de ménage pour se déplacer dans le manoir sans gêner ses habitants. Elles sont un peu comme des petites souris qui vivent entre les murs. Et je savais qu'il en existait un autre qui menait aux appartements de l'aile droite. J'avais eu le temps d'explorer le manoir de fond en comble ces derniers mois… et j'étais déjà venu ici.

J'ai allumé ma lampe torche et ai avancé dans les longs couloirs sombres. Sur les murs, il y avait plein de câbles et de fils électriques, des toiles d'araignées. Plus je progressais, plus la musique était forte. Ça faisait vibrer les murs. Je reconnaissais des sonorités de guitare, de basse et de batterie, mais tous les sons étaient poussés au maximum, comme s'il fallait abîmer la musique. Et il y avait des chants, des voix déformées…

Après avoir marché quelques instants, plus aucun doute, je devais être au niveau des appartements. J'entendais des rires, de l'autre côté de la cloison. En entrant, j'ai d'abord été aveuglé par les spots, et cette musique qui vrillait les oreilles. J'ai pris quelques secondes pour bien observer le large couloir qui s'ouvrait devant moi. Il n'y avait personne. J'ai hésité, j'avais peur. J'avançais à petits pas, en longeant les murs. Il fallait que je trouve papa, que je le sorte de là. J'espérais juste qu'il ne s'était pas déjà transformé. Est-ce qu'il pourrait m'attaquer ?

Soudain, j'ai senti qu'on m'attrapait par le col. Je me suis retourné, pétrifié. Devant moi, un homme nu me fixait avec des yeux injectés de sang.

— T'es qui, toi ? T'es un elfe ? Un putain d'elfe ?

Je me suis dégagé et j'ai pris la fuite.

C'était l'un d'eux. Je l'ai vu dans son regard perdu. Un peu plus, et peut-être qu'il aurait tenté d'aspirer mon sang avec l'une de ses seringues. Il fallait être prudent. J'ai couru et je me suis jeté à travers la première porte sur la droite. Je venais de débouler dans une grande salle vide, avec des meubles retournés. On aurait dit qu'on s'était battu ici. Ça sentait le brûlé. Là-bas, il y avait une silhouette dans un coin. C'était un homme brun, comme papa. Je me suis avancé. J'entendais le bonhomme marmonner quelque chose. Il parlait tout seul. J'avais le cœur qui frappait dans ma poitrine.

Une part de moi qui se répétait : « Tu ne devrais pas être là, tu ne devrais pas être là. » J'ai tendu une main vers l'homme qui me tournait le dos. Avant même que je ne le touche, il s'est retourné et m'a regardé. Ce n'était pas papa. Il avait un visage maigre, creusé. Entre ses mains, il y avait un couteau. J'ai eu l'impression qu'il ne me voyait pas, ou plutôt qu'il voyait à travers moi. Lui aussi était malade. L'objet s'est mis à trembler dans sa main. Peut-être s'apprêtait-il à m'attaquer ? J'ai pris la fuite. J'ai couru encore dans ces couloirs sombres sans trop savoir où j'allais. J'ai entendu du bruit derrière moi. Quelqu'un arrivait. Là, une porte battante. J'ai trouvé refuge dans une petite pièce fermée. Il m'a fallu un peu de temps avant de retrouver mon calme, j'étais à bout de souffle. Et si l'homme au couteau m'avait suivi ? Et s'il me retrouvait ? J'ai attendu quelques minutes, les yeux fermés. J'étais dans une pièce rouge. Avec plein de bobines de films par terre. Il y avait une grosse machine métallique au-dessus de moi. C'était un projecteur. Ici aussi, ils avaient un cinéma. J'ai jeté un coup d'œil par la lucarne, tout en évitant de passer la tête sur le faisceau du projecteur. C'était un grand cinéma vide. Sur l'écran, des images de papa. Il s'agissait certainement de ses vidéo-clips. Il nous en avait déjà montré, à Eva et moi. Mais pas ceux-là…

J'ai d'abord cru que la salle était vide, puis j'ai distingué un mouvement sur l'estrade. Il y avait un homme, à moitié nu, au-dessus d'une fille allongée. Il lui léchait le corps, comme un chien avant d'avaler son os. Mince, il allait la dévorer… je devais faire quelque chose, l'aider…

Alors que je cherchais comment faire diversion ou l'attaquer, un autre homme a fait irruption et a repoussé le vampire. J'ai reconnu sa silhouette tout de suite, c'était papa. J'ai d'abord cru qu'il était venu sauver la fille. Il s'est assis à côté d'elle et a commencé à lui parler. Au bout d'un moment, elle lui a passé la main sur le visage. J'aurais dû partir à cet instant, je le sais. J'étais rassuré, j'avais eu la confirmation que papa ne courait aucun risque. Et en plus, j'avais vu combien il était courageux, en la sauvant de ce monstre. Mais je suis resté là, à les observer…

Papa a regardé autour de lui et a attrapé quelque chose. Non… C'était une seringue. La dernière fois aussi, j'avais vu Caan, avec son horrible visage brûlé, qui faisait des piqûres à de pauvres filles. J'aurais aimé dire à papa de s'arrêter, lui crier que j'étais là, que j'allais l'emmener loin d'ici, mais je suis resté immobile.

Jusqu'au moment où, avec violence, papa est grimpé sur elle. Ça y était, je l'ai senti, il s'était transformé. J'avais de plus en plus de mal à distinguer ce qui se passait sur la scène. À l'image, il y avait un clip de papa, assez effrayant. On le voyait dans un théâtre rouge avec un masque qui recouvrait la moitié de son visage. Autour de lui, les murs saignaient, et tout s'est mélangé dans ma tête. Je vivais un cauchemar éveillé. J'avais si peur, mes oreilles bourdonnaient. Je me suis recroquevillé dans un coin de la pièce en serrant fort la médaille de saint Christophe que papa m'avait offerte. J'en avais assez vu...

Soudain, j'ai entendu un cri, un « Arrête ! ». On aurait dit que c'était quelqu'un d'autre qui avait pris la place de papa. Il faisait de grands mouvements d'avant en arrière, comme un animal. Comme une bête. J'étais effrayé. Les cris continuaient. Et il serrait ses mains sur la fille. Il fallait que je parte d'ici et vite. Il fallait que je m'échappe avant que les démons ne me voient, avant qu'ils ne sentent ma présence. Auquel cas, même papa n'aurait pas pu m'aider. C'était trop tard. Il était comme eux. Pire qu'eux. Des larmes coulaient sur mon visage. J'ai couru dans l'aile nord, dans l'antre du démon, sans prêter attention à ce qui se passait autour de moi. Ça n'avait plus d'importance. Il fallait juste que je fiche le camp d'ici, que je retrouve la lumière. Un monde normal, ma chambre.

Je crois que je me suis fait pipi dessus. Je ne suis pas un chasseur de vampires, je ne suis pas Van Helsing. Je ne suis qu'un gamin terrifié, enfermé dans sa chambre. J'ai si froid... Le jour a beau s'être levé, les basses avoir cessé, j'ai beau savoir que je suis maintenant en sécurité, je sais aussi qu'il y aura d'autres nuits telles que celle-ci. D'autres fêtes dans l'aile nord. D'autres seringues, d'autres sacrifices. D'autres filles qui souffriront.

Il faut partir d'ici avant que la maladie ne se propage. C'est déjà trop tard pour papa... Je dois emmener Eva loin d'ici. Et je réfléchirai à un moyen de le sauver.

Vite, préparer un plan pour notre fuite, vite...

22

Eva
7 juillet 2006
Malibu

Je me gare devant l'entrée de la Path Clinic, à Malibu. J'ai les mains qui tremblent. J'ouvre la boîte à gants et avale deux cachets de Vicodin. Ça ne va pas fort, ce matin. Depuis la fin du tournage, j'ai enchaîné les sorties. Chaque jour, je me réveille en milieu d'après-midi, comate quelques heures devant la télévision, avant de repartir sur la piste aux étoiles.

Le portail en fer forgé est fermé. Je m'approche d'un interphone. Bien entendu, personne ici n'est au courant de ma visite. Je connais ce genre d'établissement. Certains de mes amis y ont déjà fait des cures. Les visites des proches y sont le plus souvent interdites. Je sonne.

Une voix féminine, mielleuse, me souhaite le bonjour.

— Bonjour, j'aimerais voir le directeur de l'établissement.

— M. Bendriss a un agenda très chargé. Il vous faudra prendre rendez-vous, j'en suis désolée. Vous pouvez appeler au…

— Je ne prendrai pas rendez-vous. Vous allez m'ouvrir ce portail tout de suite et prévenir votre directeur qu'Eva Stilth veut le rencontrer.

Elle marque un temps.

— Vous savez qui je suis, j'imagine ?

— Oui, mademoiselle.

— Dans ce cas, ouvrez ce foutu portail.

— Très bien.

Dans un grincement, le portail se met à coulisser sur la droite. Apparaît devant moi une énorme villa dont l'entrée ressemble à un temple grec, avec d'immenses colonnes entourées de bassins plantés de joncs. Partout, des parterres de fleurs violettes, roses, blanches et une pelouse tondue à la perfection. Ça sent la terre mouillée et les pavés sont encore humides. Une jeune femme m'attend. Elle a les mains jointes et un sourire un peu forcé. Je m'avance vers elle.

— Enchantée, mademoiselle. Joyce Dumphries, responsable d'accueil de la clinique, dit-elle en me serrant la main. M. Bendriss va vous recevoir dans quelques minutes.

Je la détaille. Elle est plutôt jolie, avec des origines asiatiques, thaïlandaises peut-être. Son sourire est éclatant, son rouge à lèvres parfaitement dessiné, son maquillage soigné. Ses cheveux noirs, parsemés de quelques mèches auburn, sont ramenés en un chignon tressé délicat.

J'ai l'impression d'être accueillie dans un palace cinq étoiles. Et c'est bien le message que l'on veut faire passer d'emblée aux visiteurs. Leur faire oublier pourquoi ils sont là... En même temps, avec un prix d'entrée à 60 000 dollars par mois, encore heureux qu'ils mettent les formes. The Path est une clinique réservée aux plus fortunés : businessmen dopés aux médicaments, loups de la finance chargés à la coke, starlettes déchues accros à la bouteille... La direction tend la main à ceux qui souffrent, à condition qu'il y ait un beau billet vert à la clé.

En suivant Joyce, j'admire les frises peintes à la main. Dans les bassins parsemés de nénuphars, on entend coasser les grenouilles.

— Vous comprenez pourquoi nos invités se sentent bien chez nous, mademoiselle Stilth ? C'est magnifique, n'est-ce pas ?

— Vous voulez dire, vos patients ?

— Nous n'employons pas ce mot, ici. Car personne n'est malade. Il n'y a que des femmes et des hommes qui ont besoin d'être accompagnés, pour retrouver le bon chemin.

Elle a clairement appris son discours par cœur.

À l'intérieur du bâtiment, nous passons devant un bureau d'accueil circulaire. Sur le comptoir, une photo des deux créateurs de l'établissement, Max et David Bendriss, entourée d'un bouquet de fleurs. On dirait un autel.

Les Bendriss, le père et le fils. Une histoire comme on les aime. Un médecin qui a tout sacrifié pour sauver son fils de ses problèmes d'addiction, et qui a développé de nouvelles méthodes, couronnées de succès. Un premier établissement ouvert en 2000, puis deux autres par la suite, dont l'un à Miami, en Floride.

Dès qu'on parle de dépendance, dans un *talk-show* du câble, ils sont les invités vedettes, les experts. Je me souviens m'être marrée toute seule en les regardant faire leur petit numéro. Leur fausse commisération, leur ton professoral, leurs costumes trop brillants et leurs dents trop blanches. De mauvais acteurs de *soap opera*... Mais, comme souvent, plus la *success-story* est belle, plus il y a une part d'ombre derrière...

Sur le devant du bureau est inscrit en lettres d'or « Votre dépendance vous quitte ici ». Dessous, il y a le logo de la clinique, deux mains tendues en coupe vers le ciel.

Une musique d'ambiance, aux accents new age, est diffusée dans les enceintes disposées un peu partout. Nous traversons une vaste pièce en rotonde, où de grandes baies vitrées offrent une superbe vue sur l'océan. Sur la droite, un piano à queue. Quelques tables vides en marbre noir. Sur chacune d'elles, de magnifiques orchidées dans les teintes rose parme. Aux murs, des œuvres contemporaines minimalistes – toutes des structures de métal et de bois circulaires. Puis nous nous retrouvons dans un jardin arboré. Il fait déjà une chaleur écrasante en cette fin de matinée. Nous croisons une infirmière vêtue d'une tunique violette. Elle nous fait un signe de la main et un sourire trop appuyé. J'ai l'impression d'être dans un décor de cinéma. Quelle putain de mascarade. J'ai envie de foutre le camp d'ici. Ce lieu si parfait, si soigné me donne la nausée. Il faut que je retrouve mon frère. Il est là, quelque part, dans l'une de ces chambres, derrière l'un de ces balcons couverts de plantes tropicales. Nous traversons le jardin et croisons un homme d'une quarantaine d'années, en train de lire sur un banc ; là-bas, un groupe fait des exercices de relaxation avec un coach. Tout le monde semble profondément épanoui. Mais il y a quelque chose d'autre dans leurs regards, comme un voile. Leurs gestes sont un peu trop lents. Je suis convaincue qu'ils sont tous gavés de médicaments. Ça sent les anxiolytiques à plein nez.

Nous traversons une allée bordée de palmiers. Partout, une odeur entêtante d'encens. Nous franchissons une passerelle pour arriver sur une petite île artificielle bordée de bassins et de cascades. Tout autour, le silence, simplement entrecoupé du floc-floc de l'eau et du chant des oiseaux – une invitation à la relaxation, au lâcher-prise…

Moi, ça me donne plutôt envie de tout envoyer valdinguer. La femme m'invite à m'asseoir sur un canapé. Je m'exécute.

Au bout de quelques minutes, le temps de fumer une cigarette et de la jeter à la gueule d'une carpe obèse, un homme vient à ma rencontre. Il me tend une main molle. Je le reconnais immédiatement. David Bendriss. Il porte une chemise cintrée lilas ouverte jusqu'au torse. Âgé d'une trentaine d'années, il a le teint hâlé, les cheveux châtains plaqués en arrière, avec juste quelques mèches qui reviennent parfaitement sur son front. Il a un visage anguleux, un nez un peu arqué, des yeux fins d'un bleu intense. Sur sa chemise, un insigne doré avec le logo de l'établissement et l'inscription : « David, directeur ».

— Mademoiselle Stilth, très heureux de faire votre connaissance.

Il parle avec une voix douce, suave.

— Vous savez certainement pourquoi je suis là, monsieur Bendriss. Je viens chercher mon frère, Noah Stilth. Je sais qu'il est ici.

— En effet, votre frère est l'un de nos invités. Il est en cure chez nous depuis environ six mois. Sachez qu'il fait d'énormes progrès chaque jour. Nous sommes très confiants.

— Vous ne m'avez pas bien comprise. Noah repart avec moi, aujourd'hui.

— Mademoiselle, votre frère a besoin de nos soins. Il est à mi-chemin de sa complète rémission. Le sortir de la clinique aujourd'hui serait le mettre plus que jamais en danger. Il est fragile.

— Mais mon frère n'est pas malade…

— Si. Et vous le savez bien, mademoiselle Stilth. Noah a une forte dépendance médicamenteuse. Pendant des années, il a usé et abusé d'anxiolytiques, d'hypnotiques et d'analgésiques puissants. Vous avez certainement déjà trouvé des plaquettes d'Ambien, d'Oxycontin ou d'Ativan, à l'époque où vous viviez avec votre frère.

Ces noms me parlent, les placards de ma salle de bains en sont farcis. Le regard bleu acier de Bendriss me transperce.

— Nos équipes de spécialistes travaillent sur le dossier de Noah depuis le jour de son arrivée. Nous avons une approche holistique à la Path Clinic. Chaque jour, Noah voit un conseiller en sobriété, un accompagnateur de vie. Avec eux, lentement, il se reconstruit. Il est également suivi par une équipe de psychologues, il suit des cours de relaxation, des séances d'hypnothérapie… Durant ses phases de manque, nous lui prodiguons des soins, de l'acupuncture. Nous organisons également des veillées de discussions de groupe autour d'un feu dans le parc de la clinique. Moi-même, je prodigue des séances de lecture du Yi Jing. Rassurez-vous, Noah est bien ici. Très bien. Mieux peut-être qu'il ne l'a jamais été. Il est protégé. Et c'est ce dont il a besoin.

J'ai l'impression que les paroles de Bendriss résonnent en moi.

— Noah a juste besoin d'être avec moi.

— Votre frère a besoin de nous, mademoiselle Stilth. Comme je vous l'expliquais, ici nous ne cherchons pas le comment, mais le pourquoi. La cause de la dépendance. Noah souffre de graves traumatismes. Il n'a jamais réussi à faire le deuil de votre père, a très peu confiance en lui, vit dans sa bulle, a développé une forme d'agoraphobie, une peur du monde extérieur. Nous sommes en train de l'aider à se construire une image positive de lui-même. Et je suis certain que mes paroles trouvent un écho en vous. Je sais qui vous êtes, Eva. Vous aussi, vous avez souffert. Vous pourriez également trouver du réconfort dans un court séjour entre nos murs. Vous savez, je suis passé par là, moi aussi. J'ai eu de terribles problèmes d'addiction pendant plus de dix ans. Sans les techniques développées par mon père et que nous appliquons pour chacun de nos invités, je ne serais plus de ce monde. Et je n'aurais jamais pu voir grandir ma fille, Dorothy.

Reprends-toi, Eva. Ce type est un serpent. Un putain de gourou. Ne te fais pas avoir. Tu es plus forte que ça. Plus forte que lui. Tu connais son manège. Tu as joué à ce jeu toute ta putain de vie, tu ne te feras pas avoir.

— J'en ai assez entendu. Je veux le voir.

— C'est impossible, Eva. Nous pouvons nous arranger pour organiser une discussion téléphonique dans les prochains jours. Mais aucun contact visuel n'est autorisé au sein de The Path. Vous voir risquerait de troubler Noah.

— Je m'en moque. Non seulement je vais le voir, mais en plus, je vous le répète, il repart avec moi.

— Vous ne pouvez pas faire cela, Eva. J'en suis désolé.

Son ton est soudain plus dur, plus sec. Ses lèvres se pincent légèrement.

— Je crois que vous ne m'avez pas bien comprise, David. Vous savez qui je suis, c'est bien. Vous savez donc de quoi je suis capable. Si vous ne me laissez pas voir mon frère, je convoque toutes les télés devant votre établissement cet après-midi pour faire une déclaration. Je dirais que vous le retenez de force.

— Ce sont des mensonges. Personne ne le croira.

— Eh bien, j'ajouterai que j'ai la preuve que vous continuez à consommer de la drogue, que vous vous en mettez plein le pif dès que vous sortez au Teddy's ou au Guy's Bar. Malheureusement, mon vieux, je crois qu'on partage le même dealer. Chris vous passe le bonjour, d'ailleurs. Du coup, votre discours du brave miraculé, sauvé de la toxicomanie par son père, ne tient plus trop la route…

Chris m'avait fait promettre de ne pas le citer directement. Car Bendriss est un bon client. Je n'ai pas tenu parole… En même temps, le journaliste n'est pas dupe et il sait, mieux que quiconque, qu'on ne peut pas me faire confiance. Mais s'il m'a rendu service, c'est qu'il espère bien qu'un jour ou l'autre je lui renverrai l'ascenseur. Rien n'est jamais gratuit.

Bendriss a un mouvement de recul, comme s'il venait de recevoir un électrochoc.

— Ce ne sont que des rumeurs. Personne ne vous croira.

— Le vrai, le faux, on s'en fout. Ce qui compte, c'est ce qu'enregistrent les caméras. Qu'on me croie ou non, votre réputation sera foutue et le prestige de votre établissement terni à jamais.

Bendriss est en train de bouillir. Il aimerait me sauter à la gorge. Sa chemise parfaitement repassée commence à laisser apparaître deux petites auréoles de sueur sous ses aisselles. La silhouette du parfait directeur se fendille, se craquelle et me révèle qui il est vraiment : un vulgaire escroc.

— Très bien. Je vais vous emmener dans la chambre de votre frère. Mais je vous le répète, je suis convaincu qu'il ne voudra pas vous suivre. Il est bien, ici.

Quelques minutes plus tard, Bendriss frappe à la porte de la chambre 17, celle de Noah, et l'entrouvre.

— Noah ? Nous avons une visite pour vous. C'est votre sœur, Eva. Vous voulez bien la voir ?

— Non. Je ne veux voir personne.

Sa voix est éteinte, comme affaiblie.

Alors que Bendriss s'apprête à se retourner et à fermer la porte, je le bouscule et entre. J'attrape la poignée, pointe mon doigt sous le nez du directeur de la clinique.

— Vous me laissez tranquille et vous pouvez commencer à préparer les affaires de Noah.

— Il ne partira pas avec vous, Eva. Vous…

Je lui claque la porte au nez. Je prends deux, trois grosses inspirations et me retourne.

La chambre est luxueuse. La peinture des murs, comme la moquette, est de couleur crème. Un grand lit en bois couvert en partie d'un plaid marron parfaitement replié et d'une pile d'oreillers agencés au millimètre. Aux murs, des tableaux aux encadrements dorés présentent des paysages vallonnés, des couchers de soleil. Sur la table de chevet, un ouvrage est posé à la verticale. En couverture, David Bendriss et son père, Max. Le titre du livre, *Se soigner et vivre. Les 12 étapes pour se reconstruire.* Sur la photo, le paternel, tout sourire, tient son fiston chéri par l'épaule, devant une clairière fleurie. The Path n'est pas une simple clinique, c'est un *business* juteux.

Dans un renfoncement de la chambre, il y a un bureau en acajou, surplombé par un *bow-window*. Face au lit, une commode en bois vernis, sur laquelle est placée une télévision dernier cri. Personne ne vit ici, ce n'est pas possible. Tout est si parfaitement ordonné, rangé. Difficile d'imaginer que mon frère habite ici depuis six mois. Il n'y a rien de lui. Son habituel bordel, ses caleçons qui traînent, ses *comics*, ses débuts de scénarios, ses poèmes sur la table. Et ses livres, ses putains de bouquins partout. Mon frère ne vit pas ici, c'est inimaginable. Je sens un léger souffle de brise. Le rideau ondule à la fenêtre. Sur le balcon, il y a une silhouette dans un fauteuil, les yeux rivés sur l'océan.

Noah.

Je sors et, doucement, je lui pose une main sur l'épaule. Il ne bouge pas et continue à fixer l'horizon.

Je m'accroupis. Il est méconnaissable, il a dû prendre une dizaine de kilos. Son visage bouffi est recouvert d'une épaisse barbe. Il porte un polo jaune canari trop ample et un pantalon beige. Où sont son fameux jean noir troué et son sweat-shirt à capuche gris qu'il portait tout le temps, celui avec cette horrible tête de mort composée de fleurs ? J'ai l'impression d'avoir un vieillard devant moi. Un inconnu… Noah, que t'ont-ils fait ?

Il me repère enfin et m'adresse un sourire éteint, puis me passe une main sur la joue, doucement. Je ferme les yeux, quelques secondes. Mon frère… Je ne t'abandonnerai plus. Plus jamais.

Je me jette dans ses bras et ne peux retenir mes larmes.

Il m'enserre, mais sans force, de manière un peu molle, un peu absente. Au bout de longues secondes, j'essuie mes larmes et me dégage.

— Noah, je te sors de cette clinique. Aujourd'hui.

— Non… Je suis bien ici, Eva. J'ai si peur dehors. David me dit que je ne suis pas prêt, qu'il faut que je franchisse toutes les étapes. Mais tu sais, je progresse bien, j'en ai déjà validé huit, sur les douze phases.

— Cet endroit est une farce, Noah. Qu'est-ce qu'ils te donnent ? Comment t'ont-ils rendu comme ça ?

— Je ne sais pas, Eva. Je prends des pilules le matin et le soir. William, mon accompagnateur de vie, me dit que ce sont des compléments alimentaires.

— Des compléments alimentaires, mon cul ! Ils te droguent, Noah… Toi et tous les autres, ici. J'en suis certaine. Comment t'es-tu retrouvé dans cette clinique ?

Je croyais que tu étais à l'autre bout du monde, moi. Je croyais que tu allais mieux, merde !

— Mais je vais mieux, vraiment. L'idée du voyage, les cartes postales, c'est une idée de Joan, et je crois qu'elle avait raison. Elle ne voulait pas t'inquiéter. Je débloquais avant de venir ici. J'avais l'impression d'être suivi, puis il y a eu des lettres et des coups de fil. Un type qui m'appelait, qui me retournait le cerveau. Qui me reparlait de papa, de sa mort, qui me répétait qu'on ne savait pas tout… Il me disait que ce n'était pas un accident, mais un meurtre. Que c'était Joan qui était derrière tout ça. J'ai décidé de lui en parler et elle m'a convaincu que je faisais une crise. Elle m'a dit que ce type n'existait pas, qu'il s'agissait de l'un de mes délires, une hallucination, qu'il était dans ma tête… et c'est grâce à elle que j'ai trouvé une place à The Path.

— Qui est ce type ? De qui parles-tu ?

— Je ne sais pas. Je ne l'ai jamais rencontré. C'était juste une silhouette qui disparaissait quand je quittais la maison, une voiture qui démarrait, et ces coups de fil… Mais je crois que mes idées sont un peu embrouillées, Eva. Je ne sais plus ce qui est vrai… Le docteur Andrew dit que c'est à cause des médicaments que j'ai pris durant toutes ces années.

— Non. Tout ça, c'est des conneries.

Je m'allume une cigarette.

— Eva, on n'a pas le droit de fumer ici.

— Je m'en fous. Je les emmerde.

— Tu ferais mieux de me rejoindre, Eva. Toi aussi, ça te ferait du bien. Tu en as besoin.

— Mais arrête, Noah. Regarde-toi ! T'es en train de devenir un putain de légume.

— Tu as tort. On parle beaucoup. On fait des exercices de relaxation, des ateliers…

— C'est n'importe quoi, Noah. C'est du vent. Ils vous mettent du soleil et des sourires plein les yeux, des conseils et des cachets plein le bide, mais quand tu ressors, c'est pire. Tu crois que t'as vaincu le mal, alors que t'en as créé un nouveau. T'es dépendant d'eux maintenant. C'est une putain de secte… je vais te sortir de là.

— Non, je dois rester jusqu'à la fin. Passer toutes les étapes. Comme ça, j'aurai la récompense. Ils me donneront la Pierre du Mérite. Et alors, je serai prêt à sortir.

— Noah, écoute-moi. Je te répète que je connais ce genre d'établissement. J'ai vu tous mes amis partir en cure, dans des cliniques aux noms bidon, comme celle-là : The Way, The Life… Ce sont des escrocs. Il y aura toujours une autre étape. Toujours quelque chose pour te retenir quelques jours, quelques mois de plus. Puis, ils te demanderont de faire un suivi, de revenir. Tu ne t'en sortiras jamais. Ces cliniques n'ont jamais soigné personne. Et j'ai besoin de toi, moi !

— Je comprends, ma sœurette. Mais j'ai peur… Dehors, ils m'attendent.

— De qui tu parles, là ?

— Les vampires…

— Arrête avec ces conneries à la fin, merde !

— Avec David et les autres docteurs, on remonte la piste. On revient aux origines. Ils m'ont expliqué que je dois aller chercher ce que j'ai laissé dans mon passé. Je crois qu'une partie de moi est encore là-bas, Eva. À Lost Lakes. Je suis encore caché dans ma cabane en haut de mon arbre. Il faut aller me chercher, me récupérer…

— Non, tu es là, aujourd'hui, avec moi, à Los Angeles. Ça fait six mois que tu es enfermé ici.

— Six mois ? Je pensais que ça ne faisait que quelques semaines. Je ne sais plus trop…

— Écoute-moi bien, Noah. Tu ne délires pas du tout. Joan te ment. Cet homme que tu penses avoir vu, tu ne l'as pas imaginé… Je crois que quelqu'un autour de nous tente de nous prévenir. Il se passe des choses. Moi aussi, je l'ai ressenti. Un inconnu m'a sauvée, il y a quelques semaines, alors que j'étais au bord de la noyade. Et je t'ai retrouvé grâce à un mot qu'on m'a transmis – un mot qui me mettait en garde contre Joan. Elle t'a peut-être enfermé car tu commençais à découvrir des choses. Tu ne voudrais pas enfin savoir, Noah ? Ce qui est arrivé à papa, ce qui lui est vraiment arrivé ?

— Si, bien sûr, mais…

— Eh bien, viens avec moi ! Je te sors de là, je te requinque, et ensemble, on ira enterrer une bonne fois pour toutes notre foutu père.

23

Clara
28 octobre 1994

Courir…

Ne pas regarder en arrière.

Trouver le moyen de sortir d'ici, de m'échapper.
Il doit bien y avoir une issue…

J'ai du mal à y voir. Ma vue se trouble. Je m'arrête
quelques secondes, tente de reprendre ma respiration.
Quand je souffle, des volutes de vapeur s'échappent de
ma bouche et tournoient avant de disparaître. On dirait
des visages dont la gueule s'étire…

Je remue la tête. Non, non et non… Rester concentrée.

J'entends des cris et des aboiements derrière moi.
Et des bruits de moteur. Ils approchent.

Il faut que je continue.

Je passe à côté du parc d'attractions. Nous n'y avons
jamais mis les pieds, l'endroit nous est interdit. Mais
durant ces longues journées où le temps s'effaçait, où
l'on flottait dans un état second entre deux défonces,

271

je le regardais souvent depuis l'une des fenêtres de l'aile nord du manoir.

Un grincement métallique attire mon attention vers l'un des manèges. C'est un petit train.

On dirait que la mine rigolarde de la locomotive me nargue. Tandis que je l'observe, j'ai l'impression que les wagonnets se transforment, s'amalgament, que l'avant du train s'allonge, que sa bouche s'ouvre grand. La structure semble bouger lentement, glisser vers moi… comme un boa de métal prêt à m'engloutir. Je recule et trébuche en arrière sur l'asphalte détrempé du chemin. Non, Clara. Tu recommences à délirer… J'ai la bouche sèche, les tempes qui pulsent… Je suis encore en pleine montée. Mais quand est-ce que ça s'arrêtera, bon sang ? Tu ne dois penser qu'à une seule chose : sortir.

Peut-être devrais-je tenter de me cacher là-dedans, sous l'une des bâches qui recouvrent les carrousels, ou derrière le comptoir, là, de ce kiosque à hot-dogs ? Non, ils me retrouveraient, c'est certain.

Où aller, alors ? Je ne connais pas réellement le domaine. Si je continue tout droit sur la route, j'arriverai, je crois, au portail central. Inutile d'aller par là-bas. Avec les miradors et le centre de sécurité, je n'ai aucune chance.

Le seul moyen, c'est de parvenir aux grillages qui font le tour du domaine. Coûte que coûte.

Je m'enfonce dans le sous-bois. Les branches des conifères s'accrochent à mon pull, me fouettent le visage. Mes baskets sont trempées.

Si je parviens à m'enfuir, si je réussis à les contacter, je balancerai tout… Mais me croiront-ils ? Je n'ai pas vraiment de preuves…

Et le pire, c'est que tu as aimé ça, Clara. Une part de toi rêve même d'y retourner, non ?

Mon bras me démange. Je me gratte instinctivement...

Ça a été si rapide. Une opportunité s'est présentée, je l'ai saisie. Un bref éclat de lucidité dans cet océan de flou, d'errance. Cette geôle mentale dans laquelle ils nous ont délibérément – j'en suis certaine – enfermées.

« Une petite dose, rien qu'une. Tu vas voir, ce soir, on va lui faire une fête de tous les diables... Il a hâte de te retrouver, tu sais... avec ça, tu vas partir loin, ma poupée... »

J'ai réussi à lui subtiliser sa foutue clé, celle qu'il porte toujours autour du cou, alors qu'il s'était endormi, étalé sur son lit, entre deux filles. Le ventre gonflé, le sexe flasque, la sueur... un loup rassasié. Je pensais que j'aurais un peu plus de temps. Mais il a dû se réveiller et se rendre compte de ce que j'avais fait. Ou peut-être que les deux molosses ont compris qu'il y avait un problème.

J'aurais aimé emmener une autre fille, mais je n'ai pas eu le temps. Et elles étaient toutes complètement parties. Si j'y arrive, je les sortirai de là. Je reviendrai pour vous...

Quelque chose a bougé là, je crois, derrière ce pin. J'ai l'impression que les troncs d'arbres se rapprochent et s'éloignent, que le sol, tapis de mousse et d'aiguilles de pin, se gonfle et retombe. Comme si la terre respirait... Fermer les yeux, respirer, les rouvrir. Es-tu certaine de ce que tu vois ? N'est-ce pas ton cerveau qui te joue encore des tours ? Non, il ne se passe rien, Clara. Tu dois t'en convaincre. Des taches de couleur dansent à la périphérie de ma rétine. Mais qu'est-ce qu'il nous a donné ce soir, bon sang ? Quand il a brûlé le caillou, ça n'avait pas la même odeur que d'habitude. Il y avait quelque chose de métallique, d'acide… De la méthamphétamine ?

J'entends ma propre voix. Je me parle toute seule.

Les aboiements approchent. Je regarde en arrière. J'aperçois des faisceaux lumineux, trois au moins, qui oscillent de droite à gauche. Ils sont presque là.

Je n'arrive plus à courir, j'ai un point de côté.

Je me fatigue si vite. Ma robe de chambre s'est ouverte sur mon body taché et mon short en jean… J'ai tellement maigri ces dernières semaines. Je n'ai plus de poitrine, mes bras sont rachitiques. Tu aurais dû prendre le temps de mieux te couvrir, Clara. Tu n'iras pas loin comme ça… Tu dois ressembler à une folle.

Suis-je folle ?

Je n'ai pas oublié qui je suis. Même s'ils tentent de nous garder prisonnières là-dedans, même s'ils font tout pour nous maintenir, en permanence, dans les vapes… Je n'ai pas oublié qui je suis… Non.

Je me souviens de ce qui est arrivé à Linda. Et, je le sens, c'est moi la prochaine.

Ses mots : « Nous sommes prises au piège, Clara. »

J'arrive à la limite du sous-bois. Devant moi s'élève une haute grille de métal. Au milieu, une coursive, puis une autre clôture, plus haute encore. Je ne passerai pas… Je marche le long de l'enceinte. Peut-être vais-je trouver un endroit où elle aura été endommagée ? Ou alors, tenter de grimper à un arbre pour passer

274

par-dessus ? Mais tu n'en auras jamais la force. Mes pieds se prennent dans quelque chose, une racine ou du lierre. Je chute au sol, me griffe les avant-bras.

Je crois que je pleure...

Mike...

Il te manque, c'est ça ? Tu aimerais retourner là-bas, le retrouver. Tu voudrais qu'il te serre dans ses bras. Puis une petite injection, juste une. Une dernière. Sentir sa chaleur, là, contre toi. Laisser partir ta tête en arrière. Te laisser couler. Ça serait tellement plus simple. Pourquoi résister ?

Je ne cours même plus, je me contente d'avancer, hagarde, le long de ce foutu grillage. Le vent souffle dans les branches des pins... C'est fini, je le sais...

Ils sont juste derrière moi, et leurs voix plus distinctes, désormais. « Nous l'avons retrouvée. Elle se trouve en Périmètre 1, secteur G. » Je m'écroule au sol, sur les genoux. Je vois, du coin de l'œil, les mâchoires de leurs chiens claquer, la bave aux babines. Leurs gants qui retiennent les laisses, les matraques et les tasers à leurs ceintures. Je me place les mains sur les oreilles. Je ne veux pas... J'entends, malgré tout, le moteur d'un de leurs 4 x 4 qui approche.

Une main sur mon épaule. Je reconnais ses chaussures, des Dr. Martens au cuir usé. Il passe un doigt sous mon menton et me force à relever la tête. Malgré l'obscurité, je distingue ses yeux injectés de sang, et les brûlures qui lui dévorent la moitié du visage. Caan...

Il s'abaisse vers moi et me parle avec sa voix à la fois douce et menaçante.

— Qu'est-ce qui t'a pris, Clara ?

— Je veux partir d'ici, j'en peux plus.

Un autre homme s'avance au-dessus de Caan. Je l'ai aperçu une ou deux fois. Le chef de la sécurité.

— Robertson, comment va-t-elle ?

— Ce n'est pas ton problème, Bullworth… elle a juste fait un mauvais trip. Je la ramène. Elle a besoin de repos. Tout ira mieux demain, pas vrai, Clara ?

Je hoche la tête mécaniquement.

Caan se retourne vers Bullworth.

— Il ne s'est rien passé ce soir, compris ?

L'homme semble hésiter, puis s'écarte dans un soupir, ordonnant, *via* son talkie-walkie, à ses hommes de faire demi-tour.

Caan reprend :

— On va rentrer à la maison, ma belle.

— Vous êtes des malades, tous…

— C'est toi qui dérailles, Clara. Personne ne te veut du mal. Tu t'imposes ça à toi-même… Il va bientôt être de retour, il sera content de te retrouver. Et toi aussi, non ?

— Oui…

Je le laisse me prendre par la main. Il me guide jusqu'à l'une des voiturettes. Je m'assieds à ses côtés. Je n'ai plus la force de rien. Il me dépose, délicatement, une couverture sur les épaules. Nous roulons en silence. Au bout d'un moment, je vois la silhouette du manoir qui se dessine dans le clair de lune. Ses deux tours crénelées, son toit en ardoise, ses grandes fenêtres étirées et ses murs gris, baignés d'une lueur spectrale.

Je ne quitterai jamais cet endroit…

Jamais…

IV

FRACTURES

« Pourquoi Mike Stilth reste-t-il
si silencieux sur son passé ?
Quelles cicatrices, quelles frac-
tures tait-il ? En cela, Stilth
s'est façonné un personnage, un
colosse aux pieds d'argile qui,
tant qu'il n'acceptera pas de
regarder son passé en face, mena-
cera de s'écrouler sur lui-même. »

Jamie Dickerson,
« Stilth décrypté
par un psychanalyste »,
The Psychologist, mai 1989.

24

Paul
12 octobre 1995
Louisville

Après la raclée que je me suis prise à Lost Lakes, j'ai dû passer deux jours en observation à l'hôpital. *A priori*, rien de trop grave. Quelques côtes fêlées, le pouce, l'index et le majeur de la main droite cassés, mais heureusement pas de traumatisme crânien. Les médecins semblaient même un peu surpris de me voir aussi bien encaisser une telle branlée. Un flic est venu pour me poser quelques questions, je lui ai dit que j'étais tombé en sortant de la douche. Il a bien compris que je me foutais de lui, mais n'a pas fait de zèle.

À vrai dire, je ne pète pas la forme. J'ai mal partout, je titube, j'ai les jambes raides. Mon visage commence à peine à dégonfler. On dirait encore une tomate trop mûre, prête à éclater. Et je ne réussis pas à m'habituer à ce fichu plâtre à la main. M'habiller, ouvrir la portière de ma voiture, tenir un stylo... Tout est compliqué, désormais. Et puis, pour parfaire le tableau, j'ai un léger filet de bave qui coule en permanence de mes lippes gonflées – ce qui, avouons-le, est plutôt assez distingué. Il faut que je m'essuie la commissure des lèvres toutes les cinq minutes.

Les médecins ont exigé que je me repose, que je reste allongé pendant les trois prochaines semaines... C'est bien mal me connaître.

Après ma sortie de l'hôpital, je suis devenu complètement paranoïaque. À chaque voiture qui passait devant ma chambre d'hôtel, au moindre type un peu balaise qui croisait mon regard dans la rue, ça repartait... J'avais l'impression tenace d'être suivi, observé en permanence, de voir partout la silhouette de mes deux tortionnaires. Bref, il était plus que temps que je me mette au vert. Que je me fasse oublier. Ça tombait bien : mon prochain reportage pour le *Globe* devait m'emmener sur les lieux où avait grandi Stilth avec sa mère, à Louisville, dans le quartier de Park Hill.

Avant mon départ, j'ai tenté de convaincre Phil d'également s'éloigner de Lost Lakes pendant quelques jours, voire de m'accompagner, mais cet imbécile n'a rien voulu entendre. Il préférait continuer à se pavaner auprès de ses confrères avec sa légitimité fraîchement acquise. J'ai eu beau insister, rien à faire.

Alors, j'ai rassemblé quelques affaires dans un sac, et j'ai pris le premier avion pour Louisville. Dans mon état, et avec mes yeux de panda, impossible de conduire pendant les quinze heures nécessaires pour rejoindre le Kentucky. J'ai laissé ma vieille guimbarde, à regret, sur le parking désert de l'aéroport de Manchester. Puis il m'a fallu me coltiner les agents de sécurité, dubitatifs, qui se sont refilés ma carte d'identité pendant de longues minutes afin de déterminer si j'étais bien le type sur la photo, là, derrière la tronche tuméfiée. Ensuite, j'ai dû tenir le coup pendant les cinq heures de vol, entrecoupées par une escale à Charlotte, en Caroline du Nord, et supporter les regards appuyés de mes voisins dans l'avion, qui devaient se demander si, avec ma respiration sifflante, je n'allais pas claquer sur leur épaule durant le voyage.

Le taxi émerge du tunnel qui passe sous l'échangeur de l'autoroute. Nous arrivons sur West Oak Street. Le chauffeur me lance un regard en coin dans le rétroviseur, comme pour s'assurer, encore une fois, que je ne me suis pas trompé d'adresse. Je lui demande de ralentir. C'est ici, dans ce quartier, que Mike Stilth a grandi, jusqu'à ses dix-huit ans. La route est cahoteuse, parcourue de fissures, de nids-de-poule. Le marquage au sol y est quasiment invisible. Nous laissons derrière nous un énorme ferrailleur, Freedom Metals, où s'entassent des montagnes de déchets métalliques : amas de Frigidaire, machines à laver et morceaux d'acier divers se teintent de rouille en attendant d'être pulvérisés par de sinistres grappins à ferraille. Nous passons devant quelques commerces. La plupart sont abandonnés, leurs baies vitrées barrées par des panneaux en bois. Il ne reste qu'un vendeur d'alcool terré dans une minuscule boutique en brique. Sur le haut de la devanture, on devine à peine une vieille inscription peinte en rouge, « Spirits Plus Liquors », rendue invisible par des affiches pour les bières Bud Light et les promotions du moment. La boutique n'est plus directement accessible. Le seul moyen, semble-t-il, pour acheter de l'alcool est de passer par la petite guérite, où le vendeur, derrière une vitre en Plexiglas, prend la commande. Mieux sécurisé qu'à Fort Knox... Nous avançons encore. Nous longeons un trottoir défoncé. Derrière, des habitations en bardage bois. La moitié d'entre elles est abandonnée, les portes et les fenêtres ont été clouées de plaques de bois aggloméré ou de tôle, recouvertes depuis longtemps de graffitis. Dans les jardins, on ne trouve pas un seul panneau « à vendre », comme si les propriétaires, où qu'ils soient, avaient perdu espoir de trouver un jour acquéreur. Il y a même certaines maisons qui sont partiellement recouvertes de ronces et de lierre. Dans tout le quartier, les arbres, qui ont déjà perdu leurs feuilles, laissent apparaître leurs branches faméliques et dessinent, avec le ciel gris, un arrière-plan mélancolique. Nous passons devant un grand bâtiment en brique rouge, lui aussi abandonné. Il est surplombé d'un gros logo placé dans un cercle : « Centre de développement de la commune ». Un temps, on a dû croire que ce lieu pourrait fédérer le quartier, lui redonner vie... Aujourd'hui, les portes sont scellées. Quelques types, capuches et casquettes vissées sur la tête, traînent dans les environs, autour d'un square désert, aux portiques et toboggans défoncés.

Je ne suis pas surpris de voir un tel spectacle. Je me suis renseigné sur ce quartier avant de venir. Comme tant d'autres grandes métropoles américaines, l'urbanisation à l'extrême a vite eu ses revers de fortune à Louisville. Dans les années 1950, le centre historique bruissait de vie, de commerces. La bourgeoisie vivait dans d'immenses demeures victoriennes. Puis le réseau autoroutier s'est développé. Les grands échangeurs ont balafré la ville. Les promoteurs immobiliers, pour qui il était bien plus avantageux d'acheter de grandes parcelles de terrain en périphérie plutôt que de rénover des maisons vieillissantes, ont promis plus de modernité, plus de confort, là-bas, dans la banlieue de Louisville. La communauté blanche a suivi. Les ouvriers sont partis vers le sud, les classes aisées vers l'est.

Parfois, les routes ne font pas que mener d'un endroit à un autre. Elles coupent à jamais un territoire, le blessent durablement. Il suffit de rouler dans Park Hill pour découvrir les verrues du réseau autoroutier : ponts, passerelles, échangeurs, bretelles d'accès et ce bruit de fond permanent... Les plus pauvres, majoritairement la communauté noire, ont emménagé dans ces quartiers désertés. Dans les années 1960, un plan de renouveau urbain a incité ces mêmes habitants à quitter Park Hill et le vieux Louisville pour intégrer les barres d'immeubles fraîchement construites. Les rues étaient à nouveau dépeuplées, comme si cet endroit était à jamais maudit. Mike et sa mère ont connu ce choc, ce double exode de plein fouet. Sauf qu'eux sont restés. Entre les années 1950 et 1970, le vieux Louisville a perdu près de 50 % de sa population. Aujourd'hui, la ville tente pour la énième fois de redynamiser le quartier. Un grand projet de construction est prévu. On en voit les panneaux partout en arrivant de l'aéroport. Les entrepreneurs veulent raser une partie de Park Hill pour construire la « ville du XXIe siècle ». Les images promotionnelles sont alléchantes. Elles font rêver. Des familles, blanches, tout sourire, promènent leur chien devant des immeubles rutilants, des commerces colorés. Il ne restera bientôt plus rien de ce quartier. C'est l'histoire de notre pays – des strates qui se superposent, qui s'accumulent. Et tant que possible, on évite de regarder en arrière. On enterre nos erreurs. Et les laissés-pour-compte, on en fera quoi ? On les déplacera un peu plus loin, encore une fois…

Les grues ont déjà commencé à raser des blocs entiers d'habitations. Le chantier est en route.

Au milieu de ce no man's land, entre ces entrepôts déserts et ces usines désaffectées, une enclave de vie a survécu, malgré la nécrose environnante. Quelques dizaines de baraques brinquebalantes, rongées par l'humidité. Un ghetto.

Le taxi s'arrête devant une maison à la peinture blanche écaillée. Elle est tout en longueur avec un étage mansardé. Le perron est à moitié effondré. Des déchets, sacs plastique, poubelles, canettes, s'amoncellent sur la pelouse jaunie. Une petite grille en métal fait le tour du jardinet. Sur le devant de la maison, deux chaises blanches en plastique et un fauteuil en cuir éventré.

— 1546 West Oak Street, dit le chauffeur, avec un accent russe prononcé. C'est ici, monsieur. Mais vous êtes sûr que…

Je lui tends 50 dollars.

— Gardez la monnaie et attendez-moi là. J'en ai pour une heure, grand maximum.

— Le quartier n'est pas très sûr, monsieur…

— Eh bien, allez faire un tour et revenez dans une heure, alors.

— Entendu.

Je n'ai pas parcouru tout ce chemin pour faire demi-tour maintenant. Et qui oserait s'en prendre à moi avec la gueule que j'ai ?

1546 West Oak Street. Je regarde la maison devant moi. C'est donc ici qu'a vécu Mike Stilth, dans cette baraque sans âme d'à peine 60 m^2 ?

Stilth ne parle jamais de sa jeunesse. Tout au plus sait-on qu'il a grandi à Louisville, dans un « quartier populaire ». Des journalistes ont longtemps tenté de remonter la piste. Certains sont même tombés sur un acte de naissance de Stilth, sous son vrai nom, Delgado, avec l'adresse de sa mère. Depuis, difficile pour lui de cacher ses origines. Mais pourquoi tient-il tant à éviter qu'on vienne fouiner ici ? La star a-t-elle simplement honte de ses origines ou y a-t-il autre chose ?

Peu de biographes de Stilth se sont attardés sur ses jeunes années. La plupart des récits retraçant sa vie commencent après la mort de sa mère, quand il part sur les routes pour faire ses premiers concerts dans des bars miteux, à l'âge de dix-huit ans. Avant, on se contente de quelques phrases sibyllines sur les sacrifices qu'a dû faire sa mère, sur l'amour qui le liait à elle, sur son adolescence « difficile »… J'ai même appris que Joan Harlow et son agence menacent systématiquement les maisons d'édition qui veulent publier des ouvrages sur la question.

Et me voilà, malgré tout. Je ne peux m'empêcher de réprimer un sourire tandis que je pousse le portail de la maison. Plantée sur la pelouse, il y a une pancarte qui dit :

« La maison de Mike Stilth.

La star a vécu ici jusqu'à ses dix-huit ans.

Visites tous les jours de 10 heures à 17 heures. »

J'avance jusqu'au perron et tape à la porte. Pas de réponse. Je tape à nouveau. Toujours rien. Je place mes mains en visière et plaque mon visage contre la vitre. Une grille épaisse et un rideau m'empêchent d'y voir quoi que ce soit. Soudain, la porte s'ouvre. Surpris, je manque de partir en arrière mais m'agrippe *in extremis* à la rambarde de l'escalier. Devant moi, une femme d'une cinquantaine d'années, qui doit peser au bas mot dans les cent quarante kilos, me dévisage avec un air dur et suspicieux. Elle porte un épais manteau vert d'eau élimé aux épaules, et une improbable casquette de tennis rouge Nike, laissant apparaître des cheveux gris frisés. Derrière des lunettes de vue épaisses apparaissent deux yeux marron en amande. Au coin de ses lèvres, une cigarette roulée éteinte oscille de haut en bas sous l'effet de sa respiration sifflante. Un bras posé contre la porte, l'autre dans le dos. Elle me détaille de haut en bas.

— Eh ben, vous vous êtes bien fait dérouiller la gueule, hein ! Si vous êtes un clodo, c'est pas la peine, j'ai rien pour vous.

Elle laisse alors apparaître ce qu'elle tenait dans sa main : une batte de base-ball en aluminium.

— Non, pas du tout. Je suis journaliste.

— Vous êtes là pour la maison, j'imagine ?

J'acquiesce.

Elle tire une latte sur sa cigarette, se rend compte qu'elle est éteinte, puis la balance par-dessus mon épaule. Elle frappe le chambranle deux coups avec sa batte.

— C'est 10 dollars la visite. Payable d'avance.

Je cherche mon portefeuille et lui tends un billet de 10 dollars. Elle le saisit et l'enfourne sans un mot dans sa poche. Enfin, elle pose sa batte contre le mur et s'écarte pour me laisser entrer. Après un couloir sombre, je distingue un salon sur la droite, et, au fond, une cuisine. Il y a aussi un vieil escalier qui monte à l'étage. Il fait un froid de canard dans la maison. Je comprends mieux pourquoi la propriétaire garde son manteau sur les épaules. Ça sent le renfermé et la crasse. La femme me fixe en silence. Je sors mon calepin de ma poche et fais semblant de prendre quelques notes. Puis elle m'invite à la suivre et se traîne d'un pas fatigué jusqu'au salon. Elle se laisse tomber en arrière dans un canapé défoncé et se roule une nouvelle cigarette. Des rideaux orangés sont tirés sur toutes les fenêtres, les murs sont jaunis par le tabac. Sur la table basse et au sol, un amoncellement d'emballages alimentaires, de dépliants publicitaires. La télévision diffuse un *talk-show* où deux femmes hystériques s'invectivent.

— Vous travaillez pour quel journal ?

— Le *Globe*.

— Connais pas. Vous écrivez un article sur Stilth ?

J'opine. Elle tire une longue bouffée de sa cigarette. Elle s'appelle Rosie Barnes, me dit qu'elle vit seule ici.

— Ça fait un bail que je n'ai pas eu de visite, vous savez. Mon père a racheté la maison à Stilth à la mort de sa mère. Mike, à l'époque il s'appelait encore Michael Delgado, a pris l'argent et on ne l'a jamais revu. Il paraît même qu'il a toujours refusé de refaire des concerts ici à Louisville. En même temps, je le comprends. Quand on voit ce que Park Hill est devenu…

— Vous vivez dans le quartier depuis longtemps ?

— Depuis toujours. Mes parents ont d'abord loué une maison, plus bas, vers Dumesnil Street, avant d'emménager ici. Quand j'avais cinq, six ans, à la fin des années 1950, tout le monde a foutu le camp. Le quartier a été déserté pendant quelque temps, puis les Noirs s'y sont installés. Même eux n'ont pas fait long feu.

Je sens une pointe de mépris dans sa voix, mais je ne relève pas.

— Bref, les Noirs ont été relogés ailleurs, dans les années 1970. Faut se rappeler qu'on était en plein mouvements des droits civiques. Ils ont vu leur quotidien changer. Nous, par contre, on était trop pauvres et trop blancs pour qu'on nous file un coup de main… On nous a laissés de côté. Et c'était pareil pour Stilth et sa mère. Vous voulez voir des photos de la maison ? L'agence immobilière en avait pris avant qu'on achète. Je les ai gardées.

D'un tiroir de la table basse, rempli d'enveloppes de factures toujours cachetées, elle extrait quelques photos écornées, reliées entre elles par un élastique, et me les tend. Sur la première, je reconnais le salon, sans rideau et avec un mobilier froid, terne. Une décoration austère. Une table et deux chaises en Formica d'un bleu clair. Un canapé. Et au fond de la pièce, un piano droit.

— Les Delgado avaient peu de moyens. Vous avez vu le piano ? Sa mère a dû se saigner pour le lui offrir. Il paraît qu'elle forçait Mike à jouer des heures durant et à travailler sa voix. C'est comme ça qu'il a appris la musique, et ça rendait fous leurs voisins. Suivez-moi maintenant, je vais vous montrer le reste de la maison.

Elle se soulève péniblement et monte à l'étage. On franchit un escalier aux marches branlantes. Dans les combles, deux chambres ont été aménagées, séparées par une salle de bains. Rosie m'ouvre la porte de la première. Un espace bas de plafond, d'environ 10 m², simplement éclairé par une lucarne ronde en hauteur. Au vu du fatras de vêtements et de cartons, il doit servir de débarras.

— C'est une sorte de grenier, mais avant, c'était la chambre de Mike. Regardez.

En effet, sur la photo jaunie qu'elle me tend, je découvre la même pièce. Une armoire en bois sur la droite, un lit en métal sur la gauche, une chaise et un bureau. Tous les murs semblent couverts d'affiches et de posters. Des images de Franck Sinatra, de Tony Bennett, de Dean Martin. Là, une affiche de *L'Équipée sauvage* avec un Marlon Brando en *biker*. Des femmes aussi – Bettie Page, Gene Tierney, Cyd Charisse…

— Vous savez ce qui est bizarre ? C'est normal pour des mômes d'avoir des affiches de leurs idoles, on l'a tous fait… Sauf qu'ici, c'était la mère de Stilth qui lui avait accroché ça dans sa chambre. Il ne pouvait même pas les choisir. Bizarre, hein ?

— Comment vous savez ça ?

— Je le sais, c'est tout… Et puis il paraît même que sa mère avait recouvert un mur entier de la chambre de son fils de photos d'elle plus jeune, à l'époque où elle était danseuse. Je crois que c'était le mur derrière nous. Au-dessus de la tête de lit. Bref, je vous laisse y jeter un œil deux minutes, et après je vous montre ma chambre, qui était celle de la mère de Stilth, Victoria Delgado.

Je la remercie. Me voilà seul dans l'ancienne chambre de Stilth. J'effleure le papier peint de la main, je tente de m'imprégner des lieux. Il y a trente ans, il a vécu ici, il s'est construit ici… Imagine un peu ça, Paul. Essaie de te projeter. S'endormir tous les soirs dans ce cagibi, où l'on tient à peine debout, avec tous ces visages, ces dizaines de vedettes qui te fixent sans relâche, nuit après nuit. Et leurs yeux, froids et gris, qui te dévisagent.

Je repense à une phrase que Stilth m'avait dite durant son interview : « À l'époque, j'aurais préféré jouer avec les enfants de mon âge, mais ma mère me poussait à m'entraîner toujours plus. Je passais des heures avec elle, sur le piano, à travailler ma voix. Je suis peut-être un peu passé à côté de mon enfance, mais cela m'a permis de réussir et d'atteindre mes objectifs… »

Je regarde la photo à nouveau. Un détail me saute aux yeux : dans la chambre de Stilth, pas de jouets ni de livres. Cette chambre n'a rien d'enfantin. Elle ressemble plus à une cellule de prison. Je m'avance vers la lucarne en me faufilant tant bien que mal entre les amoncellements de cartons. Je frotte ma manche contre le verre pour retirer l'épaisse couche de poussière qui l'a encrassé avec les années. La fenêtre donne sur un square. Ces chaînes de balançoires qui pendent au vent, ces toboggans taggués, ce panier de basket effondré au sol… Je ferme les yeux et tente d'imaginer Mike, gamin, se mettre sur la pointe des pieds pour observer les enfants du quartier faire un match de basket, ou hurler de rire en jouant à cache-cache entre les arbres.

Sur la pointe des pieds, à s'en faire des crampes aux mollets, un large sourire aux lèvres, en les regardant, eux là-bas, s'amuser. Puis, une voix sèche qui vient du rez-de-chaussée et qui lui intime de descendre pour faire ses gammes. Mine de rien, ça me fait un peu de peine. Pas pour l'homme qu'il est devenu, mais pour le môme qu'il a été.

Rosie m'ouvre ensuite la porte de sa chambre. Un papier peint à fleurs délavé, un lit à matelas d'eau et une télé. Sur la droite, un grand placard mal fermé dont débordent des monceaux de vêtements. Elle a dû pousser du pied tout un tas de magazines, de boîtes de biscuits et d'emballages divers sous le matelas. Ils dépassent de sous les plis de la couette.

Rosie coupe le silence gênant qui s'est installé.

— Excusez le désordre. Il n'y a pas grand monde qui… enfin…

Elle ne finit pas sa phrase. Son visage s'empourpre, elle baisse les yeux. Sur la photo qu'elle me tend, la chambre est couverte de miroirs. Et le seul meuble qui se dégage est la petite coiffeuse, présentant un miroir ovale cerclé d'ampoules, comme dans les loges d'artistes. À ses côtés, une grande affiche : « Victoria Delgado, la reine des danseuses, tous les jeudis soir au Brown Theater ». On y voit une femme brune, magnifique, au physique un peu latin, qui tient un châle noir, légèrement relâché autour d'une robe décolletée. Elle a des airs de Gina Lollobrigida. Je pointe l'affiche et la montre à Rosie.

— Il paraît que la mère Delgado était une sacrée coureuse, dit-elle. On raconte que, quand Mike était petit, toute la ville passait sur sa mère. Il suffisait de dire qu'on bossait dans le showbiz pour qu'elle s'allonge. Elle rêvait de devenir chanteuse ou actrice.

— Je l'ignorais…

— C'est normal, vous n'êtes pas du coin. Vous ne savez pas non plus qu'elle est devenue alcoolique avec les années ?

— Non.

— Une vraie poche, sur la fin. Mais ça ne la rendait pas plus sympa ou plus gaie, à ce qui paraît. Une vipère.

Rosie me laisse encore détailler la photo une minute, puis elle me la reprend des mains. Elle hésite un instant, puis, avec un sourire en coin :

— Dites, Green, je vous aime bien, avec votre tronche amochée. Ça vous dirait que je vous montre quelque chose qu'aucun autre journaliste n'a vu avant ?

Je lui jette un regard interrogateur.

— Mais bon, je vais quand même vous demander 20 dollars supplémentaires. Faut bien vivre.

Je sors les billets de mon portefeuille et les lui donne.

— J'ai découvert ça il y a quelques semaines en essayant de déloger un rat qui traînait dans les fondations.

Elle se place légèrement de profil pour franchir la porte et descend au rez-de-chaussée. Je la suis. Arrivée en bas, elle avance d'un pas las jusqu'à une petite porte sous l'escalier. Elle s'abaisse pour l'entrouvrir et me la désigne.

— C'est là-dedans.

L'espace, pas plus haut d'un mètre, est vide et couvert de poussière. Le long de la cloison, je discerne des petites marques, qui balafrent le bois sur quelques centimètres.

Elle s'éloigne et revient avec une lampe torche qu'elle me tend. Des mots et des dessins ont été gravés sur le bois. Je vois un nom qui revient, « Mickey » ; et puis un avion, une voiture, une silhouette armée d'un pistolet et d'un couteau, un monstre voûté, avec de grosses dents, puis des mots apparaissent, entremêlés : « La star », « si mal », « champion », « rebelle », « pourquoi », « rock and roll », « partir »… Plus loin, en tout petit : « Elle paiera. » Je me dégage et ressors en époussetant mon manteau.

— C'est Stilth qui a gravé ça ?

— Oui, je pense bien. Sa mère devait l'enfermer là-dedans pour le punir. Et vu le nombre d'inscriptions, il a dû y passer un sacré bout de temps.

J'ai un nœud au ventre quand je pense à ce gamin, enfermé dans ce minuscule cagibi pendant des heures.

Rosie doit se rendre compte de mon état et me propose de boire un café.

Quelques minutes plus tard, nous sommes dans sa cuisine. Toutes ces images me martèlent la tête. Un gamin maigrichon, qui gratte le mur avec une petite pièce de monnaie, qui gratte et qui gratte encore à s'en foutre des échardes plein les doigts, qui espère à chaque grincement de parquet qu'elle va venir le libérer de sa geôle.

Rosie me tend une tasse fumante. Je déteste le café soluble, mais ça fera l'affaire.

— Il a dû en baver, le petit Mickey, dit-elle. Mais bon, faut dire qu'il a bien pris sa revanche, depuis, le père Stilth. On ne va pas le plaindre non plus, hein.

Une autre image vient se superposer à celle de Mike enfermé dans son cagibi. Celle d'un corps de femme gonflé qu'on sort de l'eau glaciale.

— Vous avez raison, Rosie. Ça n'excuse rien…

Silence. Un ange passe. Rosie boit de longues gorgées en regardant par la fenêtre, puis son visage s'anime.

— Vous savez, Green, l'autre jour, je faisais mes courses au drugstore quand je suis tombée nez à nez avec une vieille connaissance. Jamal, Jamal Clayton. Ça faisait bien vingt ans que je ne l'avais pas recroisé, celui-là. C'était un des mômes du quartier. Un gentil gars. Il habitait la troisième maison à droite. Il était encore là quand je suis arrivée. Il a toujours été sympa avec moi, et il a été en classe avec Mike. C'est marrant parce qu'on a un peu discuté et il avait l'air d'avoir pas mal de souvenirs sur lui. Mais il n'aime pas trop en parler, il n'a pas envie d'être emmerdé.

— Je comprends. Vous savez où il habite ?

— En banlieue. Avec des gamins et tout, c'est pas une vie ici. Mais quand je l'ai croisé, il bossait sur le chantier d'Ormsby Avenue. Ces enculés de promoteurs sont en train de tout raser. Mais moi, je tiens bon. Ils veulent m'exproprier mais ils ne m'auront pas. Hors de question que j'aille vivre dans leur cage à poules.

— Je comprends, Rosie. Cette maison, c'est toute votre vie.

— Voilà, ma vie, quoi…

— Et concernant Jamal, je peux le trouver sur ce chantier, sur Ormsby ?

— Oui, il y bosse encore. Dites que vous venez de ma part, ça le détendra peut-être. Il joue les durs, mais c'est un type bien.

— En tout cas, merci de votre accueil et de votre gentillesse, Rosie.

Je vois le taxi qui vient de se garer devant la maison. C'est le moment d'y aller.

Je me lève et boutonne mon manteau. Rosie me raccompagne jusqu'à l'entrée.

— J'espère que la visite vous a plu.

— Oui, c'était très enrichissant, Rosie.

— Bon, bah à bientôt peut-être. Vous pouvez repasser, si vous voulez. Il y a toujours du café au chaud, ici.

Elle sait, comme moi, que l'on ne se reverra certainement jamais.

— On verra ça, oui…

Elle me tend la main, les yeux au sol, et affiche un sourire un peu forcé.

— Merci encore, Rosie. Et bon courage pour votre maison.

— Merci bien, Green. Au revoir.

Avant de m'engouffrer dans le taxi, je jette un dernier coup d'œil à la maison. J'ai l'impression de voir le rideau du salon orangé bouger légèrement. Je lâche un au revoir de la main. J'ai l'air con, là. Je ne sais même pas si elle m'a vu. Cette fille m'a fait quelque chose. Elle m'a touché. Dans sa solitude, ses silences. Adieu, Rosie…

En quelques minutes, j'aperçois l'entrée du chantier, sur Ormsby Avenue. Partout, des dizaines d'ouvriers s'activent, des pelleteuses déchirent de leurs dents acérées des pâtés de maisons entiers. Il y a des gravats et des décombres partout. Une structure d'immeuble commence déjà à émerger sur la droite. Les fondations sont terminées et les ouvriers érigent le premier étage. Sur le chantier, personne ne me prête attention. Je slalome entre les gilets orange et demande à droite, à gauche, où je peux trouver Jamal Clayton. Enfin, un type me pointe du doigt une direction sans me dire un mot et s'éloigne. Là-bas, à une quinzaine de mètres, un homme est courbé sur une tarière, le corps entier tremblant sous le choc de la foreuse.

Je m'approche. Il porte un casque et est concentré sur son activité. Je lui tapote timidement l'épaule. L'homme se retourne, me regarde, surpris, éteins son engin et relève ses lunettes de protection.

Il est métis, et massif, environ 1,85 m. Même s'il approche la cinquantaine, le type est tout en muscles, des bras deux fois plus épais que les miens. Il porte une barbichette laissant apparaître quelques poils gris, et un bandana rouge sous son casque de chantier.

— Vous me voulez quoi ? On se connaît ? s'enquiert-il d'un air dubitatif.

— Bonjour, je m'appelle Paul Green. Je suis journaliste. J'ai appris que vous aviez connu Mike Stilth. J'écris un article sur sa jeunesse à Louisville. J'aimerais vous poser quelques questions.

Jamal fait une moue de dégoût, fourre les mains dans ses poches, et me fusille du regard.

— Je n'ai rien à vous dire.

— Je viens de la part de Rosie Barnes.

— Ah, Rosie. Une gentille fille…

— Elle m'a dit la même chose de vous. Écoutez, je voudrais juste discuter avec vous quelques minutes. C'est bientôt votre pause-déjeuner, non ? Je vous invite.

— Pas le temps.

— Si c'est de l'argent que vous voulez, je suis prêt à mettre le prix.

— Je m'en fous de votre pognon. Je ne suis pas une balance, c'est tout. Je l'aimais bien, Mickey. Pas envie de raconter sa vie au premier venu. Vous n'êtes même pas du coin. Et vous avez vraiment une sale gueule.

— C'est vrai que je suis un peu en chantier, moi aussi…

Ma blague ne le fait pas rire, mais alors pas du tout. Ses lèvres n'oscillent pas d'un millimètre.

Je joue ma dernière carte.

— Je vous propose cent dollars si vous acceptez de déjeuner avec moi. Vous me direz ce que vous voulez.

— Vous me prenez pour une pute ou quoi ?

— Je ne voulais pas me montrer insultant, Jamal. C'est juste que les temps sont durs pour tout le monde. Cent dollars pour une demi-heure à papoter, ça mérite réflexion, non ?

— Je n'ai jamais aimé les journalistes…

— Ça tombe bien, moi non plus. Ces types cherchent tellement les emmerdes qu'ils finissent toujours par se faire casser la gueule…

Jamal esquisse un sourire timide.

— Et qu'est-ce que vous cherchez au juste sur Mickey ?

Je réponds instantanément, sans réfléchir :

— La vérité. Juste la vérité…

— C'est quoi votre nom, déjà ?

— Paul Green.

Il retire ses gants de chantier et me serre la main.

— Suivez-moi, on va aller manger en face. Une demi-heure, pas plus.

Je le suis jusqu'à un *diner*, de l'autre côté de la rue. Il va directement s'asseoir à une table en coin, à l'écart de la baie vitrée. Le restaurant arbore un style années 1950, kitsch en diable. Des banquettes en cuir usé rouge et blanc, un carrelage en damier, des rideaux violets. Un comptoir couvert de néons jaunes et verts, pour la plupart grillés, et des affiches à l'effigie des vieilles idoles du rock and roll. En fond sonore, des mélodies rockabilly usées jusqu'à l'os. Je sais pertinemment que Jamal a choisi ce restaurant car ni ses collègues ni lui ne doivent jamais s'y rendre. Il n'a certainement pas trop envie qu'on me remarque à ses côtés. Ça éveillerait la curiosité. Je m'assieds face à lui et sors mon calepin. Il ne faut pas perdre de temps.

— Il paraît que vous avez passé une partie de votre enfance avec Mike Stilth.

— Mouais, enfin, c'est vite dit… Je n'étais pas vraiment son ami. En fait, maintenant que j'y repense, Mickey n'avait pas vraiment d'amis.

— C'est-à-dire ?

— J'ai été en cours avec lui de mes dix ans à mes dix-sept ans. On ne pouvait pas trop se rater dans le coin. Il n'y avait déjà plus qu'une école ouverte dans Park Hill. On se connaissait tous, les rares mômes qui restaient encore dans le quartier. Moi, j'avais ma bande de potes, on venait tous de la même rue.

— West Oak, celle où vivait Stilth ?

— Oui. Mickey était dans son monde, toujours un peu bizarre. Il restait souvent seul. Et dès que l'école était finie, il filait chez lui en courant. Comme s'il avait peur…

La serveuse revient avec nos commandes. Elle pose les deux plateaux en plastique rouge devant nous, et la note sous le sucrier. Sur les plateaux, un set de table déjà imprégné du gras du burger et une petite corbeille en plastique où gît un tas de frites molles.

— Mickey ne sortait jamais de chez lui, reprend Jamal. Mais quand on passait à côté de sa maison, on voyait des rideaux bouger. À croire qu'il nous épiait. Quand on lui parlait, en cours, il baissait les yeux. Des fois, il ne nous répondait même pas, il partait. Il ne jouait jamais avec nous. Moi, il me faisait de la peine… J'entendais mes parents causer des Delgado. Mon père disait que sa mère, c'était une pute. Qu'elle était fourrée tous les soirs dans des bars miteux à parler de son gamin et à allumer les mecs. Et quand on jouait sur West Oak, on entendait tout le temps de la musique, du piano et du chant, qui venait de la maison de Mickey. Des vieux morceaux, des trucs un peu rétro, des standards des années 1940… C'est lui qui s'entraînait. C'était joli. Il avait un don. Mais on n'entendait pas que ça. Il y avait aussi les cris de sa mère qui lui gueulait dessus, sans cesse. Personne ne réagissait. On préférait monter le son de la télévision. Les adultes du quartier ne se mêlaient pas des affaires des autres. Et nous, on n'était que des gamins.

— Vous pensez qu'elle le battait ?

— Je ne sais pas. On n'a jamais vu de traces de coups.

— Et les autres enfants, comment étaient-ils avec lui ?

— Personne ne l'emmerdait car on savait tous que sa mère lui menait la vie dure. On ne lui cherchait jamais des noises. Et même si c'était l'un des rares Blancs qui vivaient encore dans le coin, ça restait un môme du quartier… En fait, c'est vraiment au moment où sa mère est tombée malade qu'on s'est un peu rapprochés. Victoria Delgado a chopé un cancer, je crois. À cause de l'alcool et de toutes ces saloperies qu'elle prenait. C'est Mickey qui s'en est occupé, jusqu'au bout. Elle ne voulait pas aller à l'hôpital, la mère Delgado. Pendant un an, il est resté auprès d'elle, à la soigner, sans relâche. Peu à peu, il a même arrêté de venir à l'école. On ne le voyait plus du tout. À cette époque, je m'étais mis à la guitare. Le soir, sur mon perron, je branchais mon mange-disque et j'essayais d'apprendre les accords des derniers morceaux de rythm n'blues, de rock. C'est là que j'ai remarqué qu'il y avait quelqu'un qui se planquait dans les fourrés et écoutait la musique. C'était Mike ! Au bout d'un moment, je lui ai dit de sortir et de se joindre à moi. Il était comme happé par ma musique. Il ne causait pas beaucoup. On ne parlait jamais de sa mère, ni de ses problèmes. On causait que musique. Ça lui faisait du bien. Il restait là, sans rien dire, à me regarder galérer sur ma vieille guitare… On écoutait jusque tard dans la nuit du Chuck Berry, du Big Joe Turner, du Bo Diddley en buvant des Coca tièdes. Puis j'ai commencé à lui apprendre à jouer de la guitare. Il apprenait sacrément vite, Mickey. Une véritable éponge. J'étais bluffé. C'étaient vraiment des bons moments. Au bout de quelques mois, il a arrêté de me rendre visite. L'état de santé de sa mère avait trop empiré. Il a complètement disparu. On a appris, plus tard, que lorsque les flics ont découvert le corps de sa mère, ils se sont vite rendu compte qu'elle était morte depuis plusieurs jours. Mais Mickey avait continué à s'en occuper, sans rien dire. À personne. Comme s'il ne voulait pas s'en séparer. Comme s'il ne pouvait pas l'accepter. Quand ils ont finalement emmené la dépouille, ils ont dû donner des calmants à Mickey pour qu'il les laisse faire. Il était hystérique, perdu...

— Pauvre gosse...

Jamal boit une gorgée de son soda.

— Oui... Ils ont voulu le mettre dans un foyer mais il s'est enfui quelques jours après. Je crois qu'il est repassé chez lui. Une nuit, je me souviens, j'ai vu de la lumière et entendu du bruit. Certains ont dit qu'il était venu chercher de l'argent. Les économies que sa mère avait mises de côté pour lui. Mais ça, j'ignore si c'est la vérité. Ce qui est le plus bizarre, c'est ce qui est arrivé après.

— Que s'est-il passé ?

— On l'a vu débarquer avec une valise à la main et une guitare sur l'épaule. Il avait l'air changé. Plus dur. J'ai hésité à aller le voir, mais je n'ai rien fait. J'aurais peut-être dû lui dire qu'on était tous désolés.

— Vous savez, Jamal, ça ne sert à rien de trop regarder en arrière, d'essayer d'attraper le brouillard du passé. Ça fait plus de mal qu'autre chose, et je sais de quoi je parle...

— Vous avez raison. Bref, le truc étrange, c'est que ce jour-là, donc, Mickey s'est avancé directement vers Caan, sans un regard pour nous.

— Caan ?

Ce nom me dit quelque chose...

— Ouais, Caan Robertson. C'était un peu le *bad boy* de Park Hill. Un gosse qui trempait déjà à dix-neuf ans dans pas mal de sales affaires. Mais c'était pas un con. Au contraire, tout le monde savait que Caan était le mec à connaître. On le respectait pour ça. Un sacré démerdard.

Je note le nom sur mon calepin.

— Et alors ?

— Ce soir-là, Mickey, il est allé droit sur Caan. D'après ce qu'on m'a raconté, il lui a sorti une liasse de billets grosse comme ça et lui a proposé de devenir son associé, son manager, de lui trouver des concerts. Les autres gamins, ils se sont bien marrés. Mais faut croire que Caan, il a pris ça au sérieux. Le soir même, ils quittaient tous les deux Louisville avec la vieille épave de Caan. Je crois que durant deux, trois ans, ils ont écumé tous les bars et salles de concert de la côte Est. Mickey acceptait de chanter pour trois fois rien. Caan, lui, s'occupait de dégoter des dates. On m'a raconté que Mickey restait tout le temps enfermé dans sa chambre et que c'est Caan qui se chargeait de tout. Ils se sont installés à New York et c'est là que Mike a été repéré par les maisons de disques. On connaît la suite…

— C'est curieux, je n'ai jamais entendu parler de ce Caan…

— Normal. Stilth a préféré le laisser dans l'ombre. À vrai dire, Caan n'est pas exactement le genre de type qui aurait redoré le blason de Mike. Surtout après son accident.

— Un accident ?

— Oui. Ils ont eu un accident de voiture il y a quatre ans.

— J'en ai entendu parler, mais je croyais que Mike était seul dans le véhicule.

— Non, Caan était avec lui, je peux vous l'assurer. Et il a été complètement défiguré durant l'accident. Il paraît que Stilth le garde auprès de lui et l'entretient depuis, pour se faire pardonner. De toute manière, je crois qu'avant ça, Caan était déjà devenu une putain d'épave, complètement accro, et qu'il vivait à la botte de Mike… Ce mec, c'est un peu la part d'ombre de Mickey. Voilà, je crois que je vous ai tout dit.

— J'ai une dernière question. Comment savez-vous tout ça à propos de Caan ?

— Parce que je suis sorti avec la sœur de Caan, Emily, pendant cinq ans.

— Ah… et où est-ce que je pourrais trouver cette Emily ?

Le regard de Jamal se voile.

— Au cimetière. Elle est morte d'un cancer du poumon il y a deux ans, à cause de cette saleté d'amiante qu'il y avait dans toutes les baraques du quartier.

— Désolé… Et vous avez revu Caan durant cette période ?

— Non, jamais. Il l'appelait une à deux fois par an, c'est tout. Il n'est même pas venu à l'enterrement, cet enculé.

— Ce que je ne comprends pas, dis-je en retirant mes lunettes, c'est que personne n'ait jamais été au courant de cette histoire…

Jamal soupire.

— Qu'est-ce que vous croyez, Green ? Plein de gens sont au courant. Mais personne ne veut raconter cette histoire. C'est trop risqué de s'attaquer à Stilth. Ce mec est un monument. Et puis je crois que les journalistes n'ont pas vraiment envie de connaître la vérité. Ils veulent juste qu'on leur invente des mythes, qu'on leur raconte de belles histoires. Qu'on leur crée des légendes.

— Des légendes, vous avez foutrement raison, Jamal.

— La vérité, c'est que tout le monde s'en fout, Green.

— Sauf moi…

— Oui, sauf vous. Mais à voir votre gueule, je ne suis pas certain que ça vous ait trop réussi.

25

Joan
15 octobre 1995
Lost Lakes

Fermer les yeux. Sentir les rayons du soleil glisser sur mes paupières, mes joues. Écouter le vent qui souffle dehors, le vent qui fait danser les arbres. Respirer. Garder le contrôle. Toujours.

Je rouvre les yeux. Face à moi, le parc du domaine. La végétation à perte de vue. Le calme…

J'allume une cigarette alors qu'on frappe derrière moi. Jeremy pénètre dans le grand salon du manoir et prend soin de verrouiller la porte. Son comparse Thomas fait le guet de l'autre côté. Je m'assieds dans un fauteuil rouge devant la cheminée qui crépite.

— Je viens faire un point, mademoiselle Harlow. Les équipes de Kenneth Robinson se sont chargées de tout, comme convenu. Le corps a été nettoyé et jeté dans le lac. Pour l'instant, la situation est sous contrôle.

— Et Caan ?

— Difficile à dire. Il reste enfermé dans sa chambre et refuse de voir qui que ce soit. Il a l'air assez déchaîné là-dedans. Mais on préfère ne pas intervenir.

— Vous faites bien. Il finira bien par se calmer.

— Pour être franc, c'est plutôt Mike qui nous inquiète. Il s'est cloîtré dans le Cocon depuis l'incident. Ça ne va pas fort.

— Je sais. Je m'en occupe.

Il se met à pleuvoir. Des draches viennent percuter avec force les hautes fenêtres du salon. L'eau martèle la pergola en zinc. Le ciel alterne entre des nappes de gris profond et de doré étincelant. Spectacle de fin du monde. De chaos.

— Mademoiselle… Est-ce qu'on va finir par faire quelque chose ? Ça ne peut plus durer, ça va trop loin. J'ai du mal à…

— Je me fous de ce que vous pensez, Jeremy. Vous n'êtes pas payé pour réfléchir, bordel. Vous trempez dans ce merdier tout autant que moi. Si Caan tombe, ou Mike, vous tomberez aussi. Vous êtes complice de ces morts, que vous le vouliez ou non. Nous sommes tous complices. Personne n'est innocent.

— Je sais, mademoiselle.

— J'ai besoin que vous vous repreniez, Jeremy. J'ai besoin de vous. Laissez-moi seule maintenant.

Dès que Jeremy quitte le salon, tête basse, j'appelle sur la ligne sécurisée de Kenneth Robinson.

— Kenneth, c'est Joan. Jeremy m'a tout dit. Avez-vous pu vous renseigner sur la famille et les amis de la fille ?

— Oui, on les fait suivre depuis plusieurs jours. Rien à craindre, *a priori*. Des paumés qui se moquent de savoir où est leur gamine. Et la fille n'avait que très peu d'amis. Bref, pour le moment, personne ne s'inquiète de son sort.

— Et Paul Green ?

— Il a quitté Lost Lakes quelques jours après qu'on s'est occupé de lui. D'ailleurs, vous avez reçu les photos ?

— Oui, vos hommes ne l'ont pas raté.

— C'est leur boulot, rassurez-vous. Le message est passé. Green ne fera plus de vagues.

— Très bien…

Un silence. Puis, finalement :

— J'ai quelques questions de mon côté, Joan.

Ce n'est pas son genre. Étrange…

— Je vous écoute.

— Comment va Mike ? Il tient le coup ?

— Il se remet… Il s'est un peu isolé, mais je me charge de tout.

— Il doit bientôt partir en tournage ?

— Oui, dans un mois. Mais il sera sur pied, ne vous en faites pas. Et, de toute manière, en quoi ça vous concerne ?

— Je ne peux pas trop vous en dire, Joan. Mais sachez que certaines personnes, très influentes, s'inquiètent de la situation à Lost Lakes…

— De quoi parlez-vous ?

— C'est assez compliqué à expliquer. Sachez simplement que vous êtes dans l'œil du cyclone. Je veux bien continuer à vous aider, mais faites attention à ce que ça ne se reproduise plus. Nous ne voulons pas que la carrière de Mike vole en éclats à cause de cette affaire.

— Nous ? Mais de qui parlez-vous, putain !

— J'espère sincèrement ne pas avoir à vous en dire plus, Joan. Ce n'est pas dans votre intérêt, ni dans le mien. Disons que je connais des personnes importantes, un Cercle, qui tient à ce qu'aucun scandale sur Mike ne sorte. Ils ne veulent pas d'effet domino. Mike Stilth est une marque qui profite à beaucoup. Si Mike chutait, ça aurait des répercussions dans de nombreux secteurs. Et ils ne veulent pas de ça.

— Mais personne n'est au courant…

— Ces gens-là sont au courant. De tout.

— C'est vous qui les avez informés ?

— Moi ou un autre, ça n'a pas d'importance. Vous le savez, je vous ai toujours aidée, Joan. Je suis dans votre camp. J'ai fait tout ce qui était en mon pouvoir pour couvrir les problèmes de Caan et de Mike. Mais là, ça va trop loin. On ne peut pas continuer comme ça. Ils ne le permettront pas…

J'explose.

— Je me fous de votre Cercle ! Personne ne me dicte mes actions. Personne, compris ?

— Calmez-vous, Joan. Encore une fois, je suis de votre côté. Je vous fais confiance pour veiller sur Mike. C'est votre rôle. Quant à Caan… je pense qu'il faudrait songer à le faire disparaître. Il est dangereux, incontrôlable. Et il pourrait parler…

— Je n'aime pas votre ton, Kenneth. Je n'ai d'ordres à recevoir de personne. C'est moi qui vous emploie, bordel !

— Je n'ai pas le choix, Joan. On me met la pression aussi. Remettez Mike d'aplomb et oublions cette histoire… Je dois vous laisser maintenant.

Je raccroche le téléphone.

Mais pour qui se prend-il ? Kenneth n'a jamais eu ce genre d'attitude avec moi. Il se passe quelque chose. Qui sont ces types ? Ce Cercle… La mafia ? Autre chose ? Et de quoi parlent-ils avec leur effet domino ?

Ce n'est pas important, Joan. L'essentiel, c'est que tu t'assures que Mike soit remis d'aplomb au plus vite. Sa petite crise a assez duré. Quant à Caan, il faut réfléchir à la marche à suivre.

Je quitte le grand salon, monte à l'étage et me rends à l'entrée de la salle d'isolement, le Cocon, comme on l'appelle ici. Mike a décidé de faire bâtir cette salle il y a quelques années, au moment où a débuté sa phobie des microbes, infections et autres virus. En plus du Centre, il a ainsi demandé au professeur Hingen de lui confectionner, en lieu et place des deux chambres qu'il y avait ici, un espace complètement isolé et insonorisé. Il n'y a que l'entrée qui soit restée en l'état, avec son parquet et ses boiseries. Sur tout un pan du Cocon a été ainsi installée une baie vitrée afin de pouvoir échanger avec Mike lorsqu'il se ressource dans sa bulle. L'endroit ressemble à un parloir de prison, en version luxueuse. Quiconque y pénètre se doit de passer par un sas de décompression en verre et acier.

À l'intérieur, un air prétendument pur est diffusé. Les murs blancs sont molletonnés, depuis que Mike, durant l'une de ses crises, a frappé des poings contre les murs, jusqu'au sang. La décoration y est minimaliste et composée de meubles modernes aux lignes épurées. Un fauteuil en Plexiglas transparent et un lit peint en blanc. Son seul lien avec l'extérieur est un écran de télévision. Le Cocon m'a toujours fait un peu penser à la chambre dans laquelle se réveille l'astronaute à la fin du film *2001, l'Odyssée de l'espace*. Ce même côté éthéré, clinique, quasi fantomatique. Au départ, Mike s'y retirait pour méditer et trouver l'inspiration et, parfois, pour décrocher de la dope. Mais ses cures de désintoxication ne tiennent jamais bien longtemps. Il s'accroche deux, trois semaines sans toucher à rien, puis, rapidement, sous l'impulsion de Caan, replonge. C'est tellement ancré en lui. Ces dernières semaines, il passe de plus en plus de temps dans le Cocon, seul avec ses démons. C'est devenu sa prison, son purgatoire. Et à chaque fois qu'il s'y rend, c'est très mauvais signe, car je perds mon influence sur lui. Il n'écoute plus rien, ni moi ni personne. En bref, ce Cocon est mon pire ennemi. Et c'est la première fois qu'il y demeure aussi longtemps. Cela fait huit jours maintenant…

Alors que je m'apprête à le rejoindre à l'entrée du Cocon, je remarque tout de suite le professeur Hingen qui étudie des fiches, assis sur la banquette Empire, face à la baie vitrée. À l'intérieur, Mike est allongé sur son lit. Une infirmière semble lui placer une intraveineuse dans le bras. La luminosité de la salle est réglée au minimum. Il n'est qu'une forme indéfinie sur son lit.

Hingen se retourne vers moi et me salue de la tête :

— Il a exigé une nouvelle transfusion, Joan…

Le professeur déchire ses fiches et les jette dans une poubelle.

— J'ai tout fait pour l'en dissuader, mais vous le connaissez.

J'ai longtemps eu des réserves sur Hingen, long-temps pensé qu'il n'était qu'un charlatan profitant de la crédulité de Mike. Une sorte de gourou qui lui soutirerait son argent en échange de prétendus remèdes miracles. J'ai souvent mis en garde Mike à ce sujet. Mais, avec les années, j'ai revu mon jugement. Hingen ne crache évidemment pas sur les largesses de Mike. Je pense qu'il s'est sincèrement attaché à lui. Qu'il se fait du souci. Son regard en ce moment même en est la preuve.

— Ça peut être dangereux pour lui de faire encore une transfusion. Il y a des risques d'infection, de rejet. Je ne l'ai jamais vu comme ça, Joan. Il s'est passé quelque chose ?

Comment lui dire ? Comment lui expliquer…

— Non. Rien de particulier. Le surmenage de la tournée, certainement.

— Dans ses délires, Mike parle d'une Leah et d'une Clara…

— Je ne connais pas ces filles. N'y faites pas attention, Charles.

— Il a demandé qu'on lui ramène encore de la drogue. Il a déjà tout consommé. Je n'aurais jamais dû accepter de superviser la construction de ce maudit Cocon, Joan. C'était une erreur, une terrible erreur.

— Vous n'y êtes pour rien. Si vous aviez refusé, il aurait demandé à quelqu'un d'autre.

— Son état ne fait qu'empirer quand il est là-dedans. Vous savez de quoi Mike a vraiment besoin ? De parler à quelqu'un. D'être suivi par un spécialiste, un psychanalyste. Il retient trop de choses en lui. Ça va finir par exploser…

— Tant que je serai là, ça n'explosera pas. Demandez à votre infirmière de quitter la pièce. Je dois parler avec Mike.

— Très bien.

— Et Charles… Ne prenez pas tout cela trop à cœur. Vous n'y êtes pour rien. Mike est compliqué, laissez-moi gérer. Contentez-vous de vous assurer que son état de santé n'empire pas trop.

— Et vous, Joan ?

— Moi, j'encaisse. C'est mon job…

Tandis que l'infirmière s'éloigne, je découvre une grosse poche de sang suspendue en hauteur.

Nous sommes seuls, Mike et moi. Il est toujours allongé. J'active l'interphone qui me relie à l'intérieur du Cocon.

— Mike, c'est moi.

— Je ne veux voir personne, Joan.

— Il faut que je te parle. C'est important.

Mike appuie sur un bouton. Lentement, le dossier du lit se redresse. Il a les traits tirés, de larges cernes. À voir son état de fatigue, cela doit faire des jours qu'il ne dort plus.

— Qu'est-ce que tu veux ? dit-il d'une voix faible.

— Je voudrais te reparler de ce qui s'est passé, dans l'aile droite, l'autre nuit. Sache que tout est réglé. Tu n'as absolument pas à t'en faire.

Mike ne me répond pas. Il détourne le regard et s'allume une cigarette.

— C'est si flou, Joan. Tout se mélange dans ma tête. Cette fille, c'était qu'une gamine, et Caan…

Je le coupe.

— Écoute-moi bien, Mike. Tu n'y es pour rien. Fous-toi ça dans le crâne une bonne fois pour toutes. C'est Caan qui a tué cette fille. Il a eu un accès de rage, comme les autres fois, et il l'a étranglée. Caan est dangereux. Il devient incontrôlable. C'est un vrai problème. Mais toi, tu n'y es pour rien.

— Mais j'étais là. Je voulais l'aider, au départ… La retrouver, la sortir de là, mais…

— C'est trop tard, Mike. Nous ferons en sorte que ça ne se reproduise plus. Je m'en assurerai.

— Mais comment a-t-on pu en arriver là, putain ?

— Arrête de ressasser tout ça. Cette Leah, c'était une toxico. Elle n'aurait pas tenu longtemps, de toute manière…

— Ça n'excuse pas tout… J'aurais dû faire quelque chose…

Il faut couper court à ses ruminations, sinon ça peut durer des heures.

— Est-ce que tu comptes bientôt sortir d'ici, Mike ? Il y a le lancement de ton album live à préparer, et ton prochain tournage qui arrive dans un mois. Il faut que tu commences à bosser ton rôle.

— Je ne suis pas encore prêt. Tout est trouble. Si trouble.

— Est-ce que tu voudrais voir les enfants ? Ça pourrait te faire du bien.

— Non. Surtout pas. Je ne veux pas qu'ils me voient comme ça.

— Bien. Je te laisse te reposer alors.

— Joan, je crois qu'il vaudrait mieux que tu partes, que tu t'éloignes. Ça va mal se terminer. Je le sens. Et je ne veux pas t'entraîner avec moi.

Sans m'en rendre compte, j'ai plaqué ma main contre la vitre glacée.

— Je ne te lâcherai jamais, Mike. Je suis avec toi, où que tu ailles.

— Alors, nous sommes maudits. Tous maudits.

Je vois qu'il lève la main et appuie sur un bouton pour couper les micros et éteindre la lumière. Avant que le noir total se fasse, je distingue sa silhouette qui se tourne sur le côté et se positionne en boule.

Je ne te lâcherai pas, Mike. Je t'ai aidé à façonner celui que tu es. Tu m'appartiens. Même si tu as raison, même si tout fout le camp.

Ma main s'est repliée contre la vitre froide. Le Cocon est plongé dans le noir. Je serre le poing, fort, à m'en faire mal à la main.

Maudits…

26

Mike
18 octobre 1995
Lost Lakes

Les lumières sont éteintes. Et ce silence… J'entends ma putain de respiration. Mon moindre mouvement sur les draps. Mes os qui craquent. Mon cœur qui bat, même.

Ce putain de Cocon. C'est ma tête qui explose. Tout se mélange.

Quand je ferme les yeux, même une seconde, je revois le visage de Leah, la bouche grande ouverte, comme un tunnel béant, un gouffre qui m'aspire.

Je tremble. Ça recommence… Il faut que je m'en prépare un. Juste un shoot. Ça me fera du bien. J'allume la lampe de chevet, attrape un sachet et commence à faire ma préparation. Je mélange la poudre avec un peu d'acide ascorbique dans une grande cuillère, j'ajoute quelques gouttes d'eau stérile. Puis, avec mon briquet, je brûle le mélange jusqu'à ébullition. Enfin, quand le liquide prend une teinte transparente, légèrement

315

dorée, j'attends qu'il refroidisse, puis le pompe avec une seringue. Je tremble et en fais tomber un peu au sol. Ce n'est pas grave. Il y en a bien assez.

Quelle heure est-il ? Quel jour ? Comment vont les enfants ? Depuis combien de temps ne les ai-je pas vus ?

« Il n'y aura jamais que nous deux, dans la vie… nous deux.

— Oui, m'man. »

Je passe l'élastique autour de mon bras, fais un garrot, le serre avec ma main libre et ma mâchoire. Je trouve une veine, enfonce l'aiguille. Injecte le venin.

Clara est là, à côté de moi. Je me souviens. C'était hier. C'est maintenant.

Je lui caresse le visage. Ma main glisse sur sa joue, serpente entre ses taches de rousseur. Les volets sont fermés. Dehors, il doit faire jour. Peut-être. On s'en moque.

Il faut que je lui dise.

— Je veux vivre avec toi, Clara.

Elle détourne les yeux et son sourire se perd dans l'ombre.

— Arrête tes conneries, Mike. Tu n'as jamais été fidèle. Tu ne t'es jamais posé. Et tu ne sais pas tout. Ça ne pourra jamais tenir entre nous.

— Non. Cette fois, c'est sérieux. Vraiment. J'ai jamais ressenti ça avant, Clara. Je peux changer. J'ai envie de passer du temps avec toi, de te présenter aux enfants.

— Parce que tu crois que c'est ce que je veux, moi ?

— Je ne sais pas, oui. Si tu le veux, j'arrêterai les conneries.

Elle me regarde. Elle ne sourit plus.

— J'ai pas envie d'une vie bien rangée, d'un quotidien bien tranquille.

— Mais nous, notre histoire, ça compte, non ?

— Tout ça, c'est du vent, Mike. Tu ne vois pas ? Tu ne comprends vraiment pas ? C'est une mascarade.

— Arrête, Clara. J'aime pas quand tu parles comme ça.

Elle s'allume une cigarette et recrache la fumée vers le plafond.

— Est-ce que tu te rends seulement compte de ce qui se passe ici ?

— Qu'est-ce que tu racontes ?

— Tu n'es pas là tout le temps, tu ne fais que passer, Mike. Nous, on doit attendre. Espérer ton retour. Comme les pantins qui s'animent uniquement quand le wagonnet du train fantôme passe.

Elle semble hésiter, puis finalement se lance.

— Je crois qu'il se passe des choses à Lost Lakes. Linda, son overdose... Ce n'était pas un accident...

Elle m'observe quelques secondes, puis tire une latte sur sa cigarette. J'observe la tache violacée sur le pli de son coude.

— Tu te défonces trop, Clara. Faut que t'arrêtes. Faut qu'on arrête. Ensemble.

— Y a que ça qui nous réunit...

— C'est faux. On peut décrocher.

— Non... On s'enfonce, Mike. Et le pire, c'est que je ne sais pas si je veux m'en sortir... peut-être même que j'aime ça.

317

Tout se mêle.

J'ai mal sous les ongles, des échardes plein les doigts. J'ai crié, crié. Puis j'ai fini par me taire car je sais que ça ne sert à rien. Que c'est elle qui décide quand je pourrai sortir.

Il fait trop noir dans ce placard.

Je sais qu'elle est de l'autre côté. Qu'elle attend. Quand je me baisse et que je regarde sous l'embrasure de la porte, je vois ses talons qui passent et repassent. Ça fait tac, tac.

Je lui ai juste demandé si je pouvais aller jouer un peu dans le square. Une demi-heure, pas plus. C'est pas grand-chose…

Mais pour elle, c'est déjà trop. Elle ne veut pas que je traîne avec les autres, ces négros, ces petites frappes, venus voler son quartier, qu'elle dit. Alors qu'ils sont sympas avec moi, Jamal et tous les autres.

Elle a fait claquer le pupitre du piano. J'ai juste eu le temps de retirer mes doigts. Puis elle m'a traîné jusqu'ici.

Dans le fond, sous l'escalier, c'est là qu'il fait le plus noir. Des fois, j'ai l'impression qu'il y a quelque chose, terré dans l'obscurité, qui attend. J'entends comme une respiration sifflante. C'est certainement qu'un courant d'air… mais quand même. Le plus souvent, je me plaque contre la porte pour rester éloigné de la zone la plus sombre. Quand j'entends ma mère dehors, je recule lentement, vers les ombres. En fait, je crois que la créature tapie dans les ténèbres, elle me fait moins peur qu'elle. Peut-être qu'un jour je n'aurai plus peur du noir. Peut-être qu'un jour je pourrai m'y enfoncer

318

et disparaître. Ma mère ouvrira le placard et découvrira qu'il est vide.

Plus tard. Beaucoup plus tard. Une autre vie.

Il fait jour dans la chambre. Elle vient d'ouvrir les volets. Elle se tient debout, de dos, face à la fenêtre ouverte. Un courant d'air glacé arrive jusqu'à moi, mais ça ne semble pas la gêner. La lumière m'aveugle un peu. Dehors, le soleil froid de ce matin de novembre dilue ses timides rayons. Elle est là, emmitouflée dans un drap, à regarder le parc. Je me lève, m'approche d'elle, la prends dans mes bras. Un léger sursaut, puis elle se laisse faire.

— Ça va, Clara ?

Elle se retourne et me regarde avec un étrange regard, froid.

— Je n'arrive plus à dormir.

— Un souci ?

— Tu ne te rends vraiment compte de rien ?

— De quoi tu parles ?

— Rien…

Elle s'écarte de moi et referme la fenêtre, avant de se diriger vers la salle de bains. Je la retiens par le bras. Elle tente de se débattre mais je ne la lâche pas.

— Arrête, Mike. Laisse-moi.

— Qu'est-ce qu'il se passe, Clara ? Parle-moi, merde !

— Tu ne veux pas comprendre, alors je vais te dire. Mike, je t'ai menti. Je t'ai toujours menti. Sur tout…

Sa voix est tremblante.

— Rien de ce que tu sais sur moi n'est vrai. Mon passé, mon histoire. Tu ne me connais pas. J'en peux plus de tout ça. Ça me rend folle.

— Arrête tes conneries, Clara. Tu débloques. Tu as besoin de repos.

— Mes parents ne sont pas propriétaires d'une épicerie à Chicago, mais professeurs d'université à Minneapolis. Ce n'est pas avec toi que j'ai commencé à me défoncer, mais je tapais depuis plus de deux ans, à New York, pour tenir le coup, pour éviter le surmenage, oublier ma solitude. Je me suis jouée de toi, Mike. Pendant tout ce temps.

— C'est pas vrai…

— Et le pire… C'est que je ne suis même pas une de tes putains de fans. Je suis journaliste. Tu comprends ça ? Tout ce que j'ai fait, c'était pour me rapprocher de ton entourage, de toi. Pour découvrir ce qui se cache dans les coulisses de la plus grande star au monde.

— Journaliste, tu te fous de moi ? C'est impossible. Joan et ses équipes vérifient tout le monde.

— J'ai pris le temps de me monter un dossier bidon, une fausse identité. Je ne m'appelle pas Baker, mais Clara Miller. Je suis journaliste au *New York Times*. J'ai bien fait mon boulot. C'est mon putain de métier. Mais je suis paumée. Tout se déglingue…

Elle passe sa main sur son ventre nu. Moi, j'ai du mal à tenir debout. J'ai l'impression que je vais faire un malaise. Envie de vomir. La tête me tourne.

Trahi… Elle m'a trahi…

— Mais pourquoi tu me dis tout ça, Clara ?

— Parce que je n'en peux plus. La situation a changé. Je ne sais plus où j'en suis, merde. J'étais prête

320

à écrire une série d'articles sur toi, peut-être même un putain de bouquin. Sur tout ce que tu caches. Sur tout ce qui se passe ici. Caan, toi, la drogue, les filles… Je sais tout.

— Comment ça ?

— Je sais ce qu'il se passe vraiment. Linda, ce n'était pas qu'une overdose. Ce n'était pas un accident.

— Tu dérailles, Clara.

— Et il y en a eu d'autres, j'en suis certaine. Il y a un monstre qui rôde entre ces murs. Mais on ne peut rien faire. Vous nous gardez prisonnières ici. Vous faites tout pour qu'on oublie…

— Tu n'es pas prisonnière. Personne ne l'est. Tu peux partir quand tu veux.

— C'est ce que tu crois. Caan et les autres nous forcent à nous défoncer pour qu'on reste ici, qu'on se laisse couler. Mais c'est aussi de notre faute, évidemment.

— Je ne comprends pas.

— Nous sommes tous coupables. Toi, moi et tous les autres. On sait très bien ce qu'il se passe. Mais on ferme les yeux. Tant qu'on a de la bonne came dans les veines. Tant que la fête continue. Parce qu'on en a besoin. On ne peut plus s'en passer. Il n'y a plus que ça qui compte…

— Non. Il y a nous…

— Nous, c'est rien, Mike…

Elle marque un temps.

— J'aurais été la première journaliste au monde à révéler la vie privée de Mike Stilth, ses secrets les plus enfouis. Ça sentait le Pulitzer à plein nez… T'imagines un peu ?

Elle se met à rire de manière hystérique, puis s'effondre dans un fauteuil. Des larmes apparaissent sur ses joues.

Je m'approche d'elle, lui prends le visage entre les mains.

— Et tu as écrit quelque chose ? Envoyé un article, prévenu quelqu'un ? Qui est au courant ?

— Personne. Tout est devenu si compliqué. On est pareils, toi et moi. Des âmes perdues, damnées. Ça m'a plu, tout ça. C'est vrai... J'ai perdu pied. J'ai aimé ça. Je t'ai aimé, toi. Mais je ne peux plus continuer. J'ai peur. Tu comprends ça ? Peur d'être la prochaine. Et il y a autre chose aussi. Autre chose que tu dois savoir.

Non. Je ne veux plus rien entendre... Plus rien...

Une autre image. Plus douce. Comme un pansement. Quelque chose de pur...

Eva marche à mes côtés. Nous sommes en forêt. Noah explore quelques pas devant, un bâton à la main. C'est le printemps. Il fait bon. Mon fils fait de grands mouvements de bras et frappe à travers fougères et buissons comme s'il se battait contre des ennemis invisibles.

J'entends le bruit du vent qui souffle lentement sur la cime des arbres. Ça sent la terre mouillée.

Je sais bien que des hommes de mon service de sécurité doivent nous suivre à quelques dizaines de mètres derrière. Pour nous protéger. On ne sait jamais. Mais là, à cet instant précis, il n'y a qu'eux deux et moi.

Je tiens la petite main d'Eva dans la mienne.

Elle doit sentir que j'ai de la peine, que je ne vais pas bien en ce moment.

— Papa ?

— Oui, mon ange ?

— On pourrait partir un jour ? Prendre un avion, juste nous trois. Et laisser tout ça derrière. Partir sur une plage, comme à la télévision. Manger des noix de coco et se baigner dans une mer chaude comme un bain, et nager avec des dauphins aussi.

— Pourquoi, tu n'es pas heureuse ici, ma princesse ?

— Si, je suis très heureuse… mais il y a tout le temps du monde autour de nous, entre nous. Ça serait bien d'être un peu plus ensemble.

— Tu as raison. Je vous emmènerai sur une île déserte, un jour. Bientôt.

Je lui caresse les cheveux et lui souris.

J'entends la voix de Noah devant moi. Il m'appelle. Nous sortons du sentier pour nous enfoncer dans le sous-bois et le rejoindre. On le retrouve devant les vestiges d'un bâtiment recouvert de lierre. Des ruines dont il ne reste plus qu'un mur partiellement écroulé et une tour circulaire. Peut-être un ancien moulin. Noah semble intrigué.

— Qu'est-ce que c'est, papa ?

— Je ne sais pas. Je n'avais jamais vu ces ruines. C'est certainement l'un des vieux bâtiments de l'exploitation de bois.

J'ai une idée qui me vient, comme ça.

— Peut-être qu'il y a un trésor caché ici, les enfants ?

Eva commence déjà à sautiller d'excitation en répétant : « Un trésor, un trésor ! »

— On va devoir grimper, Noah. Par contre, Eva, tu es trop petite.

— Mais j'en ai marre. Je suis toujours trop petite !

— Tu vas avoir une mission aussi, ma chérie. Tu nous attends ici et tu fais le guet. Tu vérifies qu'il n'y a personne qui approche, qu'on n'a pas été suivis par des brigands. Noah, laisse ton épée à ta sœur. Pour qu'elle se sente en sécurité.

Noah lui tend son bâton. Elle l'attrape et le brandit en avant, toute fière.

Je me mets à grimper sur un tas de pierres et saute sur le muret qui tient encore debout. Noah hésite, il a peur. Je me baisse encore pour qu'il attrape ma main. Il la saisit et je le hisse. On marche en équilibre sur un muret qui s'effrite sous nos pas. Je ne lâche pas la main de mon fils.

— Papa, c'est haut, quand même.

Je me retourne et m'abaisse à son niveau.

— Mais tu ne veux pas essayer de trouver le trésor ?

— Si, si, bien sûr.

On progresse comme des funambules pendant quelques mètres. À un moment, on doit sauter par-dessus un bout de mur écroulé. Un tout petit saut de rien du tout. J'enjambe le vide facilement, mais Noah hésite.

— J'ai un peu le vertige, papa.

— Je suis là, je ne te laisserai pas tomber.

Il se lance et manque de glisser. Je le retiens.

On fait le tour du bâtiment. Nous arrivons enfin là où devait se tenir le moulin. Une petite zone circulaire de gravats et de broussailles un peu en hauteur. Je dis à Noah de chercher le trésor de son côté, moi du mien.

J'attends qu'il ait le dos tourné, j'attrape l'un de mes colliers, une chaîne en argent avec une médaille de saint Christophe au bout. C'est ma mère qui me l'avait donnée, il y a longtemps. Je la cache à la hâte sous un petit tas de terre. J'appelle Noah.

Eva, de l'autre côté du mur, s'impatiente. Je lui dis qu'on arrive bientôt.

— Noah, cherche par là, j'ai vu quelque chose briller.

Noah s'accroupit, commence à farfouiller le sol. Au bout d'une minute, il en tire la chaîne et la médaille. Il regarde son trésor avec émerveillement.

— Papa, t'as vu ça ? C'est une médaille…

Il la détaille un peu mieux.

— Mais je la reconnais ! Tu as la même… C'est toi qui l'as cachée là ? C'est bon, je ne suis plus un bébé, je me fais plus avoir !

— Qu'est-ce que ça change, mon Noah ? Ce qui compte, c'est qu'il y avait bien un trésor. C'est ma mère qui m'a donné cette médaille, à peu près quand j'avais ton âge. Je l'ai portée toute ma vie. Elle m'a toujours protégé.

— Merci, papa.

— Tu vois, tu as bien fait de me suivre, hein. Tu retiendras la leçon. Il ne faut pas avoir peur. Jamais.

— Oui, papa.

J'aide Noah à enfiler le collier, trop long pour lui. On redescend rapidement. Noah, tout fier, le montre à sa sœur. Il lui dit que c'est un trésor, un vrai, et me fait un petit clin d'œil.

Je crois que je pourrais mourir maintenant en emportant avec moi ces instants. Et les revivre pour l'éternité. Marcher avec eux, comme ça, en silence dans la forêt. La main d'Eva dans la mienne. Grimper sur les ruines avec Noah. Ça me suffirait.

Mais je rouvre les yeux.

Il fait toujours aussi noir dans le Cocon.

Quelle heure est-il ? Depuis combien de temps suis-je parti ?

J'allume la petite lampe et me prépare une ligne. Je devrais boire quelque chose, manger... tenter de me lever.

Juste une petite ligne. On verra après. J'aspire et m'allonge.

Ça tourne. Ça tourne trop. Quelque chose cloche...

Ça revient, encore.

C'est l'été. Il fait une chaleur à crever dans la maison. Maman est dans la cuisine. Je suis censé travailler mes gammes. J'entends du bruit dehors, des rires. Discrètement, je m'approche de la fenêtre, soulève le rideau. J'essaie de ne pas trop le faire bouger pour que les gamins du quartier ne me voient pas. Ils jouent à se poursuivre autour des voitures dans la rue. L'un d'entre eux, Elijah, a rempli un seau d'eau et se tient prêt à le balancer sur les autres. J'esquisse un sourire.

Soudain, je sens sa main qui se pose sur mon épaule et me serre. Je ne l'ai pas entendue arriver.

Elle me tire vers elle. Son haleine empeste l'alcool, plus encore que d'habitude.

— Qu'est-ce que tu regardais ?

— Rien, m'man.

— Si, je t'ai vu. Tu regardais ces gamins, dehors. Mais tu crois quoi, Mickey ? Que si tu sors t'amuser avec eux, ils t'accepteront ? Non, ils se serviront de toi.

Tu es faible, Mickey. Fragile. Ils t'utiliseront, et après, ils te jetteront. Je sais comment c'est dehors, moi. Les hommes, c'est la pire des maladies, mon fils. Ils m'ont détruite. J'aurais pu être quelqu'un. Mais ils m'en ont empêchée. Ils ne m'ont pas laissée briller. Mais toi, tu ne te feras pas avoir. On leur prouvera à tous.

Elle me regarde de ses grands yeux verts. Ils étaient si beaux. Aujourd'hui, ils sont si durs et fous.

— Ne les laisse jamais s'approcher de toi, Mickey.

Après. Vers la fin.

J'ouvre la porte et dépose le plateau-repas à côté du lit. Une soupe tiède et un verre d'eau, qu'elle ne touchera pas. Maman est là, allongée. Je lui replace ses couvertures. Je fais le tour du lit pour bien la border. Comme elle faisait avec moi quand j'étais petit. J'essaie de ne pas trop faire de bruit.

Elle dort de plus en plus. Au moins, elle ne souffre pas. Je regarde les photos d'elle quand elle était jeune, l'affiche à côté de la coiffeuse. Elle aurait pu briller, comme la plus belle des étoiles. Dans ce lit, elle est méconnaissable. Comme si elle avait fondu de l'intérieur. Comme si le mal qu'elle me fait l'avait rongée.

Et pourtant, je reste là. Malgré tout.

J'attrape les cadavres de bouteilles qu'il y a autour du lit et les place dans un sac-poubelle.

Elle se réveille et essaie de se redresser. Je l'aide. Elle me regarde et me fait un sourire. Ses gencives sont presque noires.

— Tu as travaillé ton piano, Mickey ?

— Oui, bien sûr.

Elle se rapproche de moi, puis me renifle.

Je n'aime pas ça, mais je n'ai pas le courage de reculer. Sa voix devient plus dure.

— Tu es sorti, hein ? Tu empestes la cigarette. Et j'ai entendu la porte claquer tout à l'heure.

Je ne peux pas lui dire. Lui raconter que je suis allé voir Jamal, qu'il m'a donné quelques tuyaux de guitare, et que c'est lui qui fume, pas moi. Je ne peux pas. Alors, je me tais et je baisse les yeux. J'attends que la tempête passe.

— Non, je suis juste allé chercher tes médicaments.

— Tu en as mis du temps.

— Il y avait du monde à la pharmacie.

Elle m'attrape le visage de sa main faible et l'approche du sien.

— Tu t'es bien lavé en rentrant ? Tu as bien frotté sous les ongles ?

— Oui, m'man, avec la brosse et tout.

— C'est bien. Parce que je le sais, moi... Si je suis malade, c'est à cause de ce qu'il y a dehors. Ils sont si sales, tous, ces putains de virus ambulants. Tu feras attention, mon fils ?

— Oui.

— Passe-moi une bouteille, Mickey.

— Il vaudrait mieux que tu prennes tes cachets.

— Tais-toi, idiot. Tu ne sais rien de ce qui m'arrive, rien.

J'attrape une bouteille de gin par terre et la lui tends. Si je ne le fais pas, elle va commencer à me dire des trucs affreux. Au moins, l'alcool la calme. Du moins, au début.

Elle boit une large gorgée. D'un coup, ça sent le gin dans la chambre.

— Il était comme toi. Je pensais avoir effacé ça de toi. Mais tu l'as encore, au fond.

— De quoi tu parles ?

— Ton père, ce vaurien. Il avait ça en lui. Le goût du vice. Et toi aussi…

— Arrête, maman. Je ne veux pas entendre ça.

— Mais il faut que tu entendes. Que tu comprennes une bonne fois pour toutes. Je t'ai tout donné, Mickey. Tout sacrifié pour toi. Et pour quel résultat, hein ? Regarde-toi. Un petit menteur, un raté, c'est tout ce que tu es. Laisse-moi…

Je n'insiste pas. J'attrape le sac-poubelle et quitte la chambre. Je m'effondre sur les marches de l'escalier et, sans me contrôler, je me mets à pleurer. Elle est malade, je sais… elle souffre. Mais parfois j'ai tellement envie qu'elle crève, putain…

Je rouvre les yeux. Mon cœur tambourine. Je suis en sueur et pourtant j'ai froid. Il se passe quelque chose. Ça ne va pas. J'essaie de me lever, mais je m'écroule au sol. Mes jambes sont endolories. Je me traîne jusqu'à l'interphone qui me relie à l'extérieur. J'ai du mal à respirer…

Je l'active.

— Aidez-moi. Vite. Aidez-moi…

V

LE LAC AUX SUICIDÉES

« Un nouveau corps découvert dans le lac Wentworth. La recrudescence de suicides pénalise le tourisme et le développement immobilier de Carroll County. Tandis que le shérif appelle au calme, les riverains s'inquiètent de voir leur petit paradis devenir le sinistre lac aux Suicidées. »

Doris Maldera,
« Le lac aux Suicidées »,
NH News, 19 septembre 1995.

27

Noah
21 octobre 1995
Lost Lakes

Je ne sais plus trop si nous devons partir, finalement, Eva et moi. Faut-il vraiment nous enfuir ?

Dans les grands récits d'aventures, le héros n'hésite jamais. Il va de l'avant. Mais dans la vraie vie, c'est un peu plus compliqué…

La conversation avec papa m'a chamboulé. Et le voir comme ça, si faible, ça m'a fait de la peine. Il est malade… Peut-être qu'Eva et moi, on peut l'aider ? Le soigner ? Si on part avec lui, comme il nous l'a promis, je ferai tout pour qu'il aille mieux. Je ne laisserai pas les vampires l'approcher. Je prendrai de l'ail et des croix dans mes valises.

Depuis qu'Eva et moi l'avons vu après sa sortie du Cocon, papa est allongé sur son lit, si maigre, si faible. Chaque nuit, je me rends dans la bibliothèque et je cherche, parmi les milliers de livres, un qui évoquerait sa maladie. Mais je ne trouve rien. Rien non plus sur les vampires.

Je repense à ce moment, il y a quelques jours, quand Berk est venue nous chercher tous les deux et qu'elle nous a demandé de la suivre jusqu'à la chambre de papa. « Votre père est très fatigué, nous a-t-elle prévenus. Il a eu un gros problème de santé, mais ne vous en faites pas, il va se remettre. » Je n'avais jamais vu Berk comme ça. Elle avait l'air vraiment triste.

La porte s'est ouverte. J'ai toujours pensé que papa avait la chambre d'un roi. Je le lui avais dit un jour, et il m'avait répondu, avec un sourire blagueur : « Mais je suis un roi, et toi, tu es mon prince ! » À l'intérieur, tout est violet et gris. Ça sent toujours le tabac froid ici. J'aime bien cette odeur, c'est la sienne. Il y a des tapisseries sur les murs, des photos de la carrière de papa, où il est très beau. Ma préférée, c'est la grande qui recouvre tout un mur, à côté de l'entrée. C'est en noir et blanc, durant un concert, papa a les yeux levés au ciel, un large sourire qui éclabousse, il est en sueur, ses cheveux mouillés collent à son visage. Il a les bras tendus, en croix. On a l'impression qu'il est prêt à accueillir le monde, qu'en cet instant il est vraiment heureux.

Au milieu de la chambre, il y a un petit salon avec une télévision, deux canapés et plein de guitares. Je sais qu'il n'en joue pas souvent. C'est plus comme une collection, m'a-t-il dit un jour. Au fond de la pièce, comme un trône, il y a un lit à baldaquin. Eva, elle me fait rire, parce qu'elle ne réussit jamais à le dire, ce mot, baldaquin. Elle dit baldaguein, blablaquin, mais jamais comme il faut. C'est pour ça que j'aime bien le répéter à chaque fois, pour lui montrer que quand même, c'est moi le grand. J'aime beaucoup ce lit, avec ses rideaux violets épais, ses quatre colonnes en bois sculpté où se mêlent des spirales, des fleurs et des corps de femmes, avec tellement de détails que j'en découvre de nouveaux à chaque fois… J'ai tant de souvenirs ici, j'ai tellement joué ici avec papa, le matin, quand j'étais petit. On tirait les rideaux et il me laissait me construire une base, ou alors on se prenait pour des pirates ; il se mettait un bandana sur l'œil, et moi, je m'accrochais à la colonne et scrutais l'horizon pour surveiller les galions ennemis. Mais tout ça, c'était avant. Des fois, j'ai l'impression qu'il s'est lassé de nous.

On s'est approchés du lit de papa. Il était assis avec des coussins dans son dos. Sur le côté, il y avait des machines reliées à son bras droit. Au début, j'ai été un peu surpris de voir que les rideaux étaient grands ouverts sur le parc. Des rayons de soleil entraient par les fenêtres. S'il n'avait pas besoin de rester dans le noir, cela voulait peut-être dire qu'il n'était pas encore complètement devenu un vampire, qu'il y avait peut-être encore de l'espoir…

Papa nous a ouvert les bras. Il portait un tee-shirt noir et on pouvait voir ses veines toutes violettes au niveau du coude. Eva s'est ruée dans ses bras et papa l'a serrée contre lui en fermant les yeux. J'aurais voulu me retenir, en me rappelant ce qu'il avait fait, garder mes distances, mais je n'ai pas résisté, et je me suis jeté aussi dans ses bras. Besoin d'humer son odeur, de me sentir protégé. On est restés longtemps comme ça, tous les trois. Cet instant, il aurait pu durer toute la vie…

Puis, au bout d'un moment, papa nous a un peu écartés. Il nous a regardés longuement. Ses yeux étaient creusés. Il avait perdu du poids, on avait l'impression qu'il devenait un squelette. On s'est assis à côté de lui, en silence, tandis qu'Eva tenait la main de papa dans les siennes.

D'une voix cassée, comme s'il avait trop crié, il a dit :

— Je suis tellement content de vous voir, mes anges… Je vais vous dire la vérité. Vous êtes grands maintenant, vous pouvez comprendre. Quand je me reposais dans le Cocon, j'ai eu un problème. On appelle ça une attaque. Comme si mon cœur s'était emballé. Mais tout va bien maintenant. Le professeur Hingen m'assure qu'avec du repos je me remettrai parfaitement. J'ai le cœur un peu fatigué, c'est tout.

— Tu aurais pu mourir ? demanda Eva.

Papa a marqué un instant, puis a caressé la joue de ma petite sœur.

— Non, je ne vais pas mourir, ma chérie. Je suis costaud.

Là, il nous a montré ses biscoteaux, mais moi, j'ai surtout vu les veines abîmées sur ses bras.

— Tout ce qui m'est arrivé ces derniers temps, ça m'a fait beaucoup réfléchir, et j'ai pris une décision. Vous vous souvenez du jour où Noah a trouvé son trésor ?

Tous les deux, on a répondu oui. Bien sûr qu'on se le rappelait. La médaille, je la garde toujours à mon cou, même quand je me baigne dans la piscine.

— Eh bien, j'ai décidé que nous allions partir, juste tous les trois, quelque temps ensemble. Je vais nous trouver une île, un endroit paradisiaque.

— Une île avec des noix de coco, des singes, des poissons-clowns et des dauphins ? dit Eva en sautillant d'excitation sur sa chaise.

Papa a souri et hoché la tête. Puis, il s'est tourné vers moi.

— Et toi, ça te dirait, Noah ?

L'aventure, la vraie ! J'allais enfin voir le monde extérieur.

— Oui, ça serait chouette…, lui ai-je répondu.

Mais assez vite, j'ai eu peur que ce ne soit que des paroles en l'air, que ce soit trop beau pour être vrai. Comme quand il nous avait dit qu'on irait passer Noël dans le village du Père Noël en Laponie, ou qu'on pourrait aller voir un de ses concerts et même monter sur scène. Des promesses qui se terminaient toujours de la même manière, par un : « Pas le temps. Occupé. Un tournage. Un clip. Une tournée… » Cette fois, il avait l'air bien décidé. Je ne l'avais jamais vu comme ça.

Papa a repris la parole.

— Il faut simplement que je règle quelques détails avec Joan et qu'elle s'occupe de nous trouver l'endroit parfait…

— Et on restera combien de temps là-bas ?

— On restera le temps qu'il faudra. J'ai décidé d'annuler tous mes tournages, mes projets… On reviendra quand on en aura assez de se faire chauffer au soleil, quand on en aura marre de chasser les crabes et de nager avec les tortues.

Depuis, chaque jour, on va passer du temps avec papa. Ce matin, il a réussi à se lever et on a été faire un petit tour dans le manoir. Quand on marche, il nous prend la main à tous les deux. Il nous répète sans cesse que c'est décidé, que ça y est, notre vie va changer. Que tout va changer. Il dit vouloir prendre du recul, profiter plus… J'ai envie de le croire, j'en ai tellement envie, vraiment, mais il y a une partie de moi qui n'oublie pas et n'arrête pas de repenser à ce que j'ai vu dans l'aile droite, l'autre nuit. À ce qu'ils ont fait à cette femme.

Est-ce qu'il changera vraiment ? Est-ce que, si on part, papa laissera sa maladie ici ?

Est-ce que les ombres qui l'accompagnent disparaîtront vraiment au soleil ?

28

Eva
10 juillet 2006
Los Angeles

Ça ne fait que quatre jours que j'ai ramené Noah à la maison. Je pensais que ça irait plus vite. Qu'il irait mieux. Je pensais que je retrouverais mon frère. Mais, non, il reste éteint, apathique, passant la plus grande partie de ses journées assis face à la baie vitrée de sa chambre. Il ne dort pas beaucoup. Je lui ai proposé de sortir, de boire des verres avec la bande, d'aller marcher autour de l'observatoire Griffith – il a toujours aimé cet endroit et la vue incroyable qu'il offre sur la cité des anges –, mais rien à faire. Il me répète qu'il vaudrait mieux retourner à la Path Clinic, qu'il doit reprendre son traitement… qu'il lui reste encore des étapes à franchir. Quand il me sort ces conneries, j'ai envie de le secouer, de le réveiller. Mais putain, Noah…

L'autre soir, il avait encore refusé de manger le plateau-repas que je lui avais apporté. Je m'apprêtais à quitter sa chambre quand il m'a retenue par le bras. Il a levé ses yeux fatigués vers moi, puis son regard s'est détourné vers le jardin, mais je savais qu'il n'observait rien en particulier.

D'une voix monocorde, il m'a dit :

— Je sais ce que tu penses, Eva, que je débloque… Je suis désolé. J'aimerais aller mieux et arrêter de te parler de mes conneries, de mes histoires de vampires.

— Ça va, mon frérot, je suis là pour ça. Même si je ne cesserai jamais de te répéter que tout ça, c'est du délire, une invention…

— Je le sais bien, Eva. Mais je crois que c'est tout ce que j'ai trouvé, tout ce que mon petit cerveau de gamin paumé a trouvé pour se protéger de ce qu'il a vu… Pour se protéger de la vérité, de l'horreur.

— Quelle horreur ? De quoi parles-tu ? Des choses qui se sont passées à Lost Lakes, avec papa ?

— Oui… Quand on est môme, on croit aux monstres, aux démons et aux sorcières pour ne pas avoir à affronter la réalité : accepter que le mal est partout, et en nous-même. C'est ce qui s'est passé avec papa. Ce n'était pas de sa faute, puisque c'était une maladie, une malédiction…

— Sa faute ? Sa faute de quoi ? Mais tu vas me parler, à la fin, Noah ?

Il ne m'a pas répondu. C'était comme s'il se parlait à lui-même.

— Des fois, Eva, je me dis que Spencer avait raison… Peut-être qu'en fait, on aurait dû rester à Lost Lakes et ne jamais quitter cet endroit. Là-bas, on était encore purs. C'est à partir du moment où on a foutu les pieds dehors que tout est parti en vrille, comme si on avait brisé quelque chose, qu'on avait été salis par la médiocrité des hommes, leur petitesse…

— C'est des conneries, tout ça. Rappelle-toi la première fois qu'on a quitté Lost Lakes, quand on avait fui, cachés dans cette vieille camionnette. Rappelle-toi comme on avait trouvé ça merveilleux, le monde extérieur…

— Mais on n'était que des mômes ! Et tu as oublié ce qui est arrivé après, tout ce que notre fuite a entraîné ? Non, il n'y a rien de bon dans ce monde. Je le sais, maintenant.

— Si, il y a nous. Toi et moi. C'est important, non ? Ça veut dire quelque chose ?

Ça me rend folle de le voir ainsi. Joan a tenté de m'appeler à plusieurs reprises. Elle est à New York, mais ne va pas tarder à débarquer, je la connais. Elle a dû être prévenue du départ de Noah par la clinique. Elle veut me demander des comptes, comme toujours.

Je n'en peux plus. J'étouffe dans cette baraque avec mon frère transformé en zombi. Il faut que je sorte, que je voie du monde, sinon je vais devenir dingue. Depuis notre retour, je n'arrête pas de demander à Noah de me reparler de cet homme, celui qui l'aurait informé sur Joan et celui, certainement, qui m'a aidée à le retrouver, mais mon frère me répète qu'il n'a aucun moyen de le contacter, qu'il ne l'a lui-même jamais rencontré, qu'il n'est même plus sûr qu'il existe. Parfois, j'en viens moi-même à douter… cette silhouette qui m'a sauvée quand je me noyais… ce message que j'ai reçu. Est-ce que j'ai rêvé tout ça ? Est-ce que Noah et moi, on est en train de débloquer tous les deux ? Deux enfants de star de plus qui péteraient les plombs ? Non… Il s'est vraiment passé quelque chose cette nuit-là, j'en suis certaine. Et ce mot, je l'ai encore dans mon porte-feuille. Je ne l'ai pas inventé, bordel. Mais il n'y a rien de pire que de ne pas savoir. Je voudrais comprendre, tirer tout cela au clair. Et si tout ça, c'est du vent, je démasquerai cet escroc et lui fracasserai la gueule pour ses fausses promesses.

C'est donc décidé : ce soir, je sors. De toute manière, mon légume de frère va encore passer une partie de la nuit scotché contre sa baie vitrée à triturer la médaille de saint Christophe qu'il porte autour du cou, à mar-monner dans sa barbe… Jeremy veillera sur lui, et je lui ferai croire que je vais faire quelques courses. Envie d'être tranquille, sans l'ombre de cet imbécile de garde du corps qui me suit partout. Sans l'ombre de Joan qu'il porte avec lui.

Nous nous sommes tous rejoints, Rosie, Corey, Jade et moi, la « génération perdue » au grand complet, au restaurant japonais Koi. Après avoir grignoté quelques sushis et vidé quatre bouteilles de vin français, le tout entre deux allers-retours aux toilettes pour se repoudrer, on a filé vers vingt-trois heures au Club LAX. Nous n'y avons pas fait long feu. La boîte était remplie de vieilles gloires, de basketteurs remplaçants des Lakers, d'animateurs de *talk-shows* sur les chaînes du câble, de starlettes de la téléréalité… Bref, ça grouillait de représentants des tréfonds de la « D-List ». Très peu pour nous. Mes camarades et moi, nous sommes clas-sés « A » dans la *Hot List* d'Hollywood, qui référence toutes les personnalités en vue et les classe selon leur niveau de célébrité. La *Hot List*, c'est la seule bible qui vaille à L.A., notre unique religion. Des dirigeants des grands studios aux producteurs, en passant par les directeurs de casting, tout le monde en a toujours un exemplaire à portée de main. Tous les deux ans, à chaque nouvelle édition, des milliers de personnalités y cherchent, avec crainte et fébrilité, leur nom et surtout la lettre qui y sera associée. De A jusqu'à D. Cette lettre deviendra comme une marque au fer rouge, un tatouage indélébile qui définira la suite de leur carrière. C'est bien connu : quand on commence à dégringoler dans la *Hot List*, on ne remonte quasiment jamais la pente. Parlez-en à Val Kilmer ou à Kevin Costner… Mon groupe, quant à lui, trône tout en haut de la chaîne alimentaire de Hollywood. VIP parmi les VIP, grands fauves assoiffés d'alcool, insatiables noctambules, nous faisons briller les nuits de Sunset Boulevard.

Avec une telle clientèle de ringards, nous ne sommes pas restés plus de deux heures au LAX. Le temps de siffler trois bouteilles de champagne offertes par le directeur de l'établissement. On le comprend : ce n'est pas tous les jours qu'il doit avoir de vraies stars dans son bouge… Pathétique. Nous avons accepté les bouteilles, bien entendu, et aussi rapidement, en trinquant, nous nous sommes promis de ne plus jamais foutre les pieds dans cette boîte. En sortant, on a un peu hésité à aller au Guy's Bar, mais Jade nous a refroidis. Depuis quelque temps, le lieu serait pris d'assaut par les paparazzis. Et j'avais envie de tout sauf de me faire courser par ces enculés en sortant de soirée. Nous avons donc finalement opté pour le Hyde Lounge, une valeur sûre qui nous garantissait au moins de nous retrouver entre nous, auprès d'une clientèle un peu plus à notre niveau.

Et Chris, notre journaliste dealer, m'avait assuré qu'il y serait.

Les seaux à champagne se succèdent sur notre table du carré VIP. La nuit file, elle glisse comme mes narines sur la blanche. Chris m'a donné une très bonne cocaïne. De la colombienne. Premier choix, m'a-t-il assuré.

Je vais bien. Je vais mieux. Je pourrais bouffer le monde… Il me faut quelque chose de plus fort. Je vais passer au gin. Marre du champagne. L'ambiance est encore un peu calme dans le club. L'endroit, fraîchement ouvert, est le nouveau lieu à la mode de L.A. On s'y presse pour voir et être vu. Il faut en être. Heureusement, les physionomistes à l'entrée font davantage de tri qu'au LAX. À l'intérieur, la décoration est calfeutrée, tout de marron et de noir avec ces canapés en cuir confortables, ce plafond en damier lumineux qui distille une lumière ambrée, ces murs couverts de lambris en bois foncé, ces panneaux capitonnés de cuir. Tout ici respire l'élite. On a l'impression d'être dans un écrin à bijoux, d'être protégé, molletonné… Il n'empêche qu'il y a toujours quelques déchets parmi les clubbeurs. Ici, ces nanas vulgaires avec leurs mini-jupes trop courtes, leurs tops trop serrés qui laissent déborder leur bide sur leurs jeans trop moulants. Et leurs gestes qui trahissent qu'elles ne sont pas de ce monde-là, de notre monde. Cette manière de relever avec les deux mains le décolleté pour le replacer, ces rires tonitruants, ces mouvements de danse exagérés, comme s'il leur fallait montrer au monde, prouver à tous que, oui, elles s'éclatent… Décidément, la médiocrité est partout, ce soir, où qu'on aille. Et toi, Eva ? Petite connasse de donneuse de leçons. Tu te crois meilleure que ces filles, plus classe, plus digne ? Regarde-toi. Mes bas sont filés, mon reflet se déforme dans l'un des seaux à champagne. Mon rimmel a coulé, et mes cheveux sont en bataille.

Entre nous, l'ambiance est plutôt calme. Trop calme. Rosie s'est fait interpeller la semaine dernière pour conduite en état d'ivresse. En attendant son procès, elle doit rester discrète. Chris lui a donné le contact de Diane Sawyer pour qu'elle participe à son émission et fasse le traditionnel spectacle de repentance. Elle jouera la fille qui s'en veut, qui a été trop loin, qui va changer… Même moi, j'ai du mal à me lâcher, ce soir. Je pense à Noah, seul avec Jeremy dans la villa. Aucun de mes amis ne m'a demandé de nouvelles de mon frère. Durant tout le dîner, nous n'en avons même pas parlé. Ils savent pourtant que Noah est de retour à la maison et que ça ne va pas fort. Mais ça ne semble pas les intéresser. Trop glauque à leur goût, sans doute. Ils préfèrent écouter Jade nous bassiner avec son nouveau régime.

Je recommande un gin-tonic. Depuis tout à l'heure, un type, assis à une table avec deux autres gars, me fixe. Il a une quarantaine d'années, un look latino, un peu *has been*, avec des cheveux gominés et attachés en un petit catogan, une veste violette brillante sur un tee-shirt noir, des chaînes qui brillent trop. Qu'est-ce qu'il me veut celui-là encore ?

Au bout d'un moment, alors que Corey et Jade sont sur la piste de danse à se déhancher de façon un peu forcée, mécanique, un serveur s'approche de moi avec une bouteille de gin Hendrick's.

— Mademoiselle Stilth, cette bouteille vous est offerte par le monsieur à cette table.

Il montre du doigt le Latino qui me reluque depuis notre arrivée. J'hésite à renvoyer la bouteille. Je n'accepte jamais ce genre de cadeau. Je ne suis la pute de personne. Mais le serveur ajoute une phrase qui m'intrigue.

— Il dit avoir bien connu votre père et vous offre cette bouteille par respect pour lui.

Je le laisse partir, ouvre la bouteille et me sers un gin. Chris passe à côté de la table, je l'interpelle. Il vient s'asseoir à mes côtés.

— Qu'est-ce qu'il y a, ma beauté ? Tu veux déjà un nouveau fixe ? C'est un peu rapide, non ?

— Non, pas du tout. Tu connais ce type ?

— Lui ? Oui, vaguement. C'est un producteur de musique. Ortega, je crois. Il a eu son heure de gloire dans les années 1990 comme chanteur, puis il a préféré rester dans l'ombre. Il a produit pas mal d'artistes latinos à succès, mais je n'en sais pas plus.

J'hésite quelques minutes, me verse un verre de gin, et me dirige vers la table d'Ortega.

En me voyant arriver, le type demande à ses compères de faire place. Le gars porte un bouc. Son tee-shirt moulant laisse un peu trop apparaître ses bourrelets. Pourtant, il a un certain charme ténébreux. Il y a quelques années, ça devait être un sacré tombeur.

Il m'invite à m'asseoir d'un geste théâtral et me tend la main. Je l'approche pour qu'il la serre mais il la tourne doucement et me fait un baisemain. Cette attention, bien qu'un peu ringarde, me fait sourire.

— Bonsoir, mademoiselle Stilth. Je me présente, Manuel Ortega. Mais tout le monde m'appelle Manny. La bouteille vous plaît ?

— Oui, merci beaucoup. Alors, comme ça, vous connaissiez mon père ?

— Dis, on va se tutoyer ! Je ne suis pas encore croulant, hein ! Oui, j'ai connu ton père. D'ailleurs, je crois me rappeler qu'il était plutôt whisky.

— En effet, oui.

— C'est drôle qu'on fasse connaissance ici, ce soir, car j'ai justement rencontré ton père dans des conditions similaires, dans une boîte de nuit, le Limelight, à New York. C'était le 15 septembre 1995, je m'en souviens bien.

— Sacrée mémoire, Manny…

— Dans la vie, certains moments restent gravés en nous. Bref, le Limelight était un lieu dingue. Tout était possible, à l'époque, il n'y avait pas de limite. Ça transpirait la vie là-dedans. On n'était pas encore dans un monde où il fallait tout contrôler. On se lâchait vraiment…

Quand il parle, la partie gauche de son visage reste paralysée et ses lèvres se soulèvent un peu moins de ce côté.

— Excuse-moi de t'emmerder avec mes histoires de vieux con, Eva.

— Non, ça va. Parle-moi un peu de mon père, si tu veux bien. Tu l'as bien connu ?

— Oui, on peut dire ça… Écoute, Eva, on ne s'entend pas causer ici. Ça te dirait qu'on aille boire un verre ailleurs, au calme, je te raconterai tous les souvenirs que j'ai avec ton père. J'ai de sacrées histoires, tu sais… Ton père m'a marqué, à vie… vraiment. C'était quelqu'un.

Il a un petit rictus, étrange.

Je n'ai pas grand-chose à perdre. De toute façon, la soirée est ratée. Comme disait Chris, il est rare de croiser des gens ayant côtoyé mon père, à part Joan, qui me parle très peu de lui, et Jeremy, mon garde du corps, plus silencieux qu'une tombe. J'accepte.

On se retrouve dehors, sur Sunset Boulevard, bordé de palmiers. Le Strip éclabousse le monde de sa lumière. Les panneaux publicitaires installés sur tous les toits d'immeubles, les affiches énormes pour les derniers blockbusters de l'été, qui recouvrent des façades entières… Les néons, partout.

Je m'allume une cigarette. Il y a encore la queue devant le Hyde. Tous les regards sont tournés vers moi. Les filles, surtout. Elles me dévisagent. Je les connais par cœur. Ortega m'invite à le suivre. Il a une drôle de démarche, comme s'il boitait légèrement de la jambe gauche. Derrière nous, ses deux compères ferment la marche. On se retrouve à l'entrée d'une contre-allée de Laurel Avenue. Alors que je m'apprête à demander ce qu'on fout là, les deux types derrière moi me poussent violemment vers la ruelle sombre. Mes talons hauts me font trébucher au sol. Je me râpe les mains sur le bitume en chutant.

Qu'est-ce que c'est que ces conneries ? Je m'apprête à sortir ma bombe de gaz lacrymogène, mais l'un des deux gars envoie valser mon sac à quelques mètres.

Ils m'attrapent par les bras et me traînent jusqu'au fond de l'allée. Je me mets à crier, je me débats. Puis je sens que quelque chose de froid glisse le long de ma gorge. Ortega est au-dessus de moi et plaque une lame de couteau contre ma peau.

— Alors, tu fais moins la maline, maintenant, Stilth. Ça y est, c'est bon ? Tu as fini de jouer à la petite reine ?

— C'est quoi ce délire, Ortega ? Vous me voulez quoi ? Lâchez-moi. Mes amis ne vont pas tarder à venir me chercher… Et j'ai un garde du corps qui…

— Personne ne viendra te chercher, ma belle. Personne. Je t'ai vue arriver avec ton groupe, je sais bien qu'il n'y avait pas de garde du corps avec vous. Si tu l'ouvres encore, je te refais le portrait.

Ses deux acolytes me maintiennent plaquée contre le mur, à genoux. Ça pue la pisse et les poubelles.

Ortega passe le couteau le long de mes joues. Je ne le lâche pas du regard. Je ne veux pas lui montrer que j'ai peur.

— Tu as déjà entendu parler du sourire de l'ange ? C'est un truc que fait la Eme, la Mafia mexicaine, aux balances.

Il fait glisser son couteau le long de la commissure de mes lèvres.

— Il me suffirait de t'entailler là et là. De chaque côté de tes jolies petites lèvres. Tu aurais tellement mal qu'en criant tu déchirerais encore plus tes plaies.

— Tu ne me feras rien, espèce de guignol.

— Vraiment ?

Soudain, il m'entaille la joue. Et le sang se met à couler sur mon visage.

Je réprime un cri tant bien que mal, et continue à le fixer.

Il repasse son couteau, sa lame glaciale, le long de mes lèvres. Sa bouche pue l'alcool.

— Un beau sourire pour toi qui ne souris jamais, qui es bien trop suffisante pour ça. Parce que tu es une star, hein, la fille de la plus grande star au monde ! La fille de Stilth… Je ne t'ai pas menti, Eva, j'ai vraiment connu ton père, sauf que cet enculé a fait de moi le boiteux que je suis aujourd'hui. Ce qui est drôle, c'est que c'était une soirée exactement comme celle-là. Comme toi aujourd'hui, je me prenais pour le roi du monde. Comme quoi, il y a une justice, ici-bas… Je te jure, j'étais tellement dégoûté quand j'ai appris que Stilth était mort. Je m'étais promis que, une fois en état de marcher, ça serait moi qui lui ferais la peau, à ce bâtard. Mais ce soir, avec toi, je l'ai enfin, ma vengeance…

Je me mets à trembler, malgré moi. Je ne contrôle plus mon corps. Il fait une chaleur à crever mais je suis frigorifiée. Mon cœur bat à tout rompre. Il n'y a rien à faire. Pas d'échappatoire. Il me faut juste espérer que ce salopard ne veuille que me faire peur. Une petite frayeur, c'est tout. Ça doit l'exciter de jouer les caïds.

— Mais je n'ai rien fait, moi. Et je ne sais même pas de quoi tu parles.

— De quoi je parle ? De ça…

Il me montre son visage en partie paralysé. Je remarque alors, sans les spots de la boîte de nuit, que la partie gauche de sa figure est comme un peu molle, comme si elle avait coulé, son œil tombe un peu.

— Je te parle de ma putain de gueule fondue, de mon corps qui ne me suit plus. Ton père, tu sais ce qu'il m'a fait ? Tu veux savoir ?

Je ne réponds rien. Je ne veux pas le provoquer.

— Eh bien, figure-toi qu'il a envoyé ses molosses pour me défoncer la gueule. Et ces bâtards ont fait du bon boulot, tu vois. Ils m'ont tellement martelé la gueule que j'ai hérité d'une paralysie partielle. Avec ma tronche dégoulinante, finie pour moi la carrière de chanteur. Tout était foutu. Il m'a fallu du temps avant de remonter la pente. De revenir au sommet. Et là, je te croise, toi. Petite midinette de merde, avec ce même regard. Un putain de cadeau.

Il approche sa main libre de sa braguette et l'ouvre.

— Le pire, tu vois, Eva, c'est que je n'ai jamais compris pourquoi ton père avait envoyé ses hommes me défoncer. Je lui avais rien fait, je te jure. J'avais juste voulu lui payer un verre par respect. Par respect, putain ! Mais ton paternel était un taré. Alors, c'est toi qui vas payer pour lui. On récolte ce qu'on sème, Eva…

Sur ces mots, Ortega sort son sexe flasque de son pantalon et se met à se masturber devant moi, à quelques centimètres de mon visage. J'ai envie de vomir.

Ses potes nous regardent, ils semblent un peu mal à l'aise mais ne disent rien.

— Espèce de porc…

Il continue. Son sexe commence à durcir sous mes yeux. Ce n'est pas possible. Ça va s'arrêter. Alors qu'il se branle, sa main qui tient le couteau vibre un peu contre ma gorge. Ça fait mal, ça brûle.

— Maintenant, tu vas être bien gentille et tu vas me sucer. Tu vas me sucer bien fort, bien longtemps. Et moi, je vais prendre mon pied en pensant à ton père… Allez. Vas-y, prends-la en bouche. Maintenant.

Il bande et approche sa bite dégueulasse de ma bouche. Je recule ma tête et la plaque contre le mur.

Il appuie le couteau plus fort contre ma gorge. Il crie.

— Maintenant !

Je ne peux pas. Putain, je ne peux pas. Je crois que je pleure. Je voudrais ne rien lui lâcher à ce salopard. Ne rien lui donner de moi. Mais je ne peux pas me retenir. J'ai si peur, merde. Le couteau me déchire la peau. Et son sexe qui est quasiment contre mes lèvres. Je sens son odeur acide. J'ai envie de vomir. Envie de lui mordre sa bite immonde et de la lui recracher à la gueule. Mais je ne le ferai pas. Parce qu'il y a le couteau. Parce que je suis terrorisée.

Fermer les yeux. Partir ailleurs. Loin. Retourner à Lost Lakes. Courir dans la clairière, les bras écartés avec Noah à mes côtés. Oui, c'est ça, pense à ça, Eva. Tu n'es pas ici, tu n'es pas maintenant. Me laisser faire… En finir.

Tu n'as qu'à ouvrir la bouche, Eva. Rien de plus. Rien de moins. Tu ne lui donneras rien. Rien de toi. Rien de ce que tu es.

C'est faux…

Tu lui donneras tout, à jamais. Rien ne sera plus jamais pareil si tu te laisses faire.

Mes lèvres restent jointes, comme cousues. Le couteau commence à entailler ma gorge. Ça brûle…

Allez, Eva. Il n'aura rien d'autre. Pas un regard. Pas un mouvement. Pas un sanglot.

— Arrêtez !

Une voix derrière nous. Ortega remballe son sexe dans son pantalon, se retourne, couteau pointé devant lui.

Je crie au secours. Mais l'un des hommes me colle la main sur la bouche.

Ortega s'avance vers la silhouette.

— Qu'est-ce que tu nous veux, toi ? Fous le camp ou je te dégomme…

— Relâchez-la.

— Raul, ne lâche pas cette petite traînée. Enrique, viens là. On va lui faire sa fête à ce justicier de merde.

Je ne parviens pas à bien voir l'homme qui est intervenu. Il porte un manteau informe et une capuche.

Ortega avance encore vers lui. Soudain, l'homme sort un pistolet et le braque droit sur mon agresseur.

— Arrêtez vos conneries et dégagez. Je n'hésiterai pas.

— Parce que tu crois qu'avec ta petite gueule de comptable et ton pétard même pas chargé, tu vas nous faire flipper ?

— Pas chargé, hein ?

Sur ces mots, l'homme tire entre les jambes d'Ortega. La détonation résonne dans l'allée.

Ortega sursaute de surprise puis se reprend. Son compère s'approche de lui :

— Viens, Manny. On dégage. On ne va pas prendre de risque pour une petite pute. Elle a compris la leçon.

Ortega repousse la main de son camarade et continue à avancer.

— Tu crois que tu me fais peur, connard ? Tu te prends pour qui ? Mais t'es qui, putain ?

— Juste un type qui braque un flingue sur ta petite gueule gominée, et qui n'hésitera pas à tirer.

— Tu ne tireras pas, guignol…

Une nouvelle détonation et un cri. Ortega s'écroule au sol en hurlant.

— Putain, il m'a flingué l'orteil, ce chien…

Son acolyte se rue à ses pieds en jetant des regards inquiets vers l'homme qui continue à les braquer, parfaitement immobile.

— Manny, laisse tomber. Avec les coups de feu, les flics ne vont pas tarder à débarquer.

— Non, je vais le buter.

— On se casse, ça ne sert à rien. Raul, aide-moi à le porter.

Ce dernier s'écarte. Avant de partir, il me lâche un faible : « Je suis désolé. »

Je m'essuie la bouche, me relève péniblement en m'appuyant sur le mur. Mes talons sont brisés. Ortega et ses hommes s'éloignent. Le type qui m'a sauvée s'approche de moi. Je ne vois que sa capuche. Il continue à pointer son arme sur les trois hommes. Il ne faut pas qu'Ortega ait le dernier mot. Avant qu'il ne disparaisse dans la nuit, je m'approche de lui et lui crache à la gueule.

— Espèce de rat. Heureusement que ce mec est arrivé pour toi. Parce que ta petite bite, je te jure que je l'aurais mordue, à m'en étouffer avec, enculé.

Même si mes jambes flageolent et que j'ai du mal à garder l'équilibre, je le fixe en me tenant bien droite.

Rester debout.

Sans un mot, Ortega disparaît, laissant des traces de pas rouges derrière lui. À peine ont-ils quitté l'allée que je fonds en larmes.

L'homme se retourne, range son arme, retire son manteau et me le pose sur les épaules.

— Ça va ? Il ne t'a pas… je veux dire…

— Non. Vous êtes arrivé à temps. Qui êtes-vous ?

Il me regarde, puis retire sa capuche. Il porte une barbe épaisse, de grosses lunettes de vue, il a un visage un peu rond, le crâne dégarni. Pas exactement le physique d'un justicier. Un monsieur Tout-le-Monde. Mais il y a quelque chose dans son regard, dans ses yeux en amande, un mélange de douceur et de mélancolie, qui m'interpelle. Je le connais. Je l'ai connu.

— Je m'appelle Paul Green. On s'est déjà rencontré, il y a très longtemps…

Malgré la peur, le dégoût que j'ai en moi, la fatigue, une étincelle d'espoir s'éveille. Une certitude.

— C'est vous, hein ?

— Oui, c'est moi, toutes ces années, qui ai veillé sur ton frère et toi. Sans relâche. Mais il est temps d'en finir… Il est temps de vous venger, enfin.

29

Paul
1er novembre 1995
Lost Lakes

De retour à Lost Lakes, avec Phil, à passer mes journées en planque autour du domaine. Honnêtement, ce n'est pas exactement ce que j'avais imaginé.

Après mon article sur l'enfance de Stilth, je pensais que le *Globe* me laisserait poursuivre la piste du mystérieux Caan. Je voulais me rendre à New York pour tenter de retrouver des gens avec qui la star et lui avaient travaillé, au début de sa carrière. Mais Kelton avait un autre projet en tête. Il lui fallait un scoop, et vite. L'article sur la jeunesse secrète de Stilth n'avait pas eu autant de retentissement qu'il l'aurait espéré, et il m'en tenait personnellement responsable. Il me l'avait bien seriné, en hurlant au téléphone, quand les premiers chiffres de vente étaient tombés : « Tu m'avais promis un énorme carton ! J'aurais dû sentir que ton papier introspectif et pompeux sur la jeunesse difficile de Stilth allait faire un bide. J'ai voulu te faire confiance.

Et c'est la dernière fois, espèce d'abruti. Tu t'attendais à quoi, Green ? À décrocher le Pulitzer ? On dirait que tu le plains, le type, que tu le comprends… » Mon rédacteur en chef n'avait pas tort, au fond. Depuis mon retour de Louisville, j'étais partagé. Peut-être fallait-il que j'abandonne cette enquête, que tout cela ne rimait à rien. Laisser couler les corps, couler le passé.

Kelton m'avait ensuite ordonné de revenir dans le New Hampshire. Il lui fallait quelque chose de gros. Les actionnaires du *Globe* lui mettaient la pression après le plantage du dernier numéro. Retour à la case départ. Le seul qui semblait s'en satisfaire, c'était ce bon vieux Phil. Ravi que je joue, à nouveau, les stagiaires à ses côtés.

Avec la parution des photos de Noah, Phil a perdu tout contrôle. Il s'enfonce, chaque jour un peu plus. Prêt à tout pour décrocher un nouveau scoop qui lui permettrait de gagner, enfin, le respect de ses pairs. En plus des planques, on a fait des trucs pas bien reluisants. Il y a deux jours, Phil a insisté pour que je l'accompagne sur un « gros coup, du lourd », qu'il disait. À quelques encablures du domaine de Lost Lakes, nous avons retrouvé un dénommé Terry, un trentenaire chevelu et tatoué. Il portait un long manteau en cuir noir, des chaînes en toc autour du cou, et un tee-shirt arborant un portrait de Stilth dans ses jeunes années. Terry est non seulement le membre fondateur d'un des plus gros fan-clubs de la star, mais également l'un de ses plus féroces charognards. Pourtant, le type n'est ni journaliste ni paparazzi. Il se décrit comme un « collectionneur ». Un escroc, plutôt. Terry vend au plus offrant, par le biais de petites annonces, des objets personnels de Stilth et de ses proches. En cette fin d'après-midi, Phil et moi l'avons donc accompagné dans sa caverne aux trésors, comme il l'appelle. Nous l'avons suivi en voiture jusqu'à un sous-bois, le long de la haute clôture de Lost Lakes. C'était juste avant le crépuscule. La fragile lumière du soleil de ce début d'automne disparaissait derrière la cime des montagnes. Nous nous sommes garés. Terry est sorti de sa voiture, et a poussé une grille en métal entrouverte qui donnait sur un espace d'une cinquantaine de mètres carrés, rempli de gros containers à déchets. Je lançais des regards interrogateurs à Phil. Qu'est-ce qu'on foutait là ? Terry a alors enfilé une paire de gants jaunes, soulevé le couvercle d'un des containers et s'est mis à fouiller parmi les sacs, sans aucune hésitation. De temps en temps, il en balançait un dehors, puis replongeait ses mains parmi les immondices. À un moment, il a sorti un canif de sa poche et a éventré les quelques sacs qu'il avait sélectionnés. L'odeur de pourriture était insupportable et me piquait les narines. Mais ça ne semblait gêner ni Terry ni Phil, qui observait son camarade avec de grands yeux excités. Tandis que le « collectionneur » procédait à sa fouille, Phil me glissa à l'oreille qu'il avait dû payer Terry 300 dollars pour que l'on puisse l'accompagner. En voyant ma tête se décomposer, mon camarade se justifia d'un : « Eh oui, ça lui coûte cher, à Terry. Il doit arroser le responsable des déchets du domaine afin de laisser la grille ouverte, et payer les éboueurs pour qu'ils retardent leur passage. » Bref, une belle petite entreprise…

Depuis trois ans, Terry étudie avec application tous les déchets sortis de Lost Lakes. D'un coup d'œil, il est désormais capable de séparer les sacs de végétaux et de gravats des ordures ménagères. D'une simple palpation, il se targue de pouvoir sentir si un sac anthracite anonyme peut renfermer quelque chose d'intéressant.

Je l'ai regardé faire. Le charognard mettait de côté, avec un soin précautionneux, les mouchoirs usagés, les notes et papiers sur lesquels on trouvait des traces d'écriture, et les vêtements abîmés. Pour lui, tout ce qui sort de ces poubelles a de la valeur.

— Phil m'avait informé que Lost Lakes avait sa propre déchetterie, ai-je dit à Terry. Tu ne penses pas que les déchets les plus importants sont directement détruits à l'intérieur du domaine ?

— Si, bien sûr, mais ils laissent toujours passer quelques trucs. Sinon, je ne serais pas là…

Tandis que Terry détaillait méticuleusement le contenu de chacun des sacs-poubelle, bientôt rejoint par Phil, je restais à l'écart, dégoûté par le pathétique de la scène. Après plus de deux heures de recherches, et alors que la nuit était tombée et qu'ils terminaient de fouiller à la lueur de lampes torches, Terry se tourna vers moi d'un air victorieux, et me montra son magot. Il y avait là un petit tee-shirt rose taché, un stylo en métal et une serviette de sport, qui, avec de la chance, et après analyse, contiendrait certainement des traces de sueur. Terry se targuait de travailler « sérieusement », en s'appuyant sur l'expertise d'un laboratoire pour valider ses découvertes. Ainsi, dans chacune de ses annonces, il joignait toujours un « Certificat d'authenticité par laboratoire d'analyses spécialisé ». J'étais à peu près certain que Terry embobinait son monde. Une mécanique bien rodée, un business bien ficelé.

Une fois les objets récupérés et entreposés dans un endroit secret, il lui suffirait de « créer la légende », selon ses dires. Le tee-shirt rose deviendrait « le favori d'Eva », le stylo, « celui avec lequel Mike a composé son dernier tube », et la serviette, « celle utilisée par Mike après une journée épuisante en studio ». J'appris plus tard, stupéfait, que Terry vendait ces merdes au moins plusieurs centaines de dollars par objet, et qu'il se faisait, au bas mot, dans les 4 000 dollars par mois. Le pire, en y repensant, ce n'était pas spécialement que ce type fasse ces trucs horribles, mais de me dire qu'à l'autre bout du pays, de l'autre côté de la planète, il y aurait toujours un fan qui serait prêt à payer pour ça, pour un vulgaire déchet. À ses yeux, il deviendrait propriétaire d'une sorte de relique sacrée, d'un trophée qui trouverait sa place au-dessus de sa cheminée et qui le relierait à jamais à Stilth… Quelle mascarade.

J'avais bien tenté d'en profiter pour demander si Terry avait déjà entendu parler de Caan, ou avait trouvé des notes, des papiers qui auraient fait mention de l'homme de l'ombre de Stilth, mais en vain.

Cela fait quatre jours maintenant que je suis revenu. Nous sommes dans la caravane de Phil. Mon camarade attend un coup de fil important. L'ambiance est glaciale entre nous. Phil fume cigarette sur cigarette et enchaîne son quatrième whisky sec. J'ai eu le malheur de remettre le sujet sur la table, et il déteste ça.

— Phil, combien tu t'es fait avec la vente des photos de Noah ?

— Dans les 20 000 dollars. Et je continue à toucher, il y a encore des magazines qui me contactent…

— Et tu n'as pas tout claqué, rassure-moi ?

— Non. Je me suis juste acheté un nouvel appareil photo, un Nikon N90s et un objectif de 500 mm, une bête de guerre. Avec ça, je pourrais choper un pou dans les cheveux d'Eva. Et puis, bien sûr, j'ai payé quelques coups aux collègues, pour me faire respecter.

— Mais s'il te reste au moins dans les 15 000 dollars, pourquoi tu ne te tires pas d'ici ? Tu ne peux pas continuer comme ça. Tu as vu comme ils m'ont arrangé ? Ils ne tarderont pas à s'en prendre à toi, si tu continues à fureter. T'es le prochain, c'est certain… Moi, je m'en sors plutôt bien, mais ça pourrait être pire. Les mecs qui m'ont tabassé n'ont pas de limites.

— Fous-moi la paix avec tes conneries, Green. Je ne suis pas près de quitter cet endroit. Faudrait que tu voies comme ils me regardent tous, maintenant, les autres gars du métier. Il y en a même qui m'ont proposé de m'accompagner, ils étaient prêts à me payer ! Je vais devenir une putain de légende. Je n'ai plus qu'un dernier coup à faire, plus qu'à l'avoir, elle. Et là, ce sera la totale.

— Eva ?

— Oui. Après, je pourrais quitter ce coin merdeux. Mais pas avant. Quand je l'aurai, on me respectera. Ici, bien sûr, et partout ailleurs. J'y suis presque, je le sens. Et ce ne sont pas les deux guignols qui t'ont tabassé qui vont me faire peur.

Je n'ai pas relevé. Le téléphone sonne enfin. Mon camarade décroche, il est sur le point de signer un gros deal. Voilà plusieurs mois qu'il travaille au corps une des cuisinières de Lost Lakes pour qu'elle lui balance, en échange d'un beau paquet de billets verts, des informations sur ce qui se passe dans le manoir. Cette fois, il en est certain, elle est prête à craquer.

En décrochant le combiné, Phil semble d'abord déçu. Son visage s'assombrit et il lève les yeux vers moi.

— Oui, c'est noté. Merci, vieux, marmonne-t-il.

Il raccroche et reste un instant silencieux.

— Les flics de Carroll County ont découvert un nouveau corps dans le lac Wentworth. Apparemment, il vient de remonter à la surface. C'est un pêcheur qui l'a repéré ce matin et a prévenu les autorités. Mon contact m'a donné les informations sur l'endroit où les flics opèrent en ce moment. Ils ont envoyé une équipe de plongeurs vérifier s'ils trouvaient autre chose sur la zone. C'est à Wolfeboro.

Une heure plus tard, nous arrivons sur les lieux. Les camions des chaînes TV locales sont déjà là. On se gare un peu plus loin. Phil m'accompagne. Il y a pas mal d'agitation. Quelques joggeurs attirés par les voitures de police, et trois équipes de journalistes. Sur le bord de la route, je reconnais Erin Feldau, la présentatrice de PBS. Je m'avance vers elle et affiche mon sourire le plus engageant. Elle me bouscule sans même me voir. Je l'interpelle.

— Erin, vous ne vous souvenez pas de moi ? Paul Green, de la radio WKNE. On s'est déjà rencontrés… Vous avez quelques informations sur la scène de crime ?

— Non, votre visage ne me dit rien. Et pourquoi parlez-vous de scène de crime ? Vous sortez d'où, vous ? C'est juste un cadavre. Certainement un accident ou encore un de ces suicides.

— Et qu'est-ce qu'on sait sur cet... accident ?

— Pas grand-chose encore. Un pêcheur a découvert le corps aux aurores, près de Goose Rock. Le corps de la fille flottait à la surface, pris dans les branches d'un arbre déraciné.

Elle me balance ça avec une froideur terrible. Moi, à l'inverse, j'ai une image qui défile devant mes yeux : des cheveux ondulant à la surface d'une eau noire, une silhouette boursouflée aux vêtements déchirés, laissant apparaître ici et là des éclats de peau ivoire, un corps emprisonné à jamais dans des branchages.

Tandis que je reste silencieux, Erin me détaille longuement et observe avec dégoût mon visage, encore un peu tuméfié.

— Ah oui, ça y est, je vous reconnais. Mais que vous est-il arrivé ? En même temps, je m'en moque... Pour être franche, vous ne m'aviez pas fait bonne impression à l'époque, et ce n'est pas mieux aujourd'hui. Bon, je file. J'ai un plateau à préparer.

Elle s'éloigne sans un regard. Une sacrée connasse.

Les voitures de police sont garées près du lac, entre un sous-bois et un garde-meuble coiffé d'une enseigne : « Stockage Wolfeboro. Gagnez de l'espace, gagnez du temps ». Phil et moi descendons un petit talus et avançons entre deux bâtiments en tôle blancs, agrémentés de portes de garage bleu azur, dont la peinture écaillée laisse apparaître des plaques de rouille. Nous passons devant les voitures de police. Un sentier part ensuite vers le rivage. Nous traversons un sous-bois. Mes chaussures s'enfoncent dans le tapis de feuilles humides. En moins d'une minute, j'ai les pieds trempés. Nous arrivons enfin au bord du lac Wentworth. Là, une équipe de police est affairée derrière une bâche en plastique tirée à la verticale entre deux piquets. C'est ici que les équipes scientifiques ont dû déposer le corps pour l'étudier au calme. Des lumières de flashs crépitent. Ils prennent le cadavre en photo. Au milieu des joncs, un Zodiac est en train d'être sorti de l'eau par des hommes en combinaison de plongée. Je reconnais le shérif Brown, qui fume une cigarette, un peu à l'écart, de manière étrangement détachée. Comme si tout cela, le corps, la mort qui rôde, ne le concernait guère. Il y a aussi son adjoint, James Mills, qui lui parle à l'oreille. Il semble énervé et fait de grands gestes. Brown, quant à lui, reste imperturbable.

J'essaie de m'approcher du cordon de sécurité, mais rapidement des agents me repoussent. D'un geste, Brown semble intimer à Mills l'ordre de foutre le camp. Je croise le regard de l'adjoint. Je sens de la rage dans ses yeux. Il me fixe longuement puis s'éloigne vers le rivage.

En attendant, Phil a disparu. Je l'ai vu bifurquer sur la gauche. Il a dû se faufiler entre les arbres pour essayer de trouver un angle sur le cadavre.

Au bout de quelques minutes, l'adjoint Mills revient dans ma direction. Il a l'air toujours aussi remonté et me bouscule violemment en passant sous le ruban de sécurité. Je manque de trébucher. Il m'aide à me relever sans s'excuser, et s'éloigne. J'essaie de lui parler, mais l'adjoint est déjà loin. Il entre en trombe dans sa voiture et démarre dans une giclée de boue.

Je reste encore une petite demi-heure dans les environs, mais je n'apprends pas grand-chose. De retour vers la voiture, Phil m'attend, assis sur le capot, clope au bec. Il s'excuse de ne pas avoir réussi à prendre de photo potable. Alors que je cherche mes clés dans la poche de ma veste, je sens quelque chose. C'est un morceau de papier. Je le déplie et lis quelques mots griffonnés à la va-vite :

Ce soir. 22 heures.

Sur la plage où a été découvert le corps de Debbie Graves.

Venez seul.

Mills

— C'est quoi, Green ? demande Phil.

— De l'espoir… un espoir…

Il est 21 h 45. J'attends déjà depuis un bon quart d'heure à la plage. Je regarde danser les vaguelettes sur l'eau calme. Une eau qui renferme tant de secrets, tant de mensonges. Peut-être y a-t-il d'autres filles qui attendent encore dans les profondeurs, enfermées dans cet entre-deux éternel, ce purgatoire aqueux et froid.

Cet après-midi, j'ai raccompagné Phil à sa caravane. Il a eu beau insister pour rester planqué pendant mon rendez-vous avec Mills, je ne veux courir aucun risque. Le shérif adjoint a l'air d'être un homme sur le qui-vive, à cran, et je ne souhaite pas rater cette occasion inespérée d'obtenir des informations à cause de Phil qui voudrait jouer les héros. « Et si c'était un piège, Green ? Tu y as pensé ? » Bien sûr que j'y ai pensé, Phil. J'y ai pensé pendant des heures. Et j'y pense encore, assis sur ce morceau de tronc d'arbre détrempé, le cul mouillé…

Un bruit de moteur, puis des phares de voiture derrière moi. Je me retourne. C'est un 4 x 4 Chevrolet.

Les feux m'aveuglent. Le moteur continue de tourner. Il doit encore hésiter. Puis finalement, Mills coupe le contact et sort du véhicule. Le shérif adjoint s'approche de moi, méfiant, en regardant de droite à gauche. Je lui tends la main, il ne la serre pas.

— Levez les bras, Green. Je veux m'assurer que vous n'avez pas de micro.

— La confiance règne.

Je me laisse faire tandis que le shérif adjoint me palpe le torse, les jambes, puis ouvre mon manteau et vérifie les poches intérieures.

— Qu'est-ce que vous me voulez, Mills ?

L'adjoint me regarde avec un étrange sourire.

— Quand vous avez rendu visite au shérif Brown, il y a quelques semaines, vous l'avez bien mis en rogne. Il en a parlé pendant des jours. Il a dit que vous étiez une sangsue, que vous lui aviez manqué de respect, qu'il fallait qu'on le prévienne si on vous voyait traîner à nouveau dans les parages… C'est là que je me suis dit que j'aurais peut-être dû vous parler. Alors quand je vous ai vu ce matin, je n'ai pas hésité… J'espère que je ne fais pas de connerie. Par contre, je vous préviens. Tout ce que je vous dis est en *off*. Ne pensez même pas à me citer dans vos articles.

— Alors, pourquoi vous m'aidez ?

— Parce que je n'en peux plus. Il faut que ça cesse…

Mills s'assied à mes côtés, attrape une branche humide qu'il triture.

— Il y a encore quelques années, le lac Wentworth était l'un des coins les plus tranquilles de la région. J'ai grandi ici. Et puis, il y a eu ces corps, ces putains de corps. Mais tout le monde s'en fout... J'ai tellement l'impression d'être seul, Green. Tout le monde ici détourne le regard. Dans les bureaux du shérif, dans les bleds du coin, dans les médias, même chez moi, quand j'en parle à ma femme. C'est comme si c'était un tabou. On ne peut pas, on ne doit pas en parler. Pourtant, elles sont bien là, ces pauvres gamines ! J'ai l'impression que plus elles remontent des profondeurs du lac, plus le silence nous étouffe.

— J'ai ressenti la même chose.

— L'été, je vois toutes ces familles, ces gamins qui barbotent dans le lac, qui prennent de l'eau dans leur bouche, qui recrachent... Mes gamins, même. Ma femme veut toujours venir ici le week-end pour faire des pique-niques. Mais moi, je ne peux plus foutre un pied dans l'eau. J'ai l'impression de souiller un cimetière. Quand je les regarde, avec leur crème solaire, leurs rires, leurs lunettes de soleil, j'ai l'impression que je suis le seul à voir que ce putain de lac est un tombeau. Et ça me rend dingue, Green.

— Je vous comprends, Mills...

Il se met à tracer des formes dans le sable avec son bout de bois.

— On a identifié le corps. Les parents de la fille avaient lancé un avis de recherche il y a quelques mois. L'identification ne fait aucun doute. On attend la famille demain. Mais je ne me fais pas d'illusions. Comme à chaque fois, les parents corroboreront la thèse du suicide et n'insisteront pas pour que l'on poursuive l'enquête. La gamine s'appelait Leah Johnson, originaire du Vermont. Elle avait vingt et un ans. C'est la sixième. La sixième, putain... La première qu'on a découverte, Denise Moore, c'était il y a cinq ans. Je ne bossais pas encore au bureau du shérif. J'étais flic à Portland. Avec ma femme, on est revenus dans la région en 1991, quand on a eu notre premier enfant, Kyle. On voulait se mettre au vert. Revenir sur nos terres. J'ai été embauché facilement auprès du shérif Brown. J'avais de bons états de service et c'était un ami de la famille. Brown, tout le monde le connaît et le respecte, ici. C'est un peu le patriarche de la région… Quand on a découvert un nouveau corps, celui d'Amber Thompson, en 1992, j'ai voulu me mettre sur l'affaire. Mais ça a été tout de suite compliqué. Brown ne voulait rien lâcher. Au début, j'ai laissé faire. Puis, l'année suivante, alors que je venais d'être nommé adjoint, on en a retrouvé une autre encore, pendant l'été. Linda Pilch, vingt-sept ans… Cette fois, j'ai vraiment insisté auprès de Brown pour monter une équipe, prévenir le FBI, mettre quelque chose en place. Une enquête carrée. Mais rien à faire. C'est là que j'ai commencé à comprendre.

— Comprendre quoi ?

— Je n'en ai jamais parlé à personne, Green. Pas même à ma femme. Je ne sais pas pourquoi mais j'ai l'impression que je peux vous faire confiance, que vous êtes là pour les bonnes raisons. Et moi, je n'en peux plus…

— À mon tour d'être honnête, Mills. Si je suis là, si je m'intéresse à ces filles mortes, ce n'est pas un hasard. Clara Miller…

— Oui, la quatrième qu'on a retrouvée. L'année dernière.

— Je la connaissais… Un amour de jeunesse. Elle était journaliste, comme moi. Avant de disparaître, elle m'a demandé mon aide. C'est la raison pour laquelle cette affaire a pris un tournant personnel. Très personnel, même.

— Tout ça pour un béguin de jeunesse ?

— C'était bien plus que ça, Clara… La femme de ma vie. Enfin, plutôt la femme d'une autre vie, celle que je n'ai jamais eue avec elle.

Mills semble hésiter à ajouter quelque chose, puis se retient.

Un ange passe. Je reviens à l'attaque.

— Mills, pensez-vous que Mike Stilth ou l'un de ses proches puisse avoir quelque chose à voir avec ces cadavres ?

— Oui, j'en suis certain, répond-il avec aplomb.

— Vous avez des preuves ?

— Rien qui tiendrait devant un tribunal. Le problème, je vous l'ai déjà dit, c'est que Brown est très apprécié dans toute la région. Il est intouchable. Et il a tout fait pour étouffer l'affaire, depuis le début. Je pense que quelqu'un achète son silence… et qu'on le paie grassement.

— Et quel lien avec Stilth ?

— Déjà, les corps ont commencé à apparaître après qu'il a emménagé à Lost Lakes.

— On ne va pas aller loin avec ce genre de suppositions…

— Les légistes m'ont presque toujours empêché d'assister aux autopsies. Brown s'en chargeait systématiquement, et vu que c'est mon supérieur, je n'avais pas grand-chose à dire. L'une des rares fois où j'ai eu le temps de détailler un corps, c'était celui de Linda Pilch. J'étais le premier arrivé sur les lieux. J'ai cru remarquer des traces au niveau du cou, comme celles faites par une strangulation. Mais dès que le légiste et Brown sont arrivés, ils m'ont éloigné du cadavre.

— Il n'a jamais été fait mention de strangulation dans les rapports de police ?

— Non, car quelqu'un fait tout pour éviter que ça se sache.

— Brown ?

— Oui. J'ai souvent surpris des conversations téléphoniques du shérif, et à chaque fois, il semblait gêné, fermait la porte de son bureau, baissait la voix. Je sentais bien qu'il ne voulait pas que j'entende ce qu'il disait.

— Peut-être des dossiers confidentiels…

— Mais je suis son adjoint, bordel de merde ! Je devrais être au courant de tout. Ce que je vous raconte n'est pas très crédible, mais j'ai vu autre chose aussi, quelque chose qui a fini par me convaincre qu'il se passait des trucs pourris avec le shérif Brown. Dès qu'on découvre un cadavre dans le lac, Brown reçoit la visite d'un type dans son bureau, quelques jours plus tard. Un molosse habillé d'un costard gris qui porte toujours une mallette noire. Il reste quelques minutes à peine avec Brown puis repart aussi sec. Ce qui m'a mis la puce à l'oreille, c'est l'immatriculation de sa caisse. Il conduit toujours la même grosse berline noire immatriculée dans l'État de New York.

— Ça fait beaucoup de route pour d'aussi courtes entrevues…

— Oui. La dernière fois, après qu'on a retrouvé le corps de Debbie Graves, j'ai relevé le numéro de sa plaque.

— Et ?

— La voiture est immatriculée comme appartenant au cabinet d'avocats Nash & Robinson, à New York. Ça vous parle ?

— Bien entendu, Kenneth Robinson est l'avocat attitré de Stilth.

Je sens comme une excitation monter en moi, doublée d'un soulagement. L'enquête que je poursuis depuis des mois n'a donc pas été vaine. Je ne suis pas fou, il y a bien quelque chose de louche. Mais il faut creuser.

— Et qu'est-ce que vous pensez de tout ça ? Quel serait le lien entre le cabinet d'avocats de Stilth et Brown ?

— Je pense qu'à chaque nouveau corps, Brown touche un beau pactole en liquide pour ne pas ébruiter l'affaire et éviter qu'on remonte jusqu'à Stilth. Il arrose du monde autour de lui, notamment le médecin légiste, pour qu'il trafique ses rapports. Je suis convaincu qu'il se passe des trucs à Lost Lakes, des trucs pas clairs.

— Je suis d'accord. Dans son dernier message, Clara Miller m'a dit qu'elle bossait sur un très gros reportage sur Stilth, et il y avait cette phrase qui m'a mis la puce à l'oreille : « Je me suis infiltrée dans l'entourage de Mike Stilth. Il se passe des trucs pas nets. »

Mills réfléchit quelques instants.

Je reprends.

— Et le nom de Caan, ça vous dit quelque chose ?

— Oui, je l'ai entendu à deux, trois reprises. Même si Brown m'en a empêché, j'ai tenté de rencontrer discrètement quelques proches des victimes, leurs familles, leurs amis, sans trop faire de vagues. Et en effet, on m'a parlé de ce type, que les suicidées auraient rencontré juste avant de disparaître. D'après ce que j'ai compris, il s'agirait d'une sorte de rabatteur pour Stilth. C'est lui qui serait chargé de ramener des filles pour leurs soirées à Lost Lakes.

— Il est bien plus qu'un simple rabatteur. Caan a accompagné Stilth durant toute sa carrière, depuis ses débuts. Et la star fait tout pour cacher son existence. Quelque chose lie ces deux hommes, quelque chose de dégueulasse.

— Vous pensez que c'est ce Caan qui a tué ces gamines ?

— C'est probable… J'ai découvert de mon côté que Caan était déjà un vaurien, gamin. Ça n'a pas dû s'arranger avec les années.

— Vous allez faire quoi maintenant ?

— Je ne sais pas, continuer. Vous allez m'aider ?

— Non, Green. On ne se reverra plus. C'est trop risqué pour moi. Je n'en peux plus de couvrir ce salopard de Brown, ça me bouffe de l'intérieur. Mais je suis bloqué. Je ne peux pas prendre le risque de perdre mon job, de me griller dans la région. Ma femme n'a pas de boulot, ce n'est pas facile pour nous en ce moment. On a trois enfants, des crédits dans tous les sens. Il ne faut pas qu'on sache que ça vient de moi. Vous allez devoir aller au bout tout seul.

— Je comprends. C'est déjà bien, ce que vous avez fait, c'est courageux. Vous êtes un mec bien, Mills.

— Non, quelqu'un de bien aurait ouvert sa gueule il y a longtemps et fait face à ce salopard de Brown. Moi, je suis juste un égoïste bouffé par ses remords.

— Rassurez-vous, vous n'êtes pas le seul.

— Et je ne vais pas vous le cacher, si l'affaire sort au grand jour, Brown sera obligé de dégager. Il y aura une nouvelle élection, un nouveau shérif élu... Vous voyez le tableau...

Mills ne perd pas le nord, évidemment. Le shérif en quête de rédemption, c'était trop beau pour être vrai.

— Je pense que la région y gagnerait. Vous ferez un bon shérif.

Mills se lève, s'apprête à partir. Il balaie le lac du regard quelques instants, puis me dit :

— Autre chose, Green. Je vous dois bien ça, puisque vous avez connu Clara Miller. Le rapport d'autopsie a montré quelque chose. Encore un élément que Brown s'est refusé à révéler aux médias. Clara Miller était enceinte au moment de sa mort. On a retrouvé un fœtus dans l'utérus. Il devait avoir dans les huit semaines. Le bébé pourrait être de vous ?

— Non. Je n'avais pas vu Clara depuis des années...

— Très bien. Je dois y aller maintenant. Bon courage pour la suite.

J'entends la voiture du shérif adjoint démarrer. Je suis complètement sonné par ce que je viens d'apprendre. Clara, enceinte... Sa mort est encore plus intolérable. Se dire qu'il n'y avait pas qu'elle. Qu'ils étaient deux, tout au fond de cette eau glaciale. Que ce bébé était aussi une promesse de bonheur... Ça me bouleverse.

De retour dans mon véhicule, j'active l'autoradio. Les arpèges de Jimmy Page et la voix plaintive de

Plant. Led Zeppelin, *Babe I'm Gonna Leave You*. Comme si j'avais besoin de ça, maintenant…

« *Baby, baby, babe, I believin'*
We really got to ramble.
I can hear it callin' me the way it used to do
I can hear it callin' me back home. »

La voix de Plant monte, il se met à hurler. La batterie s'emballe, casse le calme apparent du morceau, et tout se trouble. Une guitare distordue grimpe en aigu. La ballade devient tempête. Le rythme est frénétique, furieux. La rage… Et moi, je me mets à frapper des mains sur mon volant. Je frappe encore et encore. Je le saisis des deux mains et le remue. Je crie, tout seul dans ma bagnole au milieu de la nuit. J'ai envie d'arracher le volant, de déchirer le monde. De déchirer tout ça.

Mais putain, Clara… Pourquoi ?

30

Mike
3 novembre 1995
Louisville

« Je t'attendrai au début de la route… »

Ces quelques mots, griffonnés sur une feuille de papier laissée sur son bureau, m'ont ramené ici, à Louisville. Moi qui m'étais pourtant promis de ne plus jamais foutre les pieds dans cette ville, en ce lieu qui remue tant de choses en moi. De l'amertume et de la tristesse, d'un côté. De l'autre, de la haine et de la colère. Comme dans ces estuaires où deux courants contraires se mêlent, transforment l'eau en un chaos bruissant, désordonné… Durant toute ma carrière, je n'ai jamais fait un concert à Louisville. Jamais. C'était comme une règle tacite. Je pensais pouvoir continuer à vivre sans regarder en arrière, sans avoir à fouler ce sol à nouveau. Mais Caan m'a ramené ici.

Ce matin, après avoir enfin recouvré mes forces, j'étais décidé à aller voir mon vieux camarade pour prendre de ses nouvelles. Cela faisait au moins trois semaines que je ne l'avais pas vu. J'allais lui annoncer ma décision de prendre un peu de recul et de partir avec les enfants. Évidemment, je ne pouvais pas lui dire la vérité.

J'ai quarante-huit ans. Il est peut-être temps d'arrêter ces conneries, de disparaître du monde pour me consacrer à ce qui compte vraiment. Mes enfants. Tout est prêt. Joan a trouvé l'endroit idéal. Il s'agit de l'île Ginger dans les îles Vierges britanniques. Dans les années 1970, tout un chapelet d'îles a été mis en vente. Viabilisées, elles sont aujourd'hui des lieux de villégiature privilégiés des élites. L'île Ginger est un petit paradis sur terre. Une grande baie protégée, un lagon aux eaux turquoise, une villa tout en bois brésilien, et meublée à la balinaise, construite sur un piton rocheux dominant l'océan. J'ai demandé qu'on loue l'île pour une période indéterminée. Et si nous nous y sentons bien, Joan me garantit que l'on pourra faire une proposition d'achat à son propriétaire, un noble anglais. Elle est en train de finaliser les accords avec le gouvernement local pour s'assurer que l'on interdise la navigation autour de l'île. Là-bas, nous serons loin de tout. Loin des paparazzis, loin des caméras. Loin de la folie du monde. Je sens que ce nouveau projet mine Joan, qu'elle se rend compte que je suis en train de lui échapper. Elle n'a pas encore tenté de me convaincre de rester. Quoi qu'il en soit, mon choix est fait. Il ne me reste plus qu'à aller au bout.

Mais chaque chose en son temps. D'abord, il faut régler le problème Caan.

Qu'est-ce qui lui a pris, bon sang ? Et comment est-ce possible que Joan ou même la sécurité ne se soient pas rendu compte qu'il avait quitté le domaine ? Tout fout le camp… Preuve qu'il est temps de prendre le large, de larguer les amarres. C'est dur à accepter, mais Lost Lakes, mon rêve, est un navire échoué qui prend l'eau de toutes parts.

En visitant l'aile droite du manoir, je pensais donc trouver mon vieux compère dans son lit, avec quelques restes de bouteille éparpillés autour de lui, un cendrier rempli à ras bord. Il m'aurait sermonné, aurait tout fait pour me faire changer d'avis, puis aurait tenté de venir avec moi. J'entendais déjà ce qu'il allait me dire : « Imagine les soirées qu'on pourrait faire là-bas. Les pieds dans l'eau, la tête dans les étoiles… Et on est en plein sur la route de la drogue venant du Mexique et de Colombie, vieux. Ils ont une de ces cames, là-bas. Y aura qu'à tendre le bras. »

Au lieu de cela, lorsque je suis entré dans sa chambre, tout était étrangement en ordre. Le lit était fait. Sur son bureau, là où il range habituellement ses drogues, nos drogues, il y avait juste cette petite note, écrite de sa main.

Mike,
Je n'en peux plus.
Je t'attendrai au début de la route.
Au début de notre route.
Il faut que ça cesse.
C.

Le début de notre route. Je savais pertinemment ce que ça voulait dire. Là où tout avait commencé pour nous, pour moi. Louisville…

J'ai fait prévenir le pilote de mon jet privé, l'ai fait préparer. J'aurais dû, je le sais, en parler au préalable avec Joan. Mais elle aurait voulu gérer le problème elle-même. Car Caan était plus que jamais devenu un obstacle. Tant qu'on le gardait à Lost Lakes, on limitait la casse. Comme un animal sauvage en cage. Dehors, il était capable de tout, et surtout du pire.

Mon ami est-il, comme moi, bouffé par les remords ? Va-t-on enfin avoir cette discussion ? Ce sujet que l'on tait, que l'on n'a jamais vraiment abordé ? Sur ce qui s'est passé à plusieurs reprises durant nos soirées. Sur ce qu'il a fait. C'est peut-être le moment opportun.

C'est certainement la dernière fois que je vois Caan. À l'avenir, je laisserai Joan gérer, trouver un arrangement avec lui. On lui offrira une belle retraite dorée. De quoi se défoncer durant toutes les années qu'il lui reste à vivre. Et moi, j'essaierai de me reconstruire. De toute manière, Caan me l'a souvent répété : « Je ne veux pas faire de vieux os. Il faut savoir partir au bon moment. Quitter la scène. » Je ne donne pas cher de sa peau sans moi, sans le cocon protecteur de Lost Lakes. Mais ça ne sera plus mon problème.

La limousine arrive dans mon ancien quartier, Park Hill. Je demande au chauffeur de faire un détour pour ne pas traverser West Oak Street. Pas question de passer devant mon ancienne maison. On remonte la South 15th Street. On croise Dumesnil, puis West Ormsby Avenue…

Malgré les terrains en friche, les grues ici et là, les panneaux vantant la construction prochaine d'immeubles, d'habitations cossues, je reconnais les lieux. Il reste encore quelques rues intactes, comme des instantanés de ma jeunesse. Ces trottoirs craquelés, ces portails en bois vermoulus, ces maisonnettes fatiguées, tassées, qui tiennent on ne sait comment encore debout… Ces rues que je traversais, au pas de course, les yeux dans le bitume. « T'es un drôle de gamin, toi, toujours dans ta bulle », me répétait Jamal. Mais je ne pouvais pas lui expliquer, ni à lui ni aux autres, qu'il fallait que je me dépêche, toujours, de faire les courses, de revenir de l'école. Il ne fallait pas traîner. Maman m'attendait.

« Park Hill nous abîme tous. Il n'y a pas que les maisons qui s'écroulent, et les rues défoncées. C'est comme si l'usure, la tristesse, elle entrait en nous. Ce coin est maudit, Mickey. Il faut ficher le camp d'ici. Ou on finira comme ces vieilles baraques. » Jamal m'avait dit ça un soir d'été, alors qu'on crevait de chaud sur son perron. J'avais hoché la tête. J'avais pensé à ma mère. Peut-être avait-il raison. Peut-être que ce sont ces rues qui l'avaient rendue malade, si amère ? Je n'avais rien ajouté.

Qu'est-ce que tu deviens, Jamal ? Toi et tous les autres gamins du quartier… Qu'est-ce qu'il reste de vous ? Et de moi ? Du petit Mickey Delgado ?

Le téléphone de la limousine sonne. C'est Joan. Évidemment.

— Mike, mais qu'est-ce que tu fous ? Tu es où, putain ? J'ai appris que Caan avait disparu…

— Justement. Je sais où il est. Je vais le retrouver.

— Qu'est-ce qu'il veut ? Il t'a dit quelque chose, il t'a parlé ?

— Non. Il m'a juste laissé une note. Il a craqué, Joan… par rapport à ce qui s'est passé.

— Il ne faut pas que tu le voies seul, Mike. Il est peut-être dangereux. Tu sais de quoi il est capable.

Il y a une pointe de peur dans sa voix. Ce n'est pas habituel.

— C'est mon meilleur ami, il ne me fera rien.

— N'écoute pas ce qu'il va te dire. Ne le crois pas. Il va te mentir. Ce mec est un fou, un psychopathe.

— Je veux m'en occuper. Je lui dois bien ça.

— Thomas et Jeremy sont en route pour te rejoindre. Où dois-tu retrouver Caan ? Tu te rends compte de ce qui pourrait arriver, s'il se mettait à parler ? Il ne faut pas que tu y ailles, Mike. Il ne faut pas…

— Putain, mais je m'en fous, tu comprends ça, Joan ? C'est mon ami, point final. Je peux gérer le problème.

— S'il te plaît, laisse-moi m'en charger. Oublions Caan. Oublions tout ça. Pense à ton île, aux enfants. Allons de l'avant.

— Non.

— Tu te trompes sur toute la ligne, Mike… Tu vas le regretter, crois-moi.

— Je te laisse, Joan. Nous sommes arrivés.

Je raccroche et demande au conducteur de la limousine de couper la ligne téléphonique. Il me jette un regard inquiet, puis s'exécute.

Nous nous garons à l'adresse que je lui ai indiquée : le 1515 sur Wilson Avenue.

C'est là qu'a vécu Caan, avec son père et sa sœur. À l'époque, je faisais tout pour éviter cette baraque. Quand je devais passer devant, je changeais de trottoir. Je ne voulais pas me retrouver nez à nez avec la terreur du quartier, Caan Robertson. Je me souviens des quelques fois où Caan m'avait adressé la parole avant que je ne vienne lui faire ma proposition, bien plus tard. Je marchais dans la rue, et ses potes et lui s'étaient mis à me tourner autour, comme des prédateurs qui s'amuseraient avec leur proie. Il avait à peine douze ans et fumait déjà des cigarettes. Son haleine dégageait une odeur de tabac froid et de chewing-gum mêlés. Il donnait déjà l'impression de se foutre de tout. Il m'avait un peu cherché. Il m'appelait la crevette, car j'étais trop maigre. Mais après s'être moqués de moi et m'avoir demandé si je n'avais pas un peu d'argent, lui et sa bande m'avaient fichu la paix. Comme tous les autres. Il savait que ma vie était bien pire que la leur. Durant des années, Caan m'avait terrorisé. J'entendais tant d'histoires sur lui dans les couloirs de l'école, sur ce dont il était capable. On racontait, entre autres, qu'il avait tabassé un môme et l'avait laissé en piteux état dans le local technique du collège, et qu'il en avait attaché un autre, à poil, à un réverbère, parce qu'il lui devait une poignée de dollars. J'étais effrayé et en même temps admiratif, envieux de sa vie, de sa liberté. Caan était tout l'inverse de moi. Il prenait ce qu'il ne pouvait avoir. Il jouissait de la vie sans entraves. Pour toutes ces raisons, quand je me suis décidé à partir, c'est à lui que j'ai pensé immédiatement pour m'accompagner, pour m'épauler. Année après année, il est devenu mon manager, mon ami, ma part de ténèbres…

Je remarque l'une de mes voitures, une Chevrolet Camaro 68, garée à la va-vite sur le trottoir. Une partie de l'aile est complètement rayée. Le pare-chocs arrière est défoncé. C'est certainement avec cette caisse que Caan est venu jusqu'ici. Étonnant qu'il y soit arrivé vivant…

Son ancienne maison a quasiment disparu sous la végétation. Elle est couverte de lierre. Des lianes et des branchages ont été arrachés pour dégager la porte d'entrée. Je demande au chauffeur de m'attendre ici.

Il faut serpenter entre les mauvaises herbes pour se faufiler jusqu'au seuil de la porte. Il y a du grabuge à l'intérieur. On déplace des choses.

Je m'allume une cigarette et entre. La maison est petite, tout en longueur. Comme toutes les baraques du coin. Dans ce qui devait être le salon, le plafond s'est en partie effondré et laisse dégouliner des cascades de lierre. Je découvre Caan, en sueur, torse nu, qui bouge d'une main des meubles vermoulus, bouffés par les termites, la mousse et les années. Il marmonne dans sa barbe : « C'était comme ça, c'était là que ça allait. »

Il me remarque, lâche un « te voilà, enfin », et, d'un geste, m'invite à m'asseoir sur une petite chaise bancale. Je vois qu'il tient un flingue dans sa main droite. Il attrape une bouteille de whisky de sa main libre et remplit à ras bord deux verres à shot. Il a les yeux injectés de sang.

— Pose cette arme, Caan.

— Non, d'abord un toast ! À Mike Stilth, la plus grande star au monde. À toi, vieux.

— À nous, à notre amitié, Caan.

— Notre amitié… des conneries, oui.

Il boit son verre cul sec et s'en sert un autre illico.

Je ne peux détacher mes yeux de son arme qui se balance d'avant en arrière au bout de son bras.

— Caan, si tu veux qu'on parle, je veux que tu me donnes ce flingue, maintenant. Sinon, je me casse.

Là, il me braque d'un bras tremblant. Je manque de basculer en arrière.

— Tu n'iras nulle part, Mickey.

— OK, vieux. OK.

— Trinquons et buvons.

Il baisse son arme. Je respire.

Je tinte mon verre contre le sien et avale une gorgée de whisky tiède.

— T'aurais une cigarette, Mickey ? Je suis à sec.

Je lui en tends une, il se l'allume d'une main tremblante. Il aspire, balance la tête en arrière, ferme les yeux.

— La cigarette du condamné, hein… Je sais bien qu'elle va finir par venir, qu'elle enverra quelqu'un.

— De qui tu parles, Caan ?

— Joan. Elle doit tellement flipper en ce moment. Craindre que je balance tout… Et putain, c'est ce que je vais faire. J'ai quitté ma cage dorée. Ça doit être la panique à Lost Lakes. Le branle-bas de combat.

— Calme-toi.

— Me calmer… Tu ne sais rien. Tu ne sais pas ce que je traverse. Depuis si longtemps. J'ai beau encaisser. J'en peux plus, putain. Tous ces mensonges…

Il se ressert un verre, en renverse la moitié à côté, puis fait de même avec moi. J'ai du whisky plein les mains, qui dégouline sur ma veste. Je ne dis rien. Caan hausse la voix.

— J'ai toujours été là, hein, Mickey ? Toujours été là pour remplir ton verre quand il était vide. C'est à ça qu'on reconnaît un vrai ami… Mais j'en peux plus.

— Tu veux qu'on parle de ce qui s'est passé au manoir ? De cette fille, Leah, c'est ça ? Tu veux qu'on parle de ce que tu as fait ?

— De ce que j'ai fait…

Il éclate de rire.

— Vraiment ? Je veux dire, tu t'en es vraiment persuadé ? Pendant toutes ces années, j'ai joué le jeu, j'ai porté ton fardeau. Mais j'en peux plus. Je ne sais plus où j'en suis. Une part de moi a même fini par croire que c'était vraiment moi qui avais fait ces horreurs.

— De quoi tu parles, je ne te suis pas…

— Je n'ai jamais rien fait, Mike. Ces filles. Toutes ces filles. Je ne leur ai jamais fait de mal. C'était toi.

Quelque chose gonfle en moi. Comme une bulle de sang qui voudrait exploser. Comme un cri qui monte…

— Arrête, Caan. Tais-toi.

— J'en reviens pas, putain ! Comment ton cerveau a fait pour occulter ça, pour tout effacer, pour te convaincre que tu n'avais rien fait ? Comment tu as fait ? La première fois que je t'ai trouvé avec un cadavre de fille, tu avais encore les mains serrées sur son cou et tu regardais dans le vide, comme si tu n'étais pas vraiment là. Au bout d'un moment, tu m'as vu, tu t'es levé et tu m'as demandé ce qui était arrivé. Tu ne te souvenais de rien. J'ai voulu te protéger, j'ai dit que c'était un accident. C'est comme ça que tout a commencé…

— Tu mens. C'est toi… Je n'y suis pour rien. Je ne pourrais pas faire de mal à…

— Tu sais, j'ai essayé de t'en empêcher, la dernière fois. Mais quand je suis entré dans la salle de projection, j'ai vu tes yeux. Ta folie. Et j'ai pensé à ce que tu me ferais si je tentais quoi que ce soit. Ce que me feraient Joan et ses sbires. J'ai eu si peur… Un lâche. Putain, j'y suis pas arrivé. Joan, comme d'habitude, m'a demandé de porter le chapeau. Tu ne pourrais pas encaisser ça, disait-elle. Il fallait qu'il y ait un monstre et ça serait moi. Ça avait toujours été moi. J'ai accepté encore une fois. Mais c'était celle de trop. Tu ne te souviens vraiment de rien ?

Des mains serrées contre un cou, des veines saillantes violettes, une bouche ouverte qui cherche à aspirer encore un peu d'air. Encore un peu… Mes mains.

— Non, je ne me souviens pas. Je ne veux pas…

— Je revois leurs visages, vieux. À toutes. C'est comme si elles revenaient me hanter dès que je ferme les yeux. J'ai ma part de responsabilité, je le sais. C'est moi qui te les ai ramenées. Et toi, tu les as prises. D'où ça te vient, cette merde, cette rage ? C'est à cause de ta mère ? Ou c'est toute cette célébrité, toute cette puissance qui t'a rendu malade ?

Je ne veux plus entendre sa voix. Je dois partir d'ici. Mais je suis paralysé.

— Tais-toi… Tu délires.

— Quand on a eu notre accident, il y a quatre ans… Ça avait déjà commencé. Au moment du crash, je me suis dit que c'était peut-être mieux. Qu'on allait être punis. Toi pour ta folie, moi pour m'être tu. Mais on a survécu. Toi plus beau, plus adulé que jamais. Moi, transformé en un monstre de foire. Ces brûlures, c'est comme si le mal me rongeait de l'intérieur. Mais arrive un moment où les drogues, la défonce, l'alcool ne suffisent plus.

Je remue la tête.

Mes mains qui serrent. Toujours plus fort. Parce que je veux qu'elles se taisent. Parce que c'est moi qui décide. Pas elle. Pas toi, maman. Moi.

Caan tire une dernière latte de sa cigarette et la jette contre un mur. Elle explose en un éclat de braises rougeoyantes.

— Putain, que ça fait du bien ! De tout te dire, enfin.

Caan m'attrape le visage de sa main libre et colle son front contre le mien.

— Ça y est, tu comprends, Mike ? Je le vois dans tes yeux. Ça a toujours été toi… Joan ne voulait pas que tu le découvres. C'était trop risqué pour ta carrière. Elle et Robinson se sont arrangés pour faire disparaître les corps. Tu sais combien il y en a eu ? Six filles, putain. Tu les as toutes tuées.

— C'était des accidents.

— Il n'y a jamais eu d'accident. Tu les as étranglées. L'une après l'autre.

Je m'écroule au sol, à genoux. Tout me revient. Comme un geyser vermillon qui me traverserait de toutes parts, qui me transpercerait.

Leur prendre la vie. Parce que je le peux. Parce que j'en ai le pouvoir. Parce qu'il ne m'arrivera rien, jamais. Les prendre. Comme une revanche.

— Je t'ai envié, vieux. Cette faculté à te mentir, à refuser d'accepter ça. Putain, moi, ça m'a tellement bouffé. Mais c'en est fini aujourd'hui.

Il me braque soudain le flingue sur le crâne.

— Je dois faire ça pour elles, tu comprends. Je les entends. Elles me le demandent...

— Non, Caan... Je me ferai soigner... je vais disparaître, partir, loin.

— C'est en toi. Ça ne changera jamais. Je n'en peux plus, Mickey.

— Arrête, Caan. Attends.

— Non. J'ai trop attendu. Trop menti. Il faut faire face. Il est temps.

Il attrape un dernier shot, le siffle cul sec, me regarde de ses yeux d'un bleu froid perlés de larmes. Son visage brûlé, ce visage qui m'a accompagné toute ma putain de vie. Mon ami, mon frère. Deux gamins, qui se prennent pour des adultes, pour des durs. Deux mômes inconscients qui partent sur les routes, un sac à dos et une guitare pour tout bagage. Les premières cigarettes qui brûlent la gorge et qui font chaud. Les nuits au poste dans des bleds sans nom pour vagabondage. Les premières cuites. Les premiers défis, stupides... « Si, si, je peux monter en haut de cette putain de grue. » Les premières déceptions. Et sa voix, qui a toujours été là : « Lâche pas, Mickey. On va y arriver, ensemble. » Les premiers concerts. Les lumières, les applaudissements... Leurs regards, l'envie qu'ils m'aiment... Toutes ces premières fois, avec lui. J'ai l'impression que Caan pense à la même chose que moi, en cet instant. À tout ce que nous avons traversé.

Sa main se met à trembler, puis il retourne le pistolet contre lui-même.

— Pose cette arme, Caan. Rentrons ensemble à Lost Lakes.

— Elles sont là. Elles attendent. C'est la seule solution. J'ai si mal.

— Non…

— C'était une belle route, hein, Mickey ? Le chemin qu'on a fait ensemble. C'était quand même une belle route ?

— Oui… Une belle route.

Il appuie sur la détente. Le temps s'immobilise, se cristallise. Une explosion de sang noir. Un tonnerre, un fracas. Son corps sans vie s'écroule au sol. C'est fini.

Je suis comme vidé. Je reste là, immobile. Le temps n'est plus rien.

J'entends du bruit derrière moi, des hommes m'entourent. Il s'agit de Jeremy et Thomas. Ils m'ont retrouvé, évidemment. Ils inspectent le corps de Caan. Me soulèvent du sol, me sortent de la maison. Je suis comme une poupée de cire. Sans vie. Vidé.

C'est moi. Ça a toujours été moi…

31

Joan
3 novembre 1995
Lost Lakes

Elles remontent à la surface, comme si elles ne voulaient pas qu'on les oublie… que je les oublie.

Il y a deux jours, la police a découvert un nouveau cadavre de fille. Encore un, c'est la sixième. On ne pensait pas qu'elle réapparaîtrait aussi vite. Ça fait à peine trois semaines que c'est arrivé. Est-ce que les hommes de Robinson ont déconné, cette fois ? Peut-être n'ont-ils pas assez bien lesté le corps. Ou est-ce réellement une malédiction ? Comme si le lac Wentworth se refusait à les accepter dans ses abysses. Irrémédiablement, elles nous reviennent.

Leah Johnson. Tel était son nom. Je tente de me convaincre qu'après tout, cette gamine était condamnée. Toxicomane, *borderline*… suicidaire.

Pourtant, ça me hante, comme une tache en moi qui refuse de disparaître. Je dois faire face, donner le change. À croire qu'il n'y a que moi qui tiens le coup dans cette folie furieuse.

Tout ce que j'ai construit se fissure. J'ai beau essayer de garder l'équilibre, c'est comme si je m'efforçais de maintenir debout, seule, un bâtiment en train de s'écrouler… Combien de temps encore pourrais-je tenir ?

Mais comment fais-tu pour continuer, Joan ?

Avec tout ce que tu as déjà vécu ? Comment est-ce seulement possible ? Il me suffirait d'un coup de fil à la bonne personne. Un journaliste. Tiens, Paul Green, par exemple. Ironie absolue. Un seul coup de fil à ce salopard pendant lequel je balancerais tout. Mike serait arrêté. Je fournirai les preuves sur les six meurtres, puisque j'ai tout manigancé. L'argent au shérif, aux légistes du comté, et à tous les autres…

Et puis quoi, Joan ? Peut-être que je pourrais me regarder à nouveau dans un miroir. Et tu y gagnerais quoi ? Une tranquillité d'esprit ? Foutaises… Tu perdras tout, et tu ne pourras plus rien y changer. Rien… Il faut continuer, coûte que coûte. C'est ce que tu fais, Joan. C'est ce que tu es. Tu courbes l'échine et tu avances. Toujours.

Mais tout fout le camp, c'est de pire en pire.

Je venais à peine d'arriver à Lost Lakes. Je devais m'assurer que rien ne fuitait, que la police enterrait bien les preuves. Mieux valait être sur place pour gérer tout cela plutôt que de rester à New York. Étouffer l'affaire m'avait coûté encore plus cher, cette fois. Le shérif Brown devenait de plus en plus gourmand.

Mais il a fallu qu'une autre urgence me tombe dessus. Caan a disparu et Mike est parti à sa recherche. J'ai tenté de le convaincre de rentrer, mais il ne veut pas entendre raison, malgré mes supplications. Heureusement, Jeremy et Thomas ne tarderont pas à arriver dans le quartier de son enfance, Park Hill. Il faut absolument qu'ils le retrouvent… en espérant qu'il ne soit pas trop tard.

J'entends du bruit dans le couloir. Je vais m'assurer que ma porte est bien fermée à clé, avant de m'approcher de la grande fenêtre. Il fait un temps ignoble dehors : des nuages noirs, le vent qui fait valser les branches des arbres et un crachin qui traverse tout. Je m'allume une cigarette. Putain, je suis dans un état… Je serre ma main. Arrête de trembler, ça va s'arranger.

Mon téléphone sonne. C'est notre avocat.

— Kenneth, je n'ai pas une minute à moi. Une urgence à gérer. Que voulez-vous ?

— Je sais. Caan a disparu et Mike est sur ses traces.

— Comment êtes-vous au courant ? Personne ici…

— Ça n'a aucune importance. J'appelle juste pour m'assurer que vous avez la situation en main. Que comptez-vous faire de Caan ? Il devient problématique.

— Nous allons le ramener ici. Nous aviserons ensuite.

— Ça ne peut plus durer, Joan. Imaginez si Caan décide de parler aux journalistes. Nous ne pouvons courir ce risque.

— Vous voulez peut-être qu'on l'élimine ? Contrairement à vous, nous ne sommes pas des assassins.

— Je vous aurais bien envoyé mes hommes, mais le temps joue contre nous. Vous devez gérer ça vous-même. Et si, par malheur, Caan contacte la presse, ou même s'il révèle la vérité à Mike, il faudra songer à une solution plus radicale encore.

— Que voulez-vous dire ?

— Si Mike mourait dans un accident avant que toute cette affaire n'explose, on limiterait les dégâts. Personne n'oserait salir sa mémoire. Son honneur serait sauf...

— Vous êtes en train de me dire que vous voulez tuer Mike Stilth ?

— Je vois juste le tableau dans son ensemble, Joan. Moi et les gens dont je vous ai parlé la dernière fois.

— Votre putain de Cercle, c'est ça ? Eh bien, vous pouvez leur dire d'aller se faire foutre et de ne surtout pas se mêler de mes affaires.

— Calmez-vous et écoutez-moi une seconde. Ces personnes craignent, à juste titre, un effet domino si l'affaire Stilth éclatait au grand jour. Les répercussions pourraient être terribles. S'il n'y a pas d'alternative, nous devrons aller au bout... Mike se condamne lui-même par son comportement.

— Jamais. C'est hors de question. Je gère cette affaire.

— J'ai déjà tout fait pour vous couvrir, mais la situation devient incontrôlable, malgré tous vos efforts. Au fond, vous le savez pertinemment.

Bien sûr, que je le sais...

— Laissez-moi gérer ça, Robinson.

Putain de migraine. J'ai tellement de choses qui se bousculent dans mon crâne. J'ouvre la fenêtre et prends une profonde inspiration. Un courant d'air s'engouffre dans la chambre et fait virevolter les rideaux. Je reçois des gouttes d'eau sur le visage. Quelqu'un parle à Robinson, c'est certain. Il y a une balance dans mon entourage. Sauf que quasiment personne n'est au courant pour la disparition de Caan et celle de Mike. Personne, à part moi, Jeremy et Thomas…

L'un de mes deux gardes du corps est en contact avec Kenneth. Peut-être même depuis longtemps.

Ce n'est pas la priorité, Joan. Reste focalisée, concentrée. On verra ça plus tard. Pour le moment, l'important est de mettre la main sur Mike et faire taire Caan.

Ensuite, j'enverrai Mike et les enfants sur leur foutue île…

Je ferme les yeux. J'ai l'impression d'être aspirée dans un grand vide. Plus rien pour me retenir de tomber, plus rien que le vide sous mes pieds.

32

Noah
3 novembre 1995
Lost Lakes

Je m'éloigne le plus possible de la chambre de Joan. Elle était au téléphone. Elle avait l'air énervée. Au départ, je venais l'espionner pour savoir si elle avait des informations sur papa. En regardant par la fenêtre ce matin, j'ai vu mon père quitter Lost Lakes. Il m'avait pourtant promis qu'on allait bientôt partir pour l'île Ginger…

Seulement voilà, je n'étais pas prêt à entendre ce qu'elle a dit. Certains mots résonnent encore dans ma tête : « Vous êtes en train de me dire que vous voulez tuer Mike Stilth ? » Joan et cet homme ont-ils peur, eux aussi, de la maladie de papa, de ce dont il est capable ? Craignent-ils qu'il se transforme en vampire ? Et qu'il recommence à faire du mal à d'autres filles, en serrant leur cou, encore et encore ?

Non, n'y pense pas, Noah. Il faut que tu réfléchisses. Vite, prévenir papa, le sauver.

J'avais déjà commencé à élaborer un plan il y a quelque temps. Quand j'ai découvert la maladie de mon père et de Caan, j'étais à deux doigts de fuir. Du coup, aujourd'hui, tout est prêt dans ma tête.

Il est dix-huit heures. Avec le jour qui s'éteint, les rondes des vigiles vont être plus faciles à éviter. Et j'ai remarqué une sacrée agitation dans le domaine. Tout le monde doit être en train de chercher papa. C'est la panique. Les hommes de la sécurité courent dans tous les sens… C'est l'occasion rêvée. Eva et moi, on a toutes les chances de passer inaperçus. Et si on y arrive, on pourra non seulement sauver papa, mais aussi découvrir le monde du dehors.

J'ai un plan. Un vrai. Ces derniers temps, j'ai regardé beaucoup de films de guerre en choisissant parmi la sélection des centaines de cassettes VHS de papa, dans notre salle de projection. La plupart des longs-métrages que j'ai vus, *Un pont trop loin*, *Le Jour le plus long*, *Les Canons de Navarone*, étaient un peu vieux, souvent en noir et blanc, mais j'y ai appris plein de choses. Je suis un vrai soldat, maintenant.

En une demi-heure, j'ai préparé mon balluchon. Un sac à dos, dans lequel j'ai glissé quelques paquets de gâteaux que je gardais cachés sous le lit, une carte des États-Unis arrachée d'un de mes atlas et un couteau que j'ai volé dans la cuisine. Je ne sais pas ce qui nous attend dehors. Est-ce que les gens se battent dans la rue, comme des sauvages ? Est-ce qu'ils sont si mauvais ? Est-ce que « c'est le chaos », comme papa le dit souvent ?

Le plus important, c'est de protéger Eva. Tout le reste est secondaire. Je ne me pardonnerais jamais qu'il lui arrive quelque chose. Mais je ne peux pas la laisser ici, car la connaissant, pipelette comme elle est, elle ne pourra pas s'empêcher de prévenir Berk.

Je vérifie une dernière fois le contenu de mon sac, et me précipite le plus discrètement possible vers sa chambre, en chaussettes. Je fais un nœud entre les lacets de mes deux chaussures et les passe autour de mon cou. J'ai vu cette technique dans un film.

Par chance, Eva est seule. Elle coiffe une de ses poupées en chantant.

— Sœurette, prépare-toi. Il faut qu'on quitte Lost Lakes. Je t'expliquerai tout plus tard, mais il faut faire vite. Papa a besoin de nous. On doit le retrouver.

Elle me regarde avec un drôle d'air.

— Mais on n'a pas le droit de sortir. C'est dangereux…

— Je sais bien. Mais papa est en danger. Tu veux l'aider, dis ? Ça va être une sacrée aventure, sœurette. Et on sera ensemble. Prends un manteau chaud et donne-moi tes chaussures. Maintenant.

— Seulement si je peux prendre ma poupée Chloé avec moi.

J'accepte.

— On va jouer à cache-cache avec les grands. Le but du jeu, c'est de ne pas se faire voir. D'accord ? Et quand papa saura ce qu'on a fait pour lui, il sera très fier de nous.

— OK, capitaine frérot ! s'enthousiasme-t-elle.

Elle mime un salut militaire en mettant la main devant son front.

Je regarde ma montre. Les minutes filent. J'attrape Eva par la main et dépose un baiser sur son front pour lui donner du courage.

Ni vu ni connu, on arrive à l'escalier central. Le seul problème, c'est la caméra de surveillance, placée dans l'angle de l'escalier, et tournée vers l'extérieur. Heureusement, j'ai eu le temps d'étudier ses rotations de gauche à droite, par cycles de vingt secondes. Ça devrait nous laisser un créneau de dix secondes pour dévaler les marches sans être repérés.

Je regarde au-dessus de moi.

— Maintenant ! Cours !

Eva a l'air apeurée, mais elle s'élance sans réfléchir. Je la suis tout en comptant dans ma tête.

Dans la grande galerie, on se cache derrière les épais rideaux rouges qu'il y a sur les côtés. Je regarde par l'interstice. La caméra vient de finir son cycle. C'était moins une…

On sort de derrière les rideaux. Il va falloir faire vite pour traverser la grande galerie car on y sera très exposés si quelqu'un y entre. Je tire Eva derrière moi et on se met à courir dans la pièce. Ma sœur s'arrête soudain. Je manque de tomber en avant.

— Qu'est-ce qu'il y a, Eva ?

— On a fait une bêtise, Noah. On a oublié quelque chose. On a marché sur les dalles noires.

Normalement, c'est vrai qu'on fait toujours gaffe à ne jamais poser un pied dessus. Depuis qu'on est tout petits, je ne sais pas pourquoi, on s'est convaincus que ça nous porterait malheur.

— Mais c'est pas pour de vrai, cette histoire. Ce n'est qu'un jeu. Ne t'inquiète pas, sœurette.

— Non, c'est pas un jeu ! Il va nous arriver un grand malheur, c'est sûr.

Je reprends Eva par la main. Ma sœur regarde, inquiète, au sol. Je suis sûr qu'elle fait tout pour poser ses pieds uniquement sur les dalles blanches. Elle est incorrigible celle-là.

On arrive devant l'imposante porte en bois des cuisines. Je la pousse lentement. Daisy, notre cuisinière, est de dos, en train de couper des légumes. Beth, sa commis, fait la vaisselle à ses côtés. Les deux femmes papotent tranquillement. On a de la chance. Je me baisse et incite Eva à en faire de même. On se faufile derrière les tables en métal jusqu'au cellier, où est entreposée toute la nourriture. Au passage, j'attrape deux pommes que je glisse dans mes poches. J'arrive à la porte qui mène à l'extérieur. Heureusement, j'ai déjà tout prévu. Personne ne le sait, pas même papa, mais je connais les codes d'accès et de sortie du manoir. Je tape les quatre chiffres, la porte fait clic.

En un rien de temps, la pluie s'abat sur nous. On court, le dos courbé, sans passer par les chemins en gravier.

Eva répète qu'elle en a marre, qu'elle veut s'arrêter, qu'elle a froid. Mais je ne l'écoute pas. Je tiens sa main serrée dans la mienne.

On arrive enfin devant le garage. Il va falloir faire attention, car à l'intérieur il y a tout le temps des vigiles. Normal, c'est ici que sont gardées toutes les voitures de papa, sur deux étages. Mon père a une

sacrée collection. Plus de quarante automobiles différentes, de toutes les époques.

On slalome entre les rangées d'autos. Il fait très
sombre. Mais de petites lumières vertes au sol nous
aident à nous repérer.

— Noah, j'en ai marre. Je veux rentrer.

— Chut…

J'ai entendu un bruit. Une porte qui s'ouvre. On se
baisse et je pousse Eva entre deux voitures. Je lève la
tête, tout doucement, au-dessus du capot.

La lumière d'une lampe. Un vigile.

J'entraîne Eva et me faufile sous les roues d'un gros
4 x 4. Les bruits de pas se rapprochent. Je sens la peur
monter, je serre fort la main de ma sœur. Sur le côté
gauche, à trois ou quatre voitures de la nôtre, je vois
les chaussures noires du vigile, qui s'arrêtent quelques
secondes. Il inspecte méticuleusement chaque véhicule.

— Noah…

Je colle ma main contre la bouche d'Eva. Elle me
fixe avec ses grands yeux effrayés. Moi, je suis comme
paralysé. On est faits comme des rats.

Voilà que le vigile s'immobilise devant le 4 x 4.
Le faisceau de sa lampe passe autour de nous. Pourvu
qu'il ne se baisse pas… Surtout pas. Soudain, sa radio
se met à crépiter. Une voix de robot :

— Isaac, tu reviens au Central tout de suite.
Bullworth a demandé une réunion d'urgence. Harlow
est furax. On laisse tomber nos patrouilles. Il veut un
redéploiement complet.

— Compris. J'arrive.

Ouf. Sauvés… L'homme s'éloigne.

J'attends encore une minute puis je retire ma main de la bouche de ma sœur. Elle aspire très fort et me tape sur le bras. Je lui dis que je suis désolé, que je n'avais pas le choix, qu'on sera en sécurité maintenant.

— J'en ai vraiment marre ! dit-elle. Je veux rentrer.

— Eva, arrête, s'il te plaît. On y est presque. On a fait le plus dur.

Il faut se dépêcher, il est déjà dix-neuf heures. Je ne veux pas imaginer qu'on ait fait tout ça pour rien.

On atteint enfin une nouvelle porte épaisse en métal. J'essaie plusieurs clés, je ne sais pas laquelle est la bonne. Mes mains en tremblent. Je ne me suis jamais aventuré aussi loin.

Je les manipule nerveusement. Non, pas celle-là. Non plus. Toujours pas. Ça y est. Ça marche !

On entre dans la deuxième zone du garage. C'est ici que les employés de Lost Lakes garent leurs voitures personnelles. Il y en a une vingtaine. Je repère très vite sa camionnette. Elle est telle qu'il me l'a décrite. Sa « vieille poubelle », comme il l'appelle. Marron foncé, avec des morceaux un peu rouillés. Et une portière bleue, côté passager. Dans l'espace ouvert à l'arrière, un bazar pas possible, comme un grand débarras. On y voit des pelles, des râteaux, des seaux et une imposante bâche grise roulée en boule. J'aide Eva à monter à l'arrière.

— Qu'est-ce que c'est ? Qu'est-ce qu'on fait ?

— Chut… Il ne va pas tarder à arriver.

On se faufile entre les outils de jardinage. Eva manque de trébucher, mais je la retiens. Je l'installe au fond de la camionnette et m'assieds à ses côtés.

J'attrape la bâche, la déroule et la place au-dessus de nous.

J'entends un bruit de porte. Une silhouette s'approche. L'homme est un peu voûté, il marche lentement. Comme s'il avait tout le temps du monde. C'est lui, je le sais. Je l'ai reconnu instantanément.

Spencer.

Il prend place derrière le volant et, avec des gestes lents, met le moteur en marche. On remonte vers la sortie. Il ne faut plus faire le moindre bruit. Ne plus bouger. Je tiens Eva serrée fort contre moi.

Je vois le gros portail en métal coulisser. Je me fais tout petit sous la bâche. On passe sous la barrière. Ça y est ! On est sortis ! Je commence à entendre le ploc-ploc de la pluie, le vent frais, l'odeur de bois humide de la forêt.

J'aspire tout l'air que je peux et je souffle. On est sortis !

Je remue les épaules d'Eva de joie, elle ne comprend pas encore. Doucement, je relève un bout de la bâche pour qu'elle puisse voir.

Pendant de longues minutes, on regarde en silence, tous les deux, par l'ouverture. Dans la nuit, les arbres défilent. On croise d'autres voitures. Et puis des maisons. Elles sont toutes petites. Parfois, il y a de la lumière dedans. Et de la fumée qui sort des cheminées en brique. Eva et moi, on n'en perd pas une miette, comme si on était au cinéma. Le plus beau cinéma du monde. J'essaie de mémoriser tous les panneaux qu'on croise. « Vitesse limitée 30 miles », « Loon Mountain Resort », « Route 112 », « Lincoln, prochaine sortie », « Rodgers, Ski Outlet »… On passe devant un restaurant appelé Gordi's. À l'extérieur, des gens qui parlent en fumant des cigarettes. Ils rigolent et se tapent le dos. Ils n'ont pas l'air aussi terrifiants et malades que papa nous l'a dit. On rejoint finalement une grande route. Là, on se fait doubler par d'énormes camions qui font tout vibrer et envoient des bourrasques de vent dès qu'ils nous frôlent. Eva me serre fort le bras, mais elle a un grand sourire – un grand sourire comme le mien. On voit des publicités aussi. Il y en a une qui présente un endroit appelé « Whale's Tale ». Sur une photo, il y a un père qui glisse sur un immense toboggan avec son fils entre les jambes. Les deux sourient de toutes leurs dents. Pourquoi n'a-t-on jamais été là-bas ? Pourquoi est-ce que papa ne nous y a jamais emmenés ? On entre dans une ville. Il y a de plus en plus de maisons. Elles sont collées les unes aux autres. Certaines n'ont quasiment pas de jardin. Il y a de plus en plus de béton partout et de gros câbles noirs qui pendent de poteaux en métal, et puis des lumières rouges et vertes qui changent de couleur devant les voitures. Ce sont des feux de circulation, je le sais bien. Mais voir tout ça, ce ballet de centaines de voitures, de lumières, de fenêtres éclairées, c'est quand même autre chose que les vieux films de papa, ou les illustrations de mes livres.

On continue à admirer le spectacle du monde. Tout est si merveilleux. Si nouveau. Je me sens bien, là, avec ma sœur blottie contre moi. Je n'ai pas froid. Je n'ai pas peur.

Je suis le plus grand des aventuriers.

Phileas Fogg. John Wayne. Steve McQueen. Ulysse. Christophe Colomb. Et tous les autres. Ils peuvent aller se rhabiller.

VI

GARDER LE CONTRÔLE

« Tout à la fois agent, manager,
attachée de presse et confidente de Mike Stilth, Joan Harlow
a façonné le succès de la star
depuis seize ans. Cette femme
de poigne nous révèle les trois
piliers de sa réussite : savoir
anticiper, ne rien laisser au
hasard et toujours garder le
contrôle. »

Andrea Cutler,
« Joan Harlow,
une femme au sommet »,
The Entrepreneur, avril 1993.

33

Paul
3 novembre 1995
Lost Lakes

« Tu as quatre jours, Green. Si dans quatre putains de jours, tu ne me ramènes rien, ta carrière – si on peut parler de carrière – est finie. Et pas seulement chez moi… Si tu m'as fait courir pour rien durant tout ce temps, je te grille partout. On me presse dans tous les sens, Green… Je commence à me dire que c'était une grosse connerie de te faire confiance. Tu m'as ramené des photos du p'tit Stilth, c'était un gros coup, je le reconnais, mais je me demande si c'était pas un coup de chance. Parce que le talent, le flair, le réseau, on ne peut pas dire que ça soit ton fort. Quatre jours, Green. Tu as compris ? Quatre. »

J'aurais dû répondre à Kelton que si son torchon caracolait en tête des ventes, c'était uniquement grâce à moi. Et puis j'aurais dû en remettre une couche, et affirmer que, depuis la parution des photos de Noah, j'étais courtisé par les plus grands magazines américains.

Ou peut-être aurais-je simplement dû hurler à mon
satané rédacteur en chef de fermer son clapet une bonne
fois pour toutes, que j'en pouvais plus de son ton, de
ses insultes, de ses humiliations permanentes… Mais,
comme d'habitude, je n'ai rien dit. J'ai juste ajouté un
« OK, boss ». Mais il avait déjà raccroché.

À mon motel, je me décapsule une nouvelle Bud
tiède sortie de mon frigo qui fait un boucan de tous les
diables. Depuis mon rendez-vous avec le shérif adjoint
Mills, je piétine, je suis dans une impasse. J'ai tenté
de rencontrer des proches et les familles des victimes,
mais rien à en tirer. Entre la fausse commisération ou
le désintérêt le plus total, tous semblent avoir oublié
leurs mortes. Comme si elles n'avaient jamais existé.
Les chambres des gamines ont déjà été repeintes, leurs
affaires revendues, leurs souvenirs enterrés.

Le téléphone de ma chambre retentit à nouveau.
Si c'est encore Kelton, cette fois, c'est sûr, je lui
balance tout.

— Green, c'est Phil. Il faut que tu viennes vite à
Lost Lakes. Il y a du grabuge.

— Qu'est-ce qui se passe ?

— Rien de confirmé, encore. Mais *a priori*, Mike
aurait quitté le domaine, et ce n'est pas tout… J'attends
des nouvelles. Ramène-toi vite.

Une demi-heure plus tard, je me gare devant la caravane de Phil. La portière est ouverte. Je le trouve à
l'intérieur, recourbé sur sa table, en pleine conversation
téléphonique. « Tu en es certaine, c'est pas du bidon ?
On ne les retrouve pas ? Les deux ? Putain, Harlow doit
être folle… Oui, ne t'en fais pas, je saurai me montrer

reconnaissant. 1 000 dollars pour le tuyau ? Non, 700, c'est le max que je peux faire… OK, partons sur 800. »

Il raccroche et se tourne vers moi.

— Putain, tu ne vas pas le croire, vieux ! Noah et Eva, les deux mômes, ils ont disparu. Toute la sécurité est sur le coup, mais personne ne réussit à les retrouver.

— Un enlèvement ?

— Non. Personne n'est entré dans Lost Lakes, les gars de la sécurité sont catégoriques. Les enfants se seraient fait la malle. Tout ce que je sais, c'est qu'ils sont dehors, en pleine nature, et que c'est l'occasion pour moi de les choper en photo.

— Tu es sûr que c'est du solide ?

— On ne peut pas faire plus viable. C'est le contact que je travaille depuis des mois. La cuisinière de Lost Lakes, Daisy.

Noah et Eva se seraient enfuis. Mais pour aller où ? Et qui aurait pu les aider dans leur fugue ? J'ai soudain comme une petite sonnette d'alarme qui se met à retentir tout au fond de mon crâne… Je sors mon carnet de notes et remonte les pages de ces dernières semaines. Je cherche quelque chose. À la date du 25 septembre, au milieu d'un fouillis de gribouillages, de ratures et de pattes de mouches, j'avais inscrit un nom, relié par une flèche à celui de Noah. Phil me sort de mes réflexions.

— Green, je pars faire le tour du domaine. Tu m'accompagnes ?

— Non. Attends… Tu te rappelles le jour où on a vu Noah pour la première fois ? Juste après que tu l'as pris en photo, j'ai remarqué un homme assez âgé sortir du sous-bois. Il avait regardé en direction du gamin.

Il avait l'air un peu triste. Tu m'avais même dit que son nom, c'était Spencer Bunkle.

— Ah oui, le vieux jardinier…

— Ce jour-là, je m'en souviens bien, j'ai senti un truc. Ce Bunkle est proche de Noah. Peut-être les a-t-il aidés à prendre la poudre d'escampette ?

— Tu délires complètement. Bunkle est un vieillard radoteur à peine capable de retourner la terre et de pousser une brouette. Non, viens plutôt avec moi. On va essayer de les débusquer dans la forêt. Faut qu'on se dépêche, tous les autres chacals doivent déjà être sur le coup.

— Tu as un annuaire ?

Phil me regarde avec de gros yeux ronds derrière ses éternelles lunettes de soleil.

— Mais tu commences à m'emmerder, Green ! Tu ne m'écoutes pas du tout, en fait ? Il est là-bas. Je m'en sers pour caler la télévision.

Je soulève le poste de TV et en retire l'annuaire couvert de poussière, aux pages gondolées.

— Phil, tu sais où il vit, ce Spencer ? Tu m'avais dit avoir tenté de le soudoyer. Tu as déjà été chez lui ?

— Je ne sais plus où c'est…, répond-il en préparant son matériel photo. Une vieille bicoque à Lincoln, je crois.

Je recherche dans l'annuaire du New Hampshire, dans les pages correspondant à la ville de Lincoln. Là. « Spencer Bunkle, au 12, Boyle Street ».

Il faut que je tente le coup, je n'ai rien à perdre. Et j'ai ce petit picotement dans la nuque que je connais si bien.

— Je vais aller jeter un coup d'œil chez lui et lui poser quelques questions sur les enfants.

— Si tu as envie de perdre ton temps, vas-y. Mais je te préviens, tu vas rater le grand show. Ce soir, le grand Phil Humpsley va choper les deux gamins de Stilth en photo !

Un quart d'heure plus tard, aux environs de vingt heures, j'arrive devant le domicile de Spencer Bunkle. J'ignore pourquoi, mais j'ai un pressentiment, quelque chose qui me guide jusqu'ici. Il s'agit d'une petite habitation d'un étage, couverte d'un bardage marron imitation bois. Les cadres des fenêtres, ainsi que les poutres encadrant la structure et le perron, ont été peints en vert foncé, comme pour ajouter un peu de cachet. C'est raté. Une partie du toit, certainement abîmée par les intempéries, a été rapiécée avec des plaques de zinc. Sur l'arrière de la maison, une antenne satellite pendouille, uniquement retenue par ses câbles. Une fenêtre de l'étage est brisée, protégée par du carton. Le long de la rue, quelques bosquets faméliques composent une haie brouillonne. La pelouse du jardin est jaunie, et je remarque un cabanon en bois où s'entassent des vélos en mauvais état. À côté du cabanon, un vieux portique pour enfants, sans balançoire. Il n'en reste que l'armature blanche, comme un squelette rongé par la rouille. Cette maison et ce jardin donnent l'impression d'être complètement laissés à l'abandon par leur propriétaire. À l'intérieur, à travers les fenêtres, je distingue Bunkle en train de se préparer un repas dans la cuisine, tandis que, dans le salon, une lumière changeante semble indiquer qu'il a allumé la télévision. Alors que j'essaie de mieux y voir, un mouvement attire mon attention, dehors, près du pick-up du jardinier garé en travers sur l'allée en terre menant à la maison. Là, une petite silhouette s'extrait discrètement de l'arrière du véhicule et se met à marcher, ou plutôt à ramper, jusqu'à l'entrée de la maison. Je reconnais son visage alors qu'il passe sous la lumière surplombant l'entrée. Les battements de mon cœur s'accélèrent soudainement… Ce n'est pas possible. C'est bien Noah Stilth. Il est là, devant moi. Il n'y a aucun doute. Si Phil voyait ça, il serait fou. Je me demande où peut bien se trouver Eva, tout en observant le gamin entrer dans la maison et se jeter dans les bras de Spencer quand il le voit. Le vieil homme le serre un moment, puis le regarde avec surprise. J'ai l'impression qu'il s'énerve un peu. En ce début de soirée silencieux, sa voix porte à travers les fins vitrages. J'entrouvre ma vitre et saisis quelques mots : « Qu'est-ce que tu fais là ? Pourquoi ? Tu te rends compte ? Ta sœur ? »… À cet instant, Noah tire la main de Spencer et l'entraîne jusqu'à l'extérieur de la maison. Ils font le tour du véhicule. Je me tasse dans mon siège pour que le jardinier ne me repère pas. Je ne fais plus qu'un avec le cuir usé de ma vieille Country Squire. Soudain, une fillette aux cheveux couleur or surgit, les épaules rentrées, comme intimidée. C'est elle. Eva… Je suis le premier homme à voir cette gamine en dehors de Stilth et des employés de Lost Lakes. Mon cœur bat à tout rompre. Je suis en sueur. Je pourrais faire un infarctus. Par réflexe, je regarde dans ma voiture pour voir si je n'ai pas un vieil appareil photo qui traîne. Malheureusement, je ne trouve rien.

Je tente de me rassurer en me disant que, avec cette obscurité, les photos n'auraient pas été exploitables…

J'observe ce qui se passe, tandis qu'une partie de moi, comme extérieure à tout ça, me répète : « Tu te rends compte que, à quelques mètres de toi, se trouve la solution à tous tes problèmes ? L'occasion pour toi de te faire un beau paquet de fric, de faire taire à jamais ton connard de patron, mais aussi d'offrir à ton vieux pote Phil son aller simple pour quitter Lost Lakes. L'opportunité, enfin, de pouvoir poursuivre ton enquête sur Stilth, pendant des mois si tu le veux, des années s'il le faut. »

Tout en épiant Spencer retirer son vieux gilet et le placer sur les épaules d'Eva, puis prendre la petite fille dans ses bras et l'emmener à l'intérieur de sa maison, suivi par Noah, une certitude naît en moi.

Il faut impérativement que je récupère les enfants. Il ne me reste plus qu'à trouver le moyen de convaincre Bunkle de me les confier… Ça tombe bien, baratiner, c'est l'une des rares choses que je sais faire…

34

Noah
3 novembre 1995
Lincoln

Spencer vient de nous déposer des bols de soupe. Ça réchauffe les mains, mais ça ne sent pas très bon. Elle a un petit goût de champignon. Pas grave, Eva et moi, on meurt de faim.

Depuis qu'il nous a fait nous asseoir sur son vieux canapé à fleurs devant la télévision, Spencer parle tout seul, un peu à l'écart. J'entends des mots qui sortent de sa bouche, comme s'il ne pouvait pas les retenir : « Qu'est-ce que je vais faire ? Appeler Lost Lakes… il vaut mieux… de gros problèmes. » J'espère qu'il va m'écouter, que je vais réussir à le convaincre. Je ne lui ai encore rien dit.

Eva n'a pas l'air de se faire de souci. Elle souffle sur sa soupe et regarde avec de grands yeux ronds les images qui sont diffusées à la télévision. C'est vrai que nous, on n'a jamais le droit de la regarder, à Lost Lakes. Alors forcément, ça nous intrigue.

412

Spencer tire une chaise et s'assied face à moi.

— Noah, il faut que tu m'expliques maintenant. Qu'est-ce que vous fichez chez moi, tous les deux ?

— On est venus te demander de l'aide, Spencer. Tu es la seule personne en qui j'ai confiance.

— Tu te rends compte, mon petit, qu'en venant ici, tu me mets en danger ? Je risque d'avoir de très gros problèmes, je pourrais perdre mon emploi et même pire, aller en prison, si on croit que c'est moi qui vous ai kidnappés !

— Mais je dirais que c'est moi qui suis parti sans que tu sois au courant, ne t'en fais pas. Il ne t'arrivera rien. Et puis, de toute manière, on n'avait pas d'autre choix avec Eva. J'ai vraiment besoin de toi...

— Qu'est-ce qu'il vous arrive ?

Tout en m'écoutant, il commence à se rouler une cigarette. J'aime bien la façon qu'il a de garder le filtre entre ses lèvres et de me jeter des coups d'œil furtifs.

— C'est mon père. Je crois qu'il est en danger. Il faut qu'on aille le retrouver pour le prévenir.

— En danger ? Qu'est-ce que tu racontes ? Ton père est en sécurité. Il ne peut rien lui arriver, avec tout le service de sécurité qui l'accompagne...

— Je ne te dis pas de bêtises. Papa est en danger de mort. On lui veut du mal...

— Qui lui en veut ?

Je devrais tout lui raconter. Les vampires, Joan, ce que j'ai entendu... mais c'est trop compliqué et je ne veux pas prendre le risque que lui aussi, par ma faute, soit en danger.

— Je ne peux pas te dire, mais tu dois me faire confiance.

— Te faire confiance ? Mets-toi à ma place, petit. Un gamin de dix ans débarque chez moi sans crier gare avec sa petite sœur de huit ans…

Spencer s'interrompt pour allumer sa cigarette. Ça sent bon le foin, le caramel et le voyage.

— … et il me demande de l'emmener je ne sais où pour sauver son père. C'est un peu gros, tu ne crois pas ?

— Mais les amis, c'est fait pour ça, non ? C'est toi qui me disais ça.

— La vraie vie, c'est plus compliqué, Noah. Et tu sais où il est, au moins, ton père ?

— À Louisville.

Là, il part d'un rire un peu fou, comme si lui-même n'y croyait pas. Il tire une nouvelle bouffée de sa cigarette, recrache une fumée jaune, puis reprend :

— Mais c'est à l'autre bout du pays, ça ! Au Kentucky. Il nous faudrait au moins dix heures de voiture pour nous y rendre.

— C'est pour ça qu'il faut partir le plus vite possible.

Sur une table recouverte d'un napperon blanc, je remarque une photo de Spencer, avec sa femme et un petit garçon très souriant, à qui il manque des dents. C'est son fils.

— Ton fils voudrait que tu m'aides. J'en suis sûr, Spencer.

Son visage se durcit et, pour la première fois depuis que je le connais, Spencer me crie dessus.

— Ne mets pas mon fils là-dedans, Noah. Tu ne sais pas de quoi tu parles ! Tu ne sais rien d'Elijah. Rien de ce que nous avons vécu.

Spencer s'arrête brusquement et prend une profonde inspiration.

— Excuse-moi, mais tout ça me met un peu à cran. Écoute, ce n'est pas raisonnable. Je ne peux pas vous emmener à Louisville. Imagine un peu que nous ayons un accident. Je serais responsable, tu vois.

— Mais tu conduis plus lentement qu'un escargot, Spencer.

Il me sourit et me passe une main dans les cheveux.

— Ce n'est pas possible. Je vais te dire ce que je vais faire. Je vais appeler le domaine pour qu'ils envoient une équipe vous récupérer, mais je resterai avec vous et m'assurerai que votre père va bien.

— Si tu fais ça, je ne te parlerai plus jamais.

— Mais toi et ta sœur n'avez rien à faire ici, rien à faire à l'extérieur de Lost Lakes ! Vous ne vous rendez pas compte…

C'est à mon tour de me fâcher. J'en ai assez. Tellement assez que personne ne m'écoute jamais.

— Je pensais pouvoir te faire confiance, Spencer. Mais tu es comme tous les autres. Et si tu refuses de nous aider, on s'enfuira encore et on ira tout seuls jusqu'à Louisville. On trouvera un moyen.

— Et pourquoi est-ce que je ferais ça, pourquoi est-ce que je mettrais tout en danger pour vous ?

— Si tu es vraiment mon ami, tu vas m'aider. Sinon je saurais que toutes les belles phrases que tu me répètes en boucle depuis des années ne sont rien de plus que du bla-bla, qu'il n'y avait rien de vrai derrière.

Il se lève et fait les cent pas pendant de longues minutes tout en parlant dans sa barbe et en rallumant sa cigarette qui pendouille sur sa lèvre inférieure. À un moment, Eva éclate de rire en voyant une publicité avec une vache qui danse.

Moi, je ne quitte pas Spencer des yeux. Il faut qu'il accepte, car je n'ai pas de plan B. Rien. Pourvu qu'il ne nous laisse pas tomber…

— Noah, je veux bien vous emmener à Louisville. Mais une fois qu'on aura retrouvé votre père, vous ne direz jamais que c'est moi qui vous ai amenés là-bas. Compris ?

Je ne peux me retenir de lui sauter dans les bras.

Spencer a préparé un sac avec un peu de nourriture. Il a pris des couvertures pour qu'Eva puisse dormir. Et puis on est partis dans sa vieille guimbarde. Vu qu'il n'y a qu'une banquette, Eva s'est allongée entre nous deux avec sa tête sur mes genoux. Elle s'est assoupie assez vite. Entre la chaleur, les vibrations et le bruit du moteur, ça donne envie de se laisser bercer… Mais moi, je ne peux pas détacher mon regard du monde que je découvre pour la première fois. J'essaie de tout voir, mes yeux font des bonds de droite à gauche, comme deux yo-yo fous. Ça me fait même un peu mal à la tête. Mais ce n'est pas grave… Je vois tellement de choses formidables. On traverse des forêts, on passe entre des falaises de pierre noire qui coupent des collines en deux, comme si un géant y avait planté sa hache il y a des millénaires. Je vois au loin des villes, qui scintillent comme des vaisseaux spatiaux mystérieux. Et toujours, toutes ces routes qui partent dans tous les sens. J'ai du mal à me faire à l'idée que chacune d'entre elles mène quelque part. À Lost Lakes, je connais tous les chemins. Ici, c'est tout l'inverse. J'aimerais avoir mille vies pour pouvoir explorer chacune de ces routes. Aller au bout et voir ce qui m'y attend.

— Spencer, il y a quelque chose que je ne comprends pas.

— Oui, Noah ?

— Durant toutes ces années, papa nous a toujours répété que le monde était dangereux, mauvais… Même toi, parfois, tu m'as dit qu'on était peut-être mieux à l'intérieur. Pourtant, quand je regarde dehors, rien ne m'effraie. Les choses ont l'air normales. Le monde, il est vraiment si horrible, Spencer ?

— Tu as toujours de ces questions, toi… Je ne sais pas, Noah. Le monde est ce que tu en fais. Ce que tu veux bien y voir et y chercher.

— Eh bien, moi, le monde alors, je le trouve très beau. Très, très beau.

Il se rabat sur la voie de droite et ralentit. Il n'y a presque personne à part nous sur ce bout de route. On longe un lac qui reflète les rayons de la lune, les nuages blancs.

Spencer me demande :

— Ça te dirait de conduire, Noah ?

— Vraiment ? dis-je, sans cacher mon enthousiasme.

— Mets ton bras par là. Allez, tiens le volant. Tu rêvais de vivre une aventure, non ? Alors, vis-la, petit !

Je sens les vibrations dans ma main. Ça fait tout drôle. Au bout d'une minute, Spencer retire sa main gauche du volant. Je conduis la voiture tout seul maintenant. Le moindre de mes mouvements fait partir la voiture un peu sur la gauche ou sur la droite. Spencer m'explique qu'il faut bien faire attention à ne pas franchir les lignes blanches au sol. Ce n'est pas facile. Un camion nous double mais je reste bien concentré.

Spencer me dit que c'est très bien. Que je suis un vrai pilote. Puis il ajoute une de ces phrases dont il a le secret :

— C'est toi qui tiens le volant, Noah. Dans ta vie, dans tout. C'est toi qui décides. Ne l'oublie pas.

Spencer reprend les commandes, me sourit et allume la radio, pas trop fort pour ne pas déranger ma sœur. Je colle mon front contre la vitre et continue à observer les alentours. Je sens la main d'Eva qui serre la mienne. Il y a toutes les lumières de l'autoroute, des autres voitures, qui se mêlent les unes aux autres quand je ferme les yeux. Je me sens bien. Il a raison, Spencer. Je la vis mon aventure, enfin. Pour de vrai.

35

Paul
3 novembre 1995
Wheathersfield

Voilà deux heures que je suis le vieux pick-up Ford de Spencer Bunkle, qui se traîne péniblement à 80 km/heure sur la voie de droite de l'Interstate 91. Depuis les routes du New Hampshire et jusqu'à celles du Vermont. J'essaie de maintenir une bonne distance afin de ne pas me faire repérer, même si, au vu de sa conduite, je doute que Bunkle soit le genre de type à constamment contrôler son rétroviseur.

On vient de passer la ville de Windsor et on s'approche de Springfield. Sur la gauche, je vois serpenter le fleuve Connecticut. On traverse des forêts sans fin. La circulation est de moins en moins dense. Mais bon Dieu, où vont-ils ? Pourquoi descendre dans le Sud ? Se rendent-ils à New York ? Ailleurs ?

Soudain, Bunkle active son clignotant et quitte l'autoroute, au milieu de nulle part. Je prends la même sortie. Nous traversons un échangeur et nous nous retrouvons près d'une bourgade endormie. Un panneau indique « Wheathersfield ». Après avoir fait un court arrêt pour prendre de l'essence, Bunkle redémarre. Il ne roule pas bien longtemps, une centaine de mètres, avant de se garer sur un parking quasi désert faisant face à un restaurant sans âme, tout en longueur, au toit en ardoises rouges : Mr. G's. S'ils s'arrêtent pour manger quelque chose, c'est peut-être ma chance. J'attends quelques minutes et me gare face aux baies vitrées du *diner*. Sous la lumière blafarde des néons, Spencer et les enfants s'installent à une table en bois. Eva se frotte les yeux. Noah regarde autour de lui avec émerveillement. L'endroit, pourtant, est d'une confondante banalité. Des murs blancs, un lambris en bois, quelques photos passées de la région accrochées aux murs, un gros panneau « Buffet à volonté, 7,95 dollars », un chariot de self-service…

Le gamin attrape un menu cartonné et le dévore des yeux. Il montre quelque chose au vieil homme et à sa sœur, et les trois se mettent à rire.

Moi, comme un con, je me sens un peu paralysé. Il faudrait que je rentre, que je me cale au comptoir. Que je tente une manœuvre d'approche. Mais j'ai encore cette fichue sensation que je m'apprête à briser quelque chose, que je ne devrais pas être là. Que ma seule présence a quelque chose d'indécent. Il y a de l'innocence dans leurs regards, une vraie joie.

Il faut que je sorte de ma foutue voiture, que je parvienne à me convaincre que ce Spencer est peut-être dangereux, qu'il faut que j'intervienne dans l'intérêt des enfants, que je leur rends service. Même si, au fond, je sais bien que je ne fais ça que pour moi.

J'attends encore quelques instants, puis je pousse la porte du restaurant. Un petit carillon résonne, les rares clients jettent un œil éteint vers moi – tous sauf Bunkle et les enfants. Ils se chamaillent avec des pailles. En plus de leur table, il n'y en a que deux autres de prises. Un groupe de femmes âgées, arborant toutes la même coupe de cheveux blancs permanentés tirant sur le violet, termine son dîner. Plus loin, un couple de trentenaires détaille longuement le menu pour meubler son silence.

Je me dirige vers le comptoir en bois jaune. Ça sent l'huile froide, la Javel et le bacon grillé. Une serveuse d'une cinquantaine d'années aux traits tirés s'avance vers moi. Je note son prénom, Lizzie, accroché sur son tablier rouge. Elle mâchonne un chewing-gum avec un ennui non feint. Je jette un rapide coup d'œil au menu et commande une omelette et une bière. Au même moment, j'entends les gamins glousser derrière moi. Noah semble répéter qu'il pourrait manger tout le buffet, Eva le met au défi d'un « même pas cap ». Spencer leur demande de parler moins fort. Je tends l'oreille, mais malheureusement aucun des trois ne parle de leur destination. La serveuse m'apporte une bière. Je bois une gorgée et demande à Lizzie si je peux utiliser le téléphone du restaurant.

Je place quelques cents dans la fente.

— Phil, c'est Paul. Je ne peux pas rester longtemps en ligne. Quelles sont les nouvelles à Lost Lakes ?

— Putain, c'est la folie, ici. Je viens d'avoir la confirmation par Sandie que Mike est en train de rentrer au domaine avec son jet privé. Il sera là dans quelques heures. Il est au courant que les enfants ont disparu. Il doit être dans une colère noire.

— Et les enfants, vous avez des pistes ?

— Non, j'ai passé trois heures à me les cailler en forêt pour rien. Et puis ça grouille là-dedans. Entre les hommes de la sécurité de Lost Lakes et les charognards, les gamins n'auraient pas pu faire un mètre. Je pense qu'ils sont encore planqués quelque part dans la propriété. Et toi, tu en es où ? Ça donne quoi, la piste Spencer Bunkle ?

S'il savait que, derrière moi, à quelques mètres seulement, se trouvent les deux enfants de Mike Stilth, le fruit de son obsession depuis des années…

— Pour l'instant, pas grand-chose. Écoute-moi, Phil, je ne peux pas trop te parler, mais il faut que tu me rendes un service. Prépare ton matériel photo, monte un semblant de studio dans ta caravane avec un drap blanc, et attends-moi là-bas.

— C'est quoi ces conneries ?

— Fais-moi confiance. Tu ne le regretteras pas.

— T'es sur quelque chose ? Les gamins, t'as une piste ? Sérieux ? Dis-moi où tu es, j'arrive !

— Non, Phil, reste dans ta caravane. Prépare tout et attends-moi.

En retournant à ma place, je jette un coup d'œil aux enfants et à Bunkle. Ils sont en train de se goinfrer d'*onion rings* qu'ils piochent dans une corbeille en plastique rouge.

C'est maintenant que je joue mon va-tout. Je réprime un frisson, dû autant à la peur qu'à l'excitation, sors mon carnet, écris quelques mots : « Je dois vous parler des enfants. Je sais qui ils sont. Et rassurez-vous, je ne suis pas envoyé par Stilth. Vous n'avez rien à craindre. » J'arrache la page et hèle la serveuse. Tandis qu'elle s'approche d'un pas traînant, je sors deux billets de 10 dollars que je garde dans ma main gauche.

— Lizzie, pourriez-vous me rendre un petit service ? J'aimerais que vous remettiez ce mot au monsieur derrière moi. Celui avec les deux enfants.

Elle passe la tête par-dessus mon épaule, regarde Spencer et les gamins.

— Vous pouvez le faire vous-même, vous n'avez qu'à vous lever et faire trois pas… Je suis serveuse, pas bonniche !

Je dépose les 20 dollars sur le comptoir.

— S'il vous plaît, c'est une surprise. Rien de méchant, je vous assure.

— Bien, soupire-t-elle.

Elle attrape les billets, les range dans son tablier tacheté, et s'acquitte de sa mission. Je ne me retourne pas. J'attends… Je brûle de jeter un regard à Bunkle, mais je ne bouge pas. Enfin, j'entends sa voix derrière moi.

— Les enfants, je dois aller parler avec le monsieur, quelques minutes. Vos plats vont bientôt arriver. Vous commencez à manger, je reviens vite.

— OK ! répondent Noah et Eva à l'unisson.

Quelques secondes plus tard, Bunkle s'assied sur le tabouret haut à mes côtés, dépose le message devant moi, et me fixe longuement.

— Qui êtes-vous ?

— Mon nom est Paul Green.

— Vous m'avez suivi ?

— Oui, depuis votre départ de Lincoln.

— Vous êtes de la police ?

— Non, je suis journaliste.

Spencer passe une main dans sa barbe blanche, pensif.

— Vous n'avez pas intérêt à prendre les gamins en photo. Compris ? Je suis un peu croulant, mais j'ai gardé une bonne droite.

— Ce n'est pas l'idée, Bunkle. Si je voulais les prendre en photo, ça serait déjà fait et je n'aurais même pas eu à quitter ma voiture.

Je mens éhontément, mais il ne peut pas le savoir.

— Qu'est-ce que vous leur voulez, alors ?

Répondre aux questions par d'autres questions pour toujours garder le contrôle. L'une des premières leçons que j'ai apprises.

— Où allez-vous ?

— Je ne vais pas vous le dire.

— Et vous comptez faire beaucoup de route comme ça ?

— Ce n'est pas votre problème.

— Vous vous rendez compte de ce que vous êtes en train de faire ?

Je baisse la voix et m'approche de son oreille.

— Vous vous baladez à travers les États-Unis avec les enfants de la plus grande star du pays ! C'est de la folie pure.

Bunkle ne répond rien.

— On pourrait vous accuser de kidnapping. Vous ne connaissez pas Joan Harlow.

— Si, de vue...

— L'attachée de presse de Stilth est une coriace. Elle n'oublie rien, et ne laissera jamais passer ça. Vous

424

allez avoir de gros problèmes, mon vieux. Mais bon sang, pourquoi vous faites ça ? Vous voulez enlever les enfants, les faire disparaître ?

— Pas du tout. Je veux juste les aider à trouver leur père.

— Bunkle, Stilth n'est pas en vadrouille à travers les États-Unis. Je viens d'avoir la confirmation par téléphone qu'il rentre en urgence à Lost Lakes. Il a dû apprendre pour les enfants. Vous faites fausse route.

Bunkle accuse le coup. Il paraît vulnérable. C'est juste un brave homme qui s'est laissé dépasser par les événements.

— Mais je ne comprends pas… Noah m'a dit qu'il était à Louisville… C'est là que nous allions pour retrouver son père.

Louisville… Stilth s'est toujours refusé à retourner sur les terres de son enfance… Étrange.

— Louisville ? Mais c'est à plus d'une quinzaine d'heures de route. Et il n'y a rien qui vous attend là-bas. Pourquoi est-ce que vous avez accepté de faire ça, Spencer ? Je veux dire, Noah n'est qu'un gamin. Vous n'auriez pas dû l'écouter.

Spencer fait de son mieux pour parler à voix basse, mais je sens bien qu'il s'emporte.

— J'ai accepté parce que ces gamins, justement, me font de la peine. Voilà tout. On a toujours décidé pour eux. Tout décidé. On les force à vivre enfermés, reclus, dans leur foutu domaine. On leur dit quoi faire, avec qui jouer, comment se tenir. Leur père vient les voir de temps en temps comme des singes de foire. Personne ne tient vraiment à eux. Ils n'ont pas de vraie famille, que des employés. Je me suis dit que si je ne l'aidais pas aujourd'hui, le petit Noah n'aurait plus grand-chose à quoi se raccrocher. Je n'avais pas le droit de briser sa confiance. Et j'ai eu envie de lui faire plaisir, voilà tout. Vous avez vu comme ils sont heureux ? Regardez-les !

— Écoutez, je veux vous proposer quelque chose. Laissez-moi les enfants et je me charge de les ramener à Lost Lakes. Je dirais que je les ai trouvés dans la forêt autour du domaine.

— Et qui me dit que vous ne tenterez pas de faire du chantage ou de les prendre en photo ?

— Personne. Mais c'est la vérité.

— Et pourquoi nous rendriez-vous service ? Vous êtes journaliste. Ne me faites pas croire que vous êtes un bon Samaritain.

— Non. Absolument pas. Les enfants vont en effet me servir de monnaie d'échange, mais simplement pour obtenir une entrevue avec Mike Stilth. Je ne veux rien de plus. J'enquête sur lui depuis des mois et j'aimerais le confronter.

— Je ne peux pas vous faire confiance…

— Et si vous perdez votre job à Lost Lakes, il vous restera quoi, Spencer ?

Le visage du vieil homme se ferme.

— Votre maison vide ? Votre pick-up défoncé ? Vous savez bien que ce n'est pas à votre âge que vous retrouverez du boulot. Si vous acceptez mon marché, au moins pourrez-vous garder votre travail et, surtout, continuer à voir les enfants et à veiller sur eux. C'est ce qui est le plus important, non ?

Bunkle hésite, il est sur le point de dire oui, je le sens.

— Écoutez, je vous promets qu'il ne leur arrivera rien. C'est ce qu'il faut faire. Confiez-les-moi et vous pourrez retourner à Lost Lakes dès demain matin sans que personne ne sache ce qui s'est passé. Les enfants sauront garder le secret, j'en suis sûr. Eva et Noah auront un beau souvenir, et vous, vous ne les aurez pas trahis. Mais surtout, vous n'aurez pas foutu votre vie en l'air.

— Je ne peux pas les abandonner. Ils ont confiance en moi.

Je n'ai plus le choix. Il me reste un dernier argument.

— J'aimerais ne pas en arriver là mais si vous refusez mon offre, je préviens moi-même Lost Lakes et je leur dis que c'est vous qui avez kidnappé les gamins.

À trop manipuler ce pauvre homme, je me dégoûte. Je me sens sale.

— En réalité, vous ne me laissez pas le choix.

— Non. Mais si vous le souhaitez, vous pourrez même nous suivre en voiture jusqu'à l'entrée de la forêt de White Mountain. Pas après, car la zone est truffée de policiers et d'agents de sécurité.

— Bon… c'est d'accord.

Je réprime tant bien que mal un sourire victorieux.

— Autre chose, Green, je veux aussi que vous me promettiez que vous préviendrez Stilth des menaces qui pèsent sur lui. Noah vous racontera.

— Entendu.

— Bien. Laissez-moi expliquer tout ça aux enfants, seul à seul, pendant qu'ils terminent leur repas tranquillement. Ensuite, vous viendrez à notre table et je vous présenterai. Je dirai que vous êtes un ami. Noah peut être méfiant. Il faudra faire attention à ce que vous dites.

Je hoche la tête. Marché conclu. Spencer pose la main sur la manche de ma veste et me serre le bras.

— Regardez-moi dans les yeux et jurez qu'il n'arrivera rien aux enfants. Je ne me le pardonnerais jamais.

— Il ne leur arrivera rien, vous avez ma parole.

Il se lève et rejoint sa table. Je souffle un grand coup. J'y suis arrivé. Je me sens dégueulasse, mais c'est le prix à payer...

Une vingtaine de minutes plus tard, Spencer me fait signe. Je m'assieds à la table avec Noah et Eva qui me dévisagent, intrigués. Je tente de leur faire un sourire le plus rassurant possible.

— Voilà, c'est mon ami Paul. Il va vous ramener à Lost Lakes.

— Non ! s'écrie Noah. Nous ne voulons pas partir avec lui. Il a une sale tête. On veut rester avec toi, Spencer.

— C'est vrai qu'il a une sale tête, ajoute Eva. Il a le crâne tout brillant.

— Les enfants, nous n'avons pas le choix. Je vous l'ai dit, on ne peut plus aller à Louisville, votre père est déjà en train de rentrer au domaine. Il s'inquiète pour vous.

— Et pourquoi tu ne nous ramènes pas, toi ?

— Si c'est moi qui vous ramène à Lost Lakes, on ne me laissera plus jamais entrer. Personne ne connaît Paul là-bas.

Personne ne me connaît... S'ils savaient...

Il leur explique la situation de la façon la plus calme et la plus rassurante possible, et insiste :

— N'oubliez pas, je serai juste derrière vous en voiture. Je ne vous lâcherai pas d'une semelle, d'accord ?

Nous roulons depuis une demi-heure. Eva, à l'arrière, s'est endormie. Elle est recroquevillée sur elle-même, serrant sa poupée sur ses bras. Plus tôt, j'ai demandé à son frère de lui placer mon manteau sur le corps. Noah reste mutique, les yeux braqués sur le paysage nocturne qui défile. Dans ses mains, il tient un sous-bock pris dans le *diner*, comme une relique sacrée. Je sens bien que le fils de Stilth me lance des regards suspicieux de temps en temps. Je tente de briser la glace.

— Alors, Noah, c'est la première fois que tu quittes ta maison, n'est-ce pas ? Qu'est-ce que ça te fait de découvrir le monde ? Ça doit te changer de Lost Lakes.

— Ça, vous pouvez le dire… À Lost Lakes, je connais tout le monde par cœur, leurs habitudes, leur petit train-train quotidien : à 8 h 20 précises, Berk ouvre les volets de ma chambre en criant « Debout là-dedans ! » ; vers dix heures, Daisy, notre cuisinière, commence à se plaindre que le livreur des courses est en retard… Vous voyez, c'est un peu comme un grand manège qui recommence sans cesse. Chaque jour, c'est reparti pour un nouveau tour. Du coup, je connais toutes les règles. Alors que dehors, tout a l'air si compliqué…

— Tu as raison. Tout est très compliqué et imprévisible. Et tu ne t'ennuies pas trop, à Lost Lakes ?

— Non, pas vraiment. On a toujours des choses à faire. Et on a beaucoup de monde qui s'occupe de nous.

C'est sûr que parfois j'aimerais bien être tranquille, mais bon…

— Tu sais ce que tu veux faire quand tu seras plus grand ?

— Ça oui ! Je veux être un explorateur. Découvrir les dernières cités perdues en Amazonie, trouver l'Atlantide, traverser le monde…

— Sacré programme ! C'est une belle idée. J'espère vraiment que tu y arriveras.

— Et vous, vous faites quoi comme métier ?

— Je suis journaliste.

— Et là, vous menez une enquête pour révéler la vérité et aider les gens ?

Si seulement c'était aussi simple. La vérité… Elle n'intéresse personne.

— Oui, enfin… je bosse dans la région, sur diverses choses.

Il semble hésiter une seconde, puis demande :

— Vous vous y connaissez en vampires ?

— On ne peut pas dire que je sois spécialiste, mais je connais mes bases : l'ail, les crucifix, Dracula… Pourquoi ?

— Pour rien.

Il marque un temps, l'air pensif.

— Noah, j'ai une question. Tu as dit à Spencer que ton père était en danger. Tu veux bien m'en parler ?

— Je ne sais pas. Il ne vaut mieux pas, je crois.

— Tu peux me faire confiance, Spencer te l'a bien dit. Et puis, tu sais, étant journaliste, je connais beaucoup de monde. Des personnes importantes qui pourraient vous aider, vous protéger.

— Je veux bien vous en parler, mais Eva ne doit rien savoir. Jamais… Juré ?

— Juré.

— Eh bien, ce matin, j'ai surpris Joan… vous connaissez Joan ?

— Oui, je la connais bien.

— Joan était en discussion téléphonique avec quelqu'un, un dénommé Kenneth. Et ils parlaient de choses horribles.

Kenneth Robinson, l'avocat de Stilth…

Noah s'approche de moi et me parle quasiment à l'oreille.

— Ils parlaient de faire assassiner mon père. On aurait dit que l'homme au téléphone avec Joan la menaçait. Elle avait l'air bien embêtée. C'est après avoir entendu ça que j'ai décidé de quitter Lost Lakes pour prévenir papa.

Putain. Garde ton calme, Paul. Ne laisse rien transparaître. Il ne faut pas que Noah prenne peur.

— Je comprends. Tu as bien fait. Tu es un garçon très courageux. Ton père a beaucoup de chance de t'avoir.

— Je ne suis pas sûr qu'il s'en rende compte…

Une nouvelle fois, Noah semble hésitant. Il se triture les mains.

— Paul ?

— Oui ?

— Je crois que je sais pourquoi Joan et ce Kenneth veulent faire du mal à mon père…

— Pourquoi ?

— Parce qu'il est malade… Si je vous dis un secret, vous jurez de ne le répéter à personne ? Croix de bois, croix de fer, si vous mentez vous irez en enfer ?

— Croix de bois, croix de fer…

Le diable doit déjà être en train de préparer mes papiers d'admission.

— Je le jure.

— Mon père, Caan et tous les autres, ce sont des sortes de vampires.

— Qu'est-ce qui te fait croire ça ?

— Vous savez, j'adore explorer le manoir la nuit, me balader. Je ne me fais jamais repérer ni attraper. Et je suis allé plusieurs fois dans l'aile droite, là où mon père organise ses fêtes. Là-bas, j'ai vu des choses horribles que j'aimerais chasser de ma tête.

— Tu peux me parler, ça te fera du bien.

— La nuit, quand la musique est forte, ils se piquent avec de grosses seringues. Et après, ils deviennent comme fous, comme des bêtes. J'ai vu mon père…

— Oui ?

— J'ai vu mon père faire des choses à une fille dans la salle de projection l'autre soir. Il lui serrait le cou en criant. Il serrait, il serrait…

Mon Dieu. Je manque de perdre le contrôle de la voiture. Je ralentis. Le gamin ne se rend pas compte de ce qu'il est en train de me dire.

C'est Mike.

C'est Mike qui a tué ces filles. Depuis le début. Ça n'a jamais été Caan.

Je le savais. Je le sentais.

Ça expliquerait alors que Harlow et Robinson aient parlé de le faire disparaître. Il devient incontrôlable.

— Il vous a déjà fait du mal, à Eva et toi ?

— Non, jamais. Je ne pense pas qu'il en soit capable.

— Tu en as parlé à quelqu'un d'autre ? À ton père ?

432

— Non, j'ai peur qu'il s'énerve. Personne n'est au courant, à part vous.

— Tu as bien fait. Il faut que ça reste un secret. Notre secret. Je vais essayer de voir ce que je peux faire pour ton papa.

— Vous pensez qu'il y a un remède ? Ça serait bien. On doit bientôt partir sur une île, juste Eva, lui et moi. J'aimerais bien qu'on puisse le soigner avant notre départ.

— Je vais me renseigner.

— Vous ne me laisserez pas tomber, hein ?

— Non, je te le promets.

Je suis encore sous le choc. J'entends du mouvement à l'arrière. Eva se réveille. Noah me regarde. Je comprends ce qu'il veut me dire. On ne peut plus parler de tout ça. Il faut encore que je digère ce que je viens d'entendre.

Eva passe sa tête au-dessus de la banquette avant.

— J'en ai assez de la voiture. On arrive quand ? C'est trop long.

— On a encore un peu de route, Eva.

Je cherche une idée. Quelque chose pour les occuper. Là, je remarque une cassette audio traînant aux pieds de Noah.

— Tenez, on va faire un jeu… Noah, ouvre la boîte à gants.

— Chouette ! Moi, j'adore les jeux, surtout quand je gagne, s'exclame Eva.

Noah saisit une cassette et la regarde.

— Mais il n'y a pas de nom dessus, rien ?

— Justement, ce que j'aime, c'est de ne jamais savoir sur quelle cassette je vais tomber. C'est un peu comme une loterie… Ma boîte à gants, c'est mon coffre aux trésors. Chaque fois que j'en prends une, j'aime être surpris.

Eva tape des mains.

— Laissez-moi vous expliquer. En gros, chacun va choisir une cassette et la placer dans l'autoradio. Et en fonction du morceau qui passera, peut-être que ça nous donnera des informations, des indices sur ce qui va vous arriver.

— C'est un peu comme une boule de cristal, votre autoradio ? Pour voir dans le futur ?

— Oui, enfin, ça reste un jeu… Allez, vas-y. Choisis-en une.

— Je prends celle-là, dit Noah.

Il la glisse dans la fente de l'autoradio. Un grésillement.

Quelques arpèges de guitare. Comme d'habitude, il ne me faut pas plus de quelques secondes pour reconnaître le morceau… *Helplessly Hoping*, de Crosby, Stills & Nash. Chef-d'œuvre éternel… Les trois musiciens se mettent à chanter dans une harmonie parfaite. Eva remue la tête.

— C'est joli. J'aime bien. Et elle raconte quoi, cette chanson ? demande-t-elle.

— Ah, celle-là, c'est compliqué. C'est une sorte de poème. Chaque fois que tu l'écoutes, tu y trouves des choses différentes.

— Et là ? Vous y trouvez quoi ?

— Disons que ce soir, elle me parle de quelqu'un qui attend, qui a été déçu, mais qui a encore de l'espoir. Peut-être qu'il a été très amoureux, je ne sais pas… La chanson me dit que le temps nous éloigne parfois, puis nous rapproche… Et qu'il faut surtout saisir sa chance quand c'est encore possible. Sinon, il ne reste que les regrets.

Le refrain débute.

They are one person
They are two alone
They are three together
They are for each other

— Et le refrain ? Il raconte bien quelque chose, non ? renchérit Noah.

— Il doit vouloir dire que les liens qui nous unissent sont très importants. Qu'on s'y perd parfois, qu'on oublie un peu qui on est. Mais que c'est ce qui nous définit. Qu'on n'est rien seul, en fait.

— Et par rapport à Noah et moi, ça veut dire quoi ?

— Je ne sais pas. Peut-être qu'il faut que vous restiez unis. Malgré tout ce qui vous arrivera. Que c'est ça qui compte…

On continue à jouer comme ça pendant le restant du trajet. Les enfants sont pendus à mes lèvres, écoutant mes interprétations hasardeuses des morceaux qu'on écoute.

Ils sont mignons, ces gamins. Ils ont en eux une candeur, quelque chose de pur. C'est certainement dû au fait qu'ils ont vécu en marge du monde pendant si longtemps. D'un autre côté, ils sont si fragiles… Ils ne sont pas armés, pas prêts pour ce qui les attend, à l'avenir. Pas prêts non plus pour faire face à des hommes comme moi. Des vautours qui chercheront à se servir d'eux, de leur naïveté. Il y en aura d'autres, mais je suis le premier.

Car tu te sers d'eux, Paul.

Tu te sers d'eux et tu ne culpabilises même pas…

36

Eva
11 juillet 2006
Los Angeles

Nous roulons en silence tandis que Los Angeles s'éveille doucement. Le ciel se déchire entre le jaune et l'orange d'un côté, le violet et le bleu de l'autre. La nuit défend encore son territoire, mais plus pour longtemps. Green m'a donné un mouchoir pour éponger le sang qui coule sur ma joue. Il me ramène chez moi. Là-bas, une fois qu'on aura retrouvé Noah, Green a promis qu'il nous raconterait tout. Il préfère attendre que l'on soit tous les trois réunis. Je détaille sa voiture, une vieille carcasse, un break Ford des années 1980, si usé qu'on se demande comment il peut encore rouler. Les essieux grincent à chaque virage. La moquette beige au sol est élimée, déchirée par endroits. Je fais semblant de me regarder dans le petit miroir du pare-soleil pour mieux voir l'arrière du véhicule. C'est bien ce que je pensais. La banquette a été abaissée pour faire un grand espace. Il y a deux valises, un gros sac à dos, un duvet, un coussin en boule au fond du coffre. Je remarque aussi une petite boîte avec une brosse à dents, du savon, des peignes. Par terre, un carton usé avec un réchaud, quelques boîtes de conserve. Aux vitres, des rideaux de fortune ont été installés. Green vit dans sa voiture, ça ne fait aucun doute. Je réalise que j'ai suivi une sorte de vagabond… mais au fond, j'ai la sensation que je ne crains rien, que Green ne me fera aucun mal.

— Tu tiens le coup, Eva ? Si tu as besoin qu'on parle de ce qui vient de t'arriver…, marmonne-t-il, d'un air gêné.

— Non, il n'y a rien à dire, ça va. C'est pas la première fois que je tombe sur un connard. J'en ai vu d'autres.

Les larmes montent… Qu'est-ce qu'il croit ? Que c'est facile ? Que je peux mettre des mots, comme ça, sur le dégoût qui m'habite ? Le dégoût de moi-même. Je repense à ce moment où j'ai accepté d'accompagner Ortega dehors. Qu'est-ce que j'ai pu être conne… C'est de ma faute. Je l'ai bien cherché. Non, ne rentre pas là-dedans, Eva. Tourne ta haine contre lui. Lui et tous les autres. Déteste-les, ces porcs.

— Je suis déjà venue dans cette voiture, non ? dis-je en allumant une cigarette et en baissant la vitre. Ça me semble si familier…

— Oui, en effet. Il y a une dizaine d'années, avec ton frère. Quand vous vous êtes enfuis de Lost Lakes, c'est moi qui vous ai ramenés au domaine.

— Je m'en souviens vaguement. C'est flou.

— C'est normal, tu étais petite. Tu avais à peine huit ans…

— Dites, Green, vous n'auriez pas de la musique ? Un truc qui vide la tête.

— Si, là, regarde dans la boîte à gants. Il y a plein de cassettes audio.

— Des cassettes audio ? Vous êtes sérieux ?

J'ouvre la boîte à gants. Soudain, j'ai comme un flash qui me revient. Noah en train d'attraper une cassette et la plaçant dans l'autoradio.

— La dernière fois, je veux dire, quand on était mômes, on avait écouté de la musique aussi ? Je m'en souviens…

— Tu as une sacrée mémoire, dis donc.

— Vous nous aviez même raconté un truc selon quoi la musique que vous passez est toujours un signe de ce que vous vivez.

— C'est exact. Mais je n'écoute plus trop de musique en ce moment.

— Voyons donc ce que je vais tirer…

J'attrape une vieille cassette au hasard et la glisse dans l'autoradio. La cassette semble se bloquer. Green m'aide à pousser.

Quelques notes de guitare se font entendre. Ce morceau me dit quelque chose. C'est un vieux standard du rock des années 1970. Ça y est, ça me revient. Je crois qu'il s'agit de *Babe, I'm Gonna Leave You* des Led Zeppelin. Papa aussi écoutait des trucs comme ça. La voix du chanteur se fait à peine entendre que Green éjecte la cassette.

— Excuse-moi, Eva, mais j'ai un peu de mal à écouter ce morceau…

— Pourquoi ?

— Parce qu'il me rappelle quelqu'un…

— C'est un peu pareil pour moi avec la musique de papa. Quand il y a des morceaux de lui à la radio ou une rétrospective sur sa carrière à la télévision, je ne tiens jamais longtemps, j'essaie pourtant… mais ça fait encore trop mal.

— Je comprends.

— Du coup, je fais quoi, je prends une autre cassette ?

— On va mettre la radio, si tu veux bien. Je crois que chacun de ces morceaux réveille de vieilles choses. Et la plupart du temps, ce n'est pas très joyeux. Il faudrait que je m'en débarrasse une bonne fois pour toutes.

Il tourne le bouton de la radio. On tombe sur un talk-show quelconque. Les voix des animateurs meublent notre silence. Chacun perdu dans ses pensées, ses souvenirs… Moi, je repense à cette nuit-là, quand on avait fugué de Lost Lakes avec Noah. J'étais si émerveillée de découvrir le monde. Tout était magique, nouveau. Qu'en reste-t-il aujourd'hui ?

Est-ce à partir de ce moment que tout a commencé à déraper ? Que nos vies sont parties en vrille, que je suis devenue cette jolie poupée de porcelaine fendillée de partout ?

On arrive enfin à la villa. Green se gare un peu plus loin. Avant que l'on sorte, je le vois qui vérifie son pistolet.

— Qu'est-ce que vous faites, là ?

— C'est au cas où. Jeremy, ton garde du corps, est toujours chez vous, non ?

— Oui. Il reste jusqu'à l'arrivée de Joan. Il assure notre sécurité à Noah et moi.

— C'est ce que tu crois. En réalité, il est là pour vous surveiller. Il est à la botte de Harlow. Il faut qu'on se débarrasse de lui, le temps de mettre tout au point pour piéger Joan. Tu as un garage ? On pourrait l'y enfermer sans qu'il puisse en sortir ?

— Oui, je pense. La porte est blindée et le portail électrique se contrôle avec une télécommande que je pourrais monter à l'étage.

— Très bien, on va l'enfermer là-bas. Reste derrière moi surtout. On ne sait pas comment il peut réagir.

Je marche derrière Green. J'active l'ouverture du portail d'entrée de la villa. On arrive devant la maison. Pas un bruit, pas un mouvement. Green me demande d'ouvrir la porte tandis qu'il braque son arme sur l'entrée. Cette situation est un peu surréaliste. J'ai l'impression de jouer dans un mauvais film. Que tout cela n'est pas réel. Pourtant, c'est un vrai flingue que tient Green dans sa main.

On entre. Il est à peine six heures du matin. La maison est silencieuse.

— Où est Jeremy normalement ? demande Green.

— Il a sa propre chambre, à gauche de la maison, tout au bout du couloir.

— Très bien, je vais y aller. Pendant que je m'occupe de lui, tu descends au garage, tu prends toutes les télécommandes et tout ce qui pourrait lui permettre de sortir d'ici. Des outils, les clés de ta voiture…

Je descends les escaliers en béton jusqu'au sous-sol. Au-dessus, j'entends du fracas, comme un bruit de chute. Pendant quelques minutes, je tourne autour de ma Porsche, inspecte les lieux. Il n'y a rien. Ma voiture est bien fermée. Soudain, Jeremy apparaît dans l'encadrement de la porte, l'air furieux. Il a la joue en feu. Derrière lui, la silhouette de Paul qui braque son arme sur sa nuque. Le garde du corps ne porte qu'un slip et un tee-shirt gris.

— Mademoiselle Eva ? Qu'est-ce que vous faites avec cet homme ? Il est fou, je le connais ! N'écoutez surtout pas ce qu'il va vous raconter. Joan va bientôt arriver, elle réglera tout ça. Il faut prévenir la police, vous êtes en danger.

— Tais-toi et assieds-toi là-bas, contre le mur, exige Green.

Je le détaille quelques instants sous la lumière froide des néons du garage. Il a le front dégarni, une barbe épaisse, mal entretenue. Et puis le visage un peu de travers, avec son nez qui part sur le côté. C'est vrai qu'il fait peur à voir. Et si c'était vraiment un malade ? Et s'il me manipulait ? Non. Il faut que tu lui fasses confiance. Si c'était un simple déséquilibré, il ne t'aurait pas sauvée de la noyade, et ne t'aurait pas aidée à retrouver Noah. Il semble au contraire avoir tout prévu, s'être préparé pendant des semaines, des mois à ce qui est en train de se passer.

Comme pour confirmer mes pensées, Green sort une paire de menottes et enserre une main de Jeremy, la place dans son dos puis attache la menotte contre une colonne de tuyaux.

— Je te connais, Green, grince Jeremy. Je me souviens de toi. De tout ce que t'as fait... Est-ce qu'Eva est au courant ? Est-ce que tu lui as vraiment tout raconté ? Que tu t'es servi d'eux, gamins, que c'est un peu par ta faute que Mike est mort ? Tu leur as parlé des photos ? Tu leur as dit tout ça ?

— Ta gueule ou je te défonce la mâchoire. Allez, Eva, on ferme tout et on remonte. Il faut faire vite, Joan ne devrait plus tarder. Il faut aller réveiller ton frère. On a des choses à se dire, tous les trois.

Noah est déjà réveillé, en tee-shirt gris informe et jogging, assis sur sa chaise face à la baie vitrée. A-t-il seulement dormi cette nuit ? Il m'accueille d'un sourire éteint. Je lui demande de venir avec moi, lui dis que quelqu'un veut le voir, et qu'il a attendu depuis longtemps. Nous arrivons dans le salon. Paul vient de ranger son arme. En le voyant, Noah se fige.

— C'est vous ? Je me souviens de vous. Paul Green, le journaliste. Vous m'aviez promis de m'aider. Vous aviez promis…

— Je le sais. Je suis là pour tout vous expliquer. Assieds-toi, Noah.

— Je ne veux pas voir ce type, Eva. Il nous a trahis. Je lui ai dit des choses, des choses que je n'ai dites à personne d'autre. Et il n'a rien fait. Il aurait pu sauver papa…

Je regarde Green avec incompréhension.

— J'ai fait des erreurs, des erreurs monstrueuses, certes. Mais j'étais aveuglé. Je voulais me venger. Je ne pensais pas aux répercussions que ça pourrait avoir sur vos vies. J'ai tout fait pour me racheter depuis. J'ai toujours été là pour vous. Dans l'ombre. Ça fait huit ans maintenant. Huit ans que je suis le moindre de vos pas.

— C'est vous qui m'avez sortie de la piscine l'autre fois ?

— Oui, c'était moi. Et il y a eu d'autres fois, aussi. Quand tu as eu ton accident de voiture en rentrant de soirée, il y a deux ans, tu te souviens ? C'est moi qui t'ai extraite du véhicule alors que tu étais encore inconsciente, et qui ai prévenu les secours.

Ce type devant moi. Ce type si banal. C'est lui mon ange gardien ?

— Noah, c'est moi aussi qui t'ai envoyé tous ces mots, qui ai essayé de te prévenir pour Joan.

Noah reste silencieux et fixe Green avec des yeux noirs.

— Mais pourquoi, bon sang ? hurle-t-il. Pourquoi avez-vous mis tout ce temps avant de vous manifester ?

— J'avais peur. Je n'étais pas prêt. Je n'étais pas sûr que c'était la bonne solution. Remuer le passé, encore. Je n'en suis même pas certain aujourd'hui. Et vous n'étiez que des gamins. Peut-être fallait-il vous laisser reconstruire vos vies ? Rester à l'écart. Être là pour vous protéger, du mieux que je pouvais. Pendant toutes ces années, je vous ai suivis, la plupart du temps. J'ai accepté des petits jobs à droite et à gauche, pour survivre, mais je n'étais jamais loin. Et quand j'ai vu que tu t'enfonçais, Noah, j'ai pris contact avec toi. Je pensais que ça te ferait du bien de savoir que tu avais raison, depuis le début.

— Eh bien, ça ne m'a pas aidé, bien au contraire…

— Et puis, j'ai vu que Joan était prête à t'interner pour que tu te taises. Jusqu'alors, je pensais qu'elle ne vous ferait pas de mal. Que, dans une certaine mesure, elle tenait à vous. Pour elle, tu étais sa nouvelle mascotte, Eva. Elle voulait faire de toi sa star, sa…

— Mais vous vous rendez compte que pendant toutes ces années, j'ai cru que j'étais fou, dérangé, l'interrompt Noah.

— Si tu savais, Noah, comme je suis désolé. Mais je crois qu'aujourd'hui je peux me racheter auprès de vous. Je peux vous offrir votre revanche, vous aider à punir celle qui est vraiment responsable de la mort de votre père.

— Joan ?

— Oui, Joan. C'est elle qui a planifié sa mort.

Je ne comprends plus rien. Ça va trop vite. Tout s'embrouille.

— Mais papa est mort d'une overdose, non ? C'est ce qu'on nous a toujours dit.

— Ce sont des mensonges. Ton père faisait peur à Joan et à d'autres personnes influentes, car il devenait incontrôlable. Son image de marque et donc sa carrière étaient en péril… Ils ont préféré qu'il meure plutôt que ça se sache.

— Mais de quoi parlez-vous ?

J'interroge Noah du regard. Il baisse les yeux.

— C'est quoi ces conneries, Noah ? Tu m'as caché des choses ?

— Je ne sais plus ce que j'ai vu. Je ne voulais pas que tu gardes cette image de papa. Je ne voulais pas te salir. Même moi, j'en doute encore.

— Il n'y a pas de doute, Noah, intervient Green. Tu avais raison. Je le sais. Ton père me l'a avoué, cette nuit-là…

— Mais de quoi parlez-vous, merde ?

— Allez-y, dites-lui, Green.

— Eva, ton père était… malade. Il avait des pulsions. Il a assassiné plusieurs femmes, des jeunes filles souvent. Il était certainement sous l'emprise de la drogue à chaque fois. Mais ça n'excuse rien.

Tout s'ordonne soudain dans ma tête. Les délires de Noah. Sa tristesse ancrée en lui comme une malédiction. Les silences autour de papa.

— Les vampires… C'est donc de ça que tu parlais durant toutes ces années, Noah ?

Mon frère garde la tête baissée. Green reprend en parlant lentement et en prenant soin de peser chaque mot :

— À cette époque, j'enquêtais sur la mort de ces filles. Je connaissais l'une d'elles. C'était quelqu'un de très proche. Je voulais attraper Stilth, le punir quel qu'en soit le prix.

— Tu le savais, ça, Noah ? Tu le savais et tu ne m'as rien dit ?

Je me lève et me mets à frapper mon frère sur les épaules. Je pleure. Il se défend sans conviction avec ses bras et m'attrape les mains qu'il tient serrées. Il me fixe du regard. Je vois que lui aussi a des larmes qui coulent sur ses joues.

— Je voulais te protéger, Eva. Tout était si flou dans ma tête. Si embrouillé.

Il faut que je me calme.

— Alors, Green, racontez-nous. Quel est votre plan pour piéger cette connasse de Joan ?

Je vais le laisser parler, l'écouter, et si ce qu'il dit ne me satisfait pas, je le foutrais dehors, lui, Jeremy et peut-être même Noah. Pour qu'ils paient tous, pour leurs mensonges, pour m'avoir refusé la vérité durant tout ce temps. Je n'étais donc pas digne de savoir, pas assez intelligente pour comprendre ? Trop fragile parce que je suis une fille ? Allez tous vous faire foutre… Je m'en sortirai mieux toute seule.

37

Paul
4 novembre 1995
Lost Lakes

Tout se passe comme prévu. Avant de rentrer dans la forêt, j'ai remarqué, dans le rétroviseur, que la voiture de Spencer Bunkle avait cessé de nous suivre pour prendre la sortie vers Lincoln. Il m'a fait confiance… Je n'ai rien dit aux enfants.

Nous arrivons à la caravane de Phil, planquée au bout d'un sentier forestier en périphérie de Lost Lakes. Ça me rassure, sa vieille Lincoln Continental est garée devant chez lui. Il est donc là.

— Les enfants, si vous voulez bien, on va faire une courte pause avant de retrouver votre père. Il faut que j'appelle Lost Lakes pour leur donner rendez-vous. D'accord ?

Green, tu vas franchir un point de non-retour, tu le sais ? Ce ne sont que des gamins, merde…

— Si vous voulez, pendant que je passerai mon coup de fil, vous pourrez faire un truc rigolo avec mon ami

446

Phil, qui habite ici. Je me suis dit que ça pourrait être sympa de garder un petit souvenir de votre escapade, alors on va lui demander de faire quelques photos, c'est son métier. Il est très fort. Quand on les aura développées, je les enverrai à votre père.

— Oh oui ! s'exclame Eva.

— Je ne sais pas trop, ajoute Noah. Papa nous dit toujours de nous méfier des photos.

— Votre père essaie de vous protéger et il a bien raison. Mais rassurez-vous, ces photos seront juste pour vous et moi, d'accord ? Et j'en enverrai quelques exemplaires à Spencer aussi.

J'entre dans la caravane de Phil après avoir tapé à la porte. Mon camarade est de dos, torse nu et en jean, recourbé sur son matériel photo qu'il achève d'installer. En m'entendant arriver, il se retourne et s'apprête à m'insulter.

— Alors, espèce de…

Je laisse passer les enfants et les place devant moi. Phil ne finit pas sa phrase et reste pétrifié, la bouche entrouverte, son mégot de cigarette pendouillant entre ses lèvres. Ses yeux semblent sortir de leurs orbites.

— Phil ! Réveille-toi. Je te présente mes deux amis : Noah et Eva Stilth.

— Euh… bonjour les enfants…

Phil se met à tourner nerveusement sur lui-même, conscient du bordel ahurissant de sa caravane. Il jette par terre un tas de sacs plastique et de détritus accumulés sur les banquettes de sa table à manger, et, d'un grand signe de main, invite les enfants à s'asseoir.

— Ça serait bien, aussi, que tu mettes un tee-shirt, Phil.

Eva pouffe de rire, Noah affiche un sourire malicieux.

J'en profite pour accompagner Phil jusqu'à sa chambre au bout du couloir.

— Mais comment tu as fait, Green ? Putain, tu te rends compte… Eux, ici, dans ma caravane…

— Écoute, Phil, pas le temps de papoter. Il faut faire vite. Tu as un numéro de téléphone pour joindre Lost Lakes ?

— Oui. L'accueil du manoir, ça te va ?

— Ça fera parfaitement l'affaire. Dis-moi, nous sommes à combien de temps en voiture du manoir ?

— Dix minutes, je dirais…

— Très bien. Pendant que j'appelle Lost Lakes pour organiser un rendez-vous avec Stilth, tu as cinq minutes top chrono pour faire un maximum de photos des gamins. Mets-les à l'aise, démerde-toi. Et après, on déguerpit en vitesse. Dès qu'Harlow et les autres vont savoir que c'est moi, ils vont envoyer une équipe ici.

— Ne t'en fais pas. Je ne vais pas me rater sur ce coup-là. De toute manière, je ne me foire jamais.

À sa manière de lâcher ces derniers mots, j'ai l'impression qu'il cherche à se convaincre lui-même.

— Par contre, Phil, je veux que tu me promettes quelque chose… Ces photos ne doivent pas sortir d'ici. Ce n'est qu'une monnaie d'échange. Dès qu'elles seront dans la boîte, je récupère les pellicules. Pas d'entourloupe. Je les déposerai en lieu sûr.

— Mais t'as perdu la boule ?

— Non, au contraire. Si jamais la situation dégénère, que Stilth et ses sbires nous mettent la pression, ou nous menacent, on pourra toujours s'en servir.

Phil fait de son mieux pour ne pas hausser la voix mais je sens qu'il fulmine.

— Mais t'es un malade. T'imagines le pactole qu'on pourrait se faire avec ces putains de clichés. Ça pourrait tout changer ! Tout ! Je serais une putain d'idole dans le milieu. Ça serait le début d'une nouvelle carrière pour moi…

— Tu dois me promettre de faire ce que je dis. Dans quelque temps, quand tout se sera calmé, on les vendra… peut-être. Mais pas pour le moment. J'ai appris des choses, Phil. Sur les meurtres, sur tout. Ça dépasse tout ce que je croyais…

— Tu me brises le cœur, vieux.

Je compose le numéro de Lost Lakes. Pendant que le téléphone sonne, je vois du coin de l'œil Phil, de dos, qui installe son matériel photo en face des deux gamins. Noah termine de manger une barre chocolatée que mon compère lui a donnée. Eva, quant à elle, place sa poupée devant elle, pour qu'elle apparaisse sur les photos. Noah me regarde avec un air interrogatif, comme s'il avait besoin d'être rassuré. Je lui souris et lève le pouce.

Quelqu'un me répond, enfin. Une voix féminine. Sèche.

— Bonsoir. J'ai des informations concernant la disparition d'Eva et Noah Stilth.

Un temps d'attente, puis la voix se fait plus fébrile, inquiète.

Dans la caravane, les flashs ont commencé à crépiter.

— Où sont les enfants ? Que leur avez-vous fait ? Que voulez-vous ?

— Rassurez-vous, nous ne leur avons rien fait. On les a juste retrouvés.

— Alors, ramenez-les à Lost Lakes. M. Stilth saura se montrer reconnaissant.

— Non. Je voudrais fixer un rendez-vous pour les rendre à Mike Stilth. Mais j'ai des conditions.

— Attendez… je vous passe quelqu'un.

— Joan Harlow à l'appareil. Qui êtes-vous ? Est-ce que vous vous rendez compte que la police…

— Écoutez-moi, Harlow. J'ai Noah et Eva avec moi. Si vous voulez les revoir, Mike Stilth doit se rendre seul à un lieu de rendez-vous.

— Attendez, je connais votre voix… Je vous connais. Putain, Paul Green, c'est bien vous, non ? Mais vous vous rendez compte de ce que vous êtes en train de faire ? C'est un kidnapping ! Je vais vous envoyer en taule, et pour un bon bout de temps !

J'entends un frottement sur le combiné, puis sa voix étouffée. Elle ne prononce que quelques mots : « C'est Green qui a les enfants. Trouvez-le. »

Il faut que je fasse vite. Dans quelques minutes, les hommes de la sécurité de Lost Lakes débarqueront ici. Ils savent très bien où Phil planque sa caravane.

— Une dernière fois, Harlow. Je veux voir Mike Stilth, seul à seul, dans une heure pétante.

Elle cherche à gagner du temps.

— Pourquoi avez-vous fait ça, Green ? Que cherchez-vous ?

— Il est 0 h 15. Si à 1 h 15 Stilth ne s'est pas présenté sur la plage du lac Wentworth où a été retrouvé le corps de Debbie Graves, je balance toutes les photos que nous avons prises des enfants aux médias.

— Vous les avez pris en photo ? Espèce de…

— Je n'avais pas le choix. Je tiens à ma vie. Je sais de quoi vous êtes capable, Harlow.

Un silence au bout du fil.

— Je vais essayer de convaincre Mike. Mais il va être furieux.

— Vous devriez vous estimer heureuse que je les aie retrouvés. Dix minutes avec lui, c'est tout ce que je demande. Sur la plage du lac Wentworth à 1 h 15.

— Nous devrons quand même nous assurer que vous n'êtes pas armé ou que vous ne portez pas de micro.

— Ça ne me dérange pas. Vous pourrez envoyer un homme me fouiller. Mais ne soyez pas en retard. Et je vous le répète, vous restez à distance, vous ne tentez rien. Et ne pensez même pas à nous doubler. Sinon, les portraits d'Eva et Noah feront la une des tabloïds de la terre entière demain matin.

— Vous êtes une saleté, Green. Je l'ai toujours su. De la pire espèce.

— Venant de vous, Harlow, je prends ça comme un compliment.

J'attends depuis une dizaine de minutes sur la plage. Une petite étendue de sable, comme il en existe d'autres tout autour de ce satané lac. C'est pourtant cet endroit qui est devenu l'épicentre de l'affaire des suicidées. Il m'a donc semblé naturel de donner rendez-vous à Stilth ici pour le confronter.

Phil et les enfants attendent à une trentaine de mètres, aux abords du Springhawk Rental Cottages, un camp de vacances fermé que j'avais repéré lors de ma première venue. Ils se sont cachés dans un faux tipi sur l'aire de jeu. Ça les fait bien marrer. Avant de partir, je leur ai répété qu'il ne faudrait surtout pas qu'ils parlent de Spencer à leur père ou au personnel de Lost Lakes. Ils ont fugué seuls et c'est moi qui les ai retrouvés. C'est désormais l'unique version qui existera de leur escapade.

— Paul, vous préviendrez bien papa qu'il est en danger, que Joan veut lui faire du mal ?

— Oui, je le lui dirai. Mais toi, tu me jures que tu ne lui en parleras pas. Il ne faut pas qu'il sache que tu espionnais Joan, ni que tu l'as surpris dans l'aile droite à faire ces choses. Il pourrait mal le prendre.

— D'accord.

Ça te plaît de jouer avec lui comme ça, d'en faire ta marionnette. C'est à se demander même si tu n'en tires pas un certain plaisir.

À mon signal, Phil amènera les gamins. Il a bien tenté d'insister, évidemment, pour prendre un appareil photo et « immortaliser » mon face-à-face avec Stilth, mais j'ai refusé catégoriquement.

J'entends des bruits de moteur. Allez, tiens le coup, Paul. On y est presque…

Trois énormes 4 x 4 noirs viennent se garer aux abords de la plage. Leurs phares m'aveuglent. De manière synchronisée, les portières s'ouvrent et plusieurs silhouettes s'en extirpent et se positionnent le long de la route, m'empêchant toute retraite. Certainement les hommes du service de sécurité. Plusieurs halos de lampes torches sont braqués sur moi.

Une peur violente me saisit. Il y a un problème. Ils vont tenter de me piéger…

Enfin, je distingue Stilth, accompagné d'un de ses cerbères, en train de marcher d'un pas décidé vers la plage, vers moi. On y est. Calme-toi, Paul. Respire. Tout se passe bien, pour le moment. Stilth s'arrête à quelques mètres et me fixe avec un regard noir, assassin. La star a les traits tirés. Son garde du corps s'approche et sans un mot me force à écarter les bras. Je me laisse faire. Derrière son impressionnante carrure, Stilth allume une cigarette. Le molosse me palpe le corps avec application, et s'éloigne après avoir fait un signe de la tête à Stilth. La star s'approche.

— Green. Comme on se retrouve. Où sont mes enfants ?

— Pas loin. Rassurez-vous. En lieu sûr…

— Qu'est-ce que vous leur avez fait ?

— Rien. Ils vont très bien.

— Que s'est-il passé ? Comment êtes-vous parvenu à les kidnapper ?

Je réprime un rire nerveux.

— Je ne les ai pas kidnappés. Je les ai simplement trouvés au bord de la route, à quelques kilomètres d'ici. Vers Lincoln.

— Impossible. Toute la sécurité de Lost Lakes et les hommes de la police locale ont quadrillé la forêt.

— Pourtant, c'est la vérité.

Stilth reste sur la défensive. Il garde ses distances, le buste légèrement cambré en arrière, comme si je le dégoûtais. Il tire une bouffée de sa cigarette, donne un coup de pied dans une motte de sable, puis reprend :

— Vous auriez pu nous les ramener à Lost Lakes. Pourquoi est-ce que vous les avez retenus ?

— Parce que je devais vous voir… Nous avons des choses à nous dire. Beaucoup de choses.

— Je ne suis pas là pour vous parler. Je veux voir mes enfants. Il paraît que vous les avez pris en photo, espèce de chien.

Je repense aux pellicules des photos que je suis parvenu à extraire des mains de Phil, malgré ses protestations. Il les tenait serrées contre lui, comme un trésor. Mais il s'est finalement laissé faire. Je les ai cachées sous le fauteuil de ma voiture. J'espère que les hommes de la sécurité ne sont pas en train de la fouiller.

— Rassurez-vous, Stilth. Ces photos ont été faites uniquement pour assurer ma sécurité. Une garantie que vous ne tenterez pas de me menacer ou de lancer des représailles. Je ne souhaite pas les exploiter, vous avez ma parole.

— Votre parole. Je ne vous fais pas confiance… Je connais les types dans votre genre.

— Et moi, si j'ai fait ça, c'est parce que je sais de quoi vous et votre entourage êtes capables.

— Nous ne sommes pas des raclures, contrairement à vous.

— Vous en êtes certain ?

À ces mots, Stilth tire une longue latte sur sa cigarette, puis la jette au loin. On entend le bruit du mégot qui se consume au contact de l'eau.

— Les enfants doivent être bouleversés…, poursuit-il.

— Bouleversé n'est pas exactement l'adjectif que j'emploierais. Heureux, émerveillés, me semblerait plus pertinent.

— Qu'est-ce que vous racontez ?

— Je vous répète que Noah et Eva ont pris le large d'eux-mêmes. Il doit bien y avoir une raison, non ? Leur vie étriquée, toujours sous contrôle, le monde dans lequel vous les faites vivre n'est qu'une illusion et ils l'ont toujours senti. C'est vous, en bâtissant cette tour d'ivoire autour d'eux, qui avez incité vos enfants à s'enfuir. Ils étouffent à Lost Lakes. Voilà tout…

— Vous ne savez rien de nos vies. Rien.

— J'ai eu le temps de discuter avec Noah. Vous les avez baratinés pendant toutes ces années sur le monde du dehors, les dangers, l'horreur des hommes. Et ils ont juste découvert la vérité. Qu'il n'y a rien ici de plus dangereux ou menaçant que ce qui se trouve à Lost Lakes. Vos hauts murs, vos tours de guet, votre service de sécurité ne servent à rien. L'homme est le même, partout, avec ce qu'il a de meilleur comme de pire.

— Vos leçons de morale, vous pouvez vous les garder, Green. Mes enfants sont fragiles. Je les protège du mieux que je peux. Regardez-vous, espèce de cloporte qui se nourrit de la misère des autres, qui scrute sans fin par le petit trou de la serrure nos vies, qui êtes-vous pour seulement me donner des leçons ? Vous croyez que j'en ai quelque chose à foutre de ce que vous pensez ?

— Même si je reste convaincu que vous ne leur rendez pas service, la manière dont vous éduquez vos pauvres mômes ne me regarde pas, en effet. Ce n'est pas pour ça que j'ai demandé à vous voir aujourd'hui.

— Vous ne voulez pas me lâcher, hein ? L'interview, les photos de Noah, et maintenant ça ! Vous n'en avez pas marre, Green ? Vous ne vous dégoûtez pas ?

— Quand je vois dans quel état je vous mets, je me dis que je fais plutôt bien mon boulot…

— Alors, finissons-en !

Stilth enfonce ses mains dans ses poches et me regarde droit dans les yeux, la mâchoire serrée.

C'est le moment. Maintenant.

— Je sais ce que vous avez fait, Mike. Dans l'aile droite, les filles…

Un éclair de seconde, il semble vaciller en arrière, comme s'il avait été frappé par une bourrasque. Il sort son paquet de cigarettes et en rallume une.

— Je ne vois pas de quoi vous parlez.

— Arrêtez vos conneries, Mike.

Je fais un tour d'horizon du lac Wentworth. Sur l'autre berge, des cottages cossus sont éclairés. Il y a un radeau en bois qui se découpe comme un trou noir au milieu du lac, et, plus loin sur le côté, les formes sombres de quelques bateaux qui ondulent au gré du courant…

— Vous voulez savoir pourquoi je vous ai demandé de venir ici ? Parce que c'est là, dans ce putain de lac, qu'on a retrouvé vos six victimes. Vos hommes ne s'emmerdent même pas à les cacher. Ils les balancent là, au fond de l'eau… Mais elles finissent toujours par remonter, comme si elles avaient encore quelque chose à dire. Tout le monde s'en fout, ici. Le shérif, les médias, les locaux… Ce n'était que des gamines paumées, des toxicos, des suicidées… Mais moi je ne m'en fous pas. La vérité, Mike, c'est que vous les avez toutes tuées. Étiez-vous dans votre état normal ? Pourquoi avez-vous fait ça ? Y a-t-il un rapport avec ce que vous a fait subir votre mère ? Ou avec votre soif de pouvoir ? Je ne le sais pas et je ne veux pas le savoir. Je suis fatigué, Mike. Tout ce que je veux, c'est que vous m'avouiez que c'est vrai.

— Je… je ne sais pas.

Avec les reflets des phares sur nous, on dirait que ses yeux se sont légèrement voilés, qu'il retient des larmes. Il garde ses poings serrés.

— Leah Johnson, c'est la dernière qu'on a retrouvée. Elle avait vingt et un ans, Stilth. Vingt et un ans, bon sang…

Il semble soudain reprendre le dessus.

— Je ne connais pas cette fille, insiste-t-il.

Il faut que je lui dise, que je lui prouve que je sais tout. Je dois m'enfoncer avec lui, plonger, tout au fond de ce maudit lac…

— Vous l'avez assassinée dans l'aile droite, dans votre salle de projection, sur l'estrade. Vous l'avez étranglée, après vous être shooté. Je sais tout. Arrêtez de me promener.

— Je voulais l'aider… Je croyais vraiment l'aider. C'est comme si c'était quelqu'un d'autre qui avait fait ça. Et tout le monde voulait me le laisser croire… J'ai alors cru que c'était Caan. Que c'était lui le coupable. Qu'il débloquait complètement, à cause de la drogue, de son isolement… Ça m'arrangeait bien, au fond, même si c'était mon ami. Et le pire, c'est qu'il me dégoûtait. Il me faisait peur. Alors, qu'en réalité…

— … C'était vous pendant tout ce temps.

— Oui, c'était moi. Caan m'a tout avoué. Il ne supportait plus tous ces mensonges. Il se sentait aussi responsable de la mort de ces filles. Il s'est tiré une balle dans la tête, ce matin. Devant mes yeux. Mon vieux frère. Par ma faute…

Je ne dis rien. Je ne vais pas lui dire que je suis désolé, car je ne le suis pas.

— Vous voulez me faire croire que vous ne vous souveniez vraiment de rien ?

— Que vous me croyiez ou pas, je m'en fous, Green. Mais c'est la vérité. Pendant toutes ces années, une partie de moi s'est convaincue que ce n'était pas arrivé, que c'était impossible.

— Et pour Clara ?

— Vous connaissiez Clara ? Mais oui, vous m'en aviez déjà parlé durant notre interview… Je comprends mieux votre acharnement. C'est pour elle, n'est-ce pas ? C'est à cause d'elle que vous m'avez traqué durant tout ce temps ?

— Oui, pour la venger.

— Mais elle était quoi pour vous ?

— Une copine de fac… mais beaucoup plus aussi. Elle était certainement la femme de ma vie. Mais elle ne l'a jamais su.

— Vous l'aimiez…

— Oui, je l'ai toujours aimée.

— Je l'aimais aussi, mais Clara était compliquée. Elle voulait se perdre, se faire du mal… Je ne suis pas responsable de tout.

— Vous l'avez tuée, comme les autres, alors c'est vous. Point final. Il est temps de faire face, Stilth.

— Oui, c'est moi. Tout est encore si flou dans mon esprit. Mais Clara avait quelque chose de différent des autres filles. C'est comme si elle avait toujours vécu au

bord du précipice, et qu'elle n'attendait que moi pour
se jeter dans le vide.

— Ne cherchez pas d'excuse, Stilth. Vous êtes coupable.

— Je sais… mais je l'aimais tellement, Clara.
Vraiment. Je voulais l'aider. Refaire ma vie avec elle.
Je pensais que je pourrais changer.

Je pourrais m'arrêter là, mais je m'acharne. Il faut
que je le voie souffrir. Encore plus.

— Vous savez qu'elle aussi, on l'a retrouvée dans ce
putain de lac ?

À la lumière crue des phares, Stilth a l'air de vieillir sous mes yeux. Je remarque ses rides au coin des
yeux, des mèches blanches sur ses tempes, son dos qui
se recourbe légèrement. Et son regard, soudainement
éteint, comme si quelque chose avait disparu à jamais.
La carapace se fendille.

— Non, je ne connaissais pas les détails, ni la
manière dont ils se débarrassaient des corps. On m'a
caché tout ça. Tout le monde me poussait à oublier.
Et ça m'allait très bien. Si j'avais su, peut-être aurais-je
essayé de me faire soigner…

— Le passé est le passé. Vous saviez pour Clara ?
C'est pour ça que vous l'avez tuée ?

— Comment ça ?

— Clara était enceinte quand vous l'avez assassinée.

— Non, ce n'est pas possible. J'ai des problèmes,
je suis stérile.

— Les médecins légistes sont pourtant catégoriques.

— Ce n'est pas possible… ce n'est pas…

Il ne termine pas sa phrase et s'écroule au sol, à
genoux.

Je m'abaisse à ses côtés. Il faut que je le fasse parler, que je tire toute la vérité de lui. Qu'il ne reste rien. Quitte à assécher ce putain de lac, on ira au bout. Mais quelque chose m'intrigue.

— Vous dites que vous êtes stérile… Mais vos enfants ? Noah, Eva ? Ils sont bien de vous pourtant ?

Stilth met quelques instants avant de répondre. Comme si son esprit l'avait emmené loin, comme s'il cherchait désespérément un refuge tout au fond de sa tête.

— Oui, mais c'est compliqué… Nous avons fait des opérations. Des procédures qui se développaient à peine à l'époque. Nous étions parmi les premiers au monde. Ça m'a coûté une fortune. Les médecins sont parvenus à renforcer mes gamètes, puis ils ont inséminé une mère porteuse. Ça a été un formidable succès. Noah et Eva sont la plus belle chose qui me soit arrivée.

Il sourit.

— Et leur vraie mère, alors ?

— Qu'est-ce que ça peut vous foutre, à la fin, Green ? C'est pour ça qu'on est là, pour savoir comment j'ai fait mes enfants ? Pour que vous fassiez un putain d'article, encore un, cette fois sur l'infertilité de Mike Stilth ?

— Vous avez raison, Mike. Ce n'est pas mon problème. J'ai quasiment eu ce que je voulais. Savoir que c'était vous. Je veux juste maintenant que vous me regardiez dans les yeux et que vous me disiez que vous avez bien tué toutes ces filles…

— Et pour quoi faire ? Qu'est-ce que ça change ? Je vous en ai assez dit, non ?

— C'est pour moi. Juste pour moi. Pour en finir…
J'aimerais passer à autre chose, tourner la page. Je n'en
peux plus d'être obsédé par cette histoire, ça me bouffe
de l'intérieur.

Il pleure et me répond, comme en transe :

— Eh bien, prenez-la, votre vérité. J'ai tué Clara.
Et toutes ces filles. Je ne sais pas d'où je puise cette
folie, cette violence. Ça me dégoûte, ça me terrifie,
mais, oui, c'est bien moi.

Malgré tout le mépris que m'inspire ce type, je pose
ma main sur son épaule et la garde quelques instants
posée sur le cuir froid.

Je le laisse reprendre ses esprits. Il s'essuie le visage
avec la manche de sa veste.

— Et maintenant, Green… Vous allez faire quoi ?
Prévenir la police, écrire un dernier article sur toute
cette affaire ? Pour me détruire, me rouler dans la
boue…

— Non, j'ai eu ce que je voulais. Et personne ne
me croirait, de toute manière. Je n'ai pas de preuve
concrète, et vous le savez bien. À vous d'assumer vos
actes. D'ailleurs, qu'est-ce que vous comptez faire,
Mike ?

— Je ne sais pas encore. J'avais pensé m'isoler avec
les enfants, partir sur une île, loin… Tenter de décrocher des drogues.

— Qui vous dit que vous ne recommencerez pas
là-bas ? Vous pensez vraiment que vous pourrez vous
contrôler ? Et si vous vous en preniez un jour aux
enfants…

— Je ne toucherai jamais à mes enfants.

Il crie quasiment en me pointant du doigt, comme pour s'en persuader lui-même.

— Jamais je ne leur ferai de mal. Si je vois que ça recommence, j'essaierai de me faire soigner. Je prendrai des médicaments. Et si je n'arrive pas à me contrôler, je me rendrai aux autorités.

— Vous feriez ça, vraiment ? J'ai du mal à vous croire, Mike. Et de toute manière, votre entourage ne vous laissera jamais agir de la sorte. Harlow et sa bande ne le permettront pas. Vous êtes leur gagne-pain. Un simple produit, Stilth. Eux seuls contrôlent votre date de péremption.

— C'est moi qui décide. Personne d'autre.

— C'est ce que vous croyez.

Je devrais lui parler maintenant des menaces qui pèsent sur lui, de ce que manigance Harlow. Les mots sont là, prêts à surgir. Mais rien. Car le voir accepter sa culpabilité, me dire enfin la vérité, ce n'est pas assez. Il faut qu'il paie, qu'il paie vraiment... Il ne peut pas s'en sortir comme ça, entouré de médecins, en prenant simplement quelques pilules. En fermant, encore et toujours, les yeux. Je ne lui sauverai pas la vie. Il ne le mérite pas.

Par ton silence, tu le condamnes ? Tu t'en rends seulement compte, Paul ?

Je n'y suis pour rien. Stilth s'est condamné seul, depuis longtemps. Par ses actes...

La star semble percevoir mon trouble et me dit, quasiment suppliant :

— Je vous dis la vérité, Green. Je vais vraiment essayer de changer. Je ne pourrais pas continuer à

462

regarder les enfants, Noah et Eva, droit dans les yeux, si je ne fais pas quelque chose. Je peux y arriver...

— Je vous le souhaite, Mike.

Mais c'est trop tard.

— Vous voulez bien me rendre les enfants, maintenant ? S'il vous plaît, Green.

— Oui, d'accord.

Je sors une lampe torche de ma poche et fais trois signaux lumineux en direction du camp. Des silhouettes se dégagent du tipi et s'avancent. Les enfants ne vont plus tarder.

— J'espère maintenant que vous tiendrez vos promesses, Stilth. Ça ne peut plus continuer...

— Je vous jure que je vais tout faire pour changer.

Mais je ne peux pas courir ce risque, Mike, tu comprends ? Te laisser partir en me disant que tu pourrais recommencer, prendre des vies. Je ne le supporterais pas.

Les deux gamins se mettent à courir en direction de leur père. Ils sont à une vingtaine de mètres. Ils crient déjà : « Papa, papa ! »

Stilth s'essuie les yeux de la paume des mains, époussette le sable qui s'est accroché à ses genoux. À la lisière d'un bosquet, je remarque Phil, accroupi entre deux arbres. Il garde ses distances, il a raison.

Mike affiche un sourire sincère, un vrai. C'est peut-être la première fois que je le vois tomber le masque. Par-delà la star, coquille vide qu'idolâtrent des millions de fans. Par-delà le monstre qui a tué toutes ces filles, ce vampire de vanité qui a volé ces vies, sans un regard en arrière, il y a quelqu'un d'autre. Quelqu'un que je découvre. Un père.

Eva se jette dans ses bras.

— Mes anges. J'ai eu si peur…

Stilth a les larmes aux yeux et soulève sa fille au-dessus de lui avant de l'embrasser tendrement.

Noah la suit de près et agrippe les jambes de son père.

— On rentre à la maison, papa, dit-il.

Je m'écarte, c'est leur moment. Alors que je m'apprête à partir, Noah me jette un regard et me fait un clin d'œil. Je le lui renvoie. Il doit espérer que j'ai prévenu Stilth… Je n'ai pas pu, Noah. J'aurais voulu. Mais ton père ne mérite pas le pardon.

Je m'éloigne.

Derrière moi, la voix de Stilth me rattrape :

— Merci, Green. Merci de m'avoir ramené mes enfants. Et pour ce qu'on s'est dit… pour me laisser encore une chance.

Je ne réponds pas et traverse la plage jusqu'à Phil, les mains enfoncées dans les poches de mon vieux manteau. En moins d'une minute, Stilth, les enfants, les agents de sécurité et les trois 4 x 4 se sont volatilisés. Il ne reste plus que le silence. Comme si tout cela n'avait jamais existé. Comme si on sortait d'un rêve. Phil m'attend, assis sur un canoé en plastique renversé. Je le rejoins et m'assieds à ses côtés.

— T'imagines même pas les photos que j'aurais pu avoir, Green. J'avais l'angle parfait, vieux. Un duel, un putain de duel que c'était…

— Ta gueule, Phil.

Un ange passe. Mon camarade s'allume une cigarette et tire quelques lattes, puis dit :

— Ils étaient gentils, ces gamins. Des bons mômes…

— Ouais. Et toi, tu fais une sacrée baby-sitter.

Phil sort une flasque en argent qu'il dévisse. Il boit une grosse lampée, puis me la tend. Je bois. C'est du whisky, du bon. Ça fait du bien. Ça chauffe au-dedans.

— Alors, tu as eu ce que tu voulais, Paul ?

— Oui, je crois.

— Tu lui as parlé de Clara, des autres filles ?

— Oui, on a parlé de tout.

Il sait bien, à ma voix, que je ne lui en dirai pas plus. Je ne veux pas risquer de le mettre en danger en lui en révélant trop.

— C'est réglé, alors ?

Je regarde le lac noir. Il n'y a plus un bruit autour de nous. Juste le clapotis de l'eau sur les rochers du rivage, quelques bourrasques de vent qui viennent faire frissonner les feuilles des arbres. Le lac, si avide, est-il enfin rassasié ?

— J'espère.

— C'est bien. Tu penses que Clara repose en paix maintenant ?

— Je ne sais pas. Peut-être. Oui, je l'espère.

Clara, Leah, Debbie, Denise, Amber, Linda…
Vous pouvez fermer les yeux maintenant.
Vous pouvez partir.

38

Joan
15 novembre 1995
New York

Tout s'écroule… Lentement, comme au ralenti.

C'est comme un courant d'air qui viendrait faire trembler un château de cartes. Un frémissement, rien qu'un frémissement, mais c'est déjà trop tard. On aimerait retenir le fragile édifice… Mais tout s'effondre, on sait bien comment ça va se terminer. Tout finira par tomber… Tout tombe toujours.

Je suis dans le taxi qui me mène à mon rendez-vous, au restaurant Le Cirque, sur la 65e Rue. L'un des hauts lieux de l'élite new-yorkaise. Pas étonnant qu'ils m'attendent là-bas. Au milieu des robes Versace, des doigts couverts de bagues, des permanentes parfaites, des peaux tirées au bistouri pour les femmes, et des costumes Armani, des montres George Daniels, des cheveux blanchissants plaqués en arrière pour les hommes. Dans leur monde, parmi les leurs…

Je regarde par la vitre.

Tout s'écroule et New York s'en moque. New York continue à bruisser, à vivre, à trembler. Et continuera après ça, après nous, après moi.

Les photos de Noah et Eva sont sorties dans les tabloïds il y a trois jours. Green n'a pas tenu sa promesse. Je ne suis même pas surprise… On cherche à les localiser, lui et son connard de photographe, cette raclure de Phil Humpsley. Pour l'instant, ils sont introuvables. Mais ça ne durera pas longtemps. Et tu feras quoi d'eux quand tu les trouveras, Joan ? Tu te prends pour qui, pour Kenneth Robinson ? Tu crois avoir les épaules pour gérer ce genre de situation ?

Mike fait une rechute. Il s'est enfermé, depuis son entrevue avec Green. Ça fait beaucoup à encaisser pour lui. Caan a tout avoué. Il a accepté, enfin, qu'il était le seul coupable, qu'il a tué ces gamines. Sans parler du fait qu'il m'en veut de l'avoir conforté dans son mensonge, dans son déni. Il est bouleversé. Au fond de moi, tout au fond, je crois que ça me fait du bien, que ça me soulage un peu de le voir souffrir ainsi, se morfondre, payer en quelque sorte pour ce qu'il leur a fait à toutes.

Mike passe ses journées à se défoncer. Il est loin, très loin… Et je ne réussis plus du tout à l'atteindre. J'aurais voulu parler avec lui de cette putain de conversation avec Green. De quoi a-t-il discuté avec le journaliste ? Et surtout qu'est-ce que Mike lui a révélé ? On aurait dû en finir cette nuit-là, faire mordre la poussière à ce con de Green, une bonne fois pour toutes. Mais Mike a été catégorique, il ne voulait pas mettre les enfants en danger.

Tout m'échappe, comme du sable qui s'écoulerait entre mes mains. Tout s'effondre.

Le départ de Mike et des enfants sur l'île Ginger est prévu dans une dizaine de jours. Sera-t-il sur pied d'ici là ? Il me l'assure, dans ses rares moments de clairvoyance, entre deux shoots. Il me promet que c'est la dernière fois, que ça va aller mieux, qu'après il va changer, qu'il va tout arrêter. J'imagine qu'il se défonce pour rester tout en haut, absent du monde, et, d'une certaine manière, pour éviter de se confronter à sa culpabilité, à ses démons. S'en sortira-t-il ? J'en doute.

Seul réconfort, j'ai trouvé la taupe qui travaillait pour Kenneth Robinson. Suite à mes suspicions, j'ai décidé de confronter les deux seules personnes au courant de cette affaire : nos gardes du corps, Jeremy et Thomas. Je les ai convoqués, séparément. Sous le feu de mes questions et de mes menaces, Thomas a fini par craquer. C'était bien lui qui parlait à Robinson, depuis au moins cinq ans. Il a essayé de se défendre. Qu'il ne pensait pas à mal, qu'il voulait nous protéger, Mike et moi. Robinson lui avait assuré qu'il faisait ça dans notre intérêt à tous. Si au moins ce demeuré avait eu la franchise de dire que c'était juste pour l'argent. Je l'ai licencié aussi sec malgré ses supplications. Mais ça ne change rien. Robinson a des contacts partout. Il trouvera quelqu'un d'autre pour le tenir informé de ce qui se passe à Lost Lakes. D'une façon ou d'une autre. Certainement a-t-il déjà quelqu'un à l'intérieur. Le château de cartes chute, au ralenti.

Le chauffeur se retourne. Nous sommes arrivés devant le Mayfair Hotel où le restaurant est situé. Je paie la course et descends de la voiture. Devant l'une des grandes fenêtres bordées de motifs néogothiques, j'entrouvre mon imperméable, repositionne mon tailleur, vérifie qu'aucune mèche ne dépasse de mon chignon. Je m'avance vers l'entrée. Un valet ouvre la porte et me salue d'un discret « Mademoiselle », les yeux plantés dans le marbre du sol… Je suis connue ici.

Il est à peine midi et pourtant la salle principale du Cirque est déjà bondée. J'ai toujours trouvé la décoration un peu rococo, limite kitsch. Elle est censée retranscrire l'élégance et le raffinement à la française, mais je ne vois que de fausses moulures dorées, des fresques grossières sur les murs, des appliques lumineuses kitsch en forme de bouquets de fleurs, des corbeilles dégoulinantes de fruits, une moquette épaisse, des rideaux bouffants. Comme toujours dans mon cher pays, on aime en faire trop. Et c'est d'un cynisme absolu. Car si le Cirque se targue d'être le grand restaurant français de New York, le fondateur de cette institution n'est autre que Sirio Maccioni, émigré italien, originaire de Toscane, qui a fait fortune dans la restauration new-yorkaise.

J'arrive devant le maître d'hôtel, Marco, fils du propriétaire. Il me reconnaît immédiatement et me salue d'un baisemain trop appuyé.

— Mademoiselle Harlow, bienvenue…

— Bonjour, Marco. J'ai rendez-vous avec Kenneth Robinson.

— Oui, je suis au courant. M. Robinson est déjà à table avec ses amis. Ils sont dans le boudoir.

Le boudoir, la salle privée du restaurant. Là où se tiennent les conversations secrètes, là où se négocient les rachats d'entreprises, les signatures de gros contrats, où se jouent les soutiens politiques… Le seul endroit de tout le restaurant où l'on ne trouve aucune caméra. Marco me débarrasse de mon imperméable et m'invite à le suivre. Il pousse une porte dérobée et nous entrons dans la petite salle circulaire d'à peine 20 m². De larges fenêtres donnent sur la 65e. Une table ronde, et huit hommes autour, déjà en train de manger. En me voyant arriver, le silence se fait. Kenneth s'essuie les lèvres et se lève.

— Messieurs, j'ai le plaisir de vous présenter Joan Harlow.

Les convives me regardent avec intérêt. Certains n'hésitent pas à me déshabiller des yeux. Aucun sourire, aucun salut de tête. Je ne suis rien pour eux et ils me le font immédiatement comprendre. Ils sont tous âgés d'une cinquantaine, voire d'une soixantaine d'années.

Kenneth, de loin le plus jeune d'entre eux, m'invite à m'asseoir à son côté. Les couverts ne sont pas dressés à ma place. Un signal clair. Je ne mangerai pas en leur compagnie. Je suis juste tolérée à leur table. Kenneth me propose un verre de vin, j'accepte. Je reste tendue, cambrée sur ma chaise, les poings serrés sur la table. Je ne leur lâcherai rien. Les hommes reprennent leur repas, comme si de rien n'était. Aucun ne me pose de question ni ne me parle.

Je reconnais quelques visages. Il y a tout le gratin, les hautes sphères. Là, Robert Murtaugh, le magnat à la tête de l'énorme groupe médiatique Channel News. En face de moi, Sean Duman, président d'EMA Music Group. À ma droite, en train de trancher avec véhémence une énorme pièce de bœuf, un producteur d'Hollywood en vue, David Seizner, nouvelle coqueluche de la Mecque du cinéma. Le bonhomme, trop serré dans son costume, son goitre débordant de son col, une barbe de trois jours, me fixe avec ses yeux vitreux entre deux bouchées. Ce mec fait sale, libidineux, malsain. C'est pourtant un roi. Des centaines, des milliers d'actrices, d'acteurs, de réalisateurs seraient prêts à tout pour participer à l'une de ses productions. Je crois également reconnaître deux ou trois autres dirigeants de grands groupes, mais je ne réussis pas à mettre de noms sur leurs visages.

Le Cercle. Leur foutu Cercle.

Les couverts crissent dans les assiettes en porcelaine. Les couteaux coupent la viande rouge… et les fourchettes trempent dans la sauce avant d'enfourner de grosses bouchées dans les gueules ouvertes. Des dévoreurs, des ogres. Et moi, au milieu…

Kenneth prend la parole.

— Merci, ma chère Joan, d'avoir accepté notre invitation. Mes amis et moi devions vous parler de toute urgence.

À ma droite, un des types dissèque avec ses gros doigts une crevette et la fourre dans sa bouche avant de se pourlécher les babines avidement. Ils me débectent tous. Mais je ne cède rien.

— Joan, nous voudrions savoir quelle est la situation à Lost Lakes ?

— Pourquoi me demander… Vous êtes déjà au courant, non ?

— Si vous voulez parler du fait que j'avais mandaté votre garde du corps Thomas pour nous transmettre certaines informations… J'en suis désolé, mais…

Je ne le laisse pas achever sa phrase.

— Mais vous êtes une crevure, oui, je sais. Merci, Kenneth.

Un des convives manque d'avaler de travers.

L'avocat replace son col de chemise et, loin d'être désarçonné, reprend :

— Bien… Alors, comment gérez-vous la crise que traverse Mike Stilth et quelles sont vos préconisations ?

— Mes préconisations…

Je marque un temps d'attente, bois une gorgée de vin et les regarde tous les uns après les autres. Je ne les laisserai pas me marcher dessus. D'autres ont essayé. D'autres avant vous. Je garderai la porte fermée, toujours.

Seizner mâche avec ostentation en me fixant, attendant ma réponse. Murtaugh boit une large lampée de vin en laissant sur le verre la trace de ses lèvres adipeuses. Ça bouffe et ça se bâfre. Les mâchoires claquent. Plein la bouche et plein les doigts. Car le monde leur appartient…

— Alors, c'est ça, votre fameux Cercle, Kenneth ? L'élite de l'Amérique réunie à cette table. Quel charmant spectacle.

— Joan, s'il vous plaît. Ne jouez pas à ce jeu.

— Tout est sous contrôle à Lost Lakes. Mike est actuellement en repos. Il va se remettre, se requinquer et partir quelques semaines sur une île avec ses enfants pour tourner la page.

— Sur l'île Ginger, dans les îles Vierges britanniques…

Je marque un temps. Il sait tout, évidemment.

— Oui, en effet. À son retour, nous reprendrons les projets laissés en suspens : le tournage de son prochain film et l'enregistrement de son nouvel album.

— Mais êtes-vous certaine que Mike se remettra, Joan ?

— Oui, ce n'est pas la première fois qu'il fait une… crise.

— Sauf qu'aujourd'hui, il sait qu'il a tué ces filles. Il ne peut plus se mentir. Comment fera-t-il pour se reconstruire après cela ?

— Mike est solide. Il en a vu d'autres.

— Mike est un assassin. Son meilleur ami est mort. Ses enfants ont fugué pour des raisons encore obscures. Des photos d'eux sont aujourd'hui dans tous les magazines du monde. Pensez-vous vraiment qu'on se redresse après une telle chute ?

— J'ai confiance.

— Imaginez que, rongé par la culpabilité, il se décide à parler aux médias ou, pire, qu'il se rende à la police. Imaginez un peu… Nous ne pouvons courir ce risque.

Tous les hommes autour de la table étaient jusqu'alors restés silencieux, se contentant de manger en écoutant notre discussion. Mais Seizner, le producteur, prend la parole.

— Stilth est fini… Il a voulu jouer au con. Qu'il en souffre les conséquences. Nous ne voulons plus entendre parler de ce type.

— David a raison, Joan. Il est temps de tourner la page. Il n'est plus qu'une épave. Il faut en finir.

— En finir ? Vous parlez de quoi, là, au juste ?

Murtaugh prend à son tour la parole après s'être essuyé lourdement la bouche sur une serviette et y avoir laissé une grosse tache rougeâtre.

— Mike Stilth doit mourir et vite. C'est dans notre intérêt à tous et dans le vôtre. Il risque de révéler cette affaire, ces meurtres sordides, ses penchants malsains au grand public, et nous ne pouvons le tolérer. Ça pourrait avoir de lourdes conséquences sur toute l'industrie. Pour nous tous ici réunis.

— Mais de quoi parlez-vous ? En quoi ça vous concerne ? Mike Stilth, c'est mon affaire.

— Non. Vous ne gérez plus rien. Stilth a commencé à déconner et vous n'avez rien fait pour l'arrêter. Sans parler de l'enquête de ce journaliste, Paul Green, qui ne lâche pas le morceau. Nous aurions dû agir plus tôt. Il n'y a plus de marche arrière possible. Il faut que ça soit fait dans les prochains jours.

— Mais pourquoi ?

Murtaugh me fixe quelques secondes de son regard glacial, puant le dédain.

— Il y a plusieurs raisons, poursuit-il. La première, la plus pragmatique. Mike Stilth est un produit, une marque qui, directement ou non, rapporte gros. Stilth, grâce à vous, s'est imposé dans tous les médias : musique, télévision, cinéma, presse, radio… Chacun ici présent, à sa manière, se nourrit de son succès. Et personne n'a envie que ça change.

L'un des hommes sur ma droite prend la parole :

— Chère madame, regardez le point positif. Si vous soutenez notre décision, la carrière de Stilth ne se terminera pas ici. Il deviendra éternel, immortel. Vous avez sans doute une multitude d'enregistrements inédits, non exploités… Vous en ferez de nouveaux albums. Et avec les royalties, les compilations et rééditions de ses anciens albums, vous êtes tranquille pour un bon moment. Le temps de construire la future carrière de ses enfants.

Le Cercle parle comme un seul homme, une pieuvre qui m'enserre. Je suis comme entraînée, malgré moi, dans leur maelström de mots.

— Imaginez, Joan, dit Kenneth. Si Stilth meurt maintenant, ça sera un terrible accident. Le pays entier sera en deuil. Des millions de fans le pleureront et seront, plus que jamais, prêts à acheter les moindres restes qui les rattacheront encore à leur idole. Il y aura des biographies, des émissions spéciales, des rétrospectives, des produits dérivés… Stilth entrera à jamais au panthéon des grandes stars américaines. En d'autres termes, pour que sa légende vive, il faut qu'il meure.

Kenneth marque une longue pause, observe ses congénères.

— Et il y a une autre raison aussi. Plus profonde… Mes camarades et moi n'avons aucune envie que la chute de Stilth ouvre la boîte de Pandore.

— De quoi parlez-vous ?

— Vous n'avez jamais ouvert un journal, Harlow, écouté les infos ? Si l'affaire Stilth sort au grand jour,

475

ça va être le début d'une véritable chasse aux sorcières... Les médias sont voraces, Joan. Après Stilth, il leur faudra d'autres coupables, d'autres affaires. Ça créera une réaction en chaîne. Ils iront déterrer de vieux dossiers. D'autres tomberont, et ainsi de suite. Ça aurait des répercussions dans l'industrie du divertissement, bien sûr, mais aussi dans tous les secteurs...

Seizner rebondit :

— Nous en avons assez des frasques de Stilth. Les retombées pourraient être terribles pour nous tous. Ma petite Joan, vous le savez bien, vous comme moi, nous faisons un métier d'image. Rien de plus, rien de moins. Si le reflet dans le miroir commence à se fendiller, c'est fini... Une petite fissure et c'est déjà trop. Bon nombre de stars sont tombées pour de simples soupçons, des rumeurs. Et Mike, lui, a dépassé ce stade depuis bien trop longtemps déjà.

— Il peut se reconstruire, je le connais.

— Non, c'est trop tard, insiste Seizner. Et vous connaissez bien Hollywood, ma chère Joan. Là-bas, c'est encore pire qu'ici. L'affaire Stilth entraînerait un grand remue-ménage. Ça pourrait donner des envies, des idées à d'autres de parler. Et ce ne sont pas des choses qui nous raviraient, ni moi ni mes camarades.

La meute de loups a besoin d'abandonner son frère boiteux pour continuer à chasser en toute liberté...

— En fait, vous êtes en train de me dire que vous voulez que Stilth meure pour vous protéger ?

Kenneth prend le relais avec un ton plus sec.

— Pour nous protéger tous, Joan. Vous êtes celle qui a le plus à perdre à cette table. Vous êtes directement impliquée dans cette affaire, complice de ces meurtres. Nous avons des preuves et nous n'hésiterons pas à les révéler au grand public, s'il le fallait. Vous avez détourné les yeux pendant toutes ces années alors que vous saviez. Vous avez aidé à acheter le silence du shérif et de ses équipes. Vous avez tout fait depuis le début pour que personne ne s'intéresse aux victimes.

— Mais vous êtes impliqué aussi, Robinson, tout comme moi !

— Je sais protéger mes arrières. Vous, en revanche, ce sera plus difficile.

— C'est de la folie pure…

— La folie, ça serait de continuer comme si de rien n'était, dans ce train lancé à toute allure. Vous courez à la catastrophe, mais nous sommes là pour vous aider, vous accompagner.

— Et comment voudriez-vous…

— Mike est toxicomane, n'est-ce pas ? Il consomme énormément de drogues quand il se retranche dans son fameux « Cocon » ? Nous allons faire en sorte qu'il ait une overdose. Par contre, il ne faut pas qu'il puisse demander de l'aide ou être secouru comme lors de son malaise cardiaque, il y a quelques semaines. C'est là que vous interviendrez. Vous devrez vous assurer que personne ne lui portera secours. Il faudra qu'il parte seul. Ensuite, nous réglerons les autres problèmes.

— C'est-à-dire ?

— Il faudra que nous nous occupions également de Paul Green et de son photographe, Phil Humpsley.

— Mais vous vous rendez compte… tous ces morts ?

Un homme, qui était jusqu'alors resté en retrait et n'avait pas participé à la discussion, prend la parole.

— Ça suffit. Ces bavardages me fatiguent…

Le silence se fait. Je sens que le type a une certaine autorité sur les autres membres du Cercle, et que tous attendent son verdict. C'est lui, le chef de la meute. Et je n'ai jamais vu cet homme de ma vie. Il se tient raide sur sa chaise, ses cheveux gris gominés en arrière, les pommettes creusées, un visage anguleux, des petites lunettes arrondies sur le nez. Tous le regardent du coin de l'œil.

— Ne jouez pas à la mijaurée, Harlow. Vous êtes entourée de cadavres de gamines depuis des années…

— Ça n'a rien à voir. Ces filles étaient des paumées. Elles n'auraient pas tenu longtemps.

— Vous avez raison, c'est pire. Vous tentez de vous rassurer comme vous le pouvez, je le comprends. Mais ça ne change rien. Ces femmes étaient innocentes. Les hommes dont nous parlons aujourd'hui ne le sont pas.

— Mais si vous tenez tant à confronter Stilth, pourquoi ne le convoquez-vous pas ?

— Car Mike Stilth n'existe pas. Il n'est qu'un pantin. Votre pantin. Mike Stilth n'est rien sans vous. Rien qu'un gamin trop gâté qui a abîmé tous ses jouets. C'est vous qui l'avez façonné, qui l'avez construit. Mike Stilth, c'est vous, Joan. C'est pour cela que c'est à vous que nous parlons aujourd'hui.

— Et si je refuse ? Si je préviens Mike des menaces qui pèsent sur lui ?

L'homme me fixe droit dans les yeux et me transperce de son regard gris acier.

— Vous ne le ferez pas. Car vous ne souhaitez pas que l'empire que vous vous êtes efforcée de bâtir, vous, la petite péquenaude originaire de Watkins, Minnesota, s'écroule. C'est tout ce que vous êtes, tout ce que vous avez. Et si vous nous aidez, vous continuerez à gérer la marque Mike Stilth pendant de très longues années encore. Avec un peu de chance, nous n'aurons même plus jamais à croiser votre route.

Pas une seule fois l'homme ne détache son regard du mien quand il me parle. Il me rappelle mon père. Il a les mêmes yeux… Pour eux, je ne suis rien. Une moins que rien.

— Et si, malgré tout, vous vous décidiez à nous trahir… Eh bien, vous subiriez le même sort que Stilth. Un jour ou l'autre. Demain, dans une semaine, dans un an peut-être, au moment où vous finiriez par baisser la garde, un malheureux accident vous arriverait. Une chute de la terrasse de votre charmant appartement, une agression violente dans votre parking, un accident de voiture en vous rendant à Lost Lakes… Les possibilités sont infinies.

— Alors, Joan. Quelle est votre décision ? demande Kenneth, solennel.

Je n'ai pas le choix. Je ne l'ai jamais eu. À partir du moment où j'ai accepté de venir à ce rendez-vous, je le savais. Ils ont raison. C'est effroyable, mais c'est la seule solution.

— Je vais le faire…

— Pardon, nous n'avons pas entendu. Répétez, s'il vous plaît.

Ils veulent que je m'abaisse plus bas que terre. Bande de salopards. Si je m'écoutais, je prendrais ce putain de couteau, et je vous le planterais dans le crâne. Mais je suis prise au piège.

Mon père a ouvert la porte. Son ombre se dessine au-dessus de moi.

— Je vais le faire. J'ai dit. Je vous aiderai à tuer Mike Stilth.

39

Mike
19 novembre 1995
Lost Lakes

Elles sont toutes là. Toutes. Celles que j'ai fait souffrir. Celles que j'ai fait rêver, qui m'idolâtrent. Celle qui m'a détruit.

Les visages reviennent quand je ferme les yeux. Elles apparaissent, comme sur une surface d'encre. Un lac noir.

Elles ont toujours été là, elles attendaient simplement leur heure. Maintenant, elles viennent me chercher. Avec leurs mains grises, squelettiques, leurs vêtements déchirés qui flottent au gré des courants, elles veulent m'attirer vers elles, tout au fond du lac. Elles me demandent pourquoi, pourquoi, Mike ? Parce que je ne savais pas. Parce que j'avais peur. Parce que j'ai toujours eu peur.

Clara, Leah, Debbie... je me souviens de vous, enfin. Je suis si désolé.

Ça fait combien de temps que je suis ici ?

C'est bientôt le départ pour l'île Ginger, il ne faut pas que je l'oublie... Là-bas, tout va changer, tout ira mieux. Mais avant de partir, je dois affronter mes ombres et les laisser derrière moi. Une bonne fois pour toutes. Même si elles s'accrochent.

Je me prépare une nouvelle dose. Je chauffe la poudre. Joan m'en a apporté ce matin, ou hier, je ne sais plus. Depuis le décès de Caan, c'est elle qui s'en s'occupe. La pauvre... je ne l'épargne pas. Je ne l'ai jamais épargnée. Elle a toujours été là pour moi. À me défendre, me couver, me soutenir, me relever. Et moi, qu'ai-je fait pour elle ? Je l'ai choisie, elle, plus que n'importe quelle autre femme... Parce qu'elle était belle, intelligente, forte, courageuse, tenace. Parce qu'elle était parfaite. Je lui ai fait un cadeau, le plus beau des cadeaux... Pour qu'il reste quelque chose de nous deux, même si nous n'avons jamais vraiment été ensemble. C'est vrai, c'est fou quand on y pense, malgré les années, il ne s'est jamais rien passé avec Joan. Et pourtant, je le sais, tout au fond de moi. Que c'est toi, certainement, la femme de ma vie. Personne d'autre que toi ne me connaît vraiment. Connaît tout de moi. Ce que j'ai de meilleur, comme ce que j'ai de pire. Toi, Joan.

J'aspire le liquide dans la seringue. Il me faut un peu de temps pour trouver une veine qui ne soit pas trop abîmée. Mon bras n'est pas beau à voir. Il n'y a plus rien à en tirer. Là, entre les doigts. Ça fera très bien l'affaire. Bientôt, je n'aurai plus à faire tout cela, à me pourrir le corps, à me laminer la chair. Celle-là, c'est la dernière. Ensuite, je tourne la page.

Elles sont toutes là, à me tourner autour.

Les mortes. Les vivantes.

Les vivantes. Les mortes…

J'ai l'impression que des centaines, des milliers de bras m'attirent vers elles. Mes fans me réclament. Elles veulent que je danse avec elles dans la fosse, que je me laisse chuter en avant, les bras en croix pour qu'elles m'accueillent, qu'elles me touchent. Pour qu'elles me déchirent la peau et me dévorent la bouche. Pour que je fasse partie d'elles. Que je sois en elles. Je leur dois bien ça, non ? Une dernière tournée.

Ça va aller mieux. Déjà, une vague de chaleur se répand en moi. Je laisse la seringue chuter au sol. Je crois qu'elle se brise, mais je suis déjà loin. Je ne suis plus vraiment là, plus nulle part. C'est comme un orgasme, le meilleur des orgasmes. Une jouissance qui s'étire et qui n'appartient à personne d'autre. Enfin, je suis bien. Le silence dans ma tête. Les ombres, je les laisse en dessous. Il y a le soleil, au-dessus. Et vous deux qui m'attendez, Noah et Eva. Vos petites mains que je pourrais presque attraper.

L'avion nous attend, il faut partir…

Mais elle finit toujours par revenir. Elle parmi toutes les autres. La première, la dernière, la seule. Maman.

Je crois remarquer un mouvement plus loin, dans la salle plongée dans le noir. C'est elle ? Il y a une silhouette qui se dessine et s'assied, là-bas, de l'autre côté de la grande baie vitrée.

C'est toi ?

— Tu es un minable, Mickey. Comme ton père.

— Non, maman. Je te le prouverai. Tu verras. Je serai quelqu'un. Quelqu'un de grand. Je serai tout ce que tu n'as jamais pu être. Je vais briller. À jamais.

— Tais-toi, imbécile. Remplis mon verre et laisse-moi seule. Je veux encore du gin. Encore plus.

— Mais il faudrait plutôt que tu prennes tes médicaments.

— Tu ne sais rien. Si je suis malade, c'est à cause de toi. Donne-moi cette bouteille.

— Maman, je n'en peux plus de tout ça. Il faut que tu arrêtes.

— Tu me dégoûtes, Mickey. Regarde-toi. Malgré tous mes efforts… Tu es un misérable. Un échec. Si sale…

Et tu continues… tes mots se mêlent, se superposent, mais ils font toujours aussi mal. Tu me dégueules tout. Tout le temps. Ta rancœur, ta haine et ton amertume. Ta bile.

— Je ne peux plus, maman.

J'attrape le coussin que tu as jeté par terre, tout à l'heure, alors que tu me hurlais dessus parce que je te suppliais, encore, d'aller à l'hôpital. Je le serre fort entre mes mains. J'ai à peine dix-sept ans, maman. Tu t'en rends compte ? Un gamin de mon âge ne devrait pas entendre des choses comme ça. Dehors, c'est l'été. Il fait chaud. Les enfants du quartier jouent à s'arroser avec la bouche d'incendie qu'ils ont ouverte. Et moi, je suis là, en sueur. Dans cette chambre qui pue la mort et les regrets. Avec toi, devant. Qui m'empêche d'exister. Ça suffit. Il faut que ça s'arrête. Pour toi. Pour moi.

Je prends le coussin et, lentement, l'amène vers ton visage.

— Qu'est-ce que tu fais, Mickey ?

— Chut, maman. Il faut dormir, maintenant. J'en ai assez entendu.

De l'air. J'étouffe ici. Il faut ouvrir les portes, les fenêtres, amener la lumière dans cette maudite baraque.

De l'air.

J'ai du mal à respirer. J'ai l'impression que ma langue se rétracte. J'ai le bras qui me démange. J'essaie de me soulever. Quelque chose enserre mon cœur. Ça tire et ça brûle. J'essaie d'aspirer mais il n'y a rien qui entre. Je m'effondre au sol. Après un terrible effort, je réussis à me relever. J'avance vers la baie vitrée. Là, de l'autre côté, il y a quelqu'un. Une silhouette qui m'observe, immobile, plongée dans le noir.

De l'air. Du vent…

Je plaque ma main contre la vitre froide. Une main vient se coller de l'autre côté. J'essaie de frapper mais je n'ai plus d'énergie.

Je tombe en arrière.

La sensation est étrange, un peu agréable. Comme si je chutais sur un matelas cotonneux. Je m'enfonce. Je ne peux plus respirer mais ce n'est pas si grave.

Une brise douce me souffle sur le visage. Le bruit de la mer, derrière. Des rires. Ceux de mes enfants. On y est arrivés, mes anges. Nous y sommes. Sur notre île.

À contre-jour, avec un soleil éblouissant derrière eux, Noah et Eva apparaissent au-dessus de moi, ils me sourient. Je les regarde. Je touche leur visage.

Vous êtes tout ce que j'ai. Tout ce que je suis. Je vous aime. Je n'ai plus peur.

Maintenant que nous sommes ensemble, maintenant que vous me tenez par la main. Ne me lâchez pas. Ne me lâchez plus jamais.

Je n'ai plus peur.

40

Joan
19 novembre 1995
Lost Lakes

Je suis là depuis une heure environ. Dans le noir, face au Cocon où Mike agonise.

Il se redresse pour se préparer une nouvelle injection. Il entrouvre un sachet. Certainement celui que je lui ai amené ce matin. Celui qui provoquera sa fin.

Je pourrais encore faire quelque chose, activer les micros et le prévenir de ne pas se piquer. Entrer dans cette foutue pièce et le remuer, le frapper pour lui dire de se reprendre, de revenir parmi nous. Mais je reste immobile, pétrifiée. Car, au fond, je sais que tout est déjà joué. Je n'ai pas le choix.

Mike s'injecte l'héroïne que m'a transmise Robinson. Elle a été coupée au fentanyl, un analgésique puissant. Personne ne se remettrait d'une telle dose. Nous prétexterons que Mike a fait une overdose médicamenteuse. Tout est prêt. Le communiqué que nous transmettrons aux médias est comme gravé dans mon esprit.

« C'est avec une détresse profonde que nous vous annonçons que Mike Stilth s'est éteint cette nuit, à l'âge de quarante-huit ans, chez lui, à Lost Lakes. Ses proches l'ont retrouvé inconscient dans sa chambre et, malgré l'intervention des secours, Mike n'a pu être ramené à la vie. La cause de la mort est encore inexpliquée. Nous espérons que les fans de Mike du monde entier uniront leurs pensées et leurs prières en soutien à sa famille. Aujourd'hui, le monde a perdu une de ses plus grandes icônes. Mais sa légende vivra… »

Les mots reviennent sans cesse en moi depuis plusieurs jours, comme s'ils me permettaient de me convaincre, de me détacher. Comme s'ils formaient une barrière entre ma personne et mes actes.

Tu te rends bien compte de ce que tu es en train de faire, Joan ?

Ces salopards du Cercle ont malheureusement raison. Il faut arrêter Mike. Toute cette folie a été bien trop loin. J'aurais déjà dû faire quelque chose plus tôt, beaucoup plus tôt. J'aurais pu changer tout ça. Mais je n'ai pas bougé. Malgré tout ce que j'ai connu, tout ce que mon père m'a fait subir, moi qui ai vécu dans la terreur, je n'ai rien fait. Je suis restée prostrée, au fond de ma chambre. La petite Joan est toujours là, tapie dans ma tête. Elle attend, dans un recoin en espérant que ce soir, il ne montera pas la voir avec son odeur de sueur, de poussière et de grains broyés, avec ses mains jaunies qui frappent et frappent encore. Qu'il sera trop ivre et s'écroulera dans le canapé du salon.

Mike, je suis si désolée. Je crois que je fais ça pour moi, mais aussi, d'une certaine façon, pour toi. Tu ne peux pas continuer comme cela à te détruire. Ce n'est pas possible.

Mike a fini de se faire son injection. Sa tête part en arrière quelques secondes, il est parcouru de tremblements, puis j'ai l'impression qu'il se met à parler tout seul.

On a fait de belles choses ensemble, Mike.

J'ai réalisé il y a quelques jours, alors que je peinais encore à trouver le sommeil, que quasiment tous mes souvenirs sont associés à toi. Il y a ma jeunesse, bien sûr, dont il ne reste que quelques fragments, des bribes éparses que je fais tout pour effacer. Il y a mon arrivée à New York, mais tout de suite après, il y a toi. Tu as été toute ma vie. Je t'ai construit, porté. Et maintenant, il me faut te détruire. Tous ces souvenirs. Toutes ces tournées, ces concerts, ces tournages… Tu as toujours été si exigeant, si dur, si incontrôlable… comme si tout t'était dû. Tes crises de rage, tes pétages de plombs en série. Je n'étais ni ton esclave, Mike, ni ton punching-ball. J'étais ton associée, ta partenaire, mais, ça, tu l'as trop souvent oublié. Je t'ai tant détesté, tant haï, Mike.

Je t'ai tant aimé…

« C'est avec une détresse profonde que nous vous annonçons… »

Les mots, comme un barrage. Garder la distance, Joan. Comme tu l'as toujours si bien fait toute ta vie. Avec Mike, avec les enfants. Avec tout le monde. Garder la porte fermée.

Après avoir tenté de se lever, Mike s'écroule au sol. Ça commence. Il faudrait que je quitte la salle, que je ne m'inflige pas ça. Mais je lui dois bien ça… Rester, jusqu'au bout.

J'ai coupé toutes les caméras et l'accès aux micros. Mike ne pourra pas recevoir d'aide extérieure. Il n'y a que lui, cette immense vitre en Plexiglas, et moi de l'autre côté.

« Mike Stilth s'est éteint cette nuit, à l'âge de quarante-huit ans, chez lui, à Lost Lakes… »

Il se relève péniblement. J'ai l'impression qu'il regarde dans ma direction. C'est impossible, il ne peut pas me voir. D'un pas hésitant, Mike se met à avancer vers la baie vitrée, vers moi. Je distingue ses joues creusées, ses yeux enfoncés dans le crâne. Il est l'ombre de lui-même. Il a la bouche entrouverte, un filet de bave aux lèvres. Il s'écroule le long de la vitre et frappe une fois, deux fois.

Mike. Je suis si désolée. Je n'avais pas le choix.

Je plaque ma main contre le verre froid. Mike, de l'autre côté, la tête baissée, les cheveux sur le visage, à l'agonie, fait de même. Nos mains se touchent quasiment.

Est-ce que tu sais que c'est moi ? Est-ce que tu me pardonnes ?

Je pleure.

Mike. Regarde-moi. C'était la seule solution.

Je fais ça pour toi. Pour te libérer, pour te sauver. Ça me déchire de douleur, à l'intérieur. Si tu savais comme c'est dur… Mais je ne t'abandonnerai pas. Je vais te rendre immortel. On ne t'oubliera pas. Jamais.

Tu t'effondres en arrière et ton corps est soudain parcouru de tremblements. Tu t'étouffes.

C'est bientôt fini, Mike. Bientôt.

Je suis si désolée. Au revoir, Mike. Il n'y aura que toi, pour toujours.

Et il y a les enfants. Nos enfants.

Je m'en occuperai. Je prendrais soin d'eux. Je les protégerai. Je ferai d'eux des stars, comme tu l'as été.

Tu ne bouges plus. C'est terminé. Tout est terminé.

41

Paul
19 novembre 1995
Washington

Kelton, le front en sueur, les yeux injectés de sang, frappe des poings sur la table. Il parle tout seul.

— Alors comme ça, tu veux me lâcher, Green ? Tu te fous de moi ? T'as enfin réussi à te faire un nom, à pondre une série d'articles potables, et là, tu me dis que t'arrêtes tout ? C'est une blague, ce n'est pas possible autrement… Ou alors, tu me mens ! Tu te barres chez la concurrence, c'est ça ? Tu vas chez *People* ou bien *US Weekly* ? On t'a offert mieux ailleurs. OK, je suis prêt à m'aligner. Je ne dis pas ça souvent, Green, mais je veux vraiment te garder.

Je ne l'ai jamais vu comme ça. Un peu plus, et il me ferait changer d'avis. Mais ma décision est prise, irrévocable. Malgré tout, je fais durer le plaisir. Juste pour voir si cet ogre, qui m'a tant humilié, peut se rabaisser encore un peu.

— Je ne suis donc pas un journaliste si merdique que ça ?

— Merdique, non, mais il y a encore du chemin à faire. Et avec moi, au *Globe*, tu peux te faire un nom.

— C'est justement le problème, boss. J'ai plutôt envie de me faire oublier.

Il cherche autour de lui, envoie valdinguer des dossiers, des magazines.

— Une cigarette… Merde. Il me faut une cigarette. Tu me rends dingue, Green. Tu vas me faire avoir une attaque avec tes conneries. Putain, elles sont où mes cigarettes ?

À ces mots, Maggie, sa secrétaire, s'avance, soulève méthodiquement deux, trois feuillets parmi le fatras qui recouvre le bureau du rédacteur en chef et déniche rapidement un paquet de cigarettes aplati. Kelton la remercie et s'allume une tige tordue. Il la consume en trois, quatre bouffées.

— Tu veux vraiment me décevoir jusqu'au bout, Green ? Tu veux plus d'argent, c'est ça ? Je ne vais pas te mentir, on s'est fait un joli paquet de pognon avec la parution des photos des gamins. Tu as droit à ta part du gâteau, c'est normal. Je veux bien t'en verser une partie.

— Ce n'est pas un problème d'argent…

Il lève un doigt boudiné en l'air, comme s'il avait soudain une épiphanie.

— Je sais, j'ai compris. Tu m'en veux de ne pas t'avoir mis dans la boucle pour les photos ? C'est ça ?

— Non, c'est Phil qui m'a trahi, pas vous. Vous n'avez fait que les acheter. Phil, lui, ne devait pas les révéler au public. Il me l'avait promis.

— Mais tu veux quoi, à la fin ? Tu commences à me taper sur les nerfs à faire ta diva, Green.

— C'est la rançon du succès, j'imagine…

Maggie me fixe avec ses yeux bienveillants de gentille grand-mère, elle qui a toujours été si douce, si compréhensive. L'antithèse de ce gros porc adipeux de Kelton. Après m'avoir adressé un mouvement de tête, comme pour me dire « laissez-moi faire, Paul », elle pose le bras sur l'épaule de mon rédacteur en chef et lui dit avec sa petite voix, aussi fragile qu'un soupir :

— Je pense que Paul en a vraiment assez, John. Il a l'air si fatigué.

— Oui, voilà, c'est ça, je suis fatigué. Merci, Maggie…

Kelton se calme quelques secondes, le temps de se griller une nouvelle cigarette. Il prend sa tête entre ses mains et se masse les tempes. C'est ce qu'il a l'habitude de faire lorsqu'il réfléchit ou qu'il s'apprête à péter les plombs, ce qui va souvent de pair. Il se tourne enfin vers Maggie, la regarde avec cette affabilité qui me surprendra toujours et pose sa main sur la sienne. Puis, il se reprend et revient à l'attaque, soufflant à travers ses grosses narines :

— Mais Stilth… ton enquête. Bon, c'est ma dernière offre. Je te laisse le champ libre. Budget et temps illimités. Je m'arrangerai avec les actionnaires. Tu prendras le temps qu'il faut, tu peux même partir un peu en vacances, te mettre au vert, et quand tu seras prêt, tu reviens à la charge sur Stilth. Je te soutiendrai.

— Non, c'est fini. J'ai eu ce que je voulais.

— C'est à cause de ton pote, là, Humpsley ? De son accident ?

— Oui, c'est tout à fait ça…

La police a retrouvé Phil, mort, au volant de sa Lincoln hier matin. Il se serait emplafonné dans un pin au cœur de la forêt bordant Lost Lakes.

Je sais très bien que ce n'est pas un accident. Phil connaissait parfaitement la moindre route, le moindre sentier de la région, et il conduisait sa vieille guimbarde comme personne. Non, on l'a fait payer pour les photos, on l'a tué. Et je suis le prochain sur la liste. Il faut que je disparaisse, que je me fasse oublier. Et que je prenne mes distances avec le *Globe*. Avec Kelton et Maggie. Ma présence ici les met en danger. Si je démissionne aujourd'hui, c'est aussi pour assurer leur sécurité, mais je ne peux pas le leur dire.

— Écoutez, boss… Merci sincèrement pour toutes vos propositions. Mais pour l'instant, je pose ma démission. Ma décision est sans appel. Dans quelque temps, quelques mois, je reviendrai peut-être vous voir. Mais là, je n'en peux plus. Je suis à bout.

— Parce que tu crois que je t'attendrai, moi ? Que je t'accueillerai avec un tapis rouge ? Si tu quittes ce bureau, Green, n'envisage même pas de revenir.

— Eh bien, qu'il en soit ainsi.

Je me lève.

— Au revoir, Maggie. Merci de votre soutien et de votre gentillesse pendant toutes ces années. Prenez soin du vieil ours.

— Au revoir, Paul. Et bonne chance.

« Bonne chance. » Ses mots résonnent en moi. Oui, c'est précisément ce qu'il faut me souhaiter…

J'entends encore Kelton qui fulmine et hurle tandis que je récupère mon carton et abandonne la rédaction déserte du *Globe* en ce milieu de soirée.

Dehors, je reste quelques instants à contempler cet immeuble qui m'est si familier, cette bâtisse défraîchie datant des années 1960, aux fenêtres jaunies, du 1110 Vermont Avenue. À cette heure-ci, il ne reste plus qu'un bureau éclairé, à la rédaction du *Globe*. Kelton et Maggie y vivent quasiment, nuit et jour. Quand j'y pense, je suis venu tant de fois en traînant les pieds, en me demandant sur quel sujet foireux mon rédacteur en chef allait encore m'envoyer. Avec la boule au ventre, en me répétant que je perdais mon temps, que je valais mieux. Pourtant, ce soir, j'ai un petit pincement au cœur.

Tout est fini, Paul. Et maintenant ?

Il se met à pleuvoir. À l'aide de mon imperméable, je tente de protéger mon carton à moitié vide. Je n'ai pas récupéré beaucoup d'affaires à mon bureau. Quelques exemplaires du *Globe* comportant des articles dont je n'ai pas trop honte – deux, trois souvenirs qui ne racontent pas grand-chose, ma tasse à café, un crayon que j'aime bien mâchouiller quand je cogite… Un bilan pas très glorieux des dix dernières années de ma vie.

Je suis garé juste à côté, dans une contre-allée. J'arrive devant ma voiture, pose le carton sur le fauteuil passager, mets le contact. La radio grésille. Je reste comme ça, la porte ouverte, sous la pluie, à regarder les gouttes passer sous les faisceaux de mes phares.

Je repense à Phil. Je ne pourrai même pas me rendre à tes obsèques, vieil escroc.

Tu n'as pas pu t'en empêcher, hein ? Ce soir-là, je t'avais pourtant demandé de me donner les pellicules. Tu l'as fait, à contrecœur. Je les ai cachées sous un tapis dans ma voiture, persuadé que c'étaient les vraies, et qu'elles y resteraient… Puis, trois jours plus tard, j'ai vu ces foutus clichés apparaître à la télévision de ma chambre d'hôtel. Noah, avec son sourire timide, des traces de chocolat sur le bord des lèvres, Eva, souriant de toutes ses dents, brandissant sa poupée devant elle. Tu n'as pas répondu au téléphone quand j'ai essayé de t'appeler. Évidemment… Tu savais très bien comment j'allais réagir.

Tu m'as bien eu, rien à redire. Un vrai tour de passe-passe. Un sacré magicien. Tu as certainement profité d'un moment d'inattention pour remplacer les bonnes pellicules par des vierges, que tu m'as ensuite refilées. J'aurais dû m'en douter. C'était trop tentant. Ces photos étaient la promesse d'une nouvelle vie pour toi. D'une revanche, enfin.

Je ne t'en veux même pas, Phil…

Je suis juste triste. Si tu m'avais écouté, tu aurais sans doute été assis là, ce soir, à mes côtés. Tu te serais foutu de moi, comme d'habitude, avec mes airs de chien battu. Tu aurais roulé des mécaniques, en replaçant tes lunettes de soleil ridicules sur ton nez. Tu m'aurais dit un truc du genre : « Espèce de guignol, t'en fais une de ces têtes. Allez, démarre, la gloire attend au prochain virage. » On aurait conduit un peu et tu aurais insisté pour choisir la station de radio et me mettre ta foutue musique country que je déteste. « De la vraie musique américaine plutôt que ton rock hippie et démodé, tes vieilleries des années 1970. »

On se serait disputés, évidemment, comme des gamins, le contrôle de l'autoradio. Et puis, comme toujours, on aurait fini par se marrer…

Mais non, il a fallu que tu n'en fasses qu'à ta tête.

Et ces photos ont entraîné ta mort… là où elles auraient pu nous protéger tous les deux.

Phil. Si seulement tu m'avais écouté.

Je réalise que Phil était l'unique être humain dont je me sentais proche. On ne se l'est jamais dit, mais il était mon seul ami.

J'espère que tu feras des belles photos là-haut, vieille carne ! Il ne te faudra pas longtemps avant de choper des images compromettantes de saint Pierre fricotant avec des petits angelots… Toi, planqué, entre deux nuages cotonneux, ta clope éteinte pendouillant de ta lèvre.

Merde… Je démarre le moteur.

Il faut que je parte maintenant. Où ? Je ne sais pas. Loin. Harlow et Robinson vont certainement envoyer des hommes après moi. Est-ce que ça sera les deux mêmes types que la première fois ? Le grand maigre et le petit un peu rondouillard, ces deux monstres de froideur ?

Combien de temps pourrais-je fuir ? Combien de temps avant qu'ils ne me retrouvent ?

Le pire, c'est que je n'ai pas grand monde à qui rendre visite. Il y a juste la tombe de Clara, dans un cimetière de Minneapolis, sur laquelle j'aimerais me recueillir, pour lui dire au revoir une bonne fois pour toutes, avant de vraiment pouvoir tourner la page. Des morts, c'est tout ce qui t'attache à la vie, Paul…

Un bruit dans l'allée. Une silhouette apparaît sur ma gauche, au-dessus de la voiture. Un seul mot prononcé : « Green. »

Je tourne la tête. J'entends à peine l'étrange bruit étouffé de la première balle. Un « plop » sec. Je sursaute.

Alors, c'est comme ça que vous voulez m'avoir ? Vous ne vous emmerdez même pas à maquiller ma mort ? Ça prouve la valeur que j'ai à vos yeux. Une nouvelle douleur me traverse la poitrine, puis une dernière, plus bas, dans le ventre. Je dois avoir l'air con, là, avec ma bouche entrouverte à regarder le sang commencer à s'étaler sur ma chemise.

Je tombe de mon siège et m'écroule par terre, sur le bitume trempé.

C'est drôle. Se faire flinguer ici, dans notre bonne vieille capitale, à deux pas de la Cour suprême, du Capitole, de la Maison Blanche… Pas certain qu'on m'érige une statue pour autant.

Une… Deux… Trois… Le compte est bon. Je regarde mon torse et les trous noirs circulaires dont s'échappe un liquide vermillon. Le sang, vorace, s'écoule sur ma chemise à carreaux.

C'est bizarre… Ma main est toujours accrochée à la portière intérieure de ma voiture. Ça doit me donner une posture improbable, à moitié affalé par terre avec le bras tendu en l'air. Même dans la mort, je serai donc ridicule.

Je relâche ma main et m'effondre au sol.

Je meurs…

Mon assassin, après avoir vérifié au bout de la ruelle que personne ne nous avait entendus, revient vers moi. Il s'arrête au-dessus de mon corps agonisant. Il me regarde d'un air détaché, limite un peu dégoûté, puis me crache sur le torse.

— Va rôtir en enfer, enculé.

Une balle.
Deux balles.
Trois balles.

L'homme, méthodiquement, retire le silencieux de son pistolet et range son arme dans son holster. Il prend son temps. Il aime ça. Enfin, il s'allume une cigarette et s'éloigne comme si de rien n'était.

Je remarque l'allumette qu'il a laissée choir au sol, qui se consume lentement, à quelques centimètres de ma tête. À petit feu… comme la vie qui m'abandonne.

J'ai de plus en plus de mal à respirer.

À l'autoradio, quelques notes de congas se laissent entendre, puis des cris, des accords de piano et cette voix, putain, cette voix… La basse rejoint enfin la farandole. Un couplet passe. Un refrain. Les chœurs. Le temps s'efface. Enfin, la guitare de Richards déchire la nuit.

Sympathy for the Devil…

J'esquisse un sourire. Évidemment… ça ne pouvait que se terminer comme ça. Toute bonne histoire doit toujours débuter, ou, dans mon cas, s'achever, par un morceau des Stones.

« *Please allow me to introduce myself…* »

VII

L'AFFAIRE CLARA MILLER

« Mike Stilth, c'est vous, c'est nous, c'est moi. La star est devenue un symbole, une étoile de plus à punaiser sur le drapeau rapiécé du rêve américain. Salir Stilth, c'est nous salir tous. Nous renvoyer à nos propres faiblesses, nos propres failles, nos propres démons. »

Paul Green,
« L'affaire Clara Miller »,
The Globe, 15 juillet 2006.

42

Noah
23 novembre 1995
Concord

Qu'est-ce qu'ils nous veulent, tous ?

À nous fixer, leurs visages collés contre les grilles, à se bousculer les uns les autres pour essayer de s'approcher… À nous appeler, Eva et moi ?

Ma sœur, ça ne la dérange pas. Au contraire, elle sourit à tout le monde et fait de petits saluts de main. Elle attend que papa fasse son tour de magie. Elle y croit encore.

On entend des « Eva, on sera là pour toi ! », des « On vous aime ! ».

Je les regarde. On dirait un seul corps, comme la gelée dégoûtante que nous prépare Daisy. Sauf que là, elle serait remplie d'un millier de visages.

Beaucoup d'entre eux pleurent et tendent les bras vers nous, vers le cercueil de papa qui s'enfonce lentement, si lentement au fond du trou creusé dans la terre noire.

Ils n'ont pas l'air gênés par la pluie. Certains brandissent des affiches, des portraits. C'est toujours le visage de papa, mais à des époques différentes. Il y en a d'autres qui ont jeté des bouquets de fleurs. Il y en a partout, des centaines, écrabouillés le long de la haute grille du cimetière. On pourrait trouver ça joli. Mais avec la pluie, la boue, c'est juste triste.

Il y a encore une personne qui passe sur l'estrade pour parler de papa avec des larmes plein les yeux. Encore quelqu'un que je n'ai jamais vu, qui n'y connaît rien. J'aimerais faire un effort, tenter de les écouter, mais mon cerveau s'envole, ailleurs…

Il doit bien y avoir une solution, quelque chose à faire, pour annuler tout ça. Pour revenir en arrière. J'ai tenté de relire *La Machine à explorer le temps* de H. G. Wells, mais l'écrivain ne donne aucune indication précise sur la fabrication de sa maudite machine. Peut-être qu'avec tout l'argent que je vais toucher, je pourrais embaucher plein de scientifiques et les faire bûcher sur un moyen de voyager dans le temps. Pour effacer tout ça… Ne pas être là aujourd'hui…

Grace, l'une de mes nounous, qui tient le parapluie au-dessus de moi, passe une main sur mon épaule.

Je la regarde et lui demande :

— Pourquoi sont-ils là, tous ? Qu'est-ce qu'ils veulent ?

— Ils veulent rendre un dernier hommage à ton père, Noah. Ce sont ses plus grands fans qui ont fait le déplacement, certains viennent de l'autre bout du pays pour être là aujourd'hui et vous soutenir.

— Mais aucune de ces personnes ne connaissait papa…

— Non. Pas vraiment. Mais ils le connaissaient et l'aimaient à travers sa musique, ses films. Ton père était quelqu'un d'important pour des millions de personnes.

Je ne réponds pas.

En réalité, j'aimerais que tous ces gens disparaissent et qu'il ne reste plus personne. Personne à part Eva et moi. J'ai l'impression que tous ces gens veulent me voler mon père, me voler ma peine.

Eva continue à sourire et à saluer. Je crois que ma sœur ne se rend pas bien compte de ce qui se passe. On a eu beau essayer de lui expliquer que papa était mort, qu'il y avait eu un accident, qu'il ne reviendrait pas, elle n'y croit pas vraiment. En arrivant au cimetière, en sortant de la voiture, elle m'a dit à l'oreille : « Je sais bien que papa va sortir de cette grosse boîte moche en bois, que tout ça, c'est une blague. » Je n'ai pas voulu lui dire qu'elle se trompait. Si ça lui permet d'être encore heureuse pendant quelques minutes. C'est toujours ça de gagné.

Quelque chose me revient à l'esprit. Je devais avoir sept ans, et Eva était encore petite. C'était le printemps. On se baladait tous les deux dans le parc avec papa et on était tombés sur un oisillon mort au milieu du chemin. J'avais décidé de l'enterrer sous un des grands chênes. Alors que je creusais avec une pelle de jardinage, papa était resté debout à côté. Il faisait semblant d'être triste pour moi. Un peu comme tous ces gens aujourd'hui.

C'était la première fois de ma vie que je voyais quelque chose de mort, en dehors des insectes trouvés sur les rebords des fenêtres de ma chambre. Ça m'avait chamboulé. J'avais demandé à papa, en revenant au manoir, de m'expliquer vraiment ce qu'était la mort. Il avait allumé une cigarette, puis, après un long moment, il m'avait dit : « La mort, c'est une fin. On s'éteint, notre corps n'est plus là, mais notre âme, elle, reste autour des gens qu'on aime. Je pense qu'on vit toujours un peu, tant que les gens se souviennent de nous... »

Si c'est vrai, alors, avec tous les gens qui pensent à lui partout dans le monde, et tous ceux qui sont là autour du cimetière, ça devrait suffire à le ramener à la vie. Pourquoi alors est-ce que papa ne fracasse pas ce cercueil à coups de pied ? Ça ferait bien plaisir à Eva de le voir sortir de là. Et à moi aussi.

En réalité, je sais bien que c'est fini. C'est comme si ces gens autour de moi faisaient tout pour me le rappeler en permanence. À s'habiller en noir au manoir, à prendre des airs de tristesse un peu exagérés, et à me parler de choses que je ne devrais pas entendre.

Avant-hier, Joan est venue avec un monsieur qui portait un costume gris comme un ciel d'orage et qui m'a fait signer tout un tas de papiers. Une histoire d'héritage, de légataire, que papa n'avait pas vraiment prévu quoi que ce soit... Qu'elle deviendrait notre tuteur légal, et qu'à l'âge de dix-huit ans on pourrait hériter de l'argent de papa. Mais il n'y avait qu'un mot qui revenait dans ma tête, sans cesse.

Orphelins.

Maintenant, Eva et moi, on était orphelins.

Comme souvent, je n'écoutais pas vraiment ce que me disait Joan. Je la regardais dans les yeux, je hochais

506

la tête, « oui, oui, bien sûr », mais j'étais parti. Je pensais aux enfants orphelins des livres que j'avais lus… Oliver Twist, Tom Sawyer, et tous les autres. En général, ils ne s'en sortent pas très bien.

Qu'est-ce qui nous attend, Eva et moi ?

Tout ce que je sais, c'est qu'il faut que je sois fort, solide, pour nous deux. C'est ce que voudrait papa.

Nous n'irons jamais sur l'île Ginger… Cette nuit, je n'ai pas dormi, j'étais énervé. Contre moi-même, contre mon père, contre tout ce cirque. Alors, j'ai pris mon sac que j'avais préparé pour notre départ sur l'île, et j'ai tout déchiré. Les notes que j'avais prises, les dessins de nos futures expéditions, le carnet où j'avais collé toutes les pages arrachées dans les livres de la bibliothèque. Ç'aurait dû être notre carnet de survie et d'exploration avec des illustrations de radeaux, des techniques pour allumer un feu, pour poser des pièges… Mais tout ça, c'est du vent. J'en ai fait des confettis, de la bouillie.

Je regrette tellement de choses, maintenant.

Tous ces moments où je n'ai pas voulu être gentil avec papa. Où je gardais mes distances parce que je trouvais qu'on ne le voyait pas assez, qu'il nous délaissait. C'était ma manière à moi de lui dire : « Reste cette fois, papa, ne pars pas. » Mais il ne comprenait pas et il repartait toujours. Je regrette tous ces moments que j'aurais pu passer avec lui. Ils se sont envolés, comme ces feuilles qui dansent dans le ciel, emportées par le vent.

J'ai bientôt onze ans. Je suis un grand, maintenant. Pourtant, j'ai envie de pleurer. Merde, alors. Merde et re-merde. Si je voulais, je pourrais me mettre à crier tous ces mots qu'on m'a interdits toute ma vie : putain, chier, connard, bordel. Merde… personne ne me dirait rien, aujourd'hui.

Le deuil…

Je n'en veux pas de ce mot-là, le deuil. Il ne veut rien dire, n'a aucun sens.

Merde-putain-chier-bite-cul-mon-deuil. Voilà. Mais ça ne va pas vraiment mieux.

J'aimerais juste qu'il soit là, pour qu'il nous prenne dans ses grands bras et nous serre fort contre lui. Sentir son odeur de tabac froid et de parfum, l'entendre encore nous appeler « mes anges ». Juste quelques secondes, rien de plus. Je ne demande pas grand-chose. Sentir ses bras, sa respiration, sa main dans mes cheveux, pour me donner des forces, me donner envie de continuer.

Je n'en peux plus. C'est si long.

Tous ces gens, ces inconnus qui se succèdent devant le micro pour parler de papa. Et puis ce prêtre qui fait de grands gestes vers le ciel. À moi aussi, on m'a demandé si je voulais dire quelque chose, mais j'ai refusé.

À eux, je n'ai rien à dire. À papa, si. J'aurais juste voulu te dire au revoir. Te dire qu'on ne t'oubliera pas…

Pourquoi est-ce qu'ils veulent tous nous serrer la main, nous prendre dans leurs bras, moi et ma sœur ? Je ne supporte pas qu'ils me touchent…

J'aimerais que ça se termine maintenant, cette pluie, ces tombes tristes, ces pots de fleurs séchées, ces visages gris, ces gens qui hurlent de l'autre côté des grilles du cimetière, et ce cercueil si gros, si moche, qui s'enfonce lentement dans le sol.

Ce n'est tellement pas papa... tellement pas lui. Papa, c'était une explosion de couleurs, de joie, comme un feu d'artifice de vie. Avec lui, il fallait que ça aille vite, que ça bouge. On avait l'impression d'être toujours en retard pour quelque chose.

On m'a dit que mon père n'avait pas « notifié de volonté particulière ». Encore une phrase d'adulte qui ne veut rien dire. En gros, papa n'avait pas dit comment il voulait être enterré, ni où. Normal, il aurait dû être immortel. Ce n'était pas au programme qu'il meure.

Joan et les autres adultes ont donc choisi de l'enterrer ici, dans le cimetière de Blossom Hill, à Concord, pas trop loin de Lost Lakes. Ils ont pensé que ça serait bien d'avoir un lieu pour que les fans puissent venir se recueillir. Derrière la tombe, ils ont fait poser une grande statue d'un ange qui lève les bras vers le ciel. Joan m'a dit que papa l'aurait beaucoup aimée. Je ne suis pas d'accord, mais je ne lui ai rien dit. Elle fait ce qu'elle peut. Même si je reste quand même sur la défensive avec elle. Je me méfie. Car je n'oublie pas. Je n'oublie rien.

Des hélicoptères n'arrêtent pas d'aller et venir au-dessus de nos têtes. Ce sont les chaînes de télévision.

Je cherche un visage familier. Hormis Grace qui se tient à côté de nous, il n'y a que des inconnus. J'aurais tellement aimé que Spencer soit là, mais je crois qu'il n'a pas été invité.

Ce n'est pas du tout la fin du film que j'aurais imaginée pour notre famille. Normalement, j'aurais dû soigner papa et on serait partis tous les trois au coucher du soleil vers notre île. Ç'aurait été une chouette fin. Mais je n'ai pas réussi à le sauver. Je me le répète sans cesse. Tout le monde me dit que c'était un accident, un problème de médicaments. Mais au fond, je sais que j'aurais pu faire quelque chose. Si j'y étais arrivé, tout aurait été différent.

Et maintenant ? Que va-t-il se passer ?

Selon Joan, nous allons devoir vendre Lost Lakes. Et acheter une maison ailleurs, peut-être en Californie, un endroit où il y a beaucoup de soleil, l'océan, de grandes plages, de très bonnes écoles… On continuera nos études et tout ira bien. On pourra même se lancer dans le cinéma si on veut. Joan dit qu'elle s'occupera de nous… Mais moi, je m'en fous du soleil, du cinéma et de la Californie. Je veux rester à Lost Lakes, pour toujours, avec mes livres, ma sœur et mes souvenirs. Loin de tous ces visages. Avec le recul, papa avait peut-être raison. Le monde a l'air tellement fou…

Joan s'avance vers moi, pousse légèrement Grace et me pose les mains sur les épaules. J'aurais envie de me dégager, de lui hurler au visage ce que je ressens. Elle me dit à l'oreille : « Ça va aller, Noah. »

Arrêtez avec ça, à la fin ! J'en ai assez. Non. Ça ne va pas aller. Ça n'ira plus jamais…

43

Paul
23 novembre 1995
Washington

J'ai survécu… J'ignore comment. Je suis allongé sur un lit de l'hôpital George Washington. Pas beau à voir, certes, intubé de partout, couvert de bandages de gaze sur la majeure partie du torse et du ventre, à peine capable de bouger, mais vivant. Vivant.

Les médecins de l'hôpital me disent que j'ai eu beaucoup de chance. Si une patrouille de police ne m'avait pas trouvé à l'agonie au fond de la ruelle, j'y serais resté. J'avais déjà perdu beaucoup de sang quand les secours sont arrivés. Ils sont parvenus à arrêter l'hémorragie *in extremis*. Ça s'est joué à quelques minutes, ne cesse-t-on de me répéter. À quelques minutes…

De la chance encore, puisque les balles m'ont perforé l'intestin grêle, la rate et le côlon, mais que je m'en suis sorti… La première balle s'est logée dans la partie gauche de mon abdomen, la deuxième m'a déchiré le côté droit du bide, et la dernière est passée entre les côtes. L'équipe soignante dit n'avoir jamais vu ça. Malgré moi, je suis devenu la bête de foire de l'établissement. Plusieurs fois par jour, des chirurgiens accompagnés de leurs internes viennent étudier mes plaies, essayer de comprendre, de débattre de mon cas. Pour certains, c'est ma masse graisseuse qui aurait dévié la trajectoire des balles, pour d'autres, ma position lors de mon agression… Chacun a son point de vue, son analyse.

De la chance, enfin, car il est évident que mon assaillant était tout sauf un débutant. Le type savait ce qu'il faisait. Ses gestes précis, son regard glacial, son absence totale d'empathie… Si le tueur était si détendu, s'il n'a même pas pris la peine de cacher son visage, c'est certainement qu'il sait très bien faire son boulot. Je suis sans doute le seul à avoir survécu à une de ses visites. Bref, j'ai vu la mort en face, et je n'ai pas particulièrement envie de la recroiser.

La police est venue m'interroger. Elle m'a demandé de faire une description du tireur. J'ai menti et raconté qu'il s'agissait certainement d'un toxico, à cran, que le type portait une cagoule. En vérité, je me souviens très bien du visage de mon assassin. Ses cheveux blonds taillés en brosse, son nez épaté, ses yeux gris, sans âme. Je n'en ai pas parlé, parce que j'ai peur… Je ne veux plus jamais avoir affaire à lui.

C'est bien la première fois de ma vie qu'on me parle autant de chance. Il va falloir que je m'y fasse. Car, jusqu'à présent, on ne peut pas dire que la bonne fortune ait été une alliée de choix.

Tout cela est un peu bizarre, voire paradoxal. Je ne peux pas réellement dire que j'aurais préféré mourir cette nuit-là, bien entendu. Mais quand j'avais la tête sur le bitume, à regarder cette mare de sang se propager autour de moi, j'étais arrivé à une forme d'acceptation, de résignation. Je m'accoutumais à l'idée que c'était terminé, qu'il était temps de raccrocher, qu'il fallait tomber le rideau. J'aurais pu me satisfaire d'une telle fin : l'opiniâtre journaliste qui se fait flinguer parce qu'il en savait trop. On aurait quasiment dit un vieux film noir d'Howard Hawks ou de Billy Wilder. Du coup, en revenant d'entre les morts, j'ai la curieuse impression d'avoir raté ma sortie.

À moins que quelque chose d'autre ne m'attende, là, dehors. Je ne crois pas en l'idée de destinée, ni à toutes ces conneries de prédestination. Les coups que je me suis pris m'ont forcé à ne jamais devenir fataliste. Mais si je suis un miraculé, il faut bien que ça ait un sens. Que ça veuille dire quelque chose, non ?

Après deux jours dans les vapes, j'ai repris connaissance. Le personnel médical m'a demandé s'il fallait contacter ma famille, des proches… J'ai répondu que je n'avais personne. Autant laisser croire que c'était fini pour moi, que j'étais mort. Je préférais en tout cas que Joan Harlow et ses hommes en aient la certitude.

Puis, en milieu d'après-midi, mon voisin de chambre, un gentil gars discret, a allumé la télévision. J'avais beau être dans un état comateux, où tout me semblait au ralenti, j'ai tout de suite compris ce que voulaient dire les images qui passaient en boucle. Ce visage qui revenait sans cesse… Mike Stilth était mort.

Ça a continué sans interruption durant toute la soirée et le lendemain. Chaque chaîne tentait de s'approprier l'événement, en y allant de sa rétrospective, de son émission spéciale, de ses images d'hommages de fans filmés aux quatre coins du monde, comme sur cette place à Stockholm où des milliers de personnes s'étaient mises à entonner les plus grands tubes de la star. À chaque nouvelle émission, on voyait fleurir de nouveaux « amis » de Stilth, la larme à l'œil, au désespoir de façade. Chacun tentant de raconter « son Mike ». Sachant combien Stilth était un homme secret et solitaire, ces témoignages me faisaient doucement sourire. La mort de la star s'est répandue comme une pandémie de mots, de commentaires, de murmures, à la vitesse de la lumière. Elle était sur toutes les lèvres. Partout, on ne parlait plus que de ça. J'entendais les infirmières en débattre, à mi-voix, dans les couloirs, mon voisin de chambrée en discuter avec sa femme venue lui rendre visite… On voulait comprendre. On avait un peu du mal à y croire. « Mike Stilth, mort ? Impossible. Il n'avait que quarante-huit ans » ; « Quelle tristesse pour ses deux jeunes enfants »…

C'est étrange, mais sur le moment, j'ai eu un peu de peine. Stilth était un assassin, mais j'avais bien senti en le confrontant qu'il était complètement dépassé, horrifié par ce qu'il avait fait, par ce qu'il était vraiment, comme une sorte de Dr Jekyll et Mr Hyde. J'avais eu face à moi un homme paumé, en souffrance, étranger à cette part d'ombre qu'il cachait au fond de lui.

Et puis, surtout, je ne peux m'empêcher de penser que j'ai ma part de responsabilité. Si j'avais parlé à Stilth ce soir-là, au bord du lac Wentworth, si je lui avais tout révélé au sujet des menaces qui pesaient sur lui, si je l'avais mis en garde concernant Joan Harlow et Kenneth Robinson, peut-être aurait-il pu réagir, se protéger… Mais non, pour moi, il fallait qu'il meure pour que j'en finisse. Pour que toutes ses victimes, Clara la première, reposent en paix. Ai-je eu raison ? Ai-je vraiment fait ça pour elles ? Ou me suis-je tu ce soir-là parce que j'étais bouffé par la rancœur ?

Je voulais me venger de ce que Stilth m'avait volé. Peut-être qu'au fond j'ai condamné Stilth simplement parce que Clara l'avait aimé, lui, et non moi ? Par pure jalousie…

Quand on y pense, la situation est d'un cynisme… On aurait dû, Mike et moi, mourir le même jour. Finalement, c'est moi, le journaliste paumé, le mec raté, qui s'en sort. Dieu, s'il existe, a un sens de l'humour noir, très noir.

La télévision est en train de diffuser des images de l'enterrement de Stilth. Un plan d'hélicoptère filme les funérailles. Une cinquantaine de personnes sont réunies autour de la sépulture, comme il en existe des centaines de par le pays. Dorénavant, le cimetière de Concord deviendra un des hauts lieux du tourisme de la région. La caméra de l'hélico se détourne vers l'extérieur du cimetière. Là, des milliers de fans sont agglutinés le long des barrières. Plus loin encore des dizaines et des dizaines de camionnettes envoyées par les médias du monde entier. Priorité au direct avec un présentateur posté devant l'entrée du cimetière. Il meuble comme il peut. Il faut tenir le live, coûte que coûte.

Quelques gros plans montrent, sans fin, les visages de Noah et Eva. La gamine est étonnamment souriante, elle fait de grands saluts aux caméras. La pauvre môme ne semble pas se rendre vraiment compte de la situation. Noah, lui, a un regard plus sombre. Il fixe, immobile, l'attroupement de fans. Il semble bouleversé, perdu, effrayé.

Que vont-ils devenir ?

Joan Harlow apparaît à l'image. Elle se place derrière le fils de Stilth et pose ses mains sur ses épaules. Pauvre gamin… Elle va vouloir les contrôler, sa sœur et lui, les transformer en pantins.

J'imagine les deux enfants entre les mains de cette vipère. Ce qu'elle va faire d'eux.

Quelle vie les attend ? Eux qui sont si fragiles, si purs, face à la célébrité, la surexposition, les vautours et les requins, face à cette ménagerie terrifiante qui, rapidement, les encerclera ?

Et dire que tout cela est de ma faute. Ce cirque pathétique… Parce que j'ai été égoïste, que je ne pensais qu'à moi, qu'à ma petite vengeance.

Les voilà seuls, dans un monde trop fou, trop grand pour eux.

Tandis que je regarde les images grésillantes de l'enterrement de Mike Stilth défiler sur la vieille télévision de ma chambre d'hôpital, une certitude naît en moi. Je cherchais un but, j'en ai trouvé un. S'il me faut me racheter, alors je le ferai. Je vais aider ces gamins. Je ferai tout pour les protéger. Par mon silence, je leur ai volé leurs vies rêvées, leur avenir tout tracé. Je vais me requinquer, me retaper tant bien que mal. Ensuite, je serai là pour eux. Dans l'ombre. À veiller, à guetter. Jusqu'à ce qu'ils n'aient plus besoin de moi. Je leur dois bien ça.

44

Eva
12 juillet 2006
Los Angeles

J'entends la porte de l'entrée s'ouvrir puis sa voix sèche et amère résonner dans le couloir.

— Il y a quelqu'un ?

C'est elle.

Le bruit de ses talons qui claquent sur le marbre du sol.

— Jeremy ? Vous êtes là ?

Le téléphone n'a pas arrêté de sonner depuis une heure mais je n'ai pas répondu. Je savais qu'elle n'allait plus tarder.

Elle se rapproche…

Ma tête pend en arrière sur le rebord du canapé, mon bras gauche touche le sol. À quelques centimètres, une seringue vide. Sur la table basse, je distingue le plateau avec les lignes de poudre, la bouteille de gin bien entamée, le sachet d'héroïne entrouvert. Le cendrier est encore fumant de la cigarette que j'ai écrasée il y a quelques instants.

Je reste immobile, comme paralysée. Le sang me monte à la tête. J'ai des fourmis dans les bras.

Elle me découvre là, affalée sur le canapé, amorphe. Elle ne semble même pas surprise. Je la suis des yeux, sans bouger. Lentement, elle dépose son sac sur le large fauteuil en cuir blanc, puis retire sa veste et la plie sur l'accoudoir. Ces détails, c'est tellement elle. Prendre le temps de poser son sac Chanel en alligator blanc, au fermoir serti d'une myriade de diamants, pour ne pas le salir à même le sol. Alors que je suis là, à l'agonie, à quelques centimètres d'elle. Sauver les apparences, toujours. Noah et moi n'avons jamais été pour elle que des produits, des objets à ajouter à sa collection. Des objets qu'on consomme et puis qu'on jette.

J'aimerais sourire, mais je ne peux pas.

Elle s'abaisse vers moi, me soulève la tête et me la replace doucement sur l'accoudoir du canapé. Elle me caresse la joue de sa main froide, de ces doigts qui n'ont jamais su être doux, ces bras qui n'ont jamais pu réconforter. J'ai les yeux entrouverts.

— Eva, c'est moi, Joan. Tu vas bien ?

— Oui, ça va, Joan. Je crois que j'ai un peu forcé…

Elle tourne la tête et regarde la table.

— Oui, je vois ça… Je vais t'aider à aller prendre une bonne douche pour te remettre les idées en place. Mais d'abord, il faut que tu m'expliques ce qui se passe ici. Où est ton frère ? Et Jeremy ? Je ne les trouve pas.

M'aider attendra. Ce qui compte, ce qu'elle veut, ce sont des réponses. Comme toujours. Avec elle, il y a toujours une condition.

J'ai la bouche si sèche.

— Ils sont partis…, dis-je dans un filet de voix. Noah a quitté la villa ce matin et Jeremy l'a suivi pour tenter de le ramener.

— Et tu sais où s'est rendu ton frère ? Il faut que je le voie. Il n'est pas dans son état normal, il est fragile. Il a besoin de moi.

— Non. Je ne sais pas où il est…

— Qu'est-ce qui s'est passé ?

— Je sais tout, Joan. Paul Green nous a tout raconté.

Le visage de Joan est traversé par une onde de surprise, comme un léger frémissement.

— C'est impossible… Cet homme est mort.

Je parle lentement, d'une voix monocorde.

— Il est venu à ma rencontre, l'autre soir. Il m'a sorti d'une mauvaise passe. Je l'ai ramené ici. Il voulait nous parler, à Noah et à moi. Il nous a dit qu'il avait veillé sur nous pendant toutes ces années. Et puis, il nous a parlé de la mort de papa. Ton rôle là-dedans. Je sais tout, Joan.

— Tu délires, Eva ? C'est la défonce. Ce type qui se fait passer pour Paul Green, c'est encore un journaliste ou un profiteur ! Il veut simplement abuser de toi, de ta faiblesse, de ta crédulité. Il t'a dit n'importe quoi…

— Non, il savait trop de choses, trop de détails. Sur toi, sur Lost Lakes, sur tout… Et Noah a confirmé certaines de ses paroles…

— Mais ton frère est paumé, Eva. Il passe la plus grande partie de ses journées à délirer. Il a toujours été comme ça. Il s'imagine des choses. Ça a commencé avec ses vampires, puis il y a eu toutes ces histoires.

Noah est tellement influençable. Prêt à gober les conneries du premier venu.

Je me redresse péniblement.

— Tu mens. J'ai enfin compris, Joan. Tout. Ce qu'a fait papa. Ces filles qu'il a tuées. Et toi qui as préféré le faire disparaître. Sans oublier Green, que tu as essayé de faire tuer aussi.

— C'est n'importe quoi, Eva. Où est ton frère ?

Je sens qu'elle perd patience.

— Il est parti. On s'est engueulé. Il est devenu fou. Il voulait te retrouver. Te faire payer. Moi, je voulais te laisser encore une chance de t'expliquer. Il n'était pas d'accord. Jeremy l'a suivi pour tenter de le rattraper. Alors j'ai attendu là, toute la nuit. J'ai la tête qui part dans tous les sens, Joan. Je ne sais plus où j'en suis. Ce qui est vrai, ce qui est faux. Et le pire, c'est qu'une partie de moi aurait préféré ne rien savoir... Continuer comme avant, dans l'illusion.

Joan ne m'écoute plus. Elle a sorti son téléphone portable et compose le numéro de Jeremy. Le téléphone tombe instantanément sur le répondeur. Elle raccroche et jette l'appareil au sol d'énervement.

Elle tente de se calmer mais n'y parvient pas.

— Il faut que tu retrouves tes esprits, Eva. Tu es tombée sur un manipulateur. Ne te laisse pas emporter. Et ce Green, d'ailleurs, il est où ?

— Il n'est pas resté longtemps. Il a dit qu'il était en danger. Il avait l'air terrorisé...

— Ce gars est un détraqué. Nous allons le retrouver et le remettre aux autorités. Tu as bien fait de m'attendre. De me faire confiance.

— Mais je ne te fais pas confiance, Joan. Je voulais juste voir ta réaction, être certaine.

Elle replace, machinalement, une mèche qui était tombée de son chignon parfaitement lissé.

— Tu vois bien que je n'ai rien à me reprocher !

— Au contraire, je commence à croire que Green nous a dit la vérité. C'est de ta faute si papa est mort, n'est-ce pas, Joan ?

— Tu délires, Eva… Il faut te calmer. Redescendre un peu.

— Je sens bien que tu me mens. Noah avait raison. C'est fini, Joan. Je vais tout balancer. Je vais appeler les chaînes de TV, les radios, les magazines, je vais faire une putain de conférence de presse.

— On te prendra pour une folle, comme ton frère. Personne ne te croira, ma pauvre. Tu as vu dans quel état tu es…

— Ça veut dire que c'est vrai, Joan ?

L'attachée de presse se lève, tire la jupe de son tailleur, s'éloigne de quelques pas. De dos, face à la baie vitrée, je la vois qui s'allume une cigarette. Pendant quelques secondes, elle reste là, silencieuse, à regarder les reflets du soleil danser sur la surface de la piscine.

— Merde, Joan. Est-ce que c'est vrai ?

Joan se retourne. Ses traits sont tirés. Elle éteint sa cigarette dans le cendrier et place le mégot dans sa poche. Je trouve ce geste étrange.

— Peu importe, Eva… Regarde ce que j'ai fait pour toi, pour ton frère, toutes ces années. Les sacrifices. Vous êtes ma vie, merde. J'ai tout donné pour vous.

— Mais mon père, Joan. C'est toi qui l'as tué ?

— Et si je te disais que c'était moi, qu'est-ce que ça changerait ? Est-ce que tu essaierais de me comprendre ? Tu n'as jamais voulu m'aimer, Eva. Toi et ton frère, vous n'avez même jamais essayé. Même si je te disais toute la vérité, ça ne changerait rien. Je serais toujours Joan, la grande méchante. Joan, la cruelle attachée de presse. Mais qu'est-ce que tu sais de moi, au fond ? De ma vie d'avant ? De celle que j'ai connue avec ton père. Rien. Des bribes… Même si j'essayais de t'expliquer, tu ne pourrais pas comprendre ce que j'ai vécu, alors que tu n'étais qu'une gamine pourrie gâtée. Tu ne te souviens de rien, mais moi, j'ai tout gardé en tête. La folie, la frénésie de ces années. Toutes ces filles, je me souviens d'elles.

— J'ai besoin de savoir la vérité, Joan…

Pour la première fois depuis que je la connais, j'ai l'impression de voir de l'émotion poindre sur son visage. Elle a l'air soudain perdue, fragile. Sa voix est tremblotante. Son masque se fissure. Enfin…

— Tu veux la vérité, Eva ? Très bien. Ton père était un monstre, un assassin ! Il fallait faire quelque chose. Mike Stilth a tué beaucoup de filles. Lorsqu'il était trop défoncé, il perdait le contrôle. Il devenait violent. Il avait cette rage en lui. J'ai tout fait pour dissimuler l'affaire, pour tenter de le protéger. Mais ça allait trop loin. Il me faisait peur, Eva. Voilà la vérité. Je ne pouvais pas continuer à détourner le regard. Ça me dévorait de l'intérieur. Par mes silences, mes mensonges, je devenais complice.

— Alors tu l'as tué ?

— Oui. Je n'avais pas le choix. J'aimais ton père, Eva. Tellement. Et l'aider à mourir, c'était la seule manière de sauver ce qu'il était, ce qu'il avait bâti. C'est lui qui m'a poussée à faire ça. Peut-être même qu'inconsciemment, c'est ce qu'il voulait. Que je le libère…

Elle s'écarte un peu de moi, attrape le sachet d'héroïne, le vide dans une cuillère. Se saisit du briquet et fait fondre la poudre marron. Il y en a beaucoup. Beaucoup trop. Je sais ce qu'elle compte faire.

— Comment ça s'est passé ?

— Un peu comme ça… Après avoir compris ce qu'il avait fait, ton père s'est isolé dans le Cocon. Il s'est défoncé. Trop, comme toujours, comme toi. Il m'a suffi de lui refiler de la dope coupée avec une saloperie et de faire en sorte qu'il ne puisse pas appeler les secours quand il a fait son overdose.

— Tu étais avec lui, dans la salle ?

— Oui. J'étais là jusqu'au bout, Eva.

Joan attrape la seringue par terre et aspire le liquide dans la cuillère.

— Qu'est-ce que tu fais, Joan ?

— Je te rends service, ma belle. Tu es comme ton père, brisée de l'intérieur. Une jolie petite poupée que je n'ai jamais réussi à rafistoler. J'en suis désolée. De toute manière, ça allait finir par arriver, tôt ou tard. Le monde est trop grand, trop dur pour ton frère et toi. Ces derniers temps, dès que Jeremy tentait de m'appeler, je n'osais pas décrocher de peur qu'il m'annonce qu'on t'avait retrouvée morte d'overdose dans les toilettes d'une boîte à la mode. Tu es destinée à terminer comme ton père. Ça a assez duré…

— Tu veux me tuer ? Me faire taire ?

— Ne rends pas les choses plus compliquées, Eva. Je veux protéger l'héritage de ton père, de ta famille, son image. Coûte que coûte. Il n'y a que ça qui compte. Que Mike Stilth reste à jamais une icône immortelle. Que jamais on n'ébrèche sa statue. C'est ma mission, mon calvaire. Si tu savais comme ça me brise le cœur. Mais je n'ai pas le choix… Et il faudra que je fasse la même chose avec ton frère. On racontera qu'il n'a pas supporté la mort de sa sœur.

— Non…

Elle soulève la seringue et se tourne vers moi. J'ai l'impression qu'elle a les larmes aux yeux. J'essaie de dégager mon bras mais elle me le tient fermement.

— Mais merde à la fin… Pourquoi est-ce que vous vous acharnez à tout détruire ? Vous, les Stilth, vous êtes comme attirés par le chaos. J'aurais pu t'emmener tellement loin, Eva. Si tu m'avais un peu plus écoutée, un peu plus fait confiance. Si tu avais su prendre la main que je t'ai tendue tant de fois. Je ne t'ai jamais voulu de mal, ma belle. Ma fille…

Elle approche la seringue de mon bras.

Mais qu'est-ce qu'ils font…

Elle s'apprête à me piquer. Merde, avec une telle dose, je risque vraiment d'y passer. L'aiguille tremblante n'est plus qu'à un centimètre de mon bras.

Au dernier moment, je retiens le bras de Joan, de ma main droite. Je la fixe. Elle semble déroutée par mon soudain regain d'énergie. Je me redresse et la repousse.

J'entends du bruit, provenant du jardin.

— Arrête, Joan. C'est fini.

— Qu'est-ce que tu racontes, Eva ?

Paul Green et Noah apparaissent dans l'entrebâillement de la baie vitrée.

Paul braque son arme sur Joan. Elle laisse tomber la seringue au sol et se redresse. Elle recule, la bouche entrouverte, comme hallucinée.

— Mais qu'est-ce que… Green, qu'est-ce que vous faites ici ?

— Je finis ce que j'ai commencé il y a bien longtemps, Harlow. C'est terminé pour vous. Nous avons tout enregistré. Là, vous voyez, il y a une caméra.

Il montre l'espace sur la bibliothèque, entre les deux livres, là où nous avons dissimulé, plus tôt, une petite caméra vidéo.

De mon côté, je passe ma main sous le canapé et en sors le dictaphone qui a enregistré toute notre conversation.

On dirait que le visage de Joan est en train de fondre. Ses grands yeux clignent, et passent de Green à moi, de Noah à Green. Son édifice s'écroule sous ses yeux, tous ses mensonges la frappent de plein fouet.

— Non… personne ne vous croira, Green. Ni ces deux gamins. Personne.

— C'est terminé, Harlow.

Joan recule encore, attrape son sac et quitte le salon en courant. Elle manque de glisser sur le sol. Elle lâche un dernier regard vers nous, un regard de bête traquée, terrorisée. En cet instant, on dirait une gamine effrayée…

Je me lève pour essayer de la rattraper. Paul me retient.

— Laisse-la, Eva. Elle n'ira pas bien loin. Et il nous faut faire vite. Prévenir les médias, révéler toute cette affaire, enfin…

Noah s'approche et me prend dans ses bras.

— Bravo, ma sœurette. Tu as été parfaite. Je savais qu'on pouvait te faire confiance. Tu es une grande actrice. Tu l'as toujours été.

Il sourit. Ça fait du bien de le voir sourire. Ça fait si longtemps.

Au bout d'un moment, je me dégage de son étreinte et demande à Paul :

— Vous êtes sûr qu'on fait bien de contacter les médias plutôt que la police ?

— Harlow et Robinson ont énormément de contacts haut placés. La police pourrait tenter d'étouffer l'affaire. Non, il faut que ça se répande d'abord par les médias. Une fois que le feu sera allumé, personne ne pourra plus l'éteindre. Il n'y aura plus de marche arrière possible.

— Et votre type, vous êtes certain qu'on peut lui faire confiance ?

— Oui. C'est un peu ironique, mais c'est la seule personne en qui j'ai encore confiance. Et je lui dois bien ça.

45

Paul
15 juillet 2006
Washington

Comment expliquer ce qui s'est passé à Lost Lakes ? Comment admettre que tout en haut de cette falaise infranchissable pour le commun des mortels, dans cet olympe moderne, la situation a ainsi dérapé ? La folie de Mike Stilth d'un côté, les manigances de Joan Harlow et de son entourage de l'autre, au milieu, les cadavres de ces jeunes femmes, celui de Clara... Et, tout autour, ce silence, pendant tant d'années... Existe-t-il seulement une explication ? Peut-être qu'à force de s'isoler du monde, ces hommes et ces femmes ont fini par se croire tout-puissants, tels des dieux intouchables. Peut-être que Stilth, Harlow, Robinson et tous les autres, ivres de leurs succès, ont perdu pied... alors qu'ils ne restaient que des humains, malgré eux.

Et nous autres, tout en bas du précipice, les yeux rivés sur cet éden idéalisé, pourquoi n'avons-nous pas tenté de comprendre ? Les indices, les signaux étaient pourtant clairs, sous nos yeux. Pourquoi les autorités et les médias n'ont-ils jamais cherché à creuser dans les zones d'ombre de Stilth, celles où j'ai moi-même passé bien trop de temps et souvent failli perdre pied ? La réponse est simple : personne ne voulait savoir, personne ne voulait entacher ce qu'était Stilth. Car Mike Stilth, c'est vous, c'est nous, c'est moi. La star est devenue un symbole, une étoile de plus à punaiser sur le drapeau rapiécé du rêve américain. Salir Stilth, c'est nous salir tous. Nous renvoyer à nos propres faiblesses, nos propres failles, nos propres démons. Et nous autres Américains n'avons jamais trop aimé cela : faire face à l'abîme. Là où ça fait mal... Nous avons toujours préféré fixer les étoiles de notre bannière plutôt que les longues bandes de sang rouge.

J'ai commencé cette enquête il y a onze ans avec une interview de Mike Stilth. C'était en septembre 1995. Notre face-à-face a, sans surprise, rapidement dégénéré. Je me souviens, à l'époque, avoir demandé à Stilth ce qu'il y avait en haut des marches, en entendant par là quand on avait tout, le pouvoir, la richesse, la célébrité... Je ne me rappelle plus trop sa réponse. Elle importe peu, au fond. Il ne faisait alors que régurgiter son discours préfabriqué. Ce que je sais aujourd'hui, après tous ces meurtres, et ces six victimes qui trouvent enfin leur repos, c'est qu'il n'a certainement rien trouvé là-haut, en haut des marches. Il n'y avait pour lui que la solitude, son propre reflet renvoyé à l'infini et l'envie insatiable de monter toujours un peu plus, quelques marches encore, toujours plus près du soleil. Et ce, quitte à s'y brûler les ailes. Et moi, après toutes ces années passées sur cette enquête sordide, qu'ai-je

trouvé en haut des marches ? De mon côté, il n'y a
jamais eu que des larmes. Des larmes et du sang...

Paul Green
Cet article est dédié à la mémoire de Phil Humpsley.
Les étoiles sont toutes à toi, mon vieux.

Je regarde la photo qui clôt mon article : Phil et moi, bras dessus, bras dessous, tout sourire, une canette de bière à la main, assis sur des chaises de camping devant sa caravane. Je me rappelle cette photo. Phil, complètement saoul, avait dû s'y reprendre à plusieurs fois pour faire fonctionner le retardateur de son appareil. On fêtait, ce soir-là, la vente des photos de Noah... C'était hier. C'était une autre vie.

Je referme l'exemplaire du *Globe* et le glisse dans mon sac.

Kelton, de dos, fume une cigarette en regardant par la baie vitrée crasseuse de son bureau.

C'est terminé. L'article est sorti hier, et il est déjà repris par les plus grands quotidiens, les plus grosses chaînes de télévision, sur tous les sites Internet... L'information s'est répandue tel un raz-de-marée que rien ni personne ne peut arrêter. Hier, j'ai passé la journée à être interrogé par la police. Rapidement, ils m'ont demandé des preuves de ce que j'avançais. Je leur ai tout donné, évidemment. Les enregistrements sonores et vidéo des aveux de Joan Harlow, ainsi que l'épais dossier que je m'étais constitué au gré des années sur « l'affaire Stilth ». « L'affaire Stilth », « le scandale Stilth »... C'est ainsi, désormais, qu'on parle de mon enquête. Personne, sans surprise, n'a repris le titre de mon article : « L'affaire Clara Miller ». Dans les affaires criminelles, dès que l'on parle de meurtre, de viol ou de violence, c'est systématiquement le bourreau qui est mis à l'honneur. Ça m'a toujours gêné… Car c'est leur offrir bien trop de visibilité, une forme de glorification malsaine. C'est aussi occulter l'horreur de leurs actes. On devrait, au contraire, taire le nom des tortionnaires, les oublier, les effacer pour se rappeler uniquement les noms de celles et ceux qui ont souffert… Ignorer les victimes, c'est refuser leur douleur. Finalement, il n'y a jamais eu d'affaire Mike Stilth. Il y a eu une affaire Leah Johnson, une affaire Debbie Graves, une affaire Clara Miller… La police m'a demandé de rester joignable, a bien insisté sur le fait que ce n'était que le début d'une longue investigation, et qu'il me faudrait témoigner, encore et encore. J'ai cru comprendre qu'ils s'apprêtaient à interpeller Harlow, Robinson et leurs complices, pour les placer en garde à vue. Des têtes vont tomber. Maintenant que l'affaire a éclaté au grand jour, il faut faire le ménage. L'opinion publique prend parti : Harlow et Robinson sont désignés comme les monstres ; Stilth, lui, est dépeint comme un homme malade, troublé, fragile… Ça arrange tout le monde d'oublier, d'occulter qu'il a assassiné toutes ces filles. On le met sur le compte de la drogue et de la solitude. Et on pourra continuer à écouter ses albums, à regarder ses films. À vivre sa vie.

J'ai laissé Eva et Noah à Los Angeles. J'ai promis de bientôt prendre de leurs nouvelles. Le temps que toute cette folie retombe. Mais en ai-je vraiment l'intention ? Je ne sais pas trop. C'est peut-être mieux pour eux, comme pour moi, de tirer un trait sur le passé. Les gamins doivent aller de l'avant, se reconstruire. Et ils n'ont pas besoin de moi. Du moins, plus maintenant.

Je regarde la silhouette voûtée de Kelton, toujours de dos. Depuis la mort de Maggie, il y a deux ans, il n'est plus que l'ombre de lui-même. Comme si toute sa rage et sa fureur l'avaient soudainement abandonné. Pour preuve, depuis que je suis arrivé, et malgré toutes mes années de silence, il ne m'a pas encore insulté. Une première. Je suis presque déçu.

Kelton se retourne en faisant grincer son fauteuil.

— T'as fini de relire ton article, Green ? Bien, voilà ton chèque, comme convenu.

J'attrape le chèque, le plie et le range dans la poche intérieure de ma veste. Pas la peine de regarder la somme. Un joli pactole. De quoi voir venir quelque temps. Peut-être assez pour construire une nouvelle vie.

Kelton reprend :

— C'est un sacré coup, Green… Stilth meurtrier, Harlow qui couvre l'affaire puis maquille sa mort, tout ça avec la complicité de leur avocat… C'est du jamais-vu. J'ai toujours su que tu finirais par aller au bout.

— Merci, boss… Ça aura pris du temps, mais je n'ai jamais lâché.

— C'est ce qu'elle disait de toi.

— Qui ?

— Maggie… Que tu étais un vrai, un pur. Que tu ne lâchais rien, malgré les obstacles, les coups dans la gueule. Elle t'appelait son beagle. Tu sais, ces chiens de chasse à l'air un peu con.

— C'était un compliment, j'imagine…

— Et, après que tu as disparu, elle me répétait souvent que j'aurais dû m'en rendre compte plus tôt que tu étais doué. En vérité, je l'ai toujours su. Ma manière à moi de te le montrer, c'était de te rentrer dans le lard.

— J'ai connu plus clair pour complimenter quelqu'un.

— Je n'ai jamais trop aimé la flagornerie, moi.

— Je m'en étais rendu compte.

— Bref, tu m'as compris.

— Oui, boss.

Kelton se perd quelques instants dans la contemplation de mon article. Il a énormément maigri. Peut-être est-il malade.

— Ce qui compte, c'est d'avoir enfin publié cet article, après tout ce temps.

— Oui… Il a fait un sacré boucan, non ? Vous avez dû en vendre des pelletées ?

— Je n'ai pas encore les retours, mais on a fait un sacré tirage. Ça ne s'était pas vu depuis des années. Les actionnaires sont aux anges. Un gros coup. Merci de m'avoir amené cette pépite.

— Je ne serais jamais allé voir un autre magazine. C'est ma maison, ici. Une baraque un peu pourrie, vieillotte, qui fuit de partout, mais ma maison quand même.

J'ai l'impression qu'il n'écoute pas vraiment ma réponse. Son regard glisse sur le capharnaüm recouvrant son bureau.

— Tu sais, Green, ils veulent me pousser vers la porte. Le magazine ne vend quasiment plus. Le papier est mort, dit-on. Ça faisait quasiment cinq ans qu'on n'avait pas eu une visibilité comme celle de ces derniers jours. Les actionnaires n'ont plus qu'un mot à la bouche : Internet. Ces imbéciles pensent qu'il faut réinventer le journalisme pour ces nouveaux lectorats. Moi, je les emmerde tous.

— Et vous avez bien raison.

— Tu m'as offert un baroud d'honneur. Et ça, c'est pas rien…

Kelton cherche un paquet de cigarettes sur son bureau bordélique. J'ai remarqué les panneaux « Interdiction de fumer », près des ascenseurs. Mais Kelton s'en fout, comme il s'en est toujours foutu. Il allume une autre cigarette. L'espace d'une microseconde, il regarde légèrement derrière lui, comme s'il s'attendait à sentir la main de Maggie se poser sur son épaule.

— Et maintenant, tu vas faire quoi, Green ?

— Décrocher, c'est sûr. Essayer de me trouver un coin tranquille, un petit boulot. Et me reposer…

— Je te comprends. Moi, ma vie, elle est ici. Tu sais qu'ils veulent détruire l'immeuble ? Pour insalubrité, qu'ils disent, ces blaireaux.

Je jette un regard au faux plafond : certaines dalles sont manquantes, d'autres sont jaunies, bouffées par l'humidité. Ici et là des câbles électriques pendouillent. Plus loin, un néon fatigué grésille. L'immeuble part en lambeaux.

— Moi, je partirai avec les gravats, dit Kelton.

— Alors, il leur faudra une sacrée benne.

Mon chef rit de bon cœur. Un ange passe.

— Bon… J'ai de la route. Prenez soin de vous, boss.

— T'en fais pas, petit. Elle veille sur moi, toujours.

De retour dans ma voiture, je jette un dernier coup d'œil à l'immeuble du *Globe*. Ces dix dernières années ne lui ont pas fait du bien. L'acier autour des fenêtres s'est teinté de rouille, quelques étages de bureaux sont inoccupés, les baies vitrées barrées par des bâches en plastique… Les deux autres buildings encadrant l'immeuble ont été rasés et remplacés par des tours de verre rutilantes. Le siège du *Globe* a ainsi l'air d'être enserré, tout malingre, entre ces deux molosses prétentieux. Bientôt, lui aussi sera détruit.

C'est certainement la dernière fois que je vois mon satané rédacteur en chef.

Les temps changent et lui, comme moi, nous avons fait le nôtre. Nous sommes les reliquats d'une autre époque.

Et maintenant, Green ? J'ai un dernier rendez-vous, une dernière personne à aller voir avant de prendre le large.

Un dernier adieu.

46

Joan
16 juillet 2006
New York

— Police ! Ouvrez cette porte, madame Harlow !

Je m'éloigne de l'entrée et retourne sur la terrasse. Je reprends la cigarette que j'avais déposée sur le cendrier. J'attrape la bouteille de vin et me ressers un dernier verre. La romanée grand cru, comte Liger-Belair, de 1993. J'ai bien fait de le garder. Il méritait une grande occasion. Je bois une gorgée.

J'entends leurs voix, de nouveau, provenant de l'extérieur.

— Police… Dernier avertissement, madame Harlow. Nous savons que vous êtes là. Nous allons enfoncer la porte !

Le nectar m'explose en bouche. Il a un goût un peu fumé, comme une saveur de mûres, de sous-bois, de liberté.

Je repose le verre, aspire une bouffée de cigarette. Je regarde Manhattan s'étendre devant moi. En bas, ça piaille et ça klaxonne. Alors que la nuit tombe sur la ville, les immeubles se mettent à étinceler de mille lumières. New York m'a façonnée et m'a vue devenir celle que je suis. C'est ici que je suis vraiment née, à dix-sept ans, en émergeant de la gare de Grand Central pour plonger la première fois au cœur de la ville. Frêle gamine, petite campagnarde, mes valises à la main, les yeux écarquillés. Manhattan qui a accompagné tous mes pas, mes chutes, année après année. Ces murs qui m'ont aidée à me redresser, ces buildings, immenses, qui m'ont encouragée à monter toujours plus haut. Cet asphalte que j'ai tant foulé. C'est finalement normal, quand j'y pense. C'est elle qui m'a faite. C'est elle qui m'emportera…

Il y a du grabuge derrière ma porte d'entrée. J'entends des chuchotements, des échanges au talkie-walkie, des bruits de pas. Ils ne vont plus tarder. C'est une affaire de secondes.

S'agit-il vraiment de policiers ou d'hommes de main envoyés par le Cercle pour me faire taire ?

Tu ne les laisseras pas entrer, jamais. Tu t'es toujours promis de garder la porte fermée, Joan.

Tu as toujours choisi, seule. Tu es les choix que tu as faits. Avancer, toujours portée par le flot, par la ville. Et ne jamais regarder en arrière. Ne jamais se retourner pour voir l'ombre de papa, la morne silhouette des fermes de Watkins… Ne jamais regarder au fond du lac Wentworth… Ne pas me retourner, là, maintenant, ce soir, alors que j'entends la porte qui se déchire sous les coups de bélier.

Je passe une jambe par-dessus le garde-corps en verre. L'autre. Je me tiens par les mains, légèrement penchée en avant. Le métal est glacial.

Une bourrasque de vent vient décrocher une mèche de mes cheveux. Je m'en moque. Tout ça n'a plus d'importance. Je regarde le vide en dessous. Le vide qui s'enfonce sans fin. Des passants vont et viennent sur le boulevard, comme de minuscules fourmis. Je distingue des carrosseries de voitures arrêtées devant un feu : une camionnette rouge, des taxis jaunes, une voiture de police blanche… C'est drôle. Vu du haut, on dirait de petits insectes. Comme les coccinelles que je retrouvais, gamine, par dizaines le long des fenêtres de ma chambre au printemps. Je me disais que c'était un peu magique. Que c'était moi qui les attirais là. Qu'elles savaient, elles, ce que je valais vraiment…

Une voix, derrière moi.

— Descendez de là, madame Harlow. Regardez-moi.

Je relâche lentement l'emprise de mes mains sur la rambarde.

Pourquoi n'as-tu rien dit aux enfants, Joan ? Il était peut-être temps ? Peut-être que ça aurait tout changé… Et leur dire quoi ? Que c'était moi, leur mère ? Qu'il y a vingt ans, Mike m'a demandé d'être celle qui donnerait ses ovocytes pour la gestation par mère porteuse. Que, comme il disait, c'était un cadeau qu'il me faisait.

La première fois, j'ai accepté pour lui faire plaisir. Et aussi pour ce qu'il m'a dit… Que l'enfant qui naîtrait scellerait, en secret, ce que représentait notre relation. Que pour lui, ça avait toujours été une évidence, qu'il ne connaissait aucune autre femme aussi belle, aussi forte, aussi parfaite, pour offrir le meilleur patrimoine génétique à ses enfants. Qu'il ne voyait qu'une seule femme qui soit à la hauteur. Mike, quand il le voulait, savait trouver les mots… Il aurait pu séduire n'importe qui.

Je souris en y repensant.

— Madame Harlow, il est encore temps… Retournez-vous…

Mes doigts me retiennent à peine. Qu'à un fil…

À l'époque, je pensais que la procédure, encore au stade expérimental, ne prendrait jamais. Mais Noah est né. Un gamin conçu, comme aucun autre, et qui a toujours été à part. Un miracle. Mais trop sensible, trop fragile. Forcé à se réfugier dans son monde… Mike m'a redemandé de lui faire le même « cadeau », deux ans plus tard, pour Eva. Cette fois, j'ai un peu plus hésité. Mais j'ai finalement réalisé que c'était aussi important pour moi. Et ce, même si personne ne serait jamais mis au courant, hormis Mike et les quelques scientifiques qui avaient pratiqué l'insémination. Mais il fallait qu'il reste quelque chose de nous deux.

Mike et moi, nous avons eu deux enfants, sans jamais nous toucher. Sans qu'ils s'en rendent compte, j'ai tout fait pour les protéger, pour leur donner les meilleures chances… Si j'ai décidé de laisser Mike mourir, c'était aussi pour ça, pour qu'ils n'aient pas à souffrir des révélations sur leur père. Qu'ils continuent à l'idéaliser, à le vénérer, quitte à ce que je passe, moi, pour le monstre, la terrible Joan. J'ai accepté ce fardeau, pour qu'ils l'aiment, lui, à jamais. C'était le prix à payer.

Alors que plus rien ne me retient, que le vent me souffle sur le visage, comme un appel, un encoura-gement à lâcher prise, je comprends en cet instant que c'est aussi pour cela que je me suis tue quand les enfants me faisaient face et que Green me braquait son arme dessus. Que restait-il à dire ? Quelques secondes auparavant, j'étais à deux doigts de provoquer la mort d'Eva, ma propre fille. Non, Joan, ne cherche pas à te racheter… Tu ne les mérites pas.

Il est temps. Je sens le policier s'approcher derrière moi.

Tu ne rentreras pas, papa. C'est moi qui choisis, qui garde le contrôle. Je lâche mon emprise, je me libère… Une surprenante sensation de flottement. La vitesse s'accélère, les étages défilent. Le vent sur mes joues, mon cœur qui se serre, les lumières en bas qui s'approchent. L'asphalte qui m'appelle. Ma ville, partout. Je ferai bientôt partie de toi.

J'arrive, Mike… Tu m'attends ? J'arrive.

Épilogue

47

Eva
26 juillet 2006
Los Angeles

Ça commence enfin à se calmer. Toute cette folie autour de la mort de papa, autour des manigances de Joan. On a appris il y a quelques jours qu'elle s'était suicidée en se jetant de la terrasse de son appartement à New York. Ça ne m'a rien fait… Elle le méritait. Les journalistes pensent avoir fait le tour de la question, ils n'ont plus rien à grappiller, plus aucun expert à sortir de leur chapeau. Les paparazzis, eux, par contre, ne nous lâchent toujours pas d'une semelle, Noah et moi. C'est pire qu'avant. Les charognards sont toujours les derniers à bouffer, alors ils profitent des restes, rongent les os, grattent la chair, prennent ce qu'ils peuvent. Peut-être finiront-ils, eux aussi, par se décourager. À travers la baie vitrée du restaurant, j'en vois d'ailleurs quelques-uns qui attendent, appuyés sur le capot de leur voiture, discutant tranquillement, appareil photo en bandoulière, prêts à dégainer.

Noah termine son dessert. Il lève les yeux vers moi, me fait un sourire. Il est enfin redevenu lui-même. Je l'ai accompagné voir un bon médecin, un vrai. Il a été hospitalisé pendant quinze jours, période durant laquelle il a progressivement réduit les dosages de ses anxiolytiques. En à peine trois semaines, il a réussi à complètement décrocher. C'est très rare. Mais il avait une volonté de fer.

C'est notre dernier repas ensemble. Ce soir, on fête à la fois le sevrage de Noah et son prochain départ, pour ce tour du monde qu'il a toujours rêvé de faire. Je viens de lui parler de mon idée d'écrire un scénario, ou un livre, sur nous, notre vie, ce qui nous est arrivé. Peut-être que ça me fera du bien de tout ressortir. Noah ne m'a pas encore dit ce qu'il en pensait. Il prend une dernière bouchée, songeur, et passe sa cuillère dans le fond de son assiette, afin de ne rien laisser de la sauce caramel de sa tarte. Comme quand il était gamin... Je sais que ça ne doit pas être facile pour lui, que je parle de tout, de ce qu'il y a eu de beau et de sombre dans nos vies. Il sait que ça fera certainement mal... J'attends son verdict, avec inquiétude. S'il pense que mon projet ne tient pas la route, s'il veut m'en dissuader, je laisserai tomber. Son soutien est trop important pour moi. Il me regarde.

— C'est une bonne idée, sœurette. Une très bonne idée. Ça peut te faire du bien, et à moi aussi. Ça permettra de raconter notre vérité. Je te fais confiance. Tu as un don pour ça. J'en suis certain.

— Je suis tellement contente que tu me soutiennes, Noah. Tu sais, j'ai déjà une ou deux idées de titre ! J'avais en tête quelque chose comme « La solitude des

544

étoiles ». Ou bien, je repense souvent à la fin de l'article de Paul Green. J'aime bien ce qu'il a écrit, ce qu'il raconte, sur la célébrité. Cette expression, « En haut des marches »...

— En haut des marches, c'est bien. C'est mieux.

Sa manière de s'exprimer. Son assurance retrouvée. Ce regard franc, qui transperce tout. En cet instant, ce soir, c'est fou comme Noah me fait penser à papa.

— D'ailleurs, tu penses y avoir trouvé quoi, toi, en haut des marches ?

Mon frère réfléchit un instant.

— Je n'y ai jamais rien trouvé. Cette vie n'est pas faite pour moi. Au contraire, j'aimerais, pour quelque temps, devenir un invisible, un quidam parmi la foule.

— C'est pour ça que tu pars ?

— Oui.

— Alors, ça y est, tu vas enfin le faire, ton satané tour du monde ? En tout cas, tu vas me manquer, frérot. Comment je vais faire, sans toi ?

— Ça fait longtemps que tu n'as plus besoin de moi, Eva. Au contraire, ces derniers temps, c'est même plutôt toi qui veillais sur moi. Et ne t'en fais pas, je donnerai des nouvelles aussi souvent que possible.

Le serveur dépose la note.

Je repense à mon frère gamin, à toutes ces fois où on le cherchait dans le manoir et qu'on le retrouvait, toujours, perdu dans sa grande bibliothèque, entouré de tous ses livres. Comme autant de voyages immobiles. Il l'aura préparé toute sa vie, ce périple.

— Quel est le programme, Noah ? Tu comptes partir à la recherche de l'Atlantide, du *Nautilus* et des cités perdues ?

— Entre autres. Je vais surtout essayer de laisser mes ailes au placard. Redescendre. Tu sais combien ça a été difficile pour moi d'arrêter mon traitement. Ces saloperies de médicaments étaient là depuis si longtemps dans ma vie. Mais je pense que cette fois, c'est la bonne.

— J'espère aussi, Noah. Je suis fière de toi. J'ai confiance.

— Et toi, tu continues à taper ?

Quelques images me reviennent de la soirée d'hier. Toute cette coke...

— Moi, tu sais... c'est plus compliqué.

— Tu devrais peut-être quitter un peu Los Angeles, prendre du recul, comme moi. Cette ville peut être si nocive.

Je regarde, autour de moi, les autres clients du restaurant. Les mèches faussement bordéliques pour les hommes, les franges et brushings parfaits pour les femmes, la peau hâlée, les muscles gonflés sous les chemises, les décolletés plongeants. Les pommettes saillantes, la peau tirée prête à exploser, les nez rabotés à coups de bistouri, les lèvres gonflées d'injections. Vieillir, ici, est la pire des maladies. Et tous ces sourires, ces poses, ces manières un peu trop marquées. Poupées de cire. Apparences. Ils sont tous, toujours, en représentation...

— Non... Los Angeles est faite pour moi. C'est une ville qui est toujours tournée vers l'avenir. C'est une ville où le passé n'existe pas. Une ville d'oubli. C'est pour ça que je suis bien ici.

Noah sort quelques billets de sa poche qu'il dépose dans le porte-addition en cuir.

On quitte le restaurant sous les regards appuyés de la faune locale. Ils vont pouvoir nous critiquer maintenant. Dire combien Noah fait malade, et à quel point je suis moins jolie qu'au cinéma…

On se retrouve dehors. Je n'ai pas envie de sortir ce soir, je vais rentrer avec Noah, profiter de cette dernière soirée avec lui, avant son départ. On continuera à discuter, les pieds dans la piscine, à côté du brasero, jusqu'à tard dans la nuit, comme avant.

Les flashs.

On a beau être habitués, vivre avec ça au quotidien, ça surprend toujours. Comme une agression. Comme si on nous volait quelque chose. Ce moment à nous deux.

Ils sont deux ou trois, déjà, à nous encercler. Ça crépite encore et encore.

Flashs.

Je regarde mon frère. Il s'est figé. Il ne bouge plus et fixe ces hommes qui nous mitraillent avec leurs gros appareils photo. Il détourne la tête et me sourit, très légèrement. Il ne m'en faut pas plus. J'ai compris, Noah. Cette fois, je ne te laisserai pas seul. Je reste avec toi. Je lui prends la main. Je ne bouge pas non plus. On reste là, immobiles, face à eux. Comme des statues qui fixeraient un point au loin, bien au-delà d'eux, de tout ça. Au bout d'un moment, un premier paparazzi abaisse son appareil et nous regarde avec un air intrigué, puis c'en est un autre. Les photos se font plus espacées. Ils se demandent ce qui nous arrive.

Je serre la main de Noah, plus fort. L'accalmie est de courte durée. D'autres voitures sont en train de se garer. D'autres paparazzis arrivent. L'info a vite été relayée. Ils sont désormais six ou sept agglutinés autour de nous. Les flashs reprennent. Le manège ne s'arrête jamais.

Nous ne bougeons toujours pas. Les étoiles sont faites pour briller, alors regardez-nous.

Flashs.

C'est comme un jeu. On verra bien qui se lassera en premier.

Flashs.

Ça a toujours été un jeu. Sauf que maintenant, on en connaît les règles, on les écrit.

Flashs.

C'est drôle, je repense aux paroles de cette chanson que Paul Green nous avait fait écouter durant ce trajet en voiture, il y a longtemps, si longtemps, alors que nous étions gamins.

« *They are one person*
They are two alone
They are three together
They are for each other… »

Rien ne pourra nous détruire. Tant que nous sommes deux.

Flashs.

Toi et moi, frérot, contre le reste du monde.

Je souris. Vraiment. Pour la première fois de ma vie, peut-être.

Flashs.

48

Paul
28 juillet 2006
Minneapolis

Je replace le bouquet de fleurs que j'ai déposé, plus tôt, sur la tombe de Clara. J'en profite pour chasser, d'un geste de la main, les quelques feuilles sèches qui jonchent sa sépulture.

Je vais y aller maintenant, Clara. Je suis juste passé te dire au revoir. Il faut que j'avance, tu comprends ? Que je tourne la page. Il est temps. Je suis prêt, je crois…

Je m'étais promis de ne pas venir ici avant que tout soit terminé. Et ça m'aura pris onze ans. Onze ans pour te venger, toi et les autres filles. Vous pouvez, je l'espère, toutes reposer en paix. Maintenant, c'est à moi de revenir parmi les vivants.

Au fond, ça me fait un peu peur. Car, finalement, pendant toutes ces années, d'abord l'enquête, puis dans cette autre vie à tenter de protéger les gamins, je me suis complètement effacé. Et ça m'allait bien.

Que vais-je faire maintenant ? Je ne sais pas. Peut-être vivre ? Vivre, enfin. Pour moi. Sans attaches. Sans fantômes. Peut-être même arriverais-je à être heureux ? Un peu. Je ne demande pas grand-chose. Quelques petites gouttes de bonheur, par-ci, par-là.

J'entends des bruits de pas derrière moi. Une femme, âgée d'une quarantaine d'années, s'approche. Elle porte une jolie robe colorée. Dans ses bras, elle tient une plante verte. Elle me sourit. Je suis pourtant certain de ne jamais l'avoir vue.

Il y a quelque chose dans son visage. Quelque chose que je connais si bien. Quelque chose de toi. Je lui souris en retour.

Elle s'arrête à mes côtés et dépose la plante au pied de la tombe de Clara, aux côtés d'autres pots que j'avais remarqués en arrivant. Elle me tend la main, un peu intimidée.

— Bonjour, je suis Rachel… Vous connaissiez Clara ?

— Oui, je suis un ami de jeunesse. Paul Green.

Je lui serre la main. Sa peau est douce.

— Je ne crois pas vous avoir déjà vu. Je suis la petite sœur de Clara.

Elle replace une mèche de cheveux derrière son oreille. C'est une belle fille, à la beauté naturelle, sans fard. Très différente de Clara.

— Vous avez bien connu ma sœur, Paul ?

— Oui, je crois. Nous étions ensemble à l'université de Saint-John. On s'est un peu perdus de vue ensuite. Ça a été quelqu'un d'important pour moi.

— Clara ne laissait personne indifférent, c'est sûr. C'était une tornade. Partout où elle passait, elle laissait des traces…

— Oui.

— Et qu'est-ce qui vous amène à Minneapolis, Paul ?

— Clara, justement. Je voulais venir ici depuis longtemps, mais l'occasion ne s'était pas présentée.

— Et vous faites quoi dans la vie ?

— Je suis… j'étais journaliste, comme Clara. Mais je suis en… comment dire ? Reconversion.

— C'est-à-dire ?

— C'est-à-dire que je ne sais absolument pas ce que je vais faire demain, dans trois jours, l'année prochaine. Je sors d'une période compliquée.

— Moi, voyez-vous, c'est un peu l'inverse. Je suis libraire chez Birchbark Books, sur la 21e. J'aime vraiment mon métier, vraiment. Mais j'en ai parfois un peu marre de mon train-train quotidien. Clara, elle, avait une vie un peu folle, elle voyageait sans cesse. Parfois, on n'avait pas de nouvelles pendant des semaines. Je crois que je me suis un peu construite en réponse à ça, pour rassurer mes parents. Il fallait que l'une de nous deux reste dans le coin, garde les pieds sur terre. Mais, du coup, mes journées se ressemblent parfois un peu trop. Comme une boucle qui se répéterait sans fin… Excusez-moi, je suis un peu trop bavarde…

— Non, non, ne vous en faites pas. Si ça peut vous rassurer, la vie de journaliste n'est pas si trépidante qu'elle en a l'air. Il ne m'en reste pas grand-chose. Je n'ai aucun regret de la quitter, en tout cas.

Rachel me fixe quelques instants, en fronçant légèrement les sourcils. Ça lui fait une drôle de tête, un peu enfantine.

— Paul Green… Votre nom me dit quelque chose…

Je ne réponds rien. Au bout d'un moment, son visage s'illumine. Elle a compris.

— Mais bien sûr ! C'est vous qui avez écrit l'article sur l'affaire Mike Stilth. C'est vous qui avez révélé tous ces meurtres ?

— Oui, c'est moi.

Je devrais peut-être lui en dire plus, tout lui raconter depuis le début. Mais je n'y arrive pas. Ces onze ans, coupé du monde, des autres, à protéger Eva et Noah, me coûtent. J'ai du mal à aligner une phrase complète, à parler simplement. Comme si ma langue était entortillée dans ma bouche. Ou peut-être est-ce simplement sa beauté qui m'intimide.

— C'est pour Clara que j'ai commencé toute cette enquête, il y a longtemps, dans une autre vie. Je voulais comprendre ce qui lui était arrivé.

Elle semble un peu secouée et serre ses deux mains l'une contre l'autre.

— Eh bien, je vous remercie, Paul. Comprendre, enfin, ce qui était vraiment arrivé à ma sœur nous a fait un bien fou, à mes parents et à moi. On ne s'était jamais vraiment faits à l'idée qu'elle s'était suicidée dans ce satané lac. Ce n'était pas son genre.

— C'est ce que je me suis dit aussi à l'époque. Je n'ai jamais réussi à y croire.

— Merci vraiment, en tout cas, pour ce que vous avez fait.

— Je vous en prie. Je devais ça à Clara.

Rachel regarde le ciel, plisse les yeux. J'en profite pour détailler son profil, cette douce ligne qui descend de son front au bas de ses lèvres, un paysage de collines, de douceur, un ailleurs.

— Ça se couvre. Il risque de pleuvoir. On a parfois de gros orages à cette période de l'été dans la région. Ça fera du bien à la terre. Il a fait très sec ces dernières semaines.

Je remarque alors que la pelouse du cimetière de Lakewood est un peu jaunie, les arbres, trop rabougris pour la saison.

Je crois que je pourrais l'écouter parler de la pluie et du beau temps pendant une éternité.

— Si ça vous dit, on peut aller boire un café à côté ? demande-t-elle. Le coin est plutôt résidentiel mais je connais un endroit agréable avec une terrasse au calme. On pourrait discuter, partager nos souvenirs de ma sœur…

Rachel m'offre un joli sourire qui fait ressortir ses yeux en amande. Un sourire, c'est déjà un bon début.

Mais je ne peux pas accepter. Des souvenirs, je n'en veux plus. J'en ai trop. Des valises plein le coffre.

— Non, je dois filer, Rachel, je suis désolé. J'ai de la route.

— Je comprends… Vous allez où ?

— Je ne sais pas vraiment. Mais loin d'ici…

— Vous êtes un drôle de bonhomme, Paul Green. Tenez, je vous laisse mon numéro. Si vous repassez dans le coin, appelez-moi. Le café tiendra toujours.

Rachel farfouille dans son sac à main, attrape un petit bout de papier et note un numéro à la va-vite.

Un sourire et un numéro de téléphone. C'est décidément une belle journée. Mais ce n'est pas encore le moment.

Après avoir envoyé un baiser vers la tombe, Rachel s'éloigne. Bientôt, elle disparaît entre deux arbres, comme un rêve. Je reste quelques instants encore seul. Je touche la tombe, longuement. Au revoir, Clara. Il est temps.

Je retourne à ma voiture, place précautionneusement le numéro de téléphone dans mon portefeuille, puis tourne le contact de ma Country Squire. Après un long toussotement, ma vieille complice accepte enfin de lancer son moteur. Au même moment, quelques gouttes d'eau épaisses viennent percuter le pare-brise et le capot. Rachel avait raison. En quelques secondes, une impressionnante averse se met à tomber. J'ouvre ma boîte à gants, plonge ma main dans le tas de cassettes et en saisis une à l'aveugle. Je la place dans mon autoradio.

Quel groupe sera au rendez-vous ? Qu'auront-ils à me raconter aujourd'hui ?

J'ai toujours eu un côté un peu superstitieux avec la musique. Je me dis que les morceaux que j'écoute peuvent influencer mes actions, le cours de mes journées. C'est pour cette raison que je garde toutes ces cassettes dans ma boîte à gants. C'est mon horoscope à moi.

Quelques accords de guitare sèche. Évidemment, c'est eux. C'est normal, après tout…

« Wild Horses ».

Album *Sticky Fingers*.

Les Rolling Stones.

Je repense à ce moment, il y a si longtemps, à ce trajet en voiture avec Noah et Eva. Nous avions choisi des cassettes, écouté des morceaux…

Le premier refrain se lance, magique, soutenu par la batterie de Charlie Watts.

Mes souvenirs se chevauchent, se répondent, se télescopent. Eva, dans cette même voiture, il y a seulement quelques jours. La jeune fille, blessée, se remettant péniblement de son agression, ses larmes séchées sur ses joues. Si fragile et pourtant si forte. Ça ira bien pour eux, maintenant, Paul. Rassure-toi. Aie un peu confiance, pour une fois.

Mick entonne la fin du morceau. Mon passage préféré.

« *I know I've dreamed you a sin and a lie.*
I have my freedom but I don't have much time.
Faith has been broken, tears must be cried.
Let's do some living after we die. »

J'ai ma liberté mais je n'ai plus de temps... Et si on vivait, maintenant qu'on est morts ? C'est un peu ça. C'est complètement ça, en fait...

Je démarre. J'arrive à une intersection. Tourner à droite ou à gauche ? Tout est possible. Une route, c'est toujours une promesse.

Qu'est-ce qui m'attend au bout du chemin, là-bas ? Un espoir ? D'autres sourires ?

Qui sait... Allons voir ça.

Remerciements

À tout seigneur, tout honneur, je tiens à vous remercier, vous, chères lectrices et chers lecteurs, de m'avoir accompagné dans *L'Affaire Clara Miller*. Pour moi, un livre s'écrit toujours à deux. Il naît dans l'esprit de l'auteur, puis vous vous l'appropriez, et le rendez, ainsi, vivant. J'espère que Paul, Mike, Joan, Noah, Eva et Clara vous auront autant touchés que moi.

J'aimerais également remercier ma famille et mes proches pour leur soutien indéfectible et leurs encouragements depuis le début de mes « aventures livresques ». Les savoir à mes côtés m'aide à aller de l'avant. Mention particulière à trois personnes sans qui je ne serais rien : Julia, Elisa et Antoine.

Ensuite, évidemment, un grand et sincère merci à toute l'équipe des éditions XO qui a cru, dur comme fer, en ce livre. Je pense à Bernard Fixot, Édith Leblond et Renaud Leblond pour leur confiance. Mais également à Rebecca Benhamou, qui a fait un formidable travail pour m'aider à tirer le meilleur de mon manuscrit. Enfin, pensées pour Catherine de Larouzière, Stéphanie Le Foll, Sarah Hirsch, Roxana Zaharia, David Strepenne, Bruno Barbette et le reste de l'équipe de XO qui se démène pour faire rayonner nos livres.

Je tenais aussi à saluer les libraires qui, année après année, ont défendu mes romans. On le sait, être libraire relève aujourd'hui du sacerdoce. Merci, donc, d'être nos porte-voix malgré les tempêtes que vous traversez. Une pensée particulière pour Caroline Vallat, une fée pour nous autres romanciers.

Un petit coucou, en passant, à tous les camarades auteurs de polars avec qui je tisse de vraies amitiés salon après salon. C'est une belle famille que celle du polar, et je suis heureux d'en faire partie.

Last but not least, un salut à toute la communauté des blogueuses et blogueurs littéraires. Vous avez été les premiers à croire en moi, et je ne l'oublierai pas.

Merci de votre fidélité et à très bientôt pour un prochain livre.

Composition et mise en pages
Nord Compo à Villeneuve-d'Ascq

Imprimé en France par

MAURY IMPRIMEUR
à Malesherbes (Loiret)
en avril 2022

Visitez le plus grand musée de l'imprimerie d'Europe

POCKET - 92 avenue de France, 75013 PARIS

N° d'impression : 262082
S31521/05